KB068341

영웅시대

2

英雄時代

영웅시대

2

이문열
李文烈

RHK
알에이치코리아

그래도 가장 좋은 것은
앞날에 남았으리.
우리의 출발은
오직 그것을 위하여
있었으리.

차 례

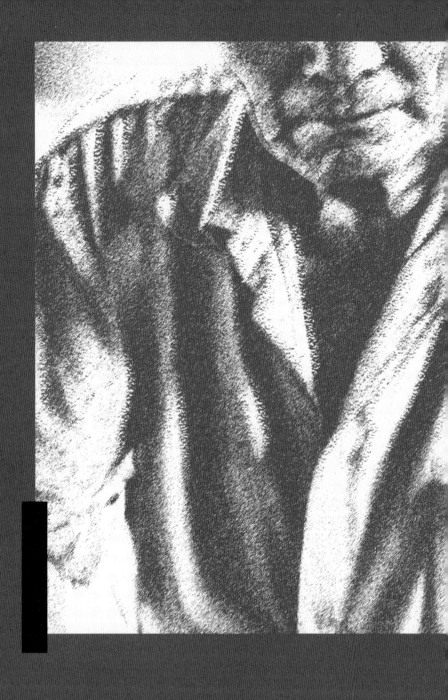

제 4 부

1

아련한 유년(幼年)의 뜰이다. 또범(再虎), 삼식이, 철규, 동권이, 실근이, 팔수 ─ 까까머리에 무명 바지저고리를 입은 또래들이 여남은 명이나 모여 있다. 두들(언덕배기)에 사는 아홉 살 이쪽저쪽의 아이들은 거의가 다 모인 셈이다.

이런 때는 병정놀이가 제격이다. 동영은 아이들을 둘러보며 그런 생각을 한다. 대장이 되어 진을 치고 어른들일지도 함부로 진터를 지나지 못하게 해야지. 만약 어기는 자가 있으면 군율을 시행하는 대장으로서 당당히 꾸짖으리라. 옛날의 큰 인물들도 어릴 적에 그랬다고 하지 않던가. 될성부른 나무는 떡잎부터 알아본다⋯⋯.

"얘들아, 우리 병정놀이하자."

이윽고 동영은 아이들에게 그렇게 제안한다. 누구 말이라고 마다할 수 있으랴. 삼식이는 행랑채에 살고 있는 구동(龜洞)이 아들,

실근이와 또범이는 섬께뜰논을 부치는 소작인의 아들이다. 동권이와 철규는 일가(一家)이긴 하지만 어머니가 일만 있으면 하배들 부리듯 불러 쓰는 집 아이들이고, 팔수는 고지기네 손자, 그리고 그 곁에는 얼마 전까지도 드난살이를 하던 본동(本洞)이네 막내 — 모두가 영감댁 손자에게는 양보하도록 배워 온 아이들이다. 거기다가 그들은 모두 조금 전 동영의 집에서 곶감 하나와 밤 한줌씩을 얻어먹은 터였다.

"그래, 좋아. 우리 병정놀이하자."

누구라 할 것 없이 아이들은 입을 모아 동영의 제안에 찬성한다. 동영은 앞장서서 정자 옆 공터로 간다. 그런데 거기서 뜻밖의 일이 벌어진다.

"기다렸다. 같이 놀자."

한곰(一熊)이라는 아이다. 언제나 마른 버짐이 희뜩희뜩 피어 있는 얼굴이지만 두 눈만은 이상스레 번쩍였다. 언덕발치의 풀무쟁이(대장장이) 아들로 원래는 장터에 가서 놀아야 하는 데도 꼭 언덕마을 아이들 사이에 끼어들어서는 일마다 동영을 훼방놓곤 했다.

그 녀석을 꺽기 위해 동영이 기울인 노력은 얼마나 참담한 것이었던지. 처음에는 그 또래의 아이들이 택하는 가장 손쉬운 방법인 주먹싸움으로 시작했다. 끼니마다 떨어지지 않는 고기반찬과 어머니가 성화를 부려 가며 먹이는 보약으로 남보다 체력이 뛰어난 동영이기도 했지만, 더러는 힘이 모자라서가 아니라 동영의 뒤에 있는 가문과 재력에 눌리어 사는 부모들의 영향을 받아 일부러 져주기도 해서, 또래끼리의 싸움에서는 패배를 모르던 동영이었다. 그러나 녀석과의 싸움에서는 오히려 그 반대였다. 녀석은 힘이 부쳐도 악착같음 하나로 끝내 졌다는 말은 안했다. 아니, 코피가 터져 엉망이 된 얼굴로도 여전히 싸우려고 엉겨오는 녀석의 새파란 눈길을 보게 되면 동영이 오히려 도망치고 싶을 정도였다.

그래서 다음으로 생각해 낸 것이 먹을 것으로 달래는 일이었다. 먹을 것이 귀하던 때라 떡 한 조각이면 누구라도 자기 편을 만들 수 있었건만 녀석에게는 그것도 통하지 않았다. 그런 수단이 가장 위력적이 되는 것은 동영의 집안으로 끌어들인 뒤가 되는데, 어찌 된 셈인지 녀석은 다른 아이들이 못 따라와서 안달인 동영의 집안으로는 결코 발을 들여놓지 않았다. 함께 놀던 아이들이 모조리 동영을 따라서는 경우에도 녀석은 담 밖을 빙빙 돌며 아이들이 나오기를 기다리는 정도였다. 할 수 없이 동영은 집안의 것을 들고 나와 선심을 쓰는 수를 내보았지만 그것도 마찬가지였다. 얻어먹을 것은 다 얻어먹으면서도 조금도 지지 않으려는 태도는 전과 다름없어서, 오히려 녀석에게 갖다 바치는 꼴이 된 동영은 굴욕감 속에 그 기도를 포기해야 했다.

할 수 없이 동영이 다음으로 취한 것이 어머니의 권위에 의지하는 길이었다.

"어머니, 어째서 풀무쟁이는 우리 땅도 부치지 않고 우리집에 와서 일도 거들지 않지요? 장터서 어머니를 만나도 마님이라고 굽실거리지도 않고……."

어느 날 동영은 어머니에게 그렇게 물었다. 녀석의 부모에게 어떻게 겁을 주는 길이 없는가를 알아보기 위함이었는데 대답은 너무도 실망스런 것이었다.

"어디서 흘러온지는 몰라도 해방된 종의 씨라는 소문이 있다. 그런데 그 꼴난 솜씨에 제 벌어 제 먹는다고 안중에 사람이 없는 모양이라. 그러잖아도 내 벼르는 중이다."

하지만 벼르고 있다는 건 다시 뒤집으면 지금 당장은 어머니도 어쩔 수 없다는 뜻이 아닌가.

그렇게 되고 보면 남는 것은 다른 아이들이라도 한편으로 단단히 묶어두는 길뿐이었다. 아무도 같이 놀아주지 않으면 별수 없이 장터로 내려가겠지, 그래서 장터것들하고나 어울리겠지 — 동영은 그런 생각으로 전보다 한층 더 많은 먹을 것을 아이들에게 뿌렸다. 어떤 때는 일부러 아이들을 위해 떡을 만들어 달라고 조를 때도 있었다.

"대장은 마땅히 졸병들을 먹여야 합니다."

그런 거창한 허풍으로 어머니를 속여가며까지.

그 마지막 수단은 겉으로 보기엔 대단히 효과적이었다. 아이들은 적어도 동영의 눈앞에서는 절대적인 충성을 표시했다. 그러나 동영만 없으면 이내 녀석을 대장으로 삼고 놀이에 들어가는 눈치였다. 언제나 아이들과 함께 있을 수만 있다면 어느 정도 승산이 있었지만 불행히도 동영에게는 그러지 못할 사정이 여럿 있었다. 그 아이들이 아직 안 나가는 소학교에 나가는 일과 하루 한 차례 집안어른에게 한문을 배우는 일, 그리고 이따금씩 찾아오는 손님접대였다. 어머니는 남자이며 그 집 주인이라는 이유로 어떤 손님이건 일단 아홉 살의 동영을 만나보게 했던 것이다.

"너희들 뭣 하며 놀 거니?"

녀석이 다시 아이들에게 묻는다. 아이들은 녀석이 나타나고부터 까닭없이 허둥대고 있다.

"병정놀이……."

아이들 가운데 하나가 동영의 눈치를 힐끔힐끔 살피며 그렇게 더듬거린다. 녀석은 그럴 줄 알았다는 듯이나 비뚤어지게 웃더니 대뜸 동영의 아픈 곳을 찔러온다.

"병정놀이라면 대장이 있어야 한다. 누굴 대장으로 할 거니?"

다른 아이들 같으면 감히 물을 엄두도 못 내는 일을 녀석은 빈정거림까지 섞어서 묻고 있다. 동영은 그것만으로도 심한 굴욕감을 느낀다. 그런데 더욱 속상한 것은 아이들이다. 당연히 자기를 대장이라고 말해 주어야 하는 데도 서로 눈치만 살피며 우물쭈물한다.

나는 인근 백 리 안에서는 제일 집안이 좋다는 영감댁 손자다. 대대로 살림 천 석, 글 천 석, 인심 천 석, 해서 삼천석꾼 소리를 들어왔고 일가 어른들 몇을 제외하고는 어머니에게 굽실거리지 않는 사람이 없다. 뿐인가, 나는 보통학교 2학년이고 천자문과 명심보감도 떼었다. 삼국지 얘기라면 모르는 게 없고 한시(漢詩)도 몇 편 왼다. 그런데 녀석은 무엇인가. 어디서 흘러들어온지도 모르는 풀무쟁이 아들이고 글이라고는 제 이름자도 모른다. 녀석이 할 수 있는 얘기라면 고작 장돌뱅이들의 싸움 정도이고, 줄 수 있는 것이라면 잘못 벼른 못토막이나 닳은 말굽쇠 따위뿐이다. 그런데 어떻게 감히 내게 대들며, 아이들은 또 그를 대장으로 삼는가…….

그러나 녀석은 그런 동영의 마음속은 아랑곳없이, 다시 우물거리는 아이들을 몰아대듯 묻는다.

"누굴 대장으로 할 거냔 말야? 누가 대장했으면 좋겠어?"

아이들은 여전히 대답이 없다. 그러자 녀석은 그중에서 가장 만만한 실근이를 노려보며 대답을 강요한다.

"실근이 너, 말해 봐. 누가 대장했으면 좋겠니?"

용케 찍은 셈이었다. 실근이는 어깨를 움찔하며 겁먹은 목소리로 대답한다.

"음…… 네가 해라……."

그제서야 동영은 또 선수를 빼앗겼다는 생각이 들었으나 이미 늦었다. 녀석은 실근이 다음으로 겁많은 철규를 노려보며 묻는다.

"너는?"

"그래, 네가 대장해라."

철규도 풀죽은 목소리로 그렇게 대답한다. 동영이 뒤늦게 자기에게 가장 유리할 성싶은 동근이에게 물어 지지를 얻어냈지만, 별 소용이 없었다.

"그럼 우리 두 패로 나누어 하자. 너는 그쪽 대장해라. 나는 이쪽 대장 하마."

녀석은 그렇게 잘라 말하고 아이들을 돌아본다.

"떡조각이라도 얻어먹으려면 동영이 따라가거라."

동영도 지지 않고 아이들에게 말한다.

"풀무쟁이 아들 쫄병이 되고 싶거던 여기 남고, 아니면 나를 따라오너라."

그러나 비열하게 강요하기 싫어 아이들 쪽을 보지 않고 그곳을 떠나온다. 아이들이 저희끼리 술렁대더니 몇 명이 따라온다. 하나, 둘, 셋……. 발자국으로 세어보니 넷이다. 그렇다면 녀석에게 다섯이 남는 셈이다. 아아, 또 졌다…….

장소가 바뀐다. 언덕 중턱의 바위 곁이다.

"오늘은 대장을 하나만 뽑자."

녀석이 그렇게 말하더니 손으로 그 바위를 가리킨다. 어른 두 길에 가까운 바위로 어린 그들에게는 까마득하게 보인다.

"누구든 대장이 되려면 저 바위에서 뛰어내려야 한다. 누가 대장이 될래?"

아이들은 모두 겁먹은 눈치로 입을 다문다. 동영도 눈으로 가늠해 보지만 도무지 자신이 없다. 그런데 녀석은 또 아이들에게 하나씩 물어온다. 못해. 못해. 못해……. 드디어 동영이 차례다.

"너부터 해봐라."

동영이 궁리 끝에 그렇게 역습해 본다. 그러나 녀석은 가볍게 빠져나간다.

"나는 어제 뛰어 봤어. 아무도 못 뛰겠다면 내가 뛰지."

"그걸 어떻게 믿어?"

"어쨌든 뛰면 되잖아? 그런데 너 뛸 거야, 안 뛸 거야?"

"너부터 뛰면."

"너 겁먹었구나? 그렇지?"

정말로 뼈아픈 반격이었다. 자기의 마음속을 들여다보듯 그렇게 물어오는 녀석의 말에 동영이 당황해 있는 사이 녀석은 아이들을 돌아보며 이죽거린다.

"야, 이제 보니 동영이 아주 겁쟁이구나. 겁쟁이부대 대장하면 꼭 맞겠다."

그렇게 되면 할 수 없다.

"뭘게, 까짓것 겁낼 줄 알고……."

동영은 그 말과 함께 바위를 기어오른다. 올라가 보니 아래서 보던 것보다 한층 높아 보인다. 차라리 아뜩하다고 하는 편이 옳다. 그러나 겁쟁이가 될 수도 없고 대장을 넘겨줄 수도 없다. 더군다나 녀석은 어제 벌써 뛰어내려 보았다고 하지 않는가.

동영은 이를 악물고 뛰어내린다. 아찔한 느낌에 이어 두 무릎이 가슴을 쳐 숨이 콱 막힌다. 눈앞을 무리지어 나는 별똥별 같기도 하고 여름밤의 반딧불 같기도 한 작은 빛 조각들…….

다시 장소가 바뀐다. 집 뜰 안. 앓아누워 있던 동영의 귀에 아이들의 재잘거림이 들린다. 동영은 다리를 절룩거리며 어머니 몰래 자리를 빠져나간다. 그 사이 날이 추워진 탓인지 아이들은 동영의 집 앞 담에 나란히 기대앉아 얘기꽃을 피우고 있다. 궁금한 동영은 가까이 있는 작은 사다리를 끌어와 담 밖을 본다. 녀석들은 머리 위에 동영이 보고 있는 줄도 모르고 얘기에 열중해 있다.

"동영이 많이 아픈가 봐."

"읍내 의사까지 다녀갔대."

두 아이가 근심스레 주고받는다. 그때 녀석이 그 둘에게 이죽거린다.

"왜 찐살이도 한줌 생각나니?"

"그래도 안됐잖아?"

"안되긴 뭐가 안돼? 짜식 대장 좋아하다가 쌤통이다."

그 말에 언제나 동영이 편인 동근이가 녀석에게 묻는다.

"그런데 너 거기서 뛰어내렸다는 거 정말이니?"

그러자 녀석이 갑자기 배를 잡고 깔깔거린다. 동근이가 어리둥절해 다시 묻는다.

"왜 그러니?"

"이 바보야, 거기서 어떻게 뛰어내려? 어른들도 못하는데."

"그럼 왜 거짓말을 했니?"

"동영이녀석 골탕 한번 먹일려구 그랬지. 병정놀이만 하면 제가 대장이 되겠다고 나서는 게 미워서 말야."

더 이상은 들을 수가 없다. 동영은 온몸의 피가 거꾸로 솟는 듯한 기분을 느끼며 담 위에서 곧바로 녀석의 머리 위로 떨어진다. 다시 끝모를 어둠. 등불 밝혀진 방. 깨어난 동영은 울면서 어머니에게 그때껏 숨겨왔던 그간의 사정을 털어놓는다. 녀석을 죽이고 싶어요…….

장소는 또다시 바뀐다. 장터다. 작은 소달구지에 녀석의 아버지가 짐을 싣는다. 전이 부서진 독 몇 개, 때 낀 바가지, 무명 이불 보따리, 올망졸망한 보퉁이 몇 개와 종이를 바른 버들고리짝 하나. 드디어 녀석들이 장터를 뜬다. 한곰이 아버지 지금이라도 영감댁 마님에게 잘못했다 그러세요. 없는 사람이 빌며 살아야지요. 싫소. 모래땅에 혀를 박고 죽어도 그짓은 못하겠소. 입에 풀칠이나 하자고 아이 기 죽여가며 여기 살고 싶지는 않소. 이 개명된 세상에 양반이 어디 있고 상놈이 어디 있소. 영감댁인지 개똥댁인지 하는 집 과

수댁에게 전하시오. 재물이라는 게 없는 사람 기 죽이는 데 쓰는 게 아니라고. 그리고 당신들도 그렇소. 옛날 상전이면 옛날 상전이고, 소작땅 임자면 소작땅 임자지, 그 집 눈치 보느라고 낫 한 자루 벼르러 삼십 리 길을 간단 말이오? 구루마 바퀴 테 씌우러 읍에까지 나간단 말이오? 그 곁에서 흐느끼는 녀석의 어머니와 누이. 그때 갑자기 선뜻한 기분이 들어 길 한편을 보니 녀석의 새파란 눈길이 화살처럼 쏘아온다. 때아닌 한기가 옷깃을 파고든다…….

　동영은 담배를 두 대나 거푸 피우며 조금 전의 그 섬뜩하리만치 선명한 꿈을 차례로 떠올리고 있었다. 아니, 어디까지가 꿈이고 어디까지가 실제의 기억인지 구분할 수 없을 만큼 뒤얽힌 회상이었다.
　이상도 하지, 까마득히 잊고 있었던 어린 날의 그 기억이 다시 그때의 아픔까지 동반하여 되살아난 것은 무엇 때문일까 ─ 동영은 아직 깜깜한 창밖을 내다보며 그런 생각이 들었다. 누구에게나 한두 개는 있을 법한 상처와도 같은 어린 날의 기억, 그것이 삼십 년 가까운 세월을 뛰어넘어 꿈의 형태로 되살아난 것이었다.
　그런데 지금까지도 잘 이해되지 않는 것은 그때 동영으로부터 모든 내막을 들은 어머니의 분노였다. 생전 보이지 않던 눈물까지 보이면서 분해하던 어머니는 그다음 날부터 그 대장장이에게 집요하고도 철저한 보복에 들어갔다.
　자신이 동원할 수 있는 최대한의 힘을 동원하여 고객들을 없애버린 것이었다. 녀석의 아버지도 묘한 사람이었다. 그 내막을 아는지 모르는지 항의 한마디 없이 일 년을 버티다가 솥까지 팔아먹고야 그렇게 돌내골을 떴다.

"붙들어다가 멍석말이 시키지 않는 것만도 다행인 줄 알아라."

혹 말리는 사람이 있어도 그런 말로 물리치곤 하던 어머니도 그들이 기어이 돌내골을 떴다는 말을 듣자 혀를 차며 중얼거렸다.

"조런 못된 것, 독한 놈……."

하지만 그들이 떠나가고 몇 년이 지나도록 그 일만 나오면 여전히 분해 못 견뎌했다.

생각이 다시 그 같은 까닭 모를 어머니의 분노에 이르렀을 때였다. 둘 사이에 아무런 연관도 없는 성싶은 어머니의 얘기 하나가 떠올랐다. 성인이 되고 난 뒤까지도 이따금씩 들려주던 얘기였다.

"너의 외가집은 아흔아홉 칸 집이다. 지금은 입 구(口)자 비슷하지마는 원래 몸 기(己)자 꼴이었지. 우리 덕봉(德峰) 할배가 명(明)나라에 청병(請兵) 갔다가 거기서 보고 온 대로 따라 지은 집이라. 그 안방하고 광 사이에 주로 시집 간 딸네들이 산방(産房)으로 쓰는 두 칸짜리 허드렛방이 하나 있었다. 그런데 이상하게도 그 방에서 태어나는 외손(外孫)은 하나같이 재주가 뛰어나 정승이 하나에 판서만 셋이나 날 정도였지. 그러자 우리 증조부께서는 방구들을 걷어내고 헛간을 만들어 버리셨다. 그 집터는 금계(金鷄)가 알을 품은 형국의 명당이라는데, 자손들은 시원찮고 외손들만 잘 되는 것은 그 방에서 태어나 명당(明堂)의 진기를 다 빼간 탓이라고 여긴 것이었다.

따라서 그다음부터 딸네들은 친정에 가서 해산을 해도 아래채에서밖에 할 수 없었지. 그러나 너는 그 방에서 났다. 산기(産氣)가 느껴져 그 방으로 달려가니 문이 잠겨 있더구나. 억지로 돌쩌귀를 들어올려 문을 떼내고 짚검불 속에 누웠는데 이번에는 오라비가 어디서 그 말을 듣고 달려와 머리채를 끌었다. 그래서 문지방을 붙잡고 버티는데 네가 태어났지……."

그러자 다시 그 비슷한 얘기가 하나 더 생각이 났다.

"너 큰 산소에 왜 비석이 없는지 아느냐? 그 흔해빠진 진사니 생원이니 하는 벼슬도 오석(烏石)에다 크게 써서 세우는데 좌승지(左承旨)까지 지낸 분이 비석은커녕 상석조차 없는 것은 바로 그 지세(地勢) 때문이다.

죽은 학이 되살아날 만큼 땅기운이 성한 곳이라 비석이니 상석이니 하는 무거운 석물(石物)들로 그 땅기운을 누르지 않기 위해서다. 그래서 그 땅 기운만 막지 않으면 자손은 귀해도 12대가 지난 뒤에는 천자만손(千字萬孫)에 정승판서가 쏟아질 거라는 게 그때의 이름난 지관(地官)이 한 말이었다.

그 지관의 말대로 그 뒤 이 집안은 정말로 자손이 귀했다. 네 6대조 때의 형제분을 제하면 거의가 독자였고, 그나마 9대조는 양자로 이 집을 이었다. 그런데 이제 내 대로 12대가 지나갔다. 네가 그 13대다……."

역시 자라는 동안에 귀에 딱지가 앉도록 들은 얘기였다. 어머니는 동영뿐만 아니라 다른 사람들에게까지 알맞은 틈만 생기면 그 얘기를 되풀이하곤 했다.

하지만 동영이 그 두 가지 무슨 전설과도 같은 얘기들과 풀무쟁이에 대한 어머니의 분노 사이에서 어떤 연관을 어렴풋이 알아낸 것은 창문이 제법 희뿌연해질 무렵이었다.

어쩌면 그 전설들은 어머니가 나를 위해 조작한 신화가 아니었을까. 그리고 풀무쟁이와 그 아들은 바로 돌내골에서는 유일하게 그 신화를 거부했기 때문에 그토록 맹렬한 미움의 대상이 된 게 아니었을까. 아니 그 이상 외아들의 앞날에 대한 어떤 불길한 예감을 그들 부자(父子)가 한 실례로 보여준 때문은 아니었을까…….

그러다가 문득 동영은 세차게 머리를 저으면서 자리에서 일어났다. 간신히 회복되는가 싶더니 영규를 만나면서 다시 그 기미를 드러내는 히포콘트리(憂鬱症)에 사로잡히는 것이 싫어서였다. 이미 더 자기가 틀린 일이라면 차라리 일어나 지대(支隊)로 나갈 채비나 하는 편이 옳았다. 더구나 그날은 수원의 시인민위원회를 점검하기로 되어 있는 날이었다.

하지만 그 꿈이 어떤 형태로든 동영의 의식을 깊이 자극한 것만은 분명했다. 그 무렵 들어 적기 시작한 동영의 수첩에는 이런 구절이 보이기 때문이다.

〈틀림없이 영웅심 또는 영웅주의는 종족주의의 한 특성이다. 하지만 종족주의가 영웅주의 그 자체를 만들어내는 것은 아니며, 다만 조장하거나 고양시킬 수 있을 뿐이다. 인간의 심성에는 원래부터 허영심이나 권력욕 따위 영웅주의적인 경향들이 자리 잡고 있기 때문이다. 그러면 어찌하여 그런 경향들이 한 인간에게서는 영웅주의로 승화되고, 다른 인간에게서는 자질구레한 세속적인 욕구로 이행하고 마는가? 거기에 대한 설명으로 먼저 들 수 있는 것은 한 인간의 의식이 형성되기 시작하는 유년의 환경과 체험이다.

이때 환경으로서 중요한 것은 종족이나 혈통의 신화(神話)이며, 그것과 어떤 인간을 연결지어 주는 가계(家系) 또는 예언의 고리다. 그는 그 고리를 통해 이윽고는 영웅주의로 자라 갈 정영의식(精英意識)을 얻게 되기 때문이다. 하지만 그 정영의식을 지속적인 영웅주의로 길러주는 체험은 종종 그에게는 부정적인 형태인 경우가 많다. 흔히 부성(父性)으로 나타나는 초자아의 결핍, 적대세력이나 불리한 신분 또는 물질적 빈곤에서 오는 갖가지 가치박탈의 체험 — 이러한 것들이 오히려 강력한 부성의 존재나 유복과 편의보다 더 유효한 체험을 제공하고 있는 것이다. 때로는 주관적인 결핍이나 패배조차 영웅주의의 자극요소가 되기도 한다……

그런데 — 중요한 것은 그 같은 영웅주의의 형성과정이 아니라, 그것이 한 인간의 삶에 미치는 영향이다. 물론 영웅주의 그 자체는 반드시 한 개인에게 해로운 것이라고만 단정할 수 없고, 때로는 지극히 유익한 결과를 가져오기도 한다. 그러나 다른 경우에서와 마찬가지로 욕망과 능력의 부조화에 떨어지면 영웅주의는 그걸 자기의 품성으로 삼고 있는 개인에게 뿐만 아니라 그의 시대에까지 재앙과도 같은 불행이 된다. '영웅심이 많은 인간'이란 말이 흔히 비난이나 조소의 뜻을 품게 되는 까닭은 실로 거기에 있다…….〉

동영은 거기서 아이 시절에 이미 그 뿌리가 이식되고 조장된 혐의가 짙은 자신의 영웅주의에 대해 나름대로의 분석을 시도하고 있음에 틀림이 없다.

시 남쪽 외곽에서 요란한 총소리가 난 것은 자리에서 일어난 동영이 막 이불을 개고 난 뒤였다. 처음에는 산발적으로 들리던 그 총소리는 이윽고 소부대간의 전투를 연상케 할 정도로 발전했는데, 사이사이로는 수류탄이나 박격포탄 때문인 성싶은 폭발음도 끼어 있었다.

아군 선발대가 대전(大田)을 해방하고, 다시 대구를 위협하고 있다는 방송을 들은 것이 바로 그 전날이었건만, 동영에게는 왠지 그 총소리가 심상치 않았다. 그러나 그 길로 달려가 만난 협조부대의 정치군관은 대수롭지 않게 말했다.

"양키들의 정찰부대였소. 영용한 우리 인민군대에게 이미 격퇴당했으니 걱정할 건 없소."

당신들은 당신들 일에나 충실하란 식의 표정이었으나 아무래도 이상했다. 낙오병이라면 모르되 정찰병이 나타날 정도라면 그것은 바로 수원이 준(準)전투지구란 뜻이 아닌가. 거기다가 체포면 체포고 사살이면 사살이지 격퇴란 또 무슨 말인가. 점령지역을 삼백 리 가까이나 뚫고 들어온 정찰부대의 격퇴라 — 그러자 동영은 문득 위력정찰(威力偵察)이란 말이 떠올랐다. 두 달간의 정치학교 교육기간을 통해 얻어진 군사지식이었다. 그렇다면 UN군은 반격의 전기(轉機)를 찾고 있다는 뜻이고 중국인민지원군[中共軍]의 진격은 교착에 빠졌거나 저지에 부딪혔다는 뜻이었다.

하지만 동영은 그것이 조금도 놀랍거나 애석하지 않았다. 진작에 예상했기 때문이라기보다는 그만큼 싸움의 경과에 무관심해진 탓이었다. 정치군관과 헤어져 지대로 가는 동영을 사로잡고 있는 느낌은 다만 그렇게 되어버린 자신에 대한 쓸쓸함과 아득한 무력감뿐이었다.

오전에 파악해 본 시인민위원회의 현황은 한심할 지경이었다. 군사점령이 완료된 지 열흘이 넘었다는 데도 시위원회의 재건에 손을 댄 흔적은 전혀 없었다. 지역주민의 자발적인 참여도 지난번 점령 때와 비교하면 역시 없는 것과 마찬가지였다. 9·28 이전의 당일꾼 가운데서 다시 돌아와 있는 사람은 다섯 손가락을 채울 정도도 못 되었다. 북에서 내려온 자들은 빼고서라도 스물이 넘던 요원급 가운데 세 사람이 국군선발대에 붙들려 총살을 당했고, 여섯 명이 경찰에 체포되어 갔으며, 그 나머지는 모두 행방불명이었다.

돌아와 있는 너덧도 옛날의 그 열렬한 당일꾼들은 아니었다. 중병이라도 앓고 난 사람들처럼 맥빠진 얼굴에 눈치만 남아 잠시도 쉬지 않고 사방을 힐끔거리는 것이었다. 동영의 말이 그 어느 때보다 열변이 되고 행동이 신념에 차 있는 듯 변한 것은 아마도 그런 그들에게서 자신을 발견하고 싶지 않은 기분에서 나온 안간힘이었을 것이다.

그러나 더욱 암담한 것은 재조직의 전망이었다. 정식으로 당의 재가를 받아 북에서 사람이 올 때까지는 지역 인민들로 임시위원회를 조직해야 하는데 이번에는 좀처럼 나서려는 사람이 없었다. 지난번 점령 때는 없는 경력까지 내세워 한 자리 얻지 못해 안달이 던 사람들이 이번에는 있는 경력까지도 감추며 꽁무니를 빼는 것이었다. 그곳에 나와 있는 지난날의 요인 몇 명도 거의 억지로 끌려 나온 듯한 눈치였다.

거기다가 그곳에서의 공작업무, 지역업무는 지역주둔군 정치부의 지휘 통제 아래 있게 되어 있는 것도 어려움을 더했다. 모든 체제가 정치 우선으로 되어 있긴 하지만, 그리고 정치군관은 특히 그런 쪽의 교육을 받은 자들이라고는 하지만, 군은 어디까지나 군이었다. 행정기관 및 사회단체를 조직하는 일에는 능력에도 안목에도 한계가 있었다.

어디서 손을 대야 할지 몰라 막막하던 동영은 우선 시인민위원 후보명단 확보를 지시한 뒤 수원농대로 가보았다. 상태는 시위원회보다 심했다. 그때의 기세등등하던 대학위원회는 형식조차 남아 있지 않았고 교수도 한 사람 돌아와 있지 않았다. 같이 월북했던 사람들이야 그렇다 처도 별 정치색 없이 순수한 학자로서만 봉직했던 이들까지 자취를 감춰버린 것이었다.

학교의 건물은 그곳을 떠날 때와 큰 차이가 없었다. 그 부근에서는 전투가 없었던 것 같았다. 다만 그때 한창 곡식과 채소들이 자라고 있던 실습지는 누구에 의해선지 짚검불 하나 배춧잎 한 잎 남아 있지 않을 만큼 깨끗이 거두어져 있었다.

그런 것들을 둘러보고 있는데 갑자기 동영을 자극하는 광경이 하나 눈에 들어왔다. 어느새 기우는 햇살을 받으며 한 줄기 흰 연기를 뿜어올리는 사택이었다. 그 연기가 나는 곳이 자기들이 살던 1호 사택인 걸 확인하자마자 동영은 갑자기 착각에 빠졌다. 마치 가족들이 그곳에 모두 살고 있고 자신도 아직 그 대학의 임시학장으로 느껴졌던 것이다.

그렇지 않아도 나오는 길에 한번 들르려고 마음먹었던 동영이었지만 그런 느낌이 들자 더는 미룰 수가 없었다. 동영은 따라온 대원들이나 정치군관이 이상하게 보는 것도 아랑곳없이 1호 사택으로 뛰듯이 가보았다. 마당에 놀고 있는 훈이 또래의 소년이 한층 동영의 착각을 도왔다.

"훈아 ─."

메어 오는 목으로 그렇게 소리치며 달려간 동영이 마침내 착각에서 깨어난 것은 그 소리에 놀라 문을 열고 나온 중년부인이 겁먹은 눈으로 그 소년을 가리고 나설 때였다. 퍼뜩 정신이 든 동영은 애써 엄한 표정을 지으며 그녀에게 물었다.

"안에 누가 있소?"

"영감하고…… 딸년이 하나 있어요. 왜…… 그러세요?"

여인이 떨리는 목소리로 더듬거렸다.

"집안을 좀 살펴야겠소."

동영은 그 말과 함께 현관문을 열고 들어섰다. 동영의 표정에서 어떤 심상찮은 걸 느꼈는지, 아니면 뒤따라오는 대원과 상위(上尉) 복장을 한 정치군관 때문인지 그녀는 질린 얼굴로 가볍게 떨 뿐 조그만 항변도 없었다.

들은 대로 집안에는 병색이 완연한 50대 남자 하나와 열예닐곱 되는 처녀아이뿐이었다. 그러나 그들이 거의 눈에 들어오지 않는 것은 너무도 변함이 없는 집안 때문이었다. 아내가 우겨 실어온 오동나무 문갑과 자개박은 삼층장이 안방 그 위치에 그대로 놓여 있었고, 아이들 방의 옷궤나 책상도 그대로였다. 더욱 놀라운 것은 자신이 서재 겸 사랑방으로 쓰던 방이었다. 우선 옮겨온 농업경제학 관계 서적들이 꽂혀 있는 작은 서가는 제목의 순서조차 눈에 익은 대로였고, 학교에서 가져다 둔 교육용 책상도 먼지 하나 없이 걸레질이 되어 있었다. 만약 숨을 헐떡이며 뒤따라온 50대 남자가 아니었더라면 동영은 다시 한번 몇 달 전 그곳에 살던 때로 착각했을 것이다.

"왜 그러십니까? 어디서 오셨소?"

그 남자가 등뒤에서 그렇게 물었다. 그러나 동영은 대답 대신 앞뒤없이 그를 다그쳤다.

"동무는 어떻게 여기 살게 됐소?"

"그건 왜 물으십니까?"

"나는 정치공작대 소속이오. 조사할 게 있어서."

"피난 갔다 올라오는 길에 내가 병이 나자 아내가 찾아낸 게 이 집인 모양입니다. 그 뒤로도 계속 내 병이 낫지 않은데다 시국도 미덥지 않아 몇 달 눌러살고 있습니다."

"그게 언제요?"

"글쎄요. 아마 9·28 하루 전날쯤일 겝니다."

그렇다면 자신이 떠나고 한 사나흘 뒤가 되고 국군이 서울로 돌아온 그날이 되는 셈이었다. 그가 가족들을 알 수 있을지도 모른다는 생각이 들자 저절로 목소리가 떨려왔다.

"그렇다면 여기 살던 사람들은 어떻게 됐소?"

"잘은 모르지만 아내가 이 집을 찾아냈을 때는 이미 아무도 없었다고 하는 것 같습디다."

"바른 대로 말하시오. 나는 이 집을 알고 있소. 그런데 모든 살림은 고스란히 남아 있고 사람만 바뀌었소. 그것은 다시 말해서 당신들과 맞교대하듯 떠났다는 뜻이오. 만약 한나절이라도 이 집이 비어 있었으면 살림살이가 이렇게 남아 있을 리 없으니 말이오."

그때 어느새 왔는지 그의 아내가 겁먹은 소리로 대답을 대신했다.

"정말이에요. 제가 처음 이 집에 들어섰을 때는 아직 집안에 온기가 남아 있을 정도였지만 사람은 하나도 없었어요. 첫날은 금세 다시 돌아올 것 같아 작은 방 하나에 우리 식구가 모두 함께 잤어요."

"그래 결국 오지 않았소?"

"네."

"이 집에 살던 사람에 대해 뭐 들은 얘기도 없소?"

"나중에 이 집이 학장 관사였다는 건 들었지만 정말로 사람들은 보지 못했어요."

그녀의 표정으로 보아 거짓말을 하고 있는 것 같지는 않았다. 그러나 가족들의 행방에 대해 작은 단서라도 얻게 될지 모른다는 생각에 계속 그녀를 다그치는데 대원과 정치군관이 함께 그 방으로 들어왔다.

"지대장동무, 그럼 이 집이 전에 지대장동무가 살던 집입네까?"

젊은 대원이 신기하다는 듯 방안을 둘러보며 그렇게 묻고 이어 동영의 심상찮은 태도를 느낀 듯 덧붙였다.

"무엇 이상한 거이 있시요?"

그 말에 동영이 간단하게 의심스러운 점을 말하자 이번에는 곁에 있던 정치군관이 나섰다.

"거 참 이상하구먼. 그럼 이 살림살이가 그때 그대로란 말이오?"

"그렇소."

"들으니 당일꾼들 살림은 적산(敵産)취급을 해 아무나 가져가는 게 임자라던데 어떻게 임자도 아니면서 이렇게 지킬 수 있겠소? 아무래도 이 동무가 수상하오. 경찰이나 국군이 나서서 지켜준 모양이오. 아니면 밀고한 상으로 받았거나……."

정치군관이 대뜸 그렇게 말하더니 그 남자를 날카로운 눈매로 살피며 물었다.

"동무 직업이 뭐요?"

"교원이었습니다. 소학교……."

"그런데 왜 피난을 갔소?"

"우선 싸움터나 피하자고 피하다 보니 그만……."

"정말로 인민학교 선생이었소? 그 나이루?"

"네."

그러나 남자의 목소리에는 어딘가 두려움에 떠는 듯한 여운이 있었다. 정치군관도 그걸 느꼈는지 갑자기 목소리가 차가워졌다.

"아무래도 이상하오. 함께 동행해 조사를 받아야겠소."

그 말에 그의 아내가 나섰다.

"우리 죄는 주인이 돌아올 때까지 숟가락 하나 축내지 않고 지킨다고 지킨 것뿐이에요. 저분은 왜정 때부터 코흘리개들이나 가르쳐 온, 법 없이도 살 수 있는 분이구요. 거기다가 아직도 늑막염을 앓고 있는 환자예요. 조사는 무슨 조사예요."

그 바람에 정치군관과 그녀 사이에 한차례 실랑이가 일었지만, 동영은 이미 그 일에 마음을 쓸 여유가 없었다. 점점 짙어져가는, 어쩌면 살아서는 다시 아내와 아이들을 볼 수 없게 되리라는 예감으로 쏟아지려는 눈물을 억누르는 것만도 힘에 겨웠던 것이다.

〈각급 행정기관 당 및 사회단체의 조직은 추후 별도 지시가 있을 때까지 보류한다. 당분간 귀대(貴隊)는 지역 주둔군과 협조하에 선전선동 및 반동분자 색출제거를 주임무로 할 것.〉

저물 무렵 동영이 지대로 돌아가니 그런 지시가 내려와 있었다. 역시 전황이 심상치 않음에 틀림없었다. 별 실효도 없는 조직업무 대신에 군점령지의 선동요원 내지 내무서원을 대신한 보조업무나 수행하라는 뜻이었기 때문이었다. 동영에게는 가장 마음에 들지 않는 업무만 남은 셈이었지만 오히려 그는 어려운 짐을 벗은 듯한 홀가분한 기분이었다. 그만큼 동영은 자신의 일에 흥미를 잃고 있었던 것이다. 아니면 전쟁이란 거대한 메커니즘에 한 톱니바퀴나 나사못에 불과한 자신의 위치에 어느새 길들여졌다는 뜻일까.

대신 그때부터 동영은 애써 멀리했던 술에 조금씩 깊이 빠져들고 있었다. 그날 밤도 그는 취하도록 마셨다.

2

　음력으로는 아직 정월이라 바람끝이 매서웠다. 길가의 개울들도 두껍게 얼어 있었고 먼데 산봉우리며 응달진 계곡에는 흰 눈이 쌓여 있었다. 아이를 업고 걷느라고 더워진 정인의 몸이지만 길섶에 앉은 지 몇 분도 안 되어 이내 한기가 돌았다. 돌아보니 철이를 거지반 업다시피 데려오느라 땀까지 흘리던 훈이의 입술도 시퍼랬다.

　"그만 일나 가자. 이래다가는 안강(安康)도 몬 가 저물어뿐다."

　그때 시어머니가 일어서며 그렇게 말했다. 치마폭에 영희를 싸안고 있는 그녀의 입술 역시 시퍼랬다. 이제는 별 소용이 없다는 생각이 들었던지 그 사이 시어머니는 어색한 대로 그렇게 애써 지키려던 서울말을 완전히 버리고 거리낌없이 사투리를 썼다.

　"예."

　정인도 그렇게 대답하며 아이를 추슬러 업었다. 그 사이 토실토실 살이 오르기 시작한 어린것은 무엇이 불편한지 한동안을 칭얼대다 조용해졌다.

서둘러야 할 길이었다. 조금 전 길가던 사람에게 들은 바로는 안강까지 십 리밖에 남지 않았지만, 시골사람들의 십 리를 믿을 수 없는데다 그들의 걸음도 지나치게 느렸다. 친정을 떠난 지 이틀째인데 아직 백 리를 넘기지 못하고 있었다. 몸이 다들 나았다고는 하나 정인도 시어머니도 아직은 성한 사람과 같지 못했다. 거기다가 아홉 살짜리 영희와 세 살짜리 철이를 맡은 열두 살의 훈이가 함께 가는 길이고 보니 하루 오십 리도 채우기 힘든 탓이었다. 길도 청송(淸松)으로 바로 갈 수가 있으면 좀 가깝지만 보현산(普賢山)을 피하다 보니 자연 포항 쪽으로 돌게 되어 백여 리가 더 늘어나 있었다. 백 대위에게 들어서 알고 있는 보현산 일대는 그대로 불붙는 전장과 다름없었다.

그들이 꼭 해 전으로 안강에 도착하고 싶어 하는 것은 거기에 정인의 서고모(庶姑母)가 하나 살고 있기 때문이었다. 전날 밤을 해선동이란 조그만 마을의 헛간에서 웅크린 채 지새우고 점심은 아침에 남긴 반쯤 얼어붙은 밥덩이로 때운 탓에 그날 밤만은 따뜻한 음식을 먹고 따뜻한 방에 자고 싶었다. 간사한 것이 사람의 몸이라 할까, 그 한 달 남짓의 친정살이로 안락 아닌 안락에 익숙해진 그들에게는 어느새 찬밥과 헛간이 그렇게 고통스레 느껴진 것이었다. 그곳에 있을 때는 가시방석에 앉은 것처럼 불안하던 한 달이었지만, 이제 생각하니 오히려 그 출발이 후회될 만큼 꿈같이 편안했던 한 달이었다.

명인이 앞장서서 치워준 마을 끄트머리의 빈 제실(齊室)로 시어머니와 아이들을 옮긴 뒤에야 정인은 친정아버지의 그 같은 돌변의 원인을 알았다. 그날 아버지는 욱(昱)이가 행방불명되었다는 소식을 들은 것이었다. 장진호(長津湖)까지 올라갔던 욱이의 부대는 중공군의 개입으로 한때 포위되는 상태에까지 빠졌으나, 무사히 흥남까지 빠져나와 거기서 배로 철수했다는 것인데, 포항에 와서 점검해 보니 욱이가 없더라는 게 휴가 나온 동료사병이 일러준 내용이었다. 그리고,

"그라믄 우리 욱이가 우예 됐단 말고?"

하는 아버지의 물음에 그 사병은 난처한 얼굴로 이렇게 대답했다는 것이다.

"아모 일 없이 배를 몬 탔다 카는 거는 말도 아임더. 어느 배든동 군인이 최고 우선이었으니께네요. 배를 몬 탄 거는 두 가지 경우뿐임더. 하나는 포로가 됐기나 하나는……."

그 말에 아버지는 이렇게 버럭 소리를 지르고 벌떡 일어나 곧바로 정인이 있는 뒤채로 달려갔다는 게 그 자리에 함께 있었던 명인의 전언이었다.

"하나는 죽었다는 말이겠지러? 오냐, 알았다. 자네는 여 잠깐 기다리거라."

듣고 보니 그날 친정아버지의 행동이 이해될 것도 같았다. 시어머니도 그 일에 대해서는 조금도 노여움을 품지 않았다.

"그거사 내라도 가마이는 못 있을따. 그만하믄 바깥사돈어른 점잖은 편이라. 내가 사가(査家) 하나는 양반댁을 둔 것 같다."

그것이 제실로 방을 옮긴 직후 시어머니가 정인에게 한 말이었다.

거기다가 그곳으로 옮겼다고 해서 친정에 있을 때보다 생활하기가 어려운 점이 있는 것도 아니었다. 명인은 아버지와 계모의 눈을 속여가며 먹을 것과 땔감을 떨어지지 않게 했고, 그게 여의치 않을 때는 대소가(大小家)를 돌아 먹을 것과 옷가지를 모아 오기도 했다. 지난해 영천 읍내까지는 인민군들의 탱크가 들어선 적이 있었지만, 그곳까지는 미치지 못해 다른 곳에 비해서는 비교적 넉넉한 편인 친정 대소가도 불행해져 돌아온 딸네에게는 동정적이었다.

백 대위의 집요한 구혼작전도 정인을 물심양면으로 도왔다. 원래 제실의 빈 방을 쓰던 자기 부관(副官)과 방위군 장교 둘의 하숙을 주선함으로써 매달 적지 않은 쌀이 생기게 되었을 뿐만 아니라 최악의 경우에는 그 사이 친해진 그들의 보호에 기댈 수 있다는 기대를 갖게 된 것이었다. 엄밀히 따지면 월북한 골수좌익의 가족이고, 경찰의 주목까지 받고 있는 정인에게 전시(戰時)군법의 적용을 받는 군 장교가 하숙을 한다는 건 있을 수 없는 일이었다. 그러나 공비(共匪)와 유격대 침투에 대비해 석 달 이상 그곳에 주둔해 있는 부대인데다 중대라기보다는 사실상 독립부대여서 그 부대장인 백 대위의 허락만으로 가능하게 된 것이었다.

그렇게 되자 정인의 생활은 최소한의 해결을 훨씬 넘어 비축까지 가능할 정도로 여유가 생겼다. 여위었던 아이들은 며칠 사이로 살이 오르기 시작하고 시어머니도 외아들의 일은 아주 잊어버린 듯 그 뜻아니한 행운에 흡족해했다.

하지만 보름도 못갈 행운이었다. 1월 말이 되면서 백 대위의 부대는 출동이 잦아지고 어떤 때는 며칠씩 전투를 치르고 머릿수가 눈에 뜨일 만큼 줄어들어 돌아오곤 했다. 들리는 말로는 중부전선을 뚫고 들어온 인민군 대부대가 보현산(普賢山)을 중심으로 유격활동을 펴며 대구를 노린다는 것이었다. 그러자 부근의 산악지대에서 숨도 못 쉬고 있던 공비들이 다시 움직이기 시작해 일시적이나마 평화롭던 그곳의 분위기는 깨어지고 말았다.

다시 검문검색이 강화되고 부역자 및 동조자와 그 가족들에 대한 감시가 날카로워졌다. 번번이 백 대위 덕분에 빠져나오기는 해도 정인과 시어머니는 그 사이 두 번이나 더 지서에 불려갔다 왔다. 하나는 경찰의 의례적인 예비검속이어서 쉽게 나올 수 있었지만, 다른 것은 씨아이딘가 에이치아이디 본부에서 왔다는 장교 때문에 백 대위도 어쩌지 못해 한차례 곤욕을 치른 뒤에야 풀려나왔다. 그러나 취조와 심문이 어디까지나 형식적이어서 크게 몸이 상하지 않았던 점으로 미루어 보면 방법은 알 수 없어도 무언가 백 대위의 힘이 그들에게 작용한 것만은 분명했다.

뿐만 아니라 친정의 슬픔으로만 여겼던 욱이의 일도 그 무렵해서 뜻밖의 방향으로 발전했다. 우연히 욱이에게 굉(宏)이라는 좌익 친형이 있다는 게 알려져 조사에 착수한 군 수사기관은, 그가 흥남시에까지 무사히 들어왔다는 증거를 찾아내자, 그의 실종을 다른 방향으로 해석하기 시작했다. 투항 또는 고의적인 잔류의 의심을 하는 것 같았다. 아직 그 불똥은 정인에게까지는 튀어오지 않고 있으나 친정아버지가 지서로 불려가기 시작한 걸로 보아 결코 강건너 불은 아니었다.

"뿌리 없는 놈이 양반집 사위 한번 되려니 정말 힘들군요. 이건 뭐 온통 씨뻘개 놓으니……."

농담 반 진담 반으로 하는 백 대위의 푸념도 예사롭게 들리지 않았다.

여러 번 겪은 터라 시어머니도 심상치 않은 분위기를 느끼는 듯했다.

"암만 캐도 여다는 오래 있을 곳이 못 되는 것 같다."

며칠 전 드디어 시어머니가 근심스런 얼굴로 그렇게 말했다. 그러나 덧붙인 말은 정말로 뜻밖이었다.

"차라리 돌내골로 돌아가자고마."

"아니, 그게 무슨 말씀이세요?"

"그때는 우리가 너무 알래(알려)졌다고 그랬지마는 그기 아이따. 여기도 동영이가 내 자식이고 뭐하는동은 이미 다 안다. 등잔 밑이 어둡다 안카나? 차라리 글로 가자."

지난 몇 년 신분을 숨기고 사는 일이 거의 습관처럼 되어버린 정인이었다. 시어머니의 말을 듣고 보니 고향이나 친정곳이 다른 바 없었지만 왠지 선뜻 마음이 내키지 않았다.

"그래도……."

"아이따. 여(여기)는 사가(査家)가 돌아선 이상 객지고 타성들이라. 글치만 거기는 고향이고 명색 우리 지하(地下=종손 이외의 집안)가 수십 호가 된다. 사파(私派)라 카지만 설마 종부(宗婦) 종손 죽는 거 가마이 보고야 있겠나? 거다가 내 들은 말도 있다."

"들은 말이라니요?"

"아까 오식이를 만났더라. 이번에 군인에 뽑해(혀) 새로 백 대위 부대로 온 모양이라. 돌내골을 떠난 지 두 달밖에 안 되는데, 그쪽 소식 들어보이 가야 되겠드라."

"오식이라구요?"

"구동(龜洞)이 막냉이(막내) 말이따."

구동영감이라면 정인의 기억에 강하게 남아 있는 사람이었다. 해방된 종의 자식으로 다른 사람들이 모두 자기의 출신을 감출 수 있는 먼 곳으로 떠나버린 뒤에도 돌내골에 남아 옛주인을 위해 일했다. 몇 년 전에 돌내골에 갔을 때도 여전히 큰마님, 새아씨 해가면서 다른 일을 제쳐놓고 앞장서서 일을 봐줄 정도였다.

그러나 정말로 기묘한 것은 사상에까지 보여준 옛주인에 대한 충성이었다. 동영의 지령이라는 이유 하나만으로 추수폭동(10·1폭동)에 앞장섰다가 다리에 총상까지 입었던 것이다. 맑스가 누구인지 공산주의가 무엇인지도 모르는데다 육순을 바라보는 나이 덕택에 그 뒤 큰 탈은 당하지 않았지만, 정인은 그때 총상으로 절룩거리는 그를 대할 때마다 까닭 모르게 미안하고 죄스런 느낌에 빠지곤 했다.

"그 오식이가 뭐라고 그랬어요?"

"읍 경찰서장이 우리 문객(門客)이고 지서주임은 서(庶)라도 일가라 카드라. 또 박만술이 안 있나? 거 왜, 재산(才山)네 셋째 아들, 그기 대대장인가 뭔가로 거다서 얼매 안 되는 데 본부를 채리고 있다 카드라. 예전에 어렵게 학교할 때 내한테 학자금깨나 얻어 썼니라. 여다보다는 백 번 나은 같다. 또 이런 세상이 얼매나 계속될동은 몰래도 집하고 땅도 지켜야 될따."

"그건 또 무슨 말씀이세요?"

"땅 남은 거 지지각각이 지 땅이라 카미 지 앞으로 땡겨 놀 궁리가 한창이라 안 카나? 우리집은 뒷실(後谷)양반이 차지했다 카드라. 저가 아홉촌으로 우리하고 젤 가깝다고 말이따. 모두 우리는 다 죽은 줄 아는 모양이제."

시어머니 얘기를 다 듣고 보니 정인도 어느 정도 마음이 움직였다. 따지고 보면 낯선 곳으로 가서 숨어 살 자신이 없을 바에야 차라리 돌내골로 돌아가는 편이 나을 것도 같았다. 그러나 언제나 경찰의 파악 아래 있는 데 대한 습관적인 공포 때문에 얼른 마음을 정하지 못하고 있는데 명인이 다시 정인의 마음을 흔들어놓았다.

"히야(어니), 히야라도 어데 다른 데로 갈 수 없나? 참말로 이런 소리는 안할라 캤디 인자는 안 되겠다. 이래다가는 백 대위 그눔아하고 결혼 안하고 안 될 것 같데이. 히야는 그 막돼먹고 무식한 백 대위하고 내가 결혼하는 거 보기 좋나? 지발 히야라도 어디 멀리 가뿌라. 우리가 쪼매라도 백 대위한테 빚 덜 지구로……."

아버지가 두 번째로 지서에 불려갔다가 백 대위가 어떻게 무마시켜 다시 풀려 나온 날 명인이 찾아와 울면서 말했다. 가까이서 친해 보니, 사람이 좀 능글맞고 배운 건 모자라는 것 같아도, 성격이 서글서글하고 인정이 많은데다 인물까지 눈에 뜨일 만큼 잘나서 은근히 마음에 들었으나, 명인이 눈물까지 보이며 그렇게 말하자 정인도 왠지 가슴이 서늘해졌다. 무엇 때문인지는 몰라도 그토록 싫어하는 사람과 마음에도 없는 결혼을 하도록 도와 일평생 동생의 원망을 듣고 싶지는 않았다.

그리하여 정인은 마침내 시어머니의 말을 따르기로 마음먹고 길 떠날 채비를 했다. 곡식은 가는 동안에 먹을 것만 남기고 모두 내다 팔고, 명인이 가져다준 작은 이불은 뜯어 옷마다 솜을 넣었다. 어린 것 포대기도 새로 두툼하게 솜을 넣고 군용 담요는 길게 말아서 훈이의 어깨에 걸치게 했다. 남보기야 거지꼴이나 다름없지만 정인네 일행으로 보아서는 근래에 드문 푸짐한 길 채비였다. 정인의 속마음도 아는지 모르는지 백 대위도 정인이 돌아가는 것에 기꺼이 찬성하며 부탁도 않은 증명서까지 마련해 주었다.

"작전중만 아니면 제 차를 내어 얼마간이라도 태워 드리겠습니다만 죄송합니다. 그리고 길을 포항 쪽으로 돌아가십시오. 보현산 부근에는 아직도 치열한 토벌작전이 진행중입니다."

마치 정인이 이미 처형(妻兄)이라도 된 듯 정이 스민 그의 말이었다.

"야야."

마다하는 정인에게서 억지로 쌀자루를 빼앗아 자신의 작은 보퉁이와 바꾸어 이고 저만치 앞서가던 시어머니가 갑자기 걸음을 멈추고 뒤를 돌아보았다. 딴 생각에 빠져 있던 정인이 얼른 정신을 차려 마주 올려보자 시어머니가 이번에는 의논투로 물었다.

"니는 어예 생각하노?"

"뭘 말이에요?"

"이눔의 전쟁 말이다. 도대체 이눔의 세상이 우예 될 꺼 같으노, 이 말이다."

"그걸 제가 어떻게 알겠어요?"

정인이 어이없는 기분으로 그렇게 대답했다. 그러나 시어머니는 무언가 진지하게 생각을 하고 난 표정이었다.

"개얍게(가볍게) 듣지 마래이. 니는 아범한테 들은 말도 있고, 또 한동안에는 그 길에 직접 나서기도 안했나?"

"사실 그때는 그 사람들 말을 믿었어요. 하지만 이제는 전혀 짐작이 가지 않아요."

정인도 정색을 하고 그렇게 대답했다.

"글치만 니딴에는 우예 생각하고 있는 결말이 있을 꺼 아이라?"

"바로 그거예요. 그게 자신이 없어요. 옛날에는 제법 모든 게 빤한 것 같았는데……."

"그래믄 뭐가 우예 될동 모른단 말이제?"

"네."

"글타 캐도 이대로 하로하로만 넘굴 수는 없다. 장구한 대책이 있어야 될 것 같다."

"아무것도 모르는데 어떻게 대책을 세워요?"

"니사 모른다 카지마는 가마 생각해 보믄 끝장은 세 가지뿐이라. 말하자믄 북쪽이 이기는 거하고 남쪽이 이기는 거, 그래고 전에 맨치로 두 쪼기로 갈래(갈려) 있는 거 이 싯(셋) 중에 하나란 말이따."

"그거야 그렇겠지요."

"글타 카믄 준비는 하나뿐이따. 저쪽이 이기믄 가아(동영)가 있으이 준비고 뭐고 없고, 남쪽이 이긴다 캐도 처분에 맥킬 뿐이라. 그걸 우리가 우옐 것고? 글치만 전에 맨치로 삼팔선이 그대로 갈리게

42

된다 카믄 준비를 해야 될따. 아아들 데리고 살 일 말이따. 그래고 일 돼 가는 꼬라지 보이, 어느 쪽도 끝테기까지 내다밀 힘은 없을 것 같다. 첨에 인민군이 그랬고 그 담에 미군이 그랬다. 당장 끝장을 볼 같은 기세렜지마는 그게 잘 돼드나? 중공군이 뭐 어뜨이 캐싸도 마찬가지라. 대전(大田)도 못 내리오고 하마 주춤하는 모양인 게라. 아이, 아래 방송에는 서울을 찾는 것도 시간문제라 카드라. 십중팔구 일은 지지리 곰배로 끝나고 말께라."

"그럼 준비를 어떻게 해요?"

"시현(시외사촌)이 가아가 뭐라 캐도 우리 동영이는 괜않다(괜찮다), 글치만 인제 우리한테는 없는 거나 맹 한가지이, 가 없이 우예 살 궁리를 해야 한다. 우선은 한 목숨 부지하는 기 중하지만, 목숨만 붙어 있다꼬 다 사는 게 될나? 땅도 지키고 집도 지키고 아이들도 갈채(가르쳐)야 한다. 눈물이나 짜고 한숨만 쉬고 있어서는 안 된다 이 말이따."

"그렇지만 설마 그렇게 이 싸움이 결말나기야 하겠어요? 이쪽저쪽 그렇게 많은 사람이 죽었는데……."

"죽은 사람만 안됐을 분이따. 내사 아는 게 없다마는 나이로 밍개도(뭉개도) 그만 꺼는 알따. 봐라, 내 말대로 되는가 안 되는가……."

사실 언제부터인가 정인을 사로잡고 있는 예감도 그러했다. 그러나 그것이 바로 동영과의 영원한 이별을 뜻하며, 남은 반생을 외로움과 고통으로 채워나가야 한다는 뜻이라는 것만으로도 도저히 승복할 수 없는 예감이었다.

"아니에요. 그럴 수는 없어요."

정인은 자신도 모르게 목청을 높이며 머리에 이고 있는 작은 보퉁이를 떨어뜨릴 뻔할 정도로 세차게 고래를 저었다. 시어머니가 멀거니 그런 정인을 건네보더니 한숨처럼 말했다.

"나도 그랬으믄 싶다. 글치만 이번에 일나 보이 쪼매씩 세상이 빈(보인)다. 뭣에 홀렸다 깨난 사람맨치로 말이따. 그동안 나는 젊은 너어(너희들)하고 똑같이 한 장단에 춤추니라고 못 봤던 게라……."

"그렇지만, 그런 세상을 어떻게 살아요? 차라리 약이라도 먹고 죽는 게 낫지."

정인은 갑작스러운 공포로 남은 반생을 떠올리며 그렇게 울음 섞어 말했다. 그러자 시어머니가 허옇게 정인을 흘겨보았다. 잠시 얼굴에 연민의 그늘이 스쳤다가 이내 서릿발 같은 엄격함으로 변하면서 정인을 꾸짖었다.

"야가 어른 앞에서 무슨 소리를 하노? 이게 어데서 하는 막된 말이로? 거 참 한심타……."

정인으로서는 시집 온 뒤 거의 처음 듣는 호된 꾸짖음이었다. 그 바람에 걷잡을 수 없이 끓어오르던 정신의 감정이 약간 진정되었다. 그러나 시어머니는 한층 더 큰소리로 꾸짖었다.

"서른에 혼자 돼서 반평생을 그것만 바라보고 산 하나 아들을 잃었을 뿐 나도 가마이 있는데, 어디 귀때기 새파란 게…… 그럴라 꺼던 알라 날 주고 당장 너 집으로 가뿌라. 가서 약을 먹고 죽든동 옳게 배와 오든동……. 야들은 내가 키울란다. 못난 에미 만나 범 자식이 개새끼로 크는 거는 못 볼따……."

"……."

"얼른, 얼라 이리 내놓고 너 친정으로 가라 카이!"

머리칼이 올올이 곤두서고 땀구멍마다 시퍼런 노기가 새어나오는 듯한 시어머니 특유의 성난 모습이었다. 한 발 다가와 손을 내미는 품이 정말로 어린것을 빼앗고 혼자 친정으로 되쫓을 듯한 기세였다. 영문 모르게 사람을 질리게 하는 이상한 힘이 그런 시어머니의 몸집을 집채만큼이나 되는 듯 느껴지게 했다.

"죄송해요, 어머니, 잘못했어요."

정인은 자신도 모르게 그렇게 빌었다. 하지만 시어머니의 노기는 여전했다.

"사나가 길나가 있는데 방정맞구로 눈물을…… 눈에 재라도 뿌리기 전에 어서 그 눈물 못 닦을라? 괘씸한 거 같으이……."

그렇게 버럭 고함을 질러놓고는 다시 계속해 나무랐다.

"내가 옆에 데리고 그 꼬라지 어예 보노? 일찍 돌아가그라. 내사 서른에 혼자 돼 여섯 살 먹은 거 바라보고 살았지마는 허뿌 한 번 아한테 눈물 빈 적 없다. 저래 가주고 뭐 할로? 잔말 말고 알라 내라 주고 가뿌라."

그러다가 까닭 없이 다급해진 정인이 손이 발이 되도록 빈 뒤에야 노기를 풀었다.

"그래믄 니 내한테 약속했데이. 앞으로 어떤 일이 있어도 죽니 어쩌니 하는 약해빠진 소리는 못한다. 또 아이들 앞에 아무따나 눈물 찔끔찔끔 흘래도 내 못 본다. 알겠제?"

정인의 서고모(庶姑母)는 안강읍에서 조금 벗어난 형산강가의 마을에 살고 있었다. 정인보다는 대여섯 위로 서출(庶出)인데다 배운

것도 없고 인물도 대단찮아 그곳에서 농사를 짓는 집안에 출가한
것이었다. 정인과 각별한 사이는 아니었지만 시집 가기 전 정인이 친
정집에 자주 드나들어 얼굴은 서로 알아볼 만했다.

간신히 시어머니의 노기를 진정시킨 정인이 묻고 물어 그 집을
찾아간 것은 날이 거의 저물 무렵이었다. 그러나 고모는 무슨 말을
어떻게 들었는지 정인을 보자 겁부터 내었다. 처녀시절에도 그리 똑
똑한 편은 못 됐지만, 덜덜 이빨 부딪는 소리까지 내 가며 사립문 안
에도 들이지 않고 정인을 돌려세웠다.

"내사 뭐, 층층시하에 먼 용맥이 있나. 내사 뭐, 사부인 어른하고
너 식구들 하룻밤 재워 보내고 싶지마는 우리 시아바시 성질이 워
낙 불칼이래서……. 빨갱이라 카믄 길길이 뛰이 우야겠노? 백지로
서로 상가라운(거북스런) 꼴 볼까봐도 안 되겠다. 우예…… 달리 구
체(구처)를 몬 내겠나?"

그러다가 정인이 말없이 돌아서는 걸 보고서야 괴춤에서 꼬깃꼬
깃한 백환짜리 몇 장을 꺼내 내밀며 말했다.

"읍내로 가봐라. 거는 누군동 알라 안 카고 밥도 팔고 잠도 재와
주는 데가 있다 카드라. 이거라도 보태쓰고……. 난리를 만내이 참
말로 인사(人事)가 없데이…… 사부인어른한테도 우예튼동 잘 말씀
디리고. 친정숭(흉)이 결국 니 숭 아이가?"

그런데 이상한 것은 조금도 야속한 기분이 들지 않는 일이었다.
그러나 시어머니는 기분이 언짢은 모양이었다.

"하기사 첨부터 우리가 잘못했다. 이만한 읍내에 주막 하나 없
을라? 그런데 뭘라꼬 이꺼정 왔는지 몰따. 서(庶)핏줄이 어디 핏줄

가? 거다 아무리 난중이지만 우리가 찾을 집도 아이따. 사서 욕봤다. 가자."

그러면서 앞장서는 품이 몹시 성난 기색이었다.

다행히 읍내로 그리 깊이 들어가기도 전에 적당한 주막이 하나 있어 그날 밤은 모두 배불리 먹고 따뜻한 방에 잠들 수가 있었다. 이것 저것 모은 돈도 제법 되어 돌내골까지 이레를 잡아도 밥값은 넉넉할 것 같았다. 거기에 힘을 얻은 정인은 이고 온 쌀까지 돈으로 바꾸어 짐을 줄였다.

밤중에 한 번 경찰과 한청(韓靑)단원인 듯싶은 젊은이들의 임검이 있었지만 그것도 백 대위가 만들어준 증명 덕분에 무사했다. 생각보다는 모든 것이 순조로웠던 첫날이었다.

3

다음 날은 더욱 매서운 추위였다. 소한(小寒), 대한(大寒)을 다 지나 이제 큰 추위는 없으려니 여긴 탓도 있지만, 정인에게는 왠지 그 추위가 유난스레 느껴졌다. 억울하게 죽어 제대로 묻히지도 못한 채 이땅 구석구석을 덮고 있을 그 숱한 주검들이 뿜어낸 슬픔과 한의 독기가 추위로 변해 기승을 부리는 것 같았기 때문이었다. 시어머니도 정인과 같은 느낌인 모양이었다.

"원통한 귀신이 글케 많이 생겼으니 날인들 어예 무심캡노?"

이따금씩 걸음을 멈추고 아이들의 옷깃을 여며줄 때마다 혀를 끌끌차며 혼잣말로 그렇게 중얼거리곤 했다.

그러잖아도 느리기 짝이 없는 그들의 걸음은 그 추위로 더욱 늘어져 다음 날은 겨우 사십 리를 채웠을 뿐이었다. 업기에는 너무 무겁고 걸리기에는 너무 어린 네 살박이 철이뿐만 아니라 훈이와 영희도 첫날만은 못했다. 전쟁으로 단련을 받았다고는 해도, 첫날로 부풀어오른 발바닥과 까진 발뒤꿈치에다 추위까지 더해지자 열다섯과 열하나의 나이들이 되살아난 것이었다.

시어머니도 처음 친정 동리를 나설 때보다는 눈에 띄게 상태가 나빠졌다. 한 달 가까운 몸조리로 다 나은 듯 보이던 그녀였으나 찬바람을 쐬며 먼 길을 걷게 되자 여기저기 묵은 상처들이 쑤셔오는 것임에 틀림없었다. 다음 날부터는 아예 걷지 않으려는 철이 하나만으로도 힘겨운 훈이가 보퉁이를 받아 가도 말없이 내어 주었고, 가끔씩은 텅 빈 도로를 앞뒤로 둘러보며 푸념을 늘어놓기도 했다.

"싸움이 없는 데는 도락꾸 같은 거라도 댕길만 하다마는, 어예 체로 친듯하노? 소구루마 하나 댕기는 게 없으이······."

사실이 그랬다. 그들이 잡은 길이 중요하지 않은 지방도(地方道)인 까닭인지는 몰라도 차는커녕 길 다니는 사람조차 별로 눈에 띄지 않았다. 도로를 따라 난 마을을 지날 때조차도 길 물을 데가 없을 만큼 사람을 보기가 힘들었다. 꼭 유령들의 들과 마을을 지나는 기분이었다.

그러나 포항에 이른 뒤부터는 모든 것이 달라졌다. 군인들로 들끓어 얼른 지나치고 말았지만 그 도시는 분명 생기로 가득했고, 거기서 북쪽으로 바다를 따라 난 도로도 마찬가지였다. 거의가 군용 차량이긴 해도 트럭들이 쉴 새 없이 오르내렸고, 길가의 마을들에도 드문드문 사람들이 보였다.

그런데 정인 자신에게도 묘한 것은 그 도로로 접어들면서부터 느껴지기 시작한 의식의 변화였다. 목이 터져라 노래를 불러대는 군인들이나 알지 못할 군수품을 가득 싣고 스쳐가는 군용차량을 대할 때의 감정이 이전의 습관적인 공포와는 사뭇 달랐다. 적 또는 가해자라는 느낌이 없어졌다는 정도를 넘어 까닭 모를 친근감까지 일었던 것이다.

물론 그 같은 변화는 친정에 머물렀던 한 달 가까운 기간 동안 고맙게 대해 준 백 대위와 몇몇 군인들 덕분일 수도 있었다. 그들과 가까이 지내게 됨에 따라 국군에게 은연중에 품어왔던 오랜 적의와 공포가 무디어졌다고 볼 수도 있기 때문이다. 그러나 그보다 더 큰 원인은 고향에 돌아가기로 작정한 데 있다고 보는 편이 옳았다. 이제는 싫건 좋건 그들의 그늘에서 살아야 하리라는 자각에서 온 의식적인 화해의 노력이 단순히 지난 감정을 씻어내는 이상 갑작스런 우의(友意)까지 느끼게 된 원인이었을 것이다.

비록 짧은 순간을 스쳐갈 뿐이었지만 차에 탄 국군들도 전에 없던 호의를 보여주었다. 멋모르고 신이나 손을 흔드는 아이들에게 웃으며 손을 흔들어 답하기도 하고, 건빵이나 사탕 따위 귀한 먹을 것을 던져주기도 했다. 후방이라 싸움터의 살벌함이 많이 완화된 데다 여자와 어린아이들이 매서운 추위 속을 걷고 있는 데 대한 측은함 때문이겠지만, 정인에게는 어쩐지 그들도 자신의 마음속에 일어난 변화를 알아챈 것 같은 느낌이 들었다.

시어머니 또한 그런 군인들의 호의가 싫지만은 않은 눈치였다.

"하기사 저것들이야 뭔 죄가 있겠노? 억지로 부뜰래 와 택도 모르고 남의 총알받이 노릇밖에 더하나……."

군인들이 던져준 건빵을 맛있게 나누어 먹고 있는 아이들을 보며 중얼거리는 그 목소리에는 궁하니까 받아 먹기는 하되 사실은 받아 먹을 것이 못 된다는 투의 못마땅함이 별로 나타나 있지 않았다. 사랑하는 외아들을 적대하는 패거리의 무력(武力)이란 그 한 가지 점만으로도 그들은 얼마나 맹렬한 적의와 증오의 대상이었던가.

정인 일행이 월포(月浦)를 조금 지난 곳에서 먹을 것으로 보이는 보급품을 반쯤 실은 군용트럭을 얻어 탈 수 있었던 것도 그같이 은연중에 이루어진 국군들과의 감정적인 화해 덕분이었다.

"할머니, 멀리 가십니까?"

먼지를 날리며 스쳐가던 트럭 한 대가 저만치 멈추어 서며, 젊은 국군장교 하나가 뛰어내려 시어머니에게 그렇게 물어왔을 때 정인은 은근히 마음을 졸였다. 혹시라도 시어머니가 쓸데없는 적의와 의심으로 호의에서 비롯된 것임에 분명한 그의 물음에 거짓 대답을 할까 걱정이 되었기 때문이었다.

하지만 시어머니는 뜻밖으로 선선히 가는 곳을 일러주었다. 뿐만 아니라 그 장교가 뒤편 적재함 모퉁이에 자리를 마련해 주었을 때는 제법 감사까지 잊지 않았다.

"영덕(盈德)까지나 태와 준다이 고맙거를…… 이래도 될니껴?"

그런 시어머니에게서 정인은 안도를 넘어 놀라움까지 느꼈다. 그러나 이내 무자비한 매질 앞에서도 그토록 완강하던 우익(右翼) 일반에 대한 그녀의 적의를 떠올리자, 그것이 단순한 변화가 아니라 어떤 처절한 결의임을 알았다. 그때까지의 모든 미움과 사랑, 좋음과 싫음을 잊고 새로 몸담고 살기로 작정한 세계와 조화를 이루려는 결의였다.

"인제부터는 이눔아들을 싫어 하거나 미워해서는 안 된데이. 이 눔아들하고 친하는 거를 부끄럽게 여길 것도 없고 이눔아들한테 도움받는 거를 꺼릴 까닭도 없다. 좋게나 싫게나 인제부터는 일마들 총(銃) 밑에서 살아가야 될 께이께는……."

그 장교의 도움을 받아 적재함 모퉁이에 자리를 잡기 무섭게 시어머니는 정인과 아이들에게 타이르듯 그렇게 말했다.

눈비나 가릴 정도로 엉성하게 천막천을 씌워둔 적재함이었지만 재어놓은 쌀가마니 틈에 다섯 식구가 서로 몸을 맞대고 앉으니 찬바람을 안고 걷기보다는 한결 나았다. 거기다가 트럭은 속력껏 달리고 있어서, 그만큼 돌내골에 빨리 닿게 되리라 생각하니 정인에게는 그 트럭을 얻어 타게 된 일이 무슨 좋은 조짐처럼 느껴지기까지 했다.

하지만 기대만큼 오래갈 행운은 못 되었다. 포대기를 둘러써 몸이 녹는 대로 어린것에게 젖을 물린 지 한참도 안 돼 트럭이 멈추어 서며 군인들이 큰소리로 주고받는 말이 두꺼운 철을 뚫고 들어왔다.

"정지, 정지, 무슨 차량이오?"

"제○사단 ×연대 일종(一種) 수령차(受領車)다."

"어쨌든 시동을 끄십시오."

"무슨 일이냐?"

"긴급사탭니다. 긴급사태."

검문소인 모양이었다. 곧 발동이 꺼지고 선임탑승자인 그 장교의 목소리가 한층 뚜렷하게 들려왔다.

"긴급사태라면 또 후퇸가?"

"그건 아닙니다. 어젯밤 이 부근에 빨치산이 출몰했습니다."

"머? 이 지역에 무슨 빨치산인가?"

장교가 되묻는 말투로 보아 그 지역은 비교적 안전한 수송로였던 것 같았다. 대답하는 쪽의 어이없어하는 말투로 그런 추측을 뒷받침했다.

"보현산 일대에 몰린 놈들 가운데 한 갈래인 모양입니다. 우리 수송로를 차단하려는 기도 같습니다."

"그래, 지금 어떻게 되었는가?"

"어제 탄약 수송차 한 대를 불태우고 이 면 지서를 습격하려다가 군경합동작전에 격퇴되었습니다."

"격퇴되었다면 그만 아닌가?"

"하지만 적의 주력(主力)은 인근 야산으로 흩어져 도주했습니다. 수송교란의 기도를 포기한 것 같지 않다는 게 아군의 판단입니다. 토벌대가 와 뿌리를 뽑기 전에는 무장병력의 호위를 받고 떠나도록 하십시오."

"토벌대도 아직 안 왔다면서 어디 무장병력이 있나?"

"귀대(貴隊)로 급히 연락해 드리겠습니다."

"병참부에서 이미 하루를 지체했다. 여기 실린 것들 가운데는 오늘 저녁에 당장 써야 할 것도 있다. 더 지체할 여유가 없다."

"그렇다면 어제 저녁 경찰지원을 나온 부대의 협조라도 받으십시오. 그냥 가서서는 안 됩니다."

"그 부대가 어디 있는가? 바로 그리로 가서 협조를 요청해 보겠다."

"그렇더라도 먼저 연락을 보낸 뒤에 가도록 하십시오. 자칫하면 우리 총을 맞는 수가 있습니다."

그리고 다시 초소로 돌아가는지 한 군화소리는 멀어져 갔다. 대신 또 다른 목소리가 적재함 쪽으로 다가오며 말했다.

"죄송합니다. 적재함 안을 좀 확인해야겠습니다."

그 목소리의 주인은 제법 나이 든 사병들이었다. 어설프게 늘어져 있는 적재함 뒤편의 천막천을 들치고 안을 들여다보다가 정인 일행을 보고 흠칫 놀라며 소리쳤다.

"수송관 님, 이건 누굽니까?"

"보면 모르나? 피난민 가족이다."

젊은 장교의 태연한 대답이었다. 그러나 그 사병의 태도가 갑작스레 강경해졌다.

"안 됩니다. 이건 위반입니다."

"자리가 비었기에 불쌍한 피난민 가족을 태워줬을 뿐이다."

"어제 이 마을에 나타난 빨치산들도 피난민을 가장하고 나타났습니다."

"뭐야? 그럼 할머니와 젖먹이 딸린 여자 빨치산이라도 있었단 말인가?"

"어쨌든 안 됩니다. 이대로는 통과시킬 수 없습니다."

그러더니 그 사병은 정인에게 소리쳤다.

"어서 내려요. 어차피 이 차를 타고 갈 수는 없으니까."

조마조마하게 결과를 지켜보고 있던 정인은 이미 일이 그른 걸 알았다. 젖먹이를 안고 몸을 추슬러 일어나며 시어머니를 보았다.

시어머니도 순순히 일어나며 아직도 미련이 남은 듯 뭉기적거리고 있는 아이에게 눈짓을 주었다.

"답답한 친구로군."

그렇게 빈정거리기는 해도 그 장교 역시 어쩔 수 없는 모양이었다. 곧 방한모를 둘러쓴 사병 옆에 그의 사람 좋아 뵈는 얼굴이 나타났다.

"안됐습니다. 영덕까지는 태워 드리려고 했는데…… 그렇지만 역시 내려서 걸으시는 게 안전하겠군요."

정인과 시어머니가 끌려 들어간 곳은 작은 요새처럼 사면을 모래가마니로 쌓아올린 초소였다. 들은 바로는 하룻동안에 급히 세운 것인 줄 알았는데 들어가 보니 난로까지 설치된 오래된 초소였다. 인원도 바깥에 나와 있던 상사(上土)와 나이 든 사병 외에 대여섯은 더 있고, 한구석에는 무전기와 전화까지 설치되어 있었다.

정인은 거기서도 또 한 번 자신의 변화에 스스로 놀랐다. 전 같으면 일단 질리고 볼 장소였지만 그날은 이상하게 두려움이 느껴지지 않았다. 그러나 더욱 놀라운 것은 시어머니였다.

"아이고, 불을 보이 젤 반갑다. 보소, 젊은 양반이 자리 쫌 안 내고 뭐하노?"

시어머니는 대뜸 다른 장작이 탁탁 소리를 내며 타고 있는 난롯가로 다가가며 난로를 껴안다시피 앉아 있는 대여섯에게 비위 좋게 핀잔을 주었다. 그리고 조금 서먹해서 쭈뼛거리는 정인과 아이들에게도 권했다.

"야아, 니는 거 뭐 하노? 얼라 데리고 일로 온나. 가가 아매 반은 얼었을 께따. 그래고 훈이하고 영희도 철이 데리고 얼릉 일로 오고. 사람부터 우선 살고 보자."

그러자 군인들도 어이없다는 듯 빙긋이 웃으며 자리를 내주었다. 자칫하면 욕을 보겠구나 싶을 만큼 딱딱하던 앞서의 그 상사나 나이 든 사병도 생각보다는 그리 심하지 않았다. 백 대위가 만들어준 증명을 한번 훑어보고 몇 가지 형식적인 질문을 하는 것으로 내보내 주었기 때문이었다. 워낙 군사적인 의심과는 먼 그네들의 인적(人的) 구성에다 쇠토막은커녕 지팡이조차 하나 지니지 않은 행색인 까닭도 있지만, 어쨌든 정인 일행이 그 초소에서 겪은 불쾌한 일이라면 발갛게 단 난롯가에서 한껏 몸을 녹인 시어머니가, 오줌에 젖은 어린것의 기저귀까지 말리려 들다가, 성깔 있어 뵈는 군인 하나로부터 쫓겨난 것이 전부였다.

"이 할무이가 참마로 너무하네. 여가 어디 자기 집 안방인 줄 아나? 이거는 뭐 찌릉내가 나서 견딜 수 있어야제. 보소, 아주무이요, 야, 인자 언간하거등 저 할무이 데리고 싸말아 나가소. 백지로 험한 소리 듣지 말고……."

그 바람에 서둘러 초소를 나와 보니 저만치 바다가 보이는 곳에 작은 어촌이 있었다. 한 백 호나 될까말까한 규모였지만 면소재지쯤으로 여겨졌다. 별로 높지 않은 언덕빼기에 작은 교회당이 보였고, 그 맞은편으로 펴진 들 가운데는 국민학교도 있었다. 마을 가운데 있는 일본식 건물 둘이 아마도 면사무소와 지서인 모양이었다.

점심 요기나 하고 갈 생각에서 마을로 들어서니 이미 들은 대로 여기저기 간밤의 싸움 흔적이 남아 있었다. 담처럼 모래가마니로 둘러싸인 지서의 회벽은 총알자국으로 심하게 얽어 있었고 멀지 않은 곳에는 반쯤 불탄 민가도 보였다. 그러나 가장 끔찍한 흔적은 지서 앞 공터에 있던 시체였다.

국밥이라도 해 파는 곳이 없을까 싶어 장마당으로 여겨지는 그 공터 쪽을 기웃거리는데 지서 한쪽 담 곁에서 여남은 명의 주민들이 모여 웅성거리고 있었다. 호기심 많은 아이들이 먼저 그리로 달려가고, 이어 정인과 시어머니도 무심코 다가가 둘러싼 사람들 틈으로 보니 몇 구의 시체였다.

거적이 덮여 있었지만 비어져 나온 손발이 동상에 짓물러 있는 것이나 누덕누덕 기운 옷 따위로 보아 간밤에 습격을 왔었다는 그 빨치산들의 시체임에 틀림없었다. 특히 그 가운데 하나는 얼굴이 반쯤 드러나 있었는데, 함부로 자란 수염과 머리칼 때문에 무슨 큰 원숭이의 머리 같았다.

"아이, 김순경 님요. 이런 누무 새끼들을 멀라꼬 묻어줄라 캅니꺼?"

수없이 보았다고는 해도 끔찍한 것은 역시 끔찍해 물러서려는데 누군가의 볼멘소리가 들렸다. 시체를 지키고 있는 경찰에 불평을 하고 있는 것은 억지로 끌려나온 듯한 주민들 가운데 하나였다. 그러자 다시 딴 사람이 들고 있던 괭이로 언 땅을 툭툭 치며 그의 말을 거들었다.

"맞따. 아무데나 매삘어 까마구 밥이나 맨들든동 기름이나 뿌확 싸질러 뿌든동 하지……."

"빨갱이놈들한테는 그것도 오감쿠마는. 아무따나 끌고 가 저쪽 둔들빼기(언덕)에서 차매뺄른 바닷고기들이나 잘 먹을거 아이가?"

곁에 있던 사람들도 저마다 한마디씩 거들었다. 정말로 미움에 차 내뱉는 사람들도 있었지만, 한결같이 말이 끝나고는 경찰관의 눈치를 살피는 것으로 보아, 그렇게 하는 편이 그에 대한 예의라도 되는 것 같았다. 정인에게는 하나도 새로울 것 없는 사람들의 과잉방어심리였다. 그러나 듣고 있던 시어머니의 눈꼬리가 사납게 치솟는 걸 보고 정인은 얼른 그녀의 옷깃을 끌었다.

"어머님요, 절로 가입시더. 아이들 요기라도 씨겔라 카믄 어데 주막이라도 하나 찾아야 안 되겠습니꺼?"

그제서야 시어머니도 퍼뜩 정신이 드는지 순순히 정인을 따라나서더니 저만치 떨어져서야 탄식처럼 중얼거렸다.

"세상에 죽는 거로 다 몬 갚는 죄가 어딨겠노? 난리라 카지마는 이거는 뭐 인심이 아이라 똑 수심(獸心)이따."

아마도 그들에게 일러주고 싶던 말이었던 것 같았다. 그러나 정인의 귀는 시어머니의 그 말보다도 순경과 주고받는 마을사람들의 얘기에만 쏠려 있었다.

"뿌뜰린 산빨갱이 뭐 쫌 불등교?"

"들으이 뭐 강백정(白丁)이 부대라 카던데, 강백정이가 누군동······."

"강백정이는 이름이 아이라 하도 사람을 죽여싸이께는 사람백정이라꼬 그래 부른다 카제 아매. 뭐 지리산 산빨갱이 중에서도 젤로 악질이라 카는 갑드마는."

"그래믄 뿌뜰랜 글마는 새끼백정이겠제. 에이, 묻고 자시고 할 게

58

뭐 있노? 여러 키 보는 앞에서 한매에 패죽이고 말제……."

그런 마을사람들의 말이 귀찮은 듯 순경이 그들의 말허리를 잘랐다.

"나보다 더 잘들 아시면서 뭘 자꾸 물으쇼? 그러지 말고 빨리 이 시체나 묻을 궁리들이나 하쇼. 해지기 전에는 어디라도 치워야 할 거 아뇨?"

마을 사람들의 턱없이 과장된 증오 못지않게 사람을 까닭 없이 섬뜩하게 만드는 차고 메마른 목소리였다.

그 산 사람들의 습격 얘기는 간신히 찾아낸 포구 쪽의 주막에서 더 상세히 들을 수 있었다. 멀건 밀가루 수제비 한 그릇에 쌀 한 되 값이나 쳐받은 뒤에야 기분이 좋아진 늙은 주모가 남북 경상도가 뒤섞인 사투리로 묻지도 않은 그 얘기를 수다스레 늘어놓은 덕분이었다.

"어제 이맘때쯤 됐을끼요 아매. 알라를 뱄다 카미 배가 통통한 새댁이 하나하고 얼굴이 얽은 절뚝바리 영감 하나가 내외라 카미 먼저 우리 주막에 들드구마는. 내외간에는 쪼매 층진다 싶어도 우야겠는교? 돈 내고 밥 한 그릇 먹자 카는데. 있는 대로 밥 한 그릇 끓여주이 참말로 억시기 먹두구마는. 좁쌀 한 되 밥을 둘이서 거반 다 먹는기라. 그래도 그것들이 산빨갱이라꼬는 꿈에도 생각 몬 했제. 암만 글치마는 금방이라도 알라가 튀나올 꺼 같은 잉부에 지팽이를 짚고도 제우 걷는 절뚝바리를 우예 산빨갱이로 의심이나 하겠는교?

그란데 그기 내뿐이 아이라 구장어른도 오지게 당했제. 저물녘

해서거는 또 어정한 처자 하나하고 머리가 하얀 영감이 부녀간이라 카미 찾아온기라. 강구(江口)꺼정 가야 하는데 날이 저물어 뿌랬다 꼬 하루 저녁 재워달라 카니라는구마는. 구장어른도 아무 의심 없이 헛간을 빌려줬제. 내캉 마찬가지 경우라요. 말은 하지도 듣지도 못하고, 마당 복판에 퍼질러앉아 오줌을 깔기대는 가시나나 하얀 머리에 기침까지 콜록거리는 영감이 산빨갱이라꼬는 허뿌 의심 한 번 안 한기라. 참말로 큰일날 뿐했제. 모도 어느 구름(틈)에 잡혀 간 지도 모르는 귀신이 될 뿐했다 아인교?

그래도 눈까리가 빠져도 이만하믄 다행이라 카디, 곧 죽으라는 법은 없는 모양이제. 초저녁에 지서로 신고가 들온기라요. 요다서 한 이십 리쯤 되는 골짝동네 사람 하나가 와서 하는 말이 낮에 그 동네 산등떠리에 군인들하고 보국대가 한삐까리(한떼) 와 가지고 방공호를 판다꼬 들썰(법석)댔는데 그기 암만 캐도 이상하다 안 카능교?

그 차에 또 군부대서 전화가 오기를 탄약 실은 도락꾸 한 대가 올 시간인데도 아직 안 왔다꼬 알아봐 달라는기라. 지서 정(鄭) 주임도 영간(어지간)하제. 그 소리를 듣자 당장 이상한지 준비를 했다 아인교. 마을 한청(韓靑)대원을 불러들여 있는 대로 총을 나눠 주고 또 군부대에는 군부 대대로 도와달라 캤다 카든강.

글치만 그 들썰지기면서도 쩔뚝바리 내외하고 버버리 부녀는 쪼매도 의심 안 했는기라. 더군다나 버버리(벙어리) 부녀는 아직 구장집 헛간에 있는 데도 말이라.

일은 자정 쪼매 덜 돼 터졌제. 갑자기 구장네 헛간에 불이 나디,

그기 무신 신혼지 산빨갱이들이 쳐내려오는데, 한 패는 저쪽 산모롱이를 돌고 한 패는 곧장 들판을 질러 마을로 오는기라. 총소리는 콩볶듯 하고 우리는 모도 죽는 줄 알았제. 한창 지서로 달가들 때는 지서도 곧 넘어가는 같두마는.

그런데 다행이 국군이 세 도락꾸나 때맞추 와준 기라요. 산빨갱이들이 어디로 나올지 몰라 차에 발동을 걸고 기다리고 있다가 연락받고 바로 달려오는 길이라 카든강. 거다가 지서도 준비를 하고 기다리던 길이이 산빨갱이 저가 우예 견디겠는교? 국군들 오기 무섭게 조금(썰물) 빠지듯 빠지는데 참말로 빠르더마는. 퍽썩 히져 산으로 쫓겨가는데 금방 하나도 없는 기라. 더 히얀한 거는 그 쩔뚝바리하고 영감쟁이 일이라. 한 패로 총 들고 설치는 걸 먼빛으로 본 사람이 있다 카는데 남은 거는 낯선 영장(시체) 넷하고 뿌들랜 그 눔아뿐이이……."

노파의 수다는 끝이 없었다. 그러나 거기서부터 정인의 귀에는 아무것도 들려오지 않았다. 문득 가슴을 메우는 아득한 슬픔 때문이었다. 아직도 믿음과 열정으로 어려운 싸움을 계속하고 있는 이들이 있다는 데서 온 어떤 패배감과 아울러 그러면서도 그들을 장하다기보다는 무모하다고 여길 수밖에 없는 현실의 굴욕스러움이 어우러져 만들어낸 묘한 슬픔이었다. 한때 일선에서 활동한 경험이 있는 그녀에게는 반드시 엉뚱하다고만은 할 수 없는 감상이었다.

하지만 그 얘기를 길게 늘어놓는 노파 쪽의 의도는 다른 데 있었다. 여느 피난민들과는 달리 정인 일행이 제법 두둑한 노자가 있음을 알아차리고 그네들을 하룻밤쯤 붙들어 얼마라도 더 우려낼

심산임에 분명했다.

"새댁네는 그래도 운 좋은 줄 아소. 험한 길을 이꺼정 탈없이 왔으이. 글치만 앞길로는 마음 못 놓누마. 산이라 카믄 그쪽이 더 안 많은교? 가봐야 얼매 더 몬 갈 거 차라리 여다서 하룻밤쯤 묵고 사정을 알아본 뒤에 떠나도록 하소. 글마들을 야지미리(모조리) 때려잡지는 못해도 어데쯤 있다는 거사 곧 알래지지 않을라꼬. 날도 내일부터는 풀릴 때가 됐고⋯⋯."

그러나 정인은 그녀의 말보다도 자신을 사로잡는 그 묘한 슬픔에서 얼른 헤어나지 못해 거기서 하룻밤을 묵었다.

그날 밤 정인은 꿈을 꾸었다. 자신이 산사람이 되어 눈 속을 쫓기다가 어느 계곡에서 총을 맞고 쓰러지는 꿈이었다.

정인 일행이 무사히 돌내골에 이른 것은 그로부터 사흘 뒤 늦은 오후였다. 주막에서 묵은 하루는 군용트럭이 오십 리나 길을 줄여준 덕택에 결국 하루에 오십 리 꼴은 돌아가는 셈이었다.

돌내골까지 나머지 사흘 동안 정인은 불안과 기대가 엇갈린 묘한 흥분상태에서 기계적으로 걸었다. 도중에 산사람들과 만나게 되는 경우를 가정한 불안과 기대였다.

젖먹이에게 젖을 빨리며 어린 삼남매와 늙은 시어머니를 바라볼 때, 기세 좋은 국군들의 행진과 엇갈릴 때, 또는 고막이 찢어지는 듯한 폭음과 함께 무리지어 북쪽으로 사라지는 UN기(機)를 올려다볼 때는 산사람들과 만나게 되는 것이 하나의 불안이었다. 네 어린것을 맡기기에는 시어머니가 너무 늙었으며, 자신의 것이건 빌려온 것이건 싸우려는 상대가 자기들을 훨씬 넘어서는 힘을 지닌 한,

산사람들과 다시 만나게 되는 것은 어떤 쪽으로든 위험 이상 아무 것도 아니었다.

하지만 이제 자신은 새로운 삶을 시작하려 하고 있으며, 또 그 삶은 동영이 없는 것을 전제한 삶이라는 것, 그러면서도 자신은 그 새로운 삶에 아무런 믿음도 희망도 없다는 것 따위를 떠올리면, 금 세라도 산사람들이 나타나 자기들의 앞길을 막아주기를 바랐다. 젖 먹이를 내던지고 총을 잡은 어떤 혁명의 여투사처럼 자신도 어린것 들을 시어머니에게 맡기고 그들을 따라나설 수 있을 것 같았다. 논 리와는 거의 무관한 것으로, 그녀는 그 길이 동영이 걷고 있는 길이 란 한 가지 이유만으로도 기꺼이 거기서 죽을 작정이었다. 자신의 목숨이 외부적인 위험 아래 놓여 있을 때는 한번도 느껴보지 못한 격렬한 감정이었다.

그 같은 불안과 기대로 엇갈린 흥분상태에서 정인이 간신히 깨 어난 것은 돌내골로 들어가는 신작로로 접어들면서부터였다. 이제 는 올 데까지 다 왔다는 느낌, 더는 어떤 선택의 여지가 없는, 진작 부터 예정되어 있는 듯한 새로운 삶 속으로 첫발을 들여놓았다는 생각과 함께였다. 그러자 이번에는 안도와 체념이 착잡하게 뒤얽힌 조용한 슬픔 같은 것이 다시 정인을 사로잡았다.

동구 밖의 오래된 당(堂)나무 곁을 지나면서 마침내 정인이 울음 을 터뜨리고 만 것도 어쩌면 그런 슬픔의 한 솔직한 표현이었을 것 이다. 16년 전 열여덟의 나이로 사흘이나 가마를 타고 와서 처음 돌 내골을 바라본 데가 바로 그 당나무 아래서였다.

"나와서 한번 보그라. 니가 살다가 죽을 땅이다."

여섯 명의 교꾼(가마꾼)과 함께 정인의 신행(新行)길을 맡은 숙부가 가마문을 열며 그렇게 마음을 써준 덕분이었다. 불과 초례(醮禮) 뒤의 몇 밤을 함께 했을 뿐이었지만, 그때 이미 동영에게 완전히 마음을 뺏겨버린 정인에게는, 이상하게도 돌내골이 처음 밟는 땅이 아니라 이미 오래전부터 살아온 것처럼 익숙하게 느껴졌었다. 그러나 이제는 십여 년 눈 익혀온 그 땅이 오히려 낯설어 보였다…….

돌내골로 들어섬에 따른 변화는 시어머니에게도 있었다. 정인과는 전혀 다른 방향이었지만, 정도는 훨씬 심한 변화였다. 면계(面界)를 들어섰다 싶기 무섭게 상심하고 지친 노파에서 옛날의 서슬 푸른 영감댁 큰마님으로 돌아갔던 것이다. 내가 언제 불편한 두 다리를 끌 듯하며 도진 팔을 늘어뜨린 채 뒤따라왔느냔 듯이나, 어깨를 세운 당당한 걸음으로 정인과 사 남매를 앞장서서 이끌었고, 얼굴에는 위엄과 인자스러움이 묘하게 섞인 그녀 특유의 미소까지 떠올라 있었다. 마치 즐거운 유람길에서 돌아오는 것처럼 아이들의 대수롭지 않은 농담에 남자 같은 너털웃음을 치는가 하면, 선산이나 다른 유서 깊은 땅이 길가에서 보일 때마다 아이들에게 그 내력을 일러주었다.

"저건 큰 산소다. 죽은 학이 살아났다는 명당인데 13대만 지나면 정승판서가 쏟아진다 캤제. 그런데 너어 아부지가 13대째고, 너어는 14대째가 된다. 그러이……."

"저건 어로(御路)따. 우리 여암(蘆庵)선생을 모셔 갈라꼬 임금이 사람을 보내 닦은 길이다. 너어 9대조가 된다."

"저건 불귀봉(不歸峰)이따. 이조(李朝)에 벼슬 마라 카는 선친의

명을 어기고 태종 때 판서벼슬을 받아 떠나게 된 우리 원(原)종가의 웃대가 저곳에 올라 돌내를 내려다보며 동생한테 종물(宗物)과 족보를 넘과 줬제."

그러다가 동구 밖의 당나무 곁을 지나면서 정인이 기어이 울음을 터뜨리자 엄한 꾸중을 내렸다.

"그 못난 눈물 못 거둘라? 곧 장터거리를 지날 낀데 똑 상것들한테 그 눈물 보예야 될라?"

단순한 꾸중이 아니라 달램과 권유가 곁들인 예전의 그 '걱정(꾸중의 높임말)'이었다. 그리고 정인의 눈물이 완전히 멎은 뒤로도 한참을 더 기다려 운 흔적까지 말끔히 없앤 뒤에야 앞장서서 동구로 들어갔다.

"아이구, 이기 누구이껴? 영감댁 마임(마님) 아이껴?"

장터거리를 피해 개울가로 난 곁길을 걷고 있는데 개울 쪽에서 누군가가 소리쳤다. 정인이 퍼뜩 고래를 돌려보니 개울에서 물동이에 물을 퍼담던 노인 하나가 무지게(물 져나르는 지게) 고리를 덜렁거리며 달려오고 있었다. 절름거리는 다리가 아니라도 구동(龜洞)영감임은 금세 알아볼 수 있었다.

"그런데 이게 웬일이껴? 지는 새서방님 따라 고루거각(高樓巨閣)에서 호강하고 기신 줄 알았는데…… 예, 이기 웬일이껴?"

숨까지 헐떡거리며 달려온 구동영감이 덥석 시어머니의 손을 잡으며 울먹이는 소리로 말했다. 정인도 도사려먹고 있던 마음이 풀어지며 다시 눈시울이 화끈했다. 그러나 시어머니는 달랐다.

"이 손 못 놓을라? 이기 어디라꼬……."

잡힌 손을 세차게 뿌리치며 보고 있는 정인이 미안할 정도로 엄하게 구동영감에게 쏘아붙였다. 구동영감이 흠칫하며 손을 움츠렸다. 그러나 복받치는 감정에 시어머니의 나무람도 섭섭하지 않은 듯 울먹이는 소리로 계속했다.

"아이구, 야들도 이 치운데…… 어디 보는 차라도 있디껴? 새서방님은 어디 계시이껴?"

"그걸 알믄 내가 미쳤다고 줄남생이맨치로 야들 모도 데리고 여기 왔겠나?"

시어머니가 여전히 뻣뻣한 목소리로 핀잔을 주었다. 구동영감은 반가움과 동정으로 들떠 아직 느끼지 못하고 있었지만 시어머니에게는 그의 들뜸 자체가 노여운 모양이었다. 그 뒤로도 구동영감이 옛날처럼 멀고 어려워하는 태도로 돌아갈 때까지 엄한 표정을 풀지 않았다.

하지만 그때 이미 정인은 그들의 대화에 귀 기울이고 있지 않았다. 생각은 다시 긴 세월을 뛰어넘어 이제는 아득해진 한때를 배회하고 있었다.

동영이 장가들던 날이었다. 동영을 따라온 하인 하나가 친정집에 한바탕 화제를 일으켰다.

하님인 주제에 명주도포에다 높은 갓을 받쳐쓴 것도 그랬지만, 새서방인 동영이 그에게 깍듯이 존대를 하는 것도 이상스러웠다. 그러나 더욱 우스꽝스런 것은 그의 행동거지였다. 혼례를 치르는 동안 일마다 상객(上客)처럼 나서서 간섭이었고, 친정집에서 내온 것은 반상(飯床)까지 타박이었는데, 특히 몇 년을 두고 친정집 쪽에서 우스갯거리로 떠돈 것은 그가 뒤뜰의 아름드리 향나무를 보고 했다는 말이었다.

"아따, 그 향나무 참 거(巨)하기도 거(巨)하구나……."

자기딴에는 문자를 쓴다고 쓴 게 우스갯거리가 되고 만 것이었다. 그러나 어쨌든 하님이라도 사가(査家)에서 온 사람이라 정성껏 대접해 보냈는데 — 그가 바로 당시까지 동영의 집에 행랑을 살던 구동영감이었다. 그때 이미 아들만 여섯이어서, 자식욕심이 남다른 시어머니가 그걸 가장 큰 복으로 여긴 까닭에 행랑아범인 그를 아들의 하님으로 보냈던 것이다.

그러나 구동영감에게 한층 미안스런 추억은 10·1폭동 무렵이었다. 그 조직과 지시(선동)를 위해 경북 일대를 돌아온 동영은 왠지 걱정스러운 듯 말했다.

"아마도 돌내골이 가장 격렬할 것이오. 어쨌든 구동영감이 상하지는 않아야 할 텐데……."

그리고 까닭을 묻자 약간 부끄러운 기색까지 보이며 대답했다.

"물론 그는 몇 대를 우리 집에서 산 사람이오. 종이 해방된 뒤에도 어머님께서 그에게 베푼 것은 남달랐지. 어쨌든 그 하나가 일해 열한 식구가 먹고 살았으니까 우리에게 많은 빚을 진 것은 사실이오.

그러나 — 일이 이렇게 되고 보니 그에게 가장 몹쓸 빚을 준 것은 나였던 것 같소. 내가 처음 서울로 유학을 떠날 때였지. 그가 내 옷가지며 일용품이 든 버들고리짝을 지고 읍내까지 따라나오게 되었소. 그때만 해도 우리 문중사람들이면 어린애까지 상것들에겐 해라를 할 때였소. 너무도 당연한 습속이라 열너덧인 나도 물론 서른이 넘는 그에게 말을 놓고 지냈는데 읍내에 가니 문득 미안한 마음이 들더구려. 아무것도 모르는 사람들에게까지 구동영감의 비참한 처지를 알려주고 싶지 않았던 것이오. 그래서 읍내에 들어서자마자 그를 구동아제라 부르며 말을 높였소. 마다하는 그를 끌어들여 점심은 겸상을 해 먹었지. 나는 소년다운 감정에서 즉흥적으로 그랬지만 그게 아니었소. 나중에 차를 타면서 보니 칙간을 다녀온다며 어딜 잠깐 다녀온 그의 눈이 새빨갰소. 그게 감동 때문에 울어서 그리 된 것이란 걸 알자 이번에는 내가 달라졌소. 다시 말해 그때부터 거의 20년 동안 나는 의도적으로 그의 가슴에 그런 몹쓸 빚이 쌓이도록 한 것이오.

그런데 ― 이번에 그를 면부위원장으로 앉히고 폭동을 부탁했소. 실은 나도 되도록 그걸 피하려 했지만 그가 아니면 앞장서서 할 만한 사람이 없었소……."

그리고 한 달도 안 돼 정인은 돌내골에서 있었던 유혈폭동과 구동영감이 경찰의 총상을 입고 체포되었다는 소문을 들었던 것이다…….

거기까지 회상하던 정인이 다시 현실로 돌아왔을 때 시어머니와 구동영감의 대화는 차츰 옛날의 격식을 회복하고 있었다.

"마임(마님), 인제 생각하믄 새서방님도 그때 고만 치앗 뿌는 게 옳았을지 모르겠니다."

"그때라이?"

"10·1폭동 때 말이씨더. 그날 아침만 해도 지는 세상이 휘딱 뒤배지는 줄 알았니더. 매계(梅溪)골, 화계(化溪)골, 덕실(德谷)골 — 골골이 벌건 깃대를 앞세우고 징 꽹과리 소리 요란쿠로 몰리나오는데 이거는 뭐 홍수라도 그런 홍수가 없었니더. 까짓 돌내면(面)이 아니라 나라라도 뒤배뿔 줄(뒤집어엎을 줄) 알았지러요. 그란데 그게 아이디더. 겨우 순경 대여섯이 볶아치는데 장터도 못 들어가 보고 자빠진 사람이 땅바닥에 허연 게래요.

지는 새서방님만 생각하고 쫓아들어가는데 뭐가 섭뻑(섬뜩)하디 다리가 이 꼴이 나미 정신이 하나도 없디더. 그래고 깨보이 하마 말캉 끝나 있었니더. 그담부터 지는 안 나내도(앞장서 떠들지 않아도) 맘속으로는 새서방님 하는 일이 잘되기를 빌었니더마는, 생각하믄 그때부터 이미 안 되게 돼 있는 거 같으이더."

"그런 일이사 자네나 내나 어예 알겠노? 가아(동영)가 등신이라 되도 않을 일 했겠나?"

거기서 시어머니가 다시 굳어진 목소리로 구동영감의 말을 막더니 이내 화제를 딴 데로 바꾸었다.

"글치만 그거는 글코(그렇고), 당장 급한 거는 여기서 사는 일이따. 들은 거사 있다마는 우리 땅은 모두 어예 됐노? 시시막금(제가끔) 지 땅이라 카미 깔고 앉는다는데, 가아(동영)하고 내하고 전치바꿈으로(번갈아) 한참 정신없이 파니라꼬 나도 뭘 팔고 뭘 안 팔았는지 모를따. 자네는 쫌 알라(알겠나)?"

그러자 구동영감은 다시 옛주인을 도울 일이 생겨 기쁘다는 듯 힘을 내어 대답했다.

"영감댁 땅이라 카믄 지보다 더 잘 아는 사람이 누가 있을리껴? 저어(저희)가 뭐라 캐도 나는 못 속일께시더. 어림없지를요."

"그럼 잘됐다. 자네 내일쯤 올라온나. 긴 얘기는 그때 하자."

시어머니는 그렇게 얘기를 맺고 정인을 보며 재촉했다.

"가자. 아무리 지(제) 집 찾아가는 거라 카지마는 너무 저물어서야 될라?"

그런데 이상한 것은 장터거리를 지나 문중이 모여 사는 언덕으로 오르면서 시어머니가 잡은 길이었다. 고가(古家) 쪽으로 가는 일이 아니라 돌내골 사람들이 보통 '낙끝'이라고 부르는 낭떠러지 쪽으로 가는 길로 들어서고 있었기 때문이었다.

"어머님요, 어예 집으로 돌아가시지 않고요……."

정인의 그 같은 물음에 시어머니는 다만 한마디,

"따라온나."

라는 명만으로 답하고는 뒤도 돌아보지 않고 앞서 언덕길을 오르기 시작했다.

'낙끝'은 깎아지른 듯한 벼랑은 아니었다. 높이 오십 미터 정도의 풍화된 화강암으로 된 가파른 언덕으로 멀리서 보면 그저 참나무 숲이 짙은 작은 언덕에 지나지 않았다. 그러나 묘하게도 언덕 바깥쪽으로 뻗은 아름드리 참나무들 때문에 만약 누가 죽으려고만 든다면 깎아지른 절벽의 역할도 할 수 있었다. 그 참나무 끝에 올라 뛰어내리면 효과는 높이 오십 미터가 넘는 낭떠러지와 크게 다름없었기 때문이었다.

거기다가 그 언덕을 감고 흐르는 돌내가 파놓은 깊은 소(沼)도 투신(投身)의 목적을 달성하는 데는 큰 몫을 했다. 토사로 메워져 옛말처럼 명주실 한 타래를 풀 정도의 깊이는 안 되지만, 미처 죽지 않고 떨어진 사람을 익사시키기에는 아직도 충분한 깊이였다.

그 때문에 원래 윗대의 선비들이 낙기대(樂飢臺)란 고상한 이름을 붙여주었던 그 언덕은 그 아래 역시 고상한 이름의 세심소(洗心沼)와 함께 돌내골에서도 알려진 자살의 명소가 되어버렸다. 실절(失節)한 과부나 구박을 못 이긴 종년 따위의 윗대 사람들은 빼고라도, 정인이 시집 온 후에만 두 사람이 더 그곳에서 목숨을 끊었던 것이다. 애비 모를 애를 밴 소작인의 딸과 노름으로 삼 년 새경을 하룻밤에 날려버린 문중의 젊은 머슴이었다.

그런 낙끝에 시어머니가 어린 삼남매를 앞세우고 굳은 얼굴로 오르는 걸 보자 아직 마음이 헝클어진 가운데도 정인은 왠지 섬뜩한 기분이 들었다. 자신의 슬픔에 겨워 깜박 잊고 있던 아이들의 존재가 문득 되살아났기 때문이었다.

그 바람에 저만치 뒤처져 따라가던 정인은 급히 업은 것을 추스르고 종종걸음을 쳤다. 낙끝에 올라보니 시어머니는 삼남매의 손을 감싸쥔 채 서편 하늘을 그윽한 눈길로 바라보고 있었다. 구동이를 만나 지체한 탓에 벌써 해는 지고 노을만 붉게 서산마루에 걸려 있었다.

"야야, 보래이 ―."

이윽고 시어머니가 조용한 목소리로 정인을 불렀다. 생각보다 시어머니의 표정이 평온한 것에 마음을 놓고 함께 노을을 바라보고 있던 정인이 대답없이 그녀를 올려보았다.

"삼십 년 전에 나는 여다서 내 해가 저렇게 져버린 것을 본 적이 있었디라."

노을이 비긴 탓인지 검붉은 시어머니의 얼굴에 이상한 광채 같은 것이 흐르고 있었다. 그러나 정인은 그런 그녀의 말을 얼른 알아들을 수 없었다.

"예에?"

"너어 시아부지의 탈상(脫喪)날이었다. 그때 아매 동영이는 여섯 살이었을 깨고……."

"……."

"니가 믿어 줄동은 모를따만, 그때만 해도 나는 아직 눈물 많고 설움 많던 과수댁이었디라. 여다 온 것도 그만 한많은 세상 하직해 뿔랐고 생각했던 게라……."

한번 들은 것 같기도 한 말이었다. 그러나 그 현장에 와서 시어머니의 입을 통해 직접 들으니 일찍이 느껴본 적이 없는 감동이 일었다.

"그때 어린 동영이가 내 치매꼬리를 뿌뜰고 달래드라. 어매, 한번만 더 살아보자꼬. 한 번 더 살아보고 정 안되믄 여다와서 죽어 뿌자꼬."

"……."

"그 말을 듣고 나는 깜짝 놀랬다. 여엇 살 먹은 아아 소견도 소견이지만, 그보다 더 큰 거를 깨우친 게라. 진 해[日]는 내 해였지 동영이 해는 아니었단 말이다. 안 글나? 니도 한번 생각해 봐라."

"……."

72

"나는 두말 않고 그 길로 돌아섰제. 그래고 그담부터는 '돌내골 암펌'이 되았다. 떠오르는 동영의 해를 가로막는 거는 뭐든동 물고 뜯고 할퀴는……."

시어머니의 말은 점점 더 큰 감동으로 가슴을 채워 와 정인은 여전히 어떻게 대꾸해야 할지를 몰랐다. 시어머니도 군이 정인의 대답을 기다리지 않고 자신의 말을 이어나갔다.

"방금 저 뿌랬는 거는 바로 니 해[日]따. 글치만 니한테는 다시 뜨는 거를 지켜봐야 할 해가 넷이나 된다. 훈이 해, 영희 해, 철이 해, 그리고 등에 업은 것의 해, 내보다 시(세) 개나 더 많단 말이따. 어옐래? 그래도 그만 여다서 뛰내리고 싶나? 니 해 저 뿌랬는 게 글케 서럽나? 오다가 억지로 약속은 받았다마는 참말로 어옐래? 나(나이) 믿고 막말한다마는 동영이는 영 안 온다꼬 쳐라. 그래고 깊이깊이 생각해 보라꼬.

정 안 되겠거등 알라 날 내라 주고 저 나무로 올라가 뿌라. 세상에 쉬운 게 그 일이따. 야들은 내가 맡아 어예 다시 한번 시작해 볼란다. 야들 해가 뜨는 거를 살아서 볼동은 모를따만, 어예노? 니가 안 지믄 내라도 져야 할 짐 아이라?"

그 말에 정인은 다시 한번 서편 하늘을 바라보았다. 노을은 이제 어둠 속으로 천천히 잦아들고 있었다.

나의 해는 정말 이렇게 저버렸단 말인가, 이제 남은 것은 어둡고 쓸쓸한 밤뿐이란 말인가? 그리하여 언제 떠오를지 모르는 아이들의 해를 기다리며 그 어둡고 쓸쓸한 밤을 지켜가야 한다는 것인가? 삼십 년 혹은 사십 년을 — 그러자 애써 억눌렸던 슬픔이 다시 걷잡을 수 없는 눈물로 쏟아져 내렸다. 싫어. 내 해가 이미 졌다면 나도 이만 잠들고 싶어……

그런데 그때였다. 눈물로 흐려진 정인의 시야에 무엇인가가 펄럭 하며 흔들리는 것 같더니 이어 그녀의 허리께를 잡아오는 손들이 있었다.

"엄마, 우리도 한 번만 더 살아봐요."

"그래요. 정 안 되면 그때 그만둬요."

훈이와 영희였다. 어려운 시절을 만나 조숙해진 것인지, 할머니의 말뜻은 물론 정인의 마음속까지 정확히 알아차린 것 같았다. 네살박이 철이도 어떤 심상찮음이 느껴졌던지 정인의 두 다리에 매달리며 울음보를 터뜨렸다. 그런 세 아이의 손을 통해 갑자기 무슨 세차고 뜨거운 전류와도 같은 기운이 정인의 몸과 마음을 함께 휩쓸었다. 그리고 뒷날 생각하기에도 이상하리만치 짧은 순간에 정인의 의식 한구석으로 밀려나 있던 생의 의지를 촉발시켰다.

"그래, 맞다. 한번 살아 보자꾸나. 너희들의 해가 환히 떠오를 때까지……"

정인은 새로운 종류의 감동으로 몸을 떨며 그런 아이들을 껴안았다. 아직 지지 않은 참나무붙이의 마른 잎을 스쳐가는 바람소리만 스산하던 그 언덕은 한동안 정인과 아이들의 울음소리로 귀기(鬼氣)와도 흡사한 분위기를 띠었다. 그걸 어떤 신성한 맹서의 의식처럼 바꾼 것은 약간 떨어져서 손주들과 며느리가 하는 양을 깊고 그윽한 눈길로 내려보고만 있던 시어머니였다.

"오이야, 실컨 울거라. 울어 풀 수 있는 설움이거등 울어서 다 풀

어 뿌래라. 글치만 오늘뿐이데이. 내일부터는 절대로 눈물을 보여서
는 안 된데이. 새로 시작하는 게라. 새해를 기다려보는 게따."

　그런 그녀의 다짐이 정인에게는 무슨 영영 풀 수 없는 주문(呪
文)처럼 들렸다.

4

시계를 보니 여덟 시 가까운데도 방안은 아직 어둑어둑했다. 바깥 날이 흐린 모양이었다. 동영은 무겁고 불쾌한 기분으로 몸을 일으켰다. 가벼운 현기증과 함께 헛구역질이 났다. 술 때문이었다. 수원으로 옮겨온 뒤부터 하루도 거르지 않고 마셔댄 탓이었다. 그렇게 되자 몸도 나름대로 적응을 한 것인지, 이따금씩의 폭음 때와는 달리 짧고 심한 두통과 오심(惡心) 대신 음산하고 긴 고통이 그를 사로잡고 있다가 새로운 술이 들어간 뒤에야 비로소 그를 놓아주곤 했다.

담배를 찾으려고 방안을 살피는데 간밤에 마시다 남은 술병이 보였다. 의용군(中共軍) 쪽에서 흘러나온 배갈로 병은 반 넘게 비어 있었다. 전날 저녁 때 반주(飯酒)로 이미 얼큰해진 후 따로이 한 병 들고 와 찬물을 안주삼아 홀로 마시던 기억이 났다.

찾는 담배는 끝내 보이지 않았다. 동영은 할 수 없이 간밤에 아무렇게나 벗어 팽개친 외투를 껴입고 나갈 채비를 했다. 식욕은 별로 일지 않았으나 일단 밥을 붙여먹는 민가로 가볼 생각이었다. 그 시각이면 아직 대원의 대부분은 그곳에 있을 것이었다.

그런데 막 방을 나서려 할 때였다. 미닫이 손잡이 부근에서 무언가가 번쩍하는 게 있었다. 반사적으로 거기를 보니 창호지 사이에 발라둔 작은 거울 조각이었다. 그 방을 쓴 지 이미 열흘이 넘었건만 한 번도 눈에 띄지 않던 것이 갑작스레 눈에 들어왔던 것이다.

그 거울을 보자 동영은 문득 자신이 오래 거울을 본 적이 없다는 걸 떠올렸다. 수원으로 이동하기 전 면도를 할 때 거울을 대한 적이 있었지만, 그때 그가 본 것은 까칠하게 자란 턱수염과 구레나룻뿐이었다.

동영은 문득 거울 안의 자신을 보는 것이 누구를 만나는 것보다 반갑고 즐거운 시절이 있었음을 떠올렸다. 동경 유학 초기 잠시 한 탐미주의자로 떠돌던 무렵이었다. 아직 박영창 선생도 오지 않고 사상적인 단체에 들기 전으로, 조선땅에서의 억눌린 기분과 의무감과도 비슷한 고보(高普)시절의 반일(反日)감정은 30년대 중반까지만도 아직 남아 있던 동경의 환락적인 분위기에 밀려 그는 비교적 자유로운 기분으로 아사쿠사(淺草) 거리를 드나들었다.

비록 식민지 청년에 지나지 않았지만 그 거리도 그를 반갑게 맞아주었다. 사립이긴 해도 그런대로 전통 있는 대학의 본과생이란 것과 외아들을 멀리 보낸 홀어머니의 넉넉한 송금 덕분이었다. 그러나 그 못지않게 그가 그 환락의 거리에서 환영을 받게 해준 것은 그의 빼어난 용모였다.

"아라, 이끼나 오도꼬와(어마, 멋쟁이셔)."

"안따 미료꾸나 단세이네 혼또니(정말 매력 있어)."

그가 카페에 들어가면 여급들은 저마다 그렇게 말하며 그의 곁으로 몰려들었고, 콧대 높다는 게이샤(女性)들도 드러나게 추파를 흘려보냈다. 그의 집안을 두고 하는 '글 천 석', '살림 천 석', '인심 천석'이라는 말에서 짐작이 가듯 그의 핏속을 흐르는 문사(文士)의 기질이 되살아나 문학적인 모임을 기웃거리게 된 뒤에도 마찬가지였다. 그가 이미 결혼한 몸이라는 걸 알면서도 유학을 온 신식 여성들은 연애감정을 호소한 편지를 보내왔고, 몇몇은 대담하게도 밤에 하숙집을 찾아오기까지 했다.

회상하기에 쑥스럽지만 실로 그것은 굉장한 도취였다. 그리고 설익은 지사의식(志士意識)과 영웅심에 억눌려 있던 예술적 성향을 자극해, 만약 그 이듬해 박영창 선생이 동경으로 건너오지 않았더라면, 뒷날 친구들이 자주 그를 놀렸듯 엉뚱하게도 탐미적인 문사의 길을 걸을 뻔하기까지 했다.

순간적으로 머리를 스쳐가는 그런 기억들에 끌려 동영은 자신도 모르게 몸을 숙이고 거울 속을 들여다보았다. 그러나 그 손바닥만한 거울 속에서 우울한 눈길로 동영을 건너다보고 있는 것은 전혀 낯선 중년남자의 얼굴이었다.

부스스한 머리, 흐리고 공허한 눈길, 얼굴의 살이 빠지는 바람에 지나치게 우뚝해져 바보 같아 보이는 콧날, 허물이 일고 있는 칙칙한 입술, 회색과 누른색의 불쾌한 혼합인 낯빛 ― 거기다가 눈가와 이마에는 종이를 접었다 편 것 같은, 갑작스러워 더 사람을 늙어 보이게 하는 주름들…… 그 어디에도 한때 그처럼 즐겁게 바라다본 자신의 모습은 없었다. 지난 보름의 연이은 폭음 때문이라고만 말하기에는 너무나도 처참한 변모였다.

동영은 놀라 그 거울에서 얼굴을 떼었다. 그러나 다음 순간 까닭 모를, 형언할 수 없는 분노를 느끼며 주먹을 들어 그 작은 거울 조각을 향해 힘껏 내질렀다. 거울과 함께 문살 하나가 부러져나가며 찌르듯 찬 아침 공기가 방안으로 스며들었다. 그제서야 동영은 퍼뜩 정신이 들며, 결국 자신의 주먹으로 내지른 것은 그 거울 조각이 아니라 자기 자신을 향한 것이라는 깨달음에 이번에는 울컥 슬픔이 치밀었다.

1월 중순에 수원 외곽까지 이르렀던 미군들의 정찰은 동영의 짐작대로 위력정찰(威力偵察)이었음이 곧 드러났다. 그 뒤로도 중조(中朝)의용군의 공세는 거듭됐지만 적의 반공(反攻)의도를 꺾을 만큼 강력하지는 못했던 것 같았다. 라디오는 연일 승전을 보도하고, 대구(大邱)가 다시 오늘내일 한다는 풍문에도 불구하고 전선의 남하(南下)는 대체로 1월 중순에서 고정된 듯한 느낌이었다. 만주에서 천리가 넘게 늘어선 보급선과 UN군의 제공권(制空權)이라는 부담 외에도 험준한 산악이 끝나고 평야에서 싸워야 하는 것이 산악전에 능한 의용군을 괴롭히는 모양이었다.

그만큼 진격속도가 둔화되었으면 그다음에 올 것은 다름아닌 적의 반공이라는 것쯤은 군사전문가가 아닌 동영에게도 불 보듯 훤

했다. 그러나 의용군[中共軍] 쪽은 아직도 반도진출 초기의 화려한 성공에 취해 있었고, 군부(軍部)도 덩달아 정세를 낙관하고 있었다. 그 한 뚜렷한 예가 1월 10일 UN에 제출된 서방(西方) 결의안에 대한 북경(北京)정부의 회답이었다. 현 상태에서의 즉시 휴전, 한국문제의 정치적 해결, 외국군의 한반도 철수 등 굴욕에 가까운 양보의 뜻이 담긴 그 결의안에 대해 17일 발표된 북경정부의 회답은 바로 무조건 항복을 요구하는 것이나 다름없었다.

　1 교섭한 결과에 따라 휴전한다.

　1 교섭의 개시와 동시에 중공의 유엔가입을 인정한다.

　1 교섭참가국은 소련, 영국, 미국, 중공, 인도, 불란서, 이집트로 하고 교섭장소는 중공의 영토 내로 한다.

　즉, 첫 번째는 우세한 싸움을 계속하면서 협상에 응하겠다는 뜻으로 선휴전 후협상을 주장하는 서방측의 제의를 정면으로 거부한 것이고, 두 번째는 대만을 대신해 안전보장이사회의 상임이사국이 되어 회담을 유리하게 이끌고 나가겠다는 뜻이며, 세 번째는 협상당사국에서 남북한을 뺌으로써 종주권을 은근히 내비침과 함께 협상장소를 자기들의 영토 안으로 함으로써 승리자의 입장을 강조하고 있었기 때문이었다.

　미국이 겨우 몇 달 전에 실수를 북경정부가 다시 되풀이하고 있다. ― 동영은 그걸 전하는 방송을 듣자마자 대뜸 그런 생각이 들었다. 이미 전쟁은 그의 손이 전혀 미치지 않는 곳으로 가버렸지만, 그러기에 직접 그 열기에 휘말려 있는 사람보다는 그 전체의 윤곽이 더 뚜렷이 보였는지도 모를 일이었다.

과연 북경정부는 오래잖아 그 오만과 과신(過信)의 대가를 치르기 시작했다. 1월 하순에 접어들기 바쁘게 전선 여기저기 UN군의 반공(反攻) 조짐이 보이기 시작했다. 라디오 방송의 과장과 허세에도 불구하고 군데군데 전선이 뚫렸고, UN기는 더욱 기승을 부려 차량의 통행은 물론 병력보충을 위한 야간 행군조차 위협을 받았다.

　하지만 이번에는 전과 달리 급속한 퇴각은 아니었다. 여러 가지 붕괴의 현상은 나타나도 1월이 거의 다하도록 전선은 여전히 1월 초순의 우세를 유지하고 있었다. 반도의 3분의 2 가까운 지역이 아직 적기(赤旗) 아래 있었던 것이다.

　그 때문에 동영은 한동안 자신이 지나치게 비관적인 눈으로 사태를 보고 있는 게 아닌가 하는 의심이 들었다. 의용군 쪽이 예상보다 더 저력이 있거나 UN군 쪽이 정말로 산산조각이 나 반공능력이 없는 것, 둘 가운데 하나로밖에는 그런 상태를 이해하기 어려웠다. 그런데 며칠 전 협조부대의 정치군관으로부터 우연히 그 까닭을 알게 되었다.

　"양키들의 생각이 많이 달라진 것 같소. 놈들은 이미 부동산의 획득에 그리 열을 올리지 않아요. 자기들이 예정한 타격만 입히고는 선선히 제자리로 물러나 버린단 말이오. 일껏 반격으로 나가보면 놈들은 원래 있던 견고한 참호로 돌아가 버린 뒤라는 게 일선 군관들의 공통된 얘기요. 짐작에는, 우세한 화력과 기동력에 기대 우리가 감당하기 힘든 병력소모를 강요하려는 술책인 것 같소. 물량소모로 병력소모에 대항하려는 대규모의 살상작전임에 틀림없소. 드디어 전국(戰局)은 놈들의 장기인 소모전으로 변한 거요. 문

제는 어느 쪽이 더 자기 편을 위해 많이 소모할 각오가 되어 있는
가에 달렸소……."

정치군관치고는 드물게 정규대학을 마친 자로서 나이는 동영보
다 몇 살 어려도 냉정하고 말수가 적어 만만치 않던 그였다. 보름 가
까이 일해 오는 동안 한 번도 흐트러진 모습을 보여준 것이 없던 그
가 어느 날 제법 얼굴이 불그레할 정도로 술이 오른 채 그렇게 말
해 주었던 것이다.

그러나 솔직히 말해 그 같은 전황의 변화는 동영에게 별다른 자
극이 되지 못했다. 어느 정도 예측하고 있었기 때문이라기보다는
자신이 이미 이 전쟁과는 무관해져 버린 듯한 느낌 때문이었다. 거
기다가 벌써 한 달이 가깝게 그토록 찾았으나 자취는 물론 생사조
차 알 길이 없는 가족들도 동영의 무력감과 둔감을 더욱 깊게 하
였다.

하지만 그 이상 그를 앞뒤없이 술에 젖어들게 한 원인으로 또 하
나 중요한 것은 수원에서의 역할이었다. 해방(점령)상태가 불안정해
지면서 제한된 그들의 역할은 정치공작과는 거의 무관했다. 반동
분자의 색출제거라는 것은 군 수사기관의 보조역할에 지나지 않았
고, 선동선전이라는 것도 고급한 정치적 배려와는 먼 심리적 폭력
의 대행이었다.

그중에서도 특히 동영으로 하여금 단순한 정신적 갈등의 정도
를 넘어 자기혐오에까지 빠져들게 하는 것은 전향한 옛 동료들의 처
형에 관여하게 되는 때였다. 국군이나 경찰의 앞잡이가 되어 동료들
을 판 그들의 행위가 밉기보다는 같은 약점을 가진 인간으로서의

연민과 동정이 앞섰기 때문이었다.

감상주의(感傷主義)로의 후퇴, 약해졌구나. — 동영은 몇 번이고 그렇게 자신을 다잡았지만, 그들의 처형에 동의하고 나면 언제나 비열한 복수의 하수인이 된 듯한 불쾌함에서 벗어날 수 없었다. 똑같이 사람을 죽이더라도 저항할 능력과 의사가 있는 적을 죽이는 전쟁에서의 살상행위가 훨씬 정직하고 떳떳하게 느껴지는 것이었다.

때로 동영은 그런 자신의 변화가 언제부턴가 자신을 괴롭히는 불안 — 몰락의 한 뚜렷한 조짐이 아닌가 두려웠다. 폭력은 그가 걸어온 길에서는 광범위하게 수용되어 온 논리였다. 레닌도 혁명은 총구(銃口)에서 나온다고 하지 않았던가. 더구나 그가 관여해 온 십여 년의 활동도 대부분은 언제나 가장 큰 몫은 폭력에 의지하고 있었다. 그런데도 불과 반년도 안 되는 사이에 일종의 자기부인이라고도 할 수 있는 그런 변화가 온 까닭은 무엇일까.

사실 구태여 그 답을 찾으려 들면 찾지 못할 것도 없었다. 그러나 동영은 왠지 그 답을 찾아내는 일이 싫었다. 더욱 크고 뚜렷한 자기부인에 떨어져 버릴 것 같은 불안 때문이었다. 그보다는 오히려 술의 힘을 빈 유예(猶豫) 쪽이 훨씬 손쉽고 마음 편했다…….

밥을 붙여먹는 민가에서 늦은 아침을 들고 있는 홍(洪)을 만난 동영은 몸이 불편하다는 핑계로 그에게 대원들을 맡기고 다시 숙소로 돌아왔다. 시 외곽지역을 돌며 '당면한 반도 정세'와 '인민해방군의 각오와 약속' 등 군 정치부에서 나온 팸플릿대로의 대민(對民) 선전이 그날의 예정된 과업이어서 굳이 피하고 싶은 일은 아니었다. 그러나 몸이 무거운 데다 기분마저 왠지 내키지 않아 하루쯤 쉬기로 마음먹은 것이었다.

돌아오니 집주인 늙은이가 부서진 방문을 고치고 있다가 겁먹은 눈길로 동영을 맞았다. 동영은 그에게 군불을 부탁하고 다시 자리에 들었다. 자리에 들자 정말로 몸이 오싹오싹하고 뼈마디가 쑤셔왔다. 술에 젖어 오랫동안 돌보지 않은 몸이 기어이 탈이 난 모양이었다.

한숨 자고 나면 좀 나을까 싶어 잠을 청했으나 잠은 통 오지 않았다. 으슬으슬하고 쑤여오는 가운데도 정신은 오히려 맑아지며 아침의 그 우울하고 축 처진 기분으로 되돌아가고, 다시 까닭 모를 분노와 슬픔으로 발전해 갔다. 그러다가 쓸데없는 생각에 깊이 빠져들지 않기 위해 눈을 감고 천(千)이나 헤아린 뒤에야 간신히 얕은 잠속에 젖어들었다.

어지럽고 사나운 꿈의 연속이었다. 크고 작은 톱니바퀴들이 수없이 얽힌 거대한 기계에 쫓겨다니기도 하고 사람으로 이루어진 거대한 산에 깔려 허덕이기도 했다. 아내와 아이들의 애처로운 부름에 가위눌려 버둥대다가 더욱 다급한 꿈에 쫓겨 깜박깜박 깨나기도 했다.

"어디 편찮으신가 보쥬?"

문득 방문이 열리며 집주인 늙은이가 무언가 김이 나는 것이 담긴 사발 하나를 들고 들어섰다. 온몸이 진땀에 젖어 눅진했다.

"군불을 때는데 헛소리가 들리기에……."

"감긴 모양입니다. 쉬고 나면 낫겠죠."

"그럼 이걸루다 취한(取汗)을 하슈. 할멈이 마른 꿀단지를 헹군

84

건데 제법 꿀맛이 나우. 방은 웬만큼 불을 넣었으니 곧 따뜻해질 거유."

늙은이는 그렇게 말하며 들고 온 사발을 방바닥에 내려놓았다. 속이 비어서 그런지 늙은이의 말과는 달리 온전한 꿀물이었다. 동영은 거의 뜨거운 꿀물 한 사발을 다 마셨다.

"고맙습니다, 할아버지."

"천만에 말씀이우. 바로 말하면 감사할 건 우리 내외지."

아마도 동영과 대원 몇이 그 집 빈 방을 쓰게 되면서 후해진 배급을 말하는 것 같았다. 정강산(井崗山) 시절 이래로 중공군의 제일 큰 금기 가운데 하나인 민폐(民弊)가 의용군(중국인민지원군)들에게도 엄격히 적용되어 전보다 더 후해진 대민 보상 덕분이었다. 군도 정치를 수행한다는 원칙이 아직은 남아 있는 승전의 분위기에 힘입어 인민군에게까지 지켜지고 있었던 것이다.

맨바닥에는 그대로 누울 수 없을 만큼 달아오른 방구들에다 뜨거운 꿀물을 마신 터라 이불을 뒤집어쓰기 무섭게 땀이 솟기 시작했다. 그러나 전처럼 잠을 이룰 수 없었다. 잠은 좀전의 한숨으로 충분했던 모양이었다.

그 바람에 동영은 누운 지 반시간도 안 돼 다시 몸을 일으켰다. 땀에 젖은 내의를 갈아입고 나니 머리가 휑한 대로 몸은 한결 개운했다. 아침에 생각한 대로 하루를 그대로 쉬며 보낼까도 싶었으나 몸이 풀리자 더 누워 있기가 싫어졌다. 어두운 방안에 홀로 누워 괴로운 사념에 정신을 짓씹히기 싫었던 것이다.

겉옷을 걸치는데 먼지 앉은 창 너머로 바깥이 보였다. 찌푸렸던 하늘이 기어이 함박눈을 퍼붓고 있었다. 막상 나가려고 하니 지금쯤 대원들이 어느 동네에서 선전활동을 펴고 있는지 몰라 머뭇거리던 동영은 아무 생각 없이 창가로 다가갔다.

보기에도 탐스러운 눈송이들이었다. 수천 수만 마리의 나비떼가 하늘 가득 날고 있는 것 같았다. 내린 눈은 어느새 하얗게 세상을 덮고 — 거기서 동영은 문득 자기가 서 있는 곳이 어디라는 것도 잊고 지나가 버린 어떤 날로 돌아갔다.

…… 열일곱이었던가, 아니면 열여덟? 어쨌든 아직은 제일고보에 적을 두고 있던 해의 겨울이었다. 아침부터 쏟아진 눈으로 드문드문 다니는 전차뿐 인력거조차 보기 힘들 만큼 한산했다. 그런데도 눈은 하학(下學) 때까지 쏟아져 학교 앞의 비탈길은 그대로 빙판이나 다름없었다. 그 오후 전차길까지 내려가기 위해 동영은 조심조심 비탈길을 더듬어 내려가고 있었다.

그런데 중턱쯤에 왔을 때였다. 흰 눈을 배경으로 눈[目]을 찌를 듯 검은색 교복을 입은 여학생 하나가 언덕 아래쪽에서 걸어 올라오고 있는 것이 보였다. 흰 선을 두른 세일러복 깃으로 보아 주로 일본인 자녀들이 다니는 여학교의 학생이었다.

평소에는 이상한 치기(稚氣)로 여학생들에게는 눈길조차 돌리지 않던 그였으나 흰 눈에 찍혀 있듯 강렬한 인상으로 다가오는 검은 교복과 단발머리 때문에 동영은 자신도 모르게 걸음을 멈추고 그 소녀를 바라보았다.

그러나 민망스럽게도 그 소녀는 동영이 보기 시작한 곳으로부터 서너 발자국도 떼기 전에 나동그라지고 말았다. 마침 곁에 있던 급우 하나가 큰소리로 웃었지만 동영은 왠지 우습기보다는 그 소녀가 애처로웠다.

소녀도 그들의 웃음소리를 들었는지 고개를 푹 숙인 채 몸을 일으켰다. 그리고 떨어진 책가방을 주워 들며 한층 조심해 발걸음을 옮겨 놓기 시작했다. 그 수줍어하고 조심스러워하는 양이 동영에게 다시 야릇한 감동을 주었다. 하지만 소녀는 대여섯 걸음도 옮겨 놓지 못하고 전보다 한층 민망스런 모습으로 넘어지고 말았다.

"괜찮을까?"

다시 일어서는 소녀가 약간 절룩거리는 걸 보고 동영은 자신도 모르게 그렇게 중얼거리고 말았다. 급우가 다시 킥킥거리다가 빈정거렸다.

"내버려 둬. 꼴을 보니 왜년이야."

그리고는 바쁜 듯이 미끄럼을 타며 그녀를 지나쳐가 버렸다. 동영도 그 말에 취한 듯한 기분에서 깨어나며 지나치려 했지만 쉽게 발걸음이 떨어지지 않았다. 그로서는 처음 경험하는 어떤 신비한 힘이었다. 그래서 엉거주춤 보고 서 있는 사이에 소녀는 세 번째로 미끄러졌다.

앞서의 두 번에 비하면 가벼운 엉덩방아에 불과했다. 그런데도 소녀는 일어날 생각을 않고 그대로 주저앉은 채 무릎에 얼굴을 묻었다. 그걸 어디 심하게 다치기라도 한 걸로 안 동영은 놀라 그녀에게 달려갔다. 그리고 자신도 모르게 그녀를 부축하며 물었다.

"어디 다치지 않으셨습니까?"

낯선 소녀에게는 처음 걸어보는 말이었지만 조금도 떨리지 않던

게 나중까지 이상했다. 그러나 더욱 이상한 것은 소녀의 반응이었다. 동영의 손을 홱 뿌리치며 소리쳤던 것이다.

"바가, 기미가 미루노니 스베루쟈 나이가?(바보, 네가 보고 있으니 자꾸만 넘어지잖아?)"

그 순간 그녀의 보얗고 선이 가는 얼굴이 드러나며 오른쪽 눈에 댄 흰안대(眼帶)가 보였다. 다른 곳에서 다른 일본 소녀에게 그런 소리를 들었으면 동영은 아마도 가만 있지 않았을 것이다. 더구나 그 거리는 일본인들의 거리도 아니고 마침 지나가는 사람도 보이지 않았다. 그러나 동영은 그녀의 얼굴을 쳐다본 순간 무슨 뜨거운 바람 같은 것이 세차게 가슴을 휩쓰는 것 같은 느낌과 함께 정말로 자신이 그녀에게 죄라도 지은 듯한 기분이 들며 사과했다.

"죄송합니다."

좀체 입에 담기를 꺼리던 일본말이었다. 그리고 조금도 비굴함을 느끼지 않고 다시 손을 내밀며 덧붙였다.

"사죄하는 뜻으로 도와 드리겠습니다."

그 말에 소녀는 잠시 동영을 쏘아보았다. 그러다가 잠깐 얼굴을 붉히는 듯하더니 더는 동영의 손을 뿌리치지 않았다.

하지만 그뿐이었다. 언덕을 다 올랐을 때 '고마워요' 하는 짤막한 인사로 헤어진 뒤로도 몇 번인가 그 언덕길에서 더 마주쳤지만 가벼운 목례 정도가 고작이었다. 둘의 관계가 그 이상으로 발전하기에는 너무도 벽이 많았던 탓이었다. 그녀는 식민통치의 일선에 선 일본인 관리의 딸이었고 동영은 한창 배타적 애국열에 들떠 있던 조선 토호의 아들이었으며, 나이도 아직 자유연애를 실행하기에는 둘 다 어렸다.

하기야 처음 한동안은 이상한 열에 들떠 그녀를 그리워한 적이 있기는 했다. 마음속으로는 몇 번이나 뜨거운 편지를 띄웠고, 어떤 때는 그녀와 마주치기 위해 하학 후 길을 돌아 다시 한번 그 언덕 길에 내려오기도 했다. 그러나 소년다운 소심(小心) 못지않은 그 특유의 자존심이 적극적인 행동으로 나가는 걸 억눌렀고, 뒤이어 그때 이미 조금씩 빠져들고 있던 박영창 선생의 감화가 그 열정의 방향을 엉뚱한 곳으로 바꾸어버린 것이었다.

그러다가 이듬해의 동맹휴학사건으로 제일고보에서 쫓겨나자 그나마의 관계도 끝나버렸다. 그 일본인 소녀는 이름조차 모르는 채 애틋한 추억의 사람으로 변해, 대학시절까지는 희고 갸름한 얼굴에 오똑한 콧날의 소녀로 이따금씩 짧은 꿈속을 떠돌다가, 이윽고는 하얀 안대로만 동영의 기억 속에 남겨졌다. 하지만 그녀는 어쩌다 술자리 같은 데서 첫사랑을 고백해야 할 차례가 되면 가장 먼저 떠오르는 얼굴이었고, 제법 세월이 지난 뒤에도 그날처럼 함박눈이라도 오는 날은 어김없이 희미한 그리움으로 떠오르곤 하던 추억이었다.

몇 년 만인가, 그 이국의 소녀가 내 환상 속을 찾아든 게 실로 몇 년 만인가 — 동영은 희미한 아픔까지 섞인 맹렬한 그리움에 젖은 채 창가에서 떨어질 줄 몰랐다. 새삼 그 소녀를 향한 것이라기보다는 갑작스레 허망하게 느껴지는 지난날에 대한 그리움 때문이었다.

눈은 여전히 하늘 가득 내리고 있었다. 다시 얼마나 지나갔을까.

89

회상이 끝나버린 텅 빈 머리를 가망 없는 그리움으로 채운 채 밖을 내다보고 있던 동영은 문득 섬뜩한 느낌으로 맞은편 골목길에 눈길을 멈추었다. 약간 비탈진 골목길로 세일러복의 한 소녀가 올라오고 있었다.

놀란 동영은 손바닥으로 흐린 유리창을 닦고 다시 한번 그곳을 살펴보았다. 환각은 아니었다. 틀림없이 한 소녀가, 그것도 눈에 익은 모습의 소녀가 세일러복 차림으로 비탈길을 조심스레 내려오고 있었다. — 적어도 동영의 눈에는 그렇게 비쳤다.

동영은 잠시 정신이 아뜩했다. 그러나 다음 순간 자신이 어떻게 된 게 아닌가 하는 생각이 들며 덜컥 겁이 났다. 가만히 눈을 감고 깊이 숨을 들이마셨다 내쉰 뒤 다시 눈을 떠보았다. 그제서야 소녀도 세일러복도 환각이었음을 깨달았지만 그 길로 오는 사람은 있었다. 안나타샤였다. 즐겨 입는 계급장 없는 소련 여군 군관복과 단발머리가 동영에게 환각을 일으킨 모양이었다.

그녀와 마주치기만 하면 긴장과 경계로 굳어지던 동영이었다. 그런데 그날은 왠지 그 긴장과 경계 대신 반가움부터 먼저 일었다. 그 바람에 동영은 자신이 지금 몸이 아픈 걸 핑계로 직무에서 빠져나와 있다는 것도 잊고 그녀를 맞으러 가기 위해 창가에서 급히 몸을 뗐다.

그 순간이었다. 한 발 내디디자마자 갑자기 다리 하나가 빠져나간 것처럼 동영은 그대로 앞으로 처박혔다. 잠시 희고 날카로운 빛살만이 동영의 눈앞을 어지럽게 스쳐갔다. 간신히 몸을 일으키니 얼굴을 부딪힌 것 같지는 않은데 코피가 주르르 흘렀다.

안나타샤가 집안으로 들어선 것은 동영이 벗어둔 내의에다 아무렇게나 코피를 닦고 펴논 이불에 번듯이 누운 채 코피가 멎기를 기다릴 때였다.

"이동지, 이동영 동지."

이미 자세히 듣고 왔는지 똑바로 동영의 방문 앞으로 온 그녀는 공무(公務)로 대할 때의 그 차고 날카로운 목소리로 불렀다. 코피뿐만 아니라 갑작스레 그를 사로잡는 불쾌한 신열과 두통으로 동영은 누운 채 그녀의 부름에 대답하지 않을 수 없었다.

"지대장 동지, 도대체 어떻게 된 거요?"

처음 방안에 들어설 때도 그녀의 기세는 목소리에 못지않게 차갑고 매서웠다. 동영이 꾀병을 부리고 있다는 걸 다 알고 몰아세우려 왔다는 투였다. 그러나 방안의 어두움에 눈이 익어 동영의 상태를 알아보자마자 이내 동영에게는 아직도 의문인 정감어린 태도로 바뀌었다.

"정말 편찮으시군요."

"이미 다 듣고 왔을 테니 바로 말하겠소. 그동안 술이 좀 과했던 모양이오."

동영도 반짝하던 긴장과 경계를 풀며 느긋하게 대답했다. 역시 알 수 없는 감정이긴 하지만, 동영은 그녀가 부드럽고 따뜻하게 나오기만 하면 이내 심술궂게 받거나 빈정거려 주고 싶어졌다. 하지만 그날은 왠지 솔직해지고 싶기도 했다.

"정말 왜 그러셨어요?"

"아직도 모르시오? 내가 길을 잘못 든 속인이라는걸."

그러자 일순 그녀의 표정이 굳어졌다. 금세 무어라고 호되게 몰아칠 듯하다가 다시 무엇을 봤는지 수그러졌다. 주머니에서 손수건을 꺼내는 것으로 보아 그제서야 동영의 코언저리에 약간 묻어 있는 코피를 본 모양이었다.

"이럴 때엔 뭐 열(熱)이 터졌다고 하던가, 가만히 있는데 난 코피예요?"

그렇게 물으면서 코밑을 닦아주는 그녀의 손수건에서 동영은 참으로 오랜만에 여자의 향수냄새를 맡았다. 하지만 더 자극적인 것은 그녀의 살냄새였다. 멀찍이서 팔만 내밀어 피를 닦아주고 있건만 그 표현하기 힘든 냄새를 동영이 마서 본 그 어떤 술보다 더 독하게 그를 취하게 했다. 머리는 지끈거리고 몸은 불쾌한 열로 갑갑한데도 눈앞에는 꽉 낀 군복에 숨겨진 그녀의 알몸이 훤히 보이는 것만 같았다.

"나는 창가에서 당신이 오는 걸 보았소."

동영은 갑자기 두통과 신열을 대신해 자신을 사로잡는 야릇한 흥분에 들뜨며 그녀의 물음을 엉뚱한 말로 받았다.

"네에?"

"진심으로 반가웠소. 달려나가 맞고 싶을 만큼."

"그건 또 왜요? 알고 보면 반가워할 것도 없으실 텐데……."

"나도 왜 당신이 그렇게 반가운지 몰랐소. 그런데 이제 알겠소. 당신이 여자이기 때문이었소."

그 말에 다시 그녀의 얼굴이 차게 굳어졌다. 그러나 동영은 이미 걷잡을 수 없는 기분이 되어 그녀의 두 손을 움켜쥐며 계속했다.

"그런데 먼저 묻고 싶은 게 있소. 한 보름 전에 나는 당신을 안은 꿈을 꾼 적이 있소. 그것도 아주 열정적으로……. 그게 정말로 꿈이었소?"

"그래요, 그건 꿈이에요. 위험천만하고, 그래서 반드시 잊어야 할."

안나타샤가 매몰차게 손을 빼며 동영에게 쏘아붙였다. 금세 일어서서 나갈 듯 찬바람이 도는 데가 있었지만, 동영에게는 그게 더 고혹적이었다. 그 바람에 동영은 앞뒤를 헤아릴 수 없는 이상한 열에 한층 들떠 물러나는 그녀를 와락 껴안으며 웅얼거렸다.

"하지만 나는 한 번 더 그 꿈을 꾸고 싶소. 깨어난 뒤는 상관이 없어……."

"안 돼요, 이거 놔요."

그녀는 완강하게 거절했다. 그러나 동영의 품에 안긴 몸은 목소리처럼 완강하지 못했다. 세찬 버둥거림도 잠시 그녀는 조용해지며 동영이 하는 대로 버려두었다.

하지만 정사(情事)를 즐기려는 여자의 태도는 결코 아니었다. 성급하게 그녀의 아랫도리를 벗긴 동영의 손이 투박한 군복 상의의 단추를 끄르려 하자 그녀는 무감동하게 말했다.

"그건 그대로 둬요."

그리고 동영이 그녀 위를 몸으로 덮을 때도 차갑게 한마디 덧붙이는 걸 잊지 않았다.

"반드시 ― 후회하게 될 거예요."

어두움과 고요 그리고 알 수 없는 아늑함이었다. 한차례의 격렬한 정사가 남긴 허망함과 피로에 젖은 채 동영은 죽은 사람처럼 누워 참으로 오랜만에 맛보는 그 어두움과 고요와 아늑함을 즐겼다. 그 순간만은 그 밖의 어떤 생각이나 느낌도 일지 않았다. 아슴푸레 졸음까지 밀려왔다. 그때 무슨 고요한 탄식처럼 들려오는 중얼거림이 있었다.

"정말 모를 일이에요……."

"뭐가 말이오?"

동영이 퍼뜩 정신이 들어 안나타샤를 살폈다. 그녀는 어느새 단정한 옷매무새로 돌아가 있었다. 차가운 표정 어디에도 조금 전 자신과 정사를 치른 여인 같은 구석은 없었다.

"내가 왜 이동지만 보면 약해지는지……."

"그건 또 무슨 소리요?"

"지난 보름 동안 이동지의 동향에 관한 보고는 한결같이 부정적이고 비판적인 것이었소. 감상주의에 젖어 당이 부과한 업무를 게을리한다는 것에서 회의분자(懷疑分子), 좌절분자의 징표를 공공연히 드러내고 있다는 것까지. 그래서 엄한 문책과 함께 공식적인 자가비판의 결정을 이행하러 왔는데……."

그러자 동영은 비로소 잠시 잊고 있던 현실로 되돌아왔다. 충분히 짐작이 되는 일이었다. 자신에 대한 감시역이랄 수도 있는 차하급자(次下級者)인 홍은 말할 것도 없고, 협조부대인 군정치부도 늘상 술기운에 젖어 있는 그를 만족하게 여겼을 리가 없었다. 그러나 잠시라도 잊고 싶은 게 그 일이었다.

"나도 당신에게 묻고 싶은 게 하나 있소."

동영은 고의적으로 그녀가 꺼낸 화제를 회피하며 불쑥 물었다. 사실 그 물음은 서울을 떠나기 전부터 그녀와 호젓이 만날 기회만 생기면 반드시 알아보고 싶던 것이기도 했다.

"뭐예요? 지금 자신이 떨어져 있는 위험한 처지보다 더 중요한 게 있어요?"

그녀는 약간 어이없어하는 눈길로 그런 동영을 쳐다보았다.

"한 소녀를 찾고 있소. 당신이 꼭 알 듯해서……."

"어떤 소녀예요?"

"언제 어디서 어떻게 만났는지도 모르고, 이름도 성도 알 수가 없소. 하지만 그 모습은 아직도 또렷하오. 열서너 살이나 되었을까, 올거친 무명 치마저고리에 꿰맨 고무신을 신고 있었는데 아마도 식민지시절의 농촌 소녀였을 거요. 영양실조의 기색은 있지만 얼굴은 연초록빛이 돌 듯 해맑았고 머리는 한 가닥으로 길게 땋아 늘어뜨리고 있었소. 그러나 무엇보다도 강하게 내 가슴을 와닿던 것은 그녀의 눈길이오. 어딘가에 취한 듯하기도 하고 무언가를 호소하는 것 같기도 한 맑고 그윽한 눈길이었소. 혹 당신은 그 소녀를 모르시오?"

그러자 그녀의 얼굴에 알지 못할 우수가 서렸다.

"또 그 얘기군요. 내가 안다고 하지 않았어요?"

"그러면 장소는 내 짐작대로 사리원(沙里院) 부근의 오송리(五松里)?"

"맞아요."

"그때 그 소녀는 왜 그런 눈길로 나를 보았소?"

"아마 동경(憧憬)이었겠지요."

"동경?"

"그래요. 겨우 보통학교를 마쳤을 뿐인 가난한 소작인의 딸, 그나마 아버지는 병들어 부치던 땅마저 빼앗기고, 어린 동생들과 병든 아버지를 돌보며 품일 간 어머니를 기다리던 그 소녀에겐 부잣집 아들인 동경(東京) 유학생이 하나의 꿈이었겠지요."

"그 소녀도 우리가 하던 야학에 나왔었소?"

"아니에요. 그 애에겐 그것조차도 사치였어요. 하지만 먼 빛으로는 여러 번 훔쳐보았지요. 날품에서 돌아온 어머니와 늦은 저녁을 지어 먹은 뒤 동생들이 잠들기를 기다려 야학을 하던 서당까지 가보면 벌써 파할 무렵이기 일쑤였어요. 그때는 어두운 툇마루 아래서 환한 남폿불에 비치는 미남 유학생의 얼굴만 바라보다가 돌아오곤 했지요. 이미 초조(初潮)를 경험한 열네 살의 소녀였으니까……."

그런 안나타샤의 얼굴에는 그때껏 동영이 한 번도 본 적이 없는 홍조가 어리었다. 그게 어찌나 자연스럽던지 오히려 목까지 꽉 죄고 있는 군복이 어색했다. 동영은 비로소 그녀에게서 한 평범한 젊은 여인을 본 듯한 기분에 자신도 소녀처럼 알지 못할 수줍음이 일었다.

"그래 ─ 그뿐이었소?"

"그의 말도 기억나는 게 있어요. 가장 좋은 세상은 일할 수 있는 만큼 일하고 쓸 만큼 몫을 타갈 수 있는 세상이라던 말 ─ 나중에야 그것이 '능력에 따른 생산', '필요에 따른 분배'라는 걸 알았지만……."

"그럼 그 소녀가 내게까지 그토록 강한 인상을 남긴 까닭은 무엇이오?"

"틈이 나는 대로 그 미남 유학생 주위를 맴돌았으니까. 어린 동생을 업고 그가 농민들 틈에 섞여 김을 매는 논뚝에도 서 있고, 들일을 마친 저녁 무렵에는 샘가로 가 그가 손발을 씻는 걸 훔쳐보기도 하고……."

"그것만으로 부족해. 뭔가 더 있을 거요."

동영은 문득 떠오를 듯 말 듯하는 기억 하나를 내심으로 열심히 좇으며 그렇게 말했다. 그 말에 그녀의 얼굴이 잠깐 밝아졌다가 이내 쓸쓸히 대꾸했다.

"이제 겨우 뭔가 떠오르는 모양이군요."

"그렇소. 내가 무얼 준 것 같은데……."

"『불멸의 여인상―자수리치와 룩셈부르크의 생애』. 어떤 극히 감상적인 일본의 얼치기 사회주의자가 쓴 조그만 책자였어요."

그제서야 동영은 안타깝게 자신의 의식 속을 떠돌던 기억 하나를 찾아냈다. 야학에는 나오지 않으면서도 끊임없이 자신의 주위를 맴돌던 소녀. 야학에는 왜 나오지 않니? 그럴 형편이 못 되어요. 글은 아니? 조선어와 일본어는 그럭저럭 읽을 수 있어요. 책을 보니? 예. 이광수의 소설과 기꾸지 깡(菊之寬)의 소설들이에요. 그렇다면 나중에 내가 있는 곳으로 오너라. 좋은 책을 한 권 주마 ― 아마도 하루 일을 마치고 손발을 씻던 그 마을 우물가였을 것이다.

그 모든 것을 다 떠올리자 동영은 새삼스런 감개에 젖어 안나타샤를 바라보았다. 하지만 여전히 이해할 수 없는 일이었다.

"그런데 그 소녀가 어떻게 모스크바 공산대학을 나오고, 소련군 고급 정치장교와 동반하여 조국에 돌아올 수 있었소?"

그녀에 관한 어렴풋한 기억의 조각들이 동영의 의식 표면에 떠오른 뒤에도 도무지 그것들이 구체적으로 짜일 수 있도록 허락하지 않던 진작부터의 물음이었다. 그러나 그때 이미 우호적이고 한편으로 달콤하기까지 하던 그들 사이의 감상적인 분위기는 끝난 뒤였다. 순간적이다 싶으리만큼 안나타샤의 태도는 차갑고 오만한 상급자의 태도로 돌아가 있었다.

"내가 바로 그 소녀라고는 말하지 않았소. 또 그렇다 처도 ── 그런 하찮고 부질없는 감정놀음에는 취미가 없소. 지금 시국은 위태롭고 동무의 처지는 더욱 위태롭소."

그녀는 평소의 그 찬바람 도는 얼굴로 그렇게 말한 뒤 몸을 떨치고 일어났다. 그때껏 있은 일은 또다시 신열에 들떠 본 환상으로 의심케 만들 만큼의 돌변이었다. 동영은 놀라움 못지않게 야릇한 감탄에 사로잡혀 할 말을 잊고 멍하니 그런 그녀를 바라보았다. 그녀는 거기에 아랑곳없이 선 채로 동영을 내려보며 계속했다.

"술을 끊고 업무에 충실하시오. 이건 사적인 권유가 아니라 당의 권위에 의지한 상급자로서의 명령이오. 곧 해방구역이 없어지고 따라서 모든 해방구역의 정치공작이 끝날 때가 올지도 모르겠소. 그때에 모든 실패의 책임을 떠맡고 희생되는 일이 없도록 단단히 정신차리시오."

정말로 얼마 전에 함께 이부자리 속에서 몸을 섞은 여자라고는

상상도 못할 태도였다. 기껏 동영에게 무안함을 면하게 해준 것이
있다면 그 길로 방을 나서는 그녀를 엉거주춤 따라 문께로 나서는
그에게 던진 명령투의 작별인사 정도였을까.

"이대로 누워 좀 더 조리하시오. 머지않아 다시 만나게 될 것이
오."

그리고 그녀는 뒤 한번 돌아봄 없이 눈길을 되짚어 돌아갔다.

5

안나타샤가 한 가정으로 말한 그때는 생각보다 빨리 왔다. 2월
에 접어들면서 포성이 점점 가까워지고 전선(前線)이 전면적으로 붕
괴되고 있는 듯한 조짐이 여기저기서 나타났다. 소모전에 따르게 마
련인 밀물과 썰물 현상이 뚜렷해진 것이었다.

수원이 전선과 다름없이 되어갈 무렵 동영은 대원들과 함께 서
울의 본대로 귀환하라는 명령을 받았다. 수원에서의 제한된 업무
에 진력을 내던 동영은 일종의 해방감까지 느끼며 철수준비에 들어
갔다. 아직 2월 초순의 일이었다. 그런데 막 철수준비를 끝내고 군
부대에서 내주는 차편을 기다리는 동안 동영은 뜻밖의 인물을 군
정치부로부터 이첩받았다.

"지난 1월 중순 안성(安城) 부근에서 체포된 자요. 자신은 상인(商
人)으로 신분을 위장하고 있으나 여러 가지 정황으로 미루어 남조

선의 군경 기타 권력기관의 간부로 짐작이 가는 인물이오.

그자가 타고 가다 고장이 나서 버린 것으로 추정되는 자동차가 은신처로부터 멀지 않은 곳에서 발견되었고, 운전수로 보이는 동승자는 무리하게 도망치다 사살될 정도로 우리측에 체포되는 걸 꺼렸소. 또 부근 주민들은 아무도 그를 모를 뿐만 아니라 두발 등에서 보이는 신체상의 특징도 자신의 진술과는 어긋나는 데가 많소.

하지만 워낙 그자의 부인이 완강하고 다른 보강증거도 없어 우리로서는 처리가 곤란한 상태요. 일단 서울로 넘기면 그쪽은 여러 가지 자료가 많으니 어떻게 그자의 정체를 밝혀 응분의 처벌을 할 수 있으리라 생각되오. 지금까지의 심문을 견뎌내는 것으로 보아 악질반동 가운데도 괴수급이 분명하니 함께 본대로 데려가 면밀한 조사에 붙여주시오."

그런 설명과 함께 넘겨준 것은 놀랍게도 윤상건(尹庠健)이었다. 못 보고 지낸 몇 년 사이에 늙은 것인지, 아니면 지난 보름 동안의 심문에 시달린 탓인지, 몹시 변해 있었지만 동영은 첫눈에 그를 알아보았다.

"어?"

동영은 그 만남이 하도 놀라워 자신도 모르게 그런 소리를 내고 말았다. 상건도 진작 동영을 알아본 모양이었다. 굳이 외면한 채 얼굴을 보이려 하지 않다가 동영이 아는 체를 하자 어쩔 수 없다는 듯 메마른 미소를 지어 보였다.

"오랜만이네."

"아니, 이 사람, 어찌 된 셈인가?"

동영은 그렇게 말해 놓고서야 문득 자신이 너무 경솔했음을 깨달았다. 깜박 잊고 있었지만, 전쟁 전 누구에게선가 상건이 경찰에 투신했다는 말을 들은 적이 있기 때문이었다.

만약 그게 사실이라면 일은 어렵게 되었다…… 동영은 퍼뜩 그런 생각을 떠올리며 어떻게 그 자리를 수습해야 될지 몰라 잠시 입을 다물고 상건을 살폈다. 군의 마구잡이 심문을 몇 차례 겪은 듯 한복 여기저기 핏자국이 말라 있고 얼굴에도 아직 삭지 않은 멍자국이 있었으나 상건의 태도는 꿋꿋했다. 하지만 훨씬 기술적이고 잔인한 내무서나 보위국 사람들에 넘겨진 뒤는 알 수 없었다. 거기다가 서울이라면 경찰 간부의 명단쯤은 확보해 두고 있을지도 모르는 일이었다. 이름까지 숨기고 또 끝까지 굳게 버틸 수만 있다면 어떻게 빠져나갈 길도 있었겠지만 자신을 만난 이상 그것도 틀려 버린 셈이었다.

하필이면 나를 만나다니 — 동영이 다시 한번 그렇게 마음속으로 혀를 차고 있을 때였다. 상건을 끌고 온 정치군관이 흥미 있다는 얼굴로 물어왔다.

"지대장동무, 이자를 아십니까?"

"네, 좀……."

"도대체 무엇 하는 자요?"

"해방 전에 함께 일한 적이 있습니다."

동영은 일단 경찰신분만은 모르는 걸로 하기로 마음먹고 해방 전 일부터 꺼냈다. 정치군관이 한층 이상하다는 표정으로 물음을 이었다.

"그럼 혁명동지였단 말씀이오?"

"그렇습니다. 경성(京城)콩그룹 때 잠깐⋯⋯."

"이상하군. 그런데 왜 남으로 피신했겠소?"

"청산분자(淸算分子)요."

"미제의 앞잡이로 전향한 건 아니오?"

"내가 알기로는 그렇지 않습니다. 적어도 48년까지는 고향에서 과수원을 하고 있었소."

"그럼 이자들 일당이 타고 가다 버린 군용 지프차는 어찌된 거요?"

"잘 모르지만 그게 사실이라면 돈으로 매수했겠지요. 남반부에서는 돈이면 안 되는 게 없으니까."

동영은 경찰신분에 관한 것만 빼고는 되도록 바른 대로 말했다. 나중에 무슨 일이 있더라도 그것만 잡아떼면 책임이 돌아오지 않게 하기 위한 대비였다. 그러나 그 정치군관은 끝내 사건에 대한 의심을 풀지 않았다.

"지대장동무가 보증할 수 있소?"

그렇게 묻더니 이어 대답도 기다리지 않고 덮어씌우듯 말했다.

"어쨌든 우리는 이자를 당신네 공작대에 넘겼소. 다시 내무서나 보위국에 넘기든지 석방하든지는 동무의 판단에 맡기지만 우리로서는 강한 의심을 떨쳐버릴 수 없소. 처음 체포될 때만 해도 이자의 머리에는 무언가 오래 제모(制帽)를 쓴 자국이 남아 있었소. 평소에 중절모를 쓰고 지내는 탓이라 우기긴 해도 의심스럽기는 매한가지요."

말하자면 상건의 신상에 대한 조사책임을 온전히 동영의 공작대로 넘겨버린 것이었다.

그 정치군관이 상건과 함께 넘겨준 서류를 들춰본 동영은 한층 착잡한 기분이 되었다. 상건의 진술은 거의 모두가 동영이 알고 있는 것과는 엉뚱했다. 무슨 상고인가를 나와 곡물상을 하다가 ─ 대개 그런 식으로 되어 있는 조서를 읽으면서 동영은 새삼 자신이 흘려들은 소문이 사실임을 확인할 수 있었다.

사실 전쟁 전만 하더라도 동영은 그 경우 거침없이 상건의 신분을 폭로하고 그를 조사하여 넘겨야 할 곳으로 넘겼을 것이다. 그때만 해도 동영에게는 열정 못지않게 증오가 남아 있었고, 적과 동지의 개념도 선명했다. 그러나 언제부터인가 아득한 무력감에 떨어지기 시작하면서부터 열정과 함께 미움은 없어지고 적과 동지의 개념은 애매해져 갔다. 방금도 동영을 사로잡고 있는 것은 책임과 의무 같은 공적인 원리가 아니라 옛친구의 처형에 관여하고 싶지 않다는 사적인 의리감정이었다.

홍을 비롯한 대원들이 수상쩍은 눈길로 자신과 상건을 번갈아 보며 방안을 서성거리고 있다는 것도 느끼지 못한 채 동영은 한동안 골똘한 생각에 잠겨 있다가 다시 한번 상건을 살펴보았다.

상건은 밉살스러울 만치 덤덤한 얼굴로 창밖의 갠 하늘을 바라보고 있었다. 자네에게 빌 것은 아무것도 없네 하는 투였다. 그런 상건의 태도가 동영을 더욱 초조하고 짜증나게 만들어 동영은 문득 곁에 있는 대원에게 소리쳤다.

"이 사람을 옆방으로 데려가고 감시하시오."

옆방으로 끌려가는 상건의 묶인 몸이 고통스러워 보였지만 동영은 짐짓 그것도 못 본 체했다.

가열된 UN군의 공습 때문에 자동차의 출발은 날이 저문 뒤인 오후 여섯 시로 미뤄졌다. 평소대로의 점심이 끝난 뒤 동영은 쓰다 남은 공작비(工作費)의 일부를 떼어 그동안의 수고를 위로한다는 명목의 회식을 준비케 했다. 그런 다음 자리가 어울리기 무섭게 홍에게 뒷일을 부탁하고 임시본부로 쓰던 건물로 돌아갔다. 상건의 감시를 맡은 대원과 교대를 한다는 명목이 좀 어색했지만, 이미 홍이 오른 뒤라 특별히 이상하게 여기는 사람은 없는 듯했다. 홍도 동영을 대신해 그 자리를 주관한다는 것에 기분이 좋아 형식적으로 말리는 척하다가 그대로 동영을 보내주었다.

그러나 막상 사무실에 도착해 보니 왠지 상건과 단 둘이 마주앉는 일이 두려워 동영은 젊은 대원과 교대하기 전에 잠시 이쪽 방에 홀로 앉았다. 혼란에 가까운 감정을 좀 정리한 뒤에 상건과 대면하려는 생각에서였지만, 그대로는 되지 않았다. 홀로 생각에 잠기면 잠길수록 어떤 냉철하고도 구체적인 처리방안보다는 그와 함께 보낸 소년시절과 청년시절의 일부가 가슴 찌릿한 감동으로 되살아날 뿐이었다.

가장 먼저 떠오르는 것은 그들이 처음 만났던 사립중학교의 교정이었다. 돌내골에서는 자동차 구경도 제대로 못한 동영에게 서울은 몇 달이 지나도 여전히 낯설고 외로운 곳이었다. 급우들과의 사귐도 쉽지 않다. 학급의 태반은 수염이 거뭇거뭇한 형뻘이거나 이미 장가까지 든 어른이었고, 또래라면 열에 아홉은 빤들빤들한 서울토박이들이었다. 나이 차이에 못지않게 또래의 급우들과 친하는 걸 막는 것은 도무지 사람을 몰라보는 그 토박이 소년들의 빤들빤들함이었다. 어떤 이유의 것이든 복종과 봉사에 익숙해 온 동영에게 자칫하면 촌놈이라고 놀려대는 그들이 맞을 리 없었던 것이다.

그러다 보니 거의 한 학기가 다 지나도록 동영은 학급의 외톨이였다. 언제나 사람들에게 둘러싸여 지내다시피 한 그에게는 큰 고통이 아닐 수 없었다. 그때 만난 것이 상건이었다.

언제부터인가 동영은 자신의 옆 학급에도 자신과 비슷한 처지의 소년 하나가 있음을 알아보았다. 몸집은 좀 크지만 검고 기름한 얼굴의 그 소년이 텅 빈 교정 모퉁이에 서서 멀리 남쪽 하늘을 바라보고 있는 걸 보면 그 역시 고향과 집을 그리워하고 있다는 걸 금세 느낄 수 있었다. 또한 등교 때나 하교 때, 떼를 지어 시시덕거리며 걷는 또래들에게서 저만큼 물러나 그가 홀로 터덜터덜 걷는 걸 보게 되면, 그 역시 마음속으로는 빨리 한 학기가 끝나 어머님과 친척들의 품안으로 돌아갈 날을 손꼽고 있음을 동영은 쉽게 짐작할 수 있었다. 따라서 동영은 아직도 남아 있는 산골소년의 수줍음과 그 특유의 자존심을 억누르고 그에게 다가갔다. 틀림없이 자신이 본 대로였다. 나이는 한 살 위이고 고향은 돌내골에서 백 리 남짓한 학실[鶴谷] ― 돌내골과는 이따금 통혼(通婚)까지 있는 윤씨 문중의 소년이었다.

그러자 다시 고보시절이 떠올랐다. 동영은 낙방을 각오하면서까지 제일고보에 응시했지만 상건은 안전한 동계(同系)의 사립고보로

진학했다. 그 바람에 그림자처럼 붙어다니던 둘은 잠시 멀어졌다. 둘의 학교가 각각 서울의 끝과 끝에 있었을 뿐만 아니라 동영이 '노령(露嶺)아재'로부터 박영창에 이르는 정신적 편력을 시작했기 때문이었다. 일주일에 한 번 만나던 것이 한 달에 한 번이 되고, 대화도 점점 아귀가 맞지 않게 되어갔다.

그러다가 동영이 제일고보를 쫓겨나 다시 사립고등학교에 가게 되면서 둘의 사이는 회복되었다. 단순히 같은 학교를 다니고 같은 동네에 하숙을 한다는 이유뿐만 아니라 상건도 그 무렵에는 사상 쪽에 눈을 떠 크로포트킨에 빠져들고 있었던 것이다.

그다음은 동경시절이었다. 그 시절의 추억은 둘에게 공통된다고 해도 좋을 만큼 둘은 가까웠다. 그러나 사실상 조금씩 길이 달라진 것도 그 무렵이었다. 대학교 상급반이 되면서 상건은 조금씩 박영창 선생에게 회의하기 시작했다. 그에게서 보이는 권력추구의 성향, 야심가적인 면모를 가장 먼저 지적한 것은 바로 상건이었다.

나중에 박영창 선생이 볼셰비키로 전향했을 때도 가장 맹렬하게 화를 내며 돌아선 것은 윤상건이었다. 졸업 뒤 귀국해서 잠시나마 동영과 함께 박영창 선생 밑에 일한 것도 가만히 돌이켜보면 순전히 동영의 끈질긴 설득과 권유 때문이라는 편이 옳았다.

"그들의 음모에는 견디기 어려운 냄새가 나. 염치 없는 권력추구의 냄새, 익기도 전에 부패하는 야심의 냄새, 이상의 탈을 쓴 폭력과 잔혹의 냄새 — 우리가 아름답다고 표현한 그 이념의 향내와는 사뭇 달라.

나는 차라리 자주인(自主人)에 대한 신념과 의지를 사적인 이상으로 간직하겠네. 일생을 가슴속에서 헛되이 타오르다 꺼져갈 불꽃이라 할지라도 이 지독한 악취 속을 헤매는 것보다는 낫겠어."

그때 이미 상건은 무엇을 보았던 것일까. 동영이 맹목적인 열정으로 불타고 있던 콩그룹 시절에도 상건은 이따금씩 그렇게 빈정거렸다.

그러다가 41년의 일제검속으로 그나마의 참여도 끝나버렸다. 전향 서약의 대가로 집행유예를 받고 풀려난 그는 고향으로 내려간 뒤 다시는 모습을 볼 수 없었다.

회상이 거기에 이르자 동영은 전보다 훨씬 생생하게 그와의 마지막 밤을 떠올렸다.

…… 그 무렵 동영은 전농(全農)조직에 한창 열을 쏟고 있었다. 그 사업의 성패가 입당은 물론 그 뒤의 당내 비중과 직결되어 있다는 박영창 선생의 독려 탓이었다. 그런데 그가 맡은 영남지방에서 한군데 조직이 미비한 곳이 있었다. 바로 상건의 고향이 포함된 지구였다.

그 바람에 동영은 직접 상건을 찾아나섰다. 해방되고 얼마 안 돼 그가 상경했을 때 다시 함께 일할 것을 한차례 권유해 보았으나 끝내 거절한 터라 직접 가서 부탁해 볼 작정이었던 것이다.

동영이 혹 있을지 모르는 감시의 눈을 피해 상건의 집에 도착한 것은 날이 저물 무렵이었다. 상건이 자기 소유의 야산에 새로 일군 과수원에서 아직 돌아오지 않아 동영은 그리로 찾아갔다. 몇 년 못 보는 사이에 상건은 완전한 농부로 변해 있었다. 유산을 물려받은 대지주로서가 아니라 겨우 논 몇 마지기와 밭 몇 평 그리고 손수 일군 그 과수원이 전부인 자작농일 뿐이었다.

"토지개혁은 어떤 형식이건 그리고 어느 쪽에서 하건 이미 피할 수 없는 시대의 추세일세. 아니 그 이상 어느 쪽이 더 철저하고 공평하게 수행하느냐에 따라 민중적인 지지기반 또한 보다 넓고 굳건해지겠지. 그럴 바에야 무엇 때문에 어차피 포기해야 할 낡은 소유권에 집착해 보수 또는 반동세력의 대표로 욕을 먹을 필요가 있겠나? 소학교 가까이 있는 땅은 소학교 실습지로 기증하고 중학교 가까이 있는 땅은 중학교 실습지로 기증했네. 그리고 또 남는 것은 없이 사는 친척들과 옛 소작인들에게 골고루 나누어 주었지. 관공서의 부지(敷地)로도 필요하다는 데는 달라는 대로 주고……."

상건의 조부가 자기네보다 더 많은 땅을 가지고 있었음을 잘 아는 동영이 땅이 없어진 까닭을 묻자 상건은 허심한 목소리로 그렇게 대답했다.

"이쪽저쪽 비위 맞춰가며 홀로 토지개혁을 먼저 단행한 셈이군 그래."

동영은 상건의 말을 그렇게 비꼬아주면서도 마음속으로는 그를 다시 끌어내기는 이미 틀렸다는 걸 느꼈다. 시골에서 잔뼈가 굵은 동영은 본능적으로 농부들의 땅에 대한 끝모를 애착을 잘 알고 있었다. 그런데도 이미 한 농부로 변신한 상건이 그처럼 훌훌히 땅을 버리기 위해서는 얼마만한 인내와 극기가 필요했는지 짐작이 갈 만했다. 더군다나 그 땅이 주는 풍요와 안락에 삼십 년 가까이나 길들어온 그가 아닌가.

동영의 그 같은 예감이 들어맞는 것은 동영의 빈정거림에 대한 상건의 진지한 대답에서도 곧 드러났다.

"바람이 몹시 부네. 이만 내려가세."

동영의 빈정거림에 대한 상건의 그 같은 대꾸는 얼른 듣기에 엉뚱한 것 같았지만 그게 아니었다. 얕은 언덕바지를 내려가다가 한 군데 낮고 오목한 곳에 이르렀을 때 상건이 문득 걸음을 멈추었다. 그리고 쪼그리고 앉더니 바람을 피하는 양 자연스럽게 성냥을 켜 담배를 붙이고는 동영에게도 앉기를 권했다.

동영이 무심코 앉고 보니 참으로 묘한 곳이었다. 언덕보다 채 한 길이 낮지 않은데도 그곳은 거짓말처럼 바람이 불지 않았다. 그때 상건이 천천히 담배연기를 내뿜으며 입을 열었다.

"자네는 내가 한 일을 무슨 대단한 기회주의자의 처신처럼 이해하고 있지만 사실은 그렇지가 않네. 지금 밖은 거센 바람이 일고 있어. 저 언덕 위를 불어가는 바람 따위와는 비교도 안 되는 거센 바람이야. 누구든 그 바람에 휩쓸리기만 하면 사지가 갈가리 찢겨버릴 만큼 거센……. 지금 내가 마련한 것은 겨우 이 정도의 구덩이야. 이 미친 바람을 피할 수 있는 조그만 피난처란 말일세. 나를 지배하는 것은 교활한 지혜가 아니라 무력감과 두려움일세. 나는 진심으로 머지않아 닥쳐올 그 미친 바람이 두렵네. 정면으로 맞아서는 내 한 몸조차 성하게 지켜낼 자신이 없네.

그 미친 바람이 지나갈 때까지만이라도 나를 버려두게. 이곳에서 아내와 아이들을 기르며 무사히 그 바람을 피할 수 있도록 해주게. 닥쳐올 재앙의 불길한 예감에 겁먹고 질린 이 나약한 지성(知性)에 연민을 가져주게……."

아직 동영은 거기에 관해 한마디도 말한 적이 없지만, 상건은 동영이 자신을 찾은 목적을 알고 있었다. 그것은 함께 집으로 돌아간 뒤에도 마찬가지였다.

"마침 가양주(家釀酒)가 좀 남았네. 즐겁게 마시며 옛날 얘기나 하세. 그리고 하룻저녁 편히 쉬어가는 거야……."

상건의 아내가 술상을 차려놓고 나가기 무섭게 술잔을 따르며 상건이 하는 말이었다. 동영에게는 조금도 틈을 주지 않겠다는 투였다.

하지만 이왕에 맘먹고 나선 길이었다. 거기다가 너무도 빈틈없는 상건의 방패막이 또한 은근히 비위에 거슬렸다. 한동안 상건의 주문대로 따르는 척하다가 동영도 기어이 찾아온 목적을 밝혔다.

상건은 역시 동영의 제안을 거절했다. 그 단호함이 이미 오른 술기와 더불어 동영의 어조를 격하게 만들었다.

"좋아, 그럼 한 가지 묻겠네. 자네 말마따나 그 미친 바람이 지나간 뒤에는 어떻게 할 작정인가?"

"그건…… 나도 모르겠네. 하지만 적어도 한 가지는 분명해. 세상이 진정되고 모든 것이 제자리를 되찾는다면 나도 무언가 작더라도 내 배움의 값은 해야겠지. 아내와 아이들을 기르는 일 말고……."

그러다가 상건은 문득 자신의 실수를 깨달은 듯 입을 다물었다. 하지만 늦은 뒤였다. 그 순간 동영이 성난 얼굴로 벌떡 몸을 일으키며 술상을 걷어찼다.

"그게 바로 교활한 기회주의가 아니고 뭐야? 변혁에 이르는 고통과 희생은 두려워하면서도 그 달콤한 과일은 즐기겠다는 뜻이지?

네 놈이 끝까지 짐승처럼 엎드려 계집자식이나 돌보겠다고 우겼더라도 그대로 속을 뻔했잖아?"

동영은 그렇게 소리친 후 그 길로 상건의 집을 뛰쳐나왔다. 나올 때 흘깃 보니 술과 음식물을 뒤집어쓴 채로 상건은 석상처럼 앉아 있었다…….

무료하게 앉아 상건을 감시하고 있던 젊은 대원은 동영이 방안으로 들어가자 반색을 했다. 그리고 동영이 교대를 왔다고 하자 겉으로는 송구스러워하는 듯하면서도 말 떨어지기 바쁘게 회식 장소로 달려갔다.

"그새 어땠나? 보아하니 무사히 이 미친 바람을 피한 것 같지는 않군."

저쪽 방에서의 회상이 마지막 만남에서 끝난 뒤라 동영이 다소 빈정대는 어조로 그렇게 물었다. 상건이 웃는지 찡그리는지 얼른 알아보기 힘든 표정과 함께 대답했다.

"불행히도 그런 것 같네. 자네야 미리 짐작했으니 당연하게 여겨지겠지만."

"자네를 그 아늑한 구덩이에서 끌어낸 것은 어느 쪽의 미친 바람이었나?"

"역시 자네들 쪽 바람이었네."

"뭐라고? 나 말고 우리 쪽에서 자넬 끌어낼 사람이 누가 있었단 말인가? 그렇다면 그 숱한 거짓 진술을 왜 했는가?"

"놀라지 말게. 야산대 사람들일세. 자네처럼 술상을 차엎은 정도가 아니라 내 집을 깡그리 태워 버렸네. 아이들과 아내까지 모두……."

그런 상건의 어조에는 진한 허탈이 배어 있었다. 그 뜻밖의 말에 동영은 놀라지 않을래야 않을 수가 없었다. 절로 목소리가 높게 떨렸다.

"아니, 그게 무슨 말인가? 그 사람들이 왜?"

"죄목은 자네가 더 잘 알지 않나? 전(前)대지주, 기회주의자에 악질반동."

"그렇지만 도무지 알 수가 없어……."

"어디든 과격파와 극단론은 있는 법이지. 모두 지나간 일이야."

상건은 여전히 담담하게 말했다. 동영은 거기서 잠시 할 말을 잊은 듯 입을 다물고 생각에 잠겼다. 그러다가 문득 얼굴이 굳어지며 추궁하듯 물었다.

"하지만 가장 잔혹한 과격행위는 극우에서 나오는 법이지. 나찌도 파쇼도 극우였으니까. 그건 그렇고 — 그럼 자네가 경찰에 투신했다는 말은 헛소문이 아니겠군."

"거기 관해서는 대답하지 않겠네."

"그래, 처자의 원수는 좀 갚았는가?"

"옛친구를 그렇게 욕보이는 법이 아닐세."

"인민의 적 앞에서는 옛친구도 사라지는 법이지."

동영이 문득 오기가 솟은 것은 상건의 태도가 너무도 담담한 때문이었을 것이다. 그걸 아는지 모르는지 상건의 태도는 그런 동영의 변화에도 흔들림이 없었다. 오히려 냉소하는 빛까지 띠며 되물었다.

"인민의 적? 자네는 아직도 그런 부류가 따로 있다고 생각하나?

외제 소총과 대포를 들고 역시 외제 이념을 강매하는 자들 말고 말이야."

"이젠 진부한 종족주의로의 회귀인가? 하기야 반동세력이 일쑤 인민들을 홀리는 데 악용하는 영험한 주문(呪文)이긴 하지. 그러나 그것만으로 자네가 이승만 친일 파쇼도당의 주구(走狗)가 된 설명으로는 넉넉하지 못해."

스스로도 어디에 그 같은 열정이 남아 있었을까 신기할 정도로 동영은 다시 한번 격한 감정을 경험했다. 그러나 다음 순간 결국 그것이 서글픈 자기방어의 안간힘에 지나지 않음을 깨닫자 이내 맥이 빠졌다. 상건은 동영의 그런 격한 반응에 잠시 멈칫했다.

"자네도 아다시피 나는 오래전부터 이념적인 논쟁에는 흥미가 없었네. 더구나 이렇게 된 마당에 그게 무슨 소용인가? 하지만 현실을 얘기하는 거라면 꼭 자네들에게 일러두고 싶은 게 있어."

이윽고 상건은 다시 천천히 입을 열었다. 냉소하는 듯한 어조는 사라지고 진지한 떨림이 그 자리를 대신했다.

"한 정권을 지탱하는 두 개의 기둥, 즉 물리력은 군과 경찰일세. 그런 뜻에서 장성(將星)의 태반이 일본 육사나 만주 군관학교 출신인 군과 역시 간부의 태반이 일본 수사기관 출신인 경찰로 유지되는 지금의 남한은 친일정권이라고 말할 수도 있을 것이네. 일본 육사든 일본 경찰이든 천황에게 충성을 서약하기는 마찬가지일 뿐만 아니라 강제입교나 강제임용의 예가 없는 한 그 출신은 일단 친일의 혐의를 둘 수가 있으니까. 그 밖에 법원이나 국회 행정관료 가운데도 친일의 혐의를 받을 요소들이 많은 것 또한 시인하겠네. 고문

114

(高等文官시험) 출신이니 무슨 출신이니 하는 것은 제쳐두더라도 항일독립투사가 무슨 여력으로 자녀교육에 힘써 그 박사니 석사니 하는 요란뻑적지근한 인재들을 기를 수 있었겠나?

하지만 중요한 것은 그런 현상이 아니라 그 원인이라고 생각되네. 어떻게 하여 그들이 결속된 강력한 힘으로 한 야심적인 이류(二流) 책략가를 대통령으로 만들고 자기들도 거기에 기생(寄生)할 수 있게 되었는가일세.

내가 보기에는 선(善)의 경직성 또는 정의의 독선이 그걸 가능하게 만든 것 같네. 먼저 그들을 이승만 박사에게로 떼지어 몰려들게 한 것은 상해의 임정(臨政) 세력일세. 정통성의 확보에 있어서 가장 우세한 입장이었던 그들이었지만 무모와 독선으로 그토록 어이없이 허물어진 것일세. 밖으로는 약소국과의 공존관계를 식민통치로밖에는 달리 경험해 본 적이 별로 없는 강대국의 의구(疑懼)를 사고, 안으로는 자기들의 굳은 머리로는 상상도 못한 강력한 힘을 어쭙잖은 정적(政敵)에게 밀어줘 버리고 만 거야.

그다음은 바로 자네들이야. 지루하게 되풀이된 논쟁을 피하기 위해 일단 자네들의 주장이 옳다고 쳐도 최소한 그 독선의 과오는 면할 길이 없을 거네. 친일파의 숙청은 어떤 의미로든 반드시 필요했겠지만, 모든 것에 우선할 정도는 아니었네. 가장 필요한 것은 화합과 단결로 우리의 해방을 자기들의 한 전리(戰利)로만 파악하는 강대국의 극동정책에 대항하는 거였지. 그런데 자네들은 단죄와 비난으로 내부의 적을 만드는 데만 급급했어. 또 숙청이란 어떤 의미로든 다수로부터 소수를 향한 개념이지 소수로부터 다수에게 행해

115

질 수 있는 것은 아니야. 그런데도 자네들은 지주, 자본가에 터무니없이 범위를 확대한 친일파를 넣어 소련군의 무력(武力) 없이는 도저히 감당 못할 상대를 숙청의 대상으로 설정했지. 거기다가 그 같은 숙청은 자네들에게는 그저 몽롱한 이념의 실현 단계 중의 하나에 지나지 않지만, 당할 사람들에게는 바로 절실한 생존의 문제일세. 다시 말하자면 그들의 반공(反共)은 살아남기 위한 처절한 것이란 말일세. 남한에 그토록 강력한 친일정권을 세우게 만든 것은 결국 자네들의 무모와 독선인 셈이지. 더욱 나쁘게 말하면, 일제의 강점이 36년이나 되었다는 데 대한 고려나 점진적이고도 기술적인 숙청의 방안에 대한 검토의 흔적은 전혀 찾아볼 길 없는, 성급하고도 저열한 복수심리로 저들을 그 원래의 힘 이상으로 강화시켜 준 거야. 그러고도 자네들에게 그들의 친일적인 구성을 비난할 무슨 자격이 있나?"

"그건 강변(强辯)이야. 어떤 현상에 대한 의도적이고도 과장적인 분석은 돼도, 자네가 봉사하는 정권의 정통성을 옹호하는 논리는 못 돼."

"정통성이라고? 그럼 자네가 봉사하는 정권은 정통성이 있단 말인가? 하기야 몇몇은 오랜 항일투쟁의 경력과 부패하지 않은 이념으로 비슷하게 흉내라도 낼 수 있을지 모르지. 하지만 우리보다 겨우 두세 살 위인 소련군 외인부대의 초급장교는 아니야. 소련 극동군의 행이(行李)에서 느닷없이 튀어나온 그 피노키오보다는 한국 왕자 행세를 했건 미주(美洲) 교포들의 등을 쳐 살았건 그래도 일생을 독립운동을 한답시고 보낸 노(老)책략가 쪽이 훨씬 정통성을 말하기에 유리할 것이네."

하지만 상건의 그 같은 말은 내용만큼 자극적이지 못했다. 사실 동영은 친일문제에 대한 상건의 얘기가 길어지기 시작하면서부터 거의 건성으로만 듣고 있었다. 다른 일로 조금씩 초조해지기 시작한 때문이었다.

그가 어렵게 상건과의 호젓한 시간을 만든 것은 넌지시 그의 실제 신분을 확인한 뒤 어떻게든 그를 도와 그 어려움에서 빼낼 방도를 상의하기 위함이었다. 그런데도 이제는 따져 봤자 아무 소용도 없는 얘기에 시간이 뺏겨 아직 그 일은 입에 올려 보지도 못한 터에 금세라도 회식을 끝낸 대원들이 들이닥칠 것만 같았다.

"솔직히 말하면, 나도 그런 공허한 명분론에는 별 흥미가 없네. 시효가 지나버린 결과론에 지나지 않게 마련이니까. 그보다 이렇게 단 둘이 만난 것은 어떻게 자네를 도울 수 없을까 해서였네. 먼저 그것부터 해결하는게 어떤가?"

동영은 상건의 말에 반박하는 대신 그렇게 화제를 바꾸었다. 한동안 말이 없던 상건이 비굴하지 않으려고 애쓰면서 담담하게 말했다.

"인계받은 그대로 나를 다른 부서로 넘겨주게. 실은 풍문과 추측 뿐 자네도 최근의 내가 무얼 했는지는 전혀 모르지 않는가?"

"하지만 어디로 넘겨도 여기서처럼 수월하지는 않을 거네. 심문의 체계도 고문방식도 군보다는 훨씬 조직적이고 기술적이지."

"어떻든 한번 견뎌 보겠네."

"거기다가 서울에 가면 경찰간부의 명단쯤은 입수하고 있을 거

117

네. 자네를 알아볼 사람이 있을지도 모르고…….”

“걱정 말게. 내 직위가 그 정도로 대단하지는 않았네.”

“만약 우리가 갑작스레 철수하게 된다면 그 직전의 혼란도 문
제야.”

“그거야 어쩌겠나? 운에 맡길 뿐이지.”

상건은 끝내 매달리는 듯한 태도를 보이지 않았다. 그게 한결 동
영의 마음을 무겁게 했다.

“미안하네. 내 권한으로 자네를 보내지 못해…….”

“처지가 바뀌어도 마찬가지였을 걸세.”

“하지만 힘은 써보겠네. 며칠만 견디면 내 보증 정도로 빼낼 수
있을지도 모르지.”

“고맙네.”

그러더니 상건은 한동안 상심스런 눈길로 동영을 쳐다보았다. 감
사를 표시하는 줄 알았으나 그게 아니었다. 잠시 무얼 살피는 것
같았다.

“왜 그러나?”

그걸 느낀 동영이 묻자 상건은 망설이는 듯한 어조로 대답했다.

“자네 — 아직…… 어머님과 수씨(嫂氏)를 만나지 못했군.”

“그게 무슨 소리야?”

“역시 남으로 가신 모양일세.”

“아니, 그럼 자네가 —.”

그제서야 동영이 놀라 상건을 건너보았다.

“지난 연말에 대통령의 특별사면이 있었네. 수감되거나 보도구

금(保導拘禁)으로 격리 수용된 부역자 가운데서 죄질이 경미한 자를 골라 석방하라는 명령이었네. 우연히 그 분류작업에 참가했다가 어머님과 수씨의 조서를 보았지……."

이어 상건은 그때 있었던 일을 간단히 간추려 들려주었다. 어떤 부분은 제법 상세하여 동영의 콧마루가 찡하기도 했다.

"그런데 왜 남으로……?"

"나도 정확히는 알 수 없지만 짐작은 가네. 첫째로는 자네 처가로 내려간 아이들 남매 때문이겠지. 자네는 불확실하고 그 애들은 확실한데다, 또 우선 보호와 양육이 필요한 건 그 애들이니까. 그다음은 중공군들이네. 그때만 해도 다시 내려오는 것은 중공군들뿐인 줄 알았네. 우리도 그런 착각에 사로잡혀 있었을 정도였으니 금방 풀려나온 사람들이야 오죽했겠나? 아마도 어머님이나 수씨는 자네가 이렇게 다시 오리라고는 거의 상상하지 못했을 거네. 그 밖에 내가 보기에는 후퇴 직전의 혼란에 대해 두 분 다 잔뜩 겁을 먹고 계신 것 같더군. 틀림없네, 자네가 그토록 찾아도 만나지 못했다면 분명 남으로 가신 걸세."

듣고 보니 충분히 있을 법한 일이었다. 동영은 그 말을 듣자 거의 포기했던 가족들을 되찾은 것처럼이나 기뻤다. 하지만 기쁨도 잠시, 동영은 곧 그들이 자기로서는 손 닿을 수 없는 곳으로 가버렸다는 사실에서 어떤 피할 수 없는 운명 같은 걸 확인한 듯한 느낌이 들었다.

이제 다시는 만날 수 없으리라. 영영 그 그리운 얼굴들을 대하지 못하리라……. 동영은 아무런 뚜렷한 이유도 없이 그런 느낌에 젖어 말없이 앉아 있었다. 화끈한 눈시울에서는 금세 눈물이 쏟아질 것 같았다. 자신을 부정하는 쪽으로 길을 잡은 상건이 보고 있는 자리만 아니었더라도 동영은 소리까지 내며 흐느낄 뻔했다.

"고맙네."

한동안 말없이 가슴속의 고통과 싸우던 동영이 간신히 감정을 수습하고 상건에게 감사했다.

"나야 뭐……."

"그런데 왜 진작 말해 주지 않았나?"

"처음에는 자네가 이미 그 두 분과 만난 줄 알았고……."

"나중에는?"

"혹시라도 내가 자네의 도움을 빌리기 위해 지어냈다고 의심받는 게 두려웠네."

"하기야 —."

그러는데 홍이 약간 술기운이 오른 얼굴로 불쑥 문을 열고 들어왔다.

"대장동지, 이번에는 내가 교대하러 왔시다."

따라서 동영과 상건의 사적인 대화는 거기서 끝나지 않을 수 없었다.

하지만 동영은 차에 오르기에 앞서 다시 한번 단 둘이 이야기를 나눌 기회를 만들었다. 막 깔리기 시작하는 어둠 속에서 대원들이 몇 가지 서류와 비품들을 차에 싣고 있을 때였다. 동영은 평소 대원들이 날을 세워 면도에 쓰곤 하는 주머니칼 하나를 몰래 상건의 손에 쥐어주며 낮은 소리로 말했다.

"다시 생각해 봤지만 서울로 가는 것은 아무래도 불리해. 도중에 기회를 봐서 포승을 끊고 차에서 뛰어내리게. UN항공기를 만날 때가 제일 낫겠지. 그러나 길을 반 이상 넘겨서는 안 되네. 그럼 잘 가게. 어쩌면 자네와도 이게 이 세상에서는 마지막 작별이 될지도 모르겠네."

6

천부(天父)여 의지 없어서
손들고 갑니다.
주(主) 나를 박대하시면
내 어디 가리까……

언덕을 오르며 정인은 시어머니가 하자는 대로 찬송을 시작했
다. 제법 밤이 깊었건만 5월이라 흩치마저고리로도 춥지는 않았다.
그리고 보면 어둠 속에 배어 있는 싱그러운 내음도 차츰 짙어가는
참나무 잎새들 때문인 것 같았다.
그들 고부는 장터거리의 교회에서 삼일 저녁(수요일) 예배를 보고
돌아오는 길이었다. 교회라면 서울에 살 때 신분위장을 위해 몇 달
나간 적이 있는 정인 쪽이 좀 더 익숙한 편이지만, 찬송가를 부르는

목소리는 시어머니 쪽이 훨씬 컸다.

"야야, 니는 소리가 그거가지라(뿐이냐)? 어예 연기 먹은 모기소리만도 못하노?"

일절이 끝난 뒤 시어머니가 정인에게 나무라듯 말했다. 마지못해 따라하던 정인이 조심스레 대꾸했다.

"어머님, 인제는 동네에 안 들어섰습니꺼? 아직 가사도 잘 모리는데 챙피하구로요……."

"저어가 뭐 아나? 아무따나 큰소리만 내믄 되제."

"그래도 누가 들으믄 안 우습겠습니꺼? 예배당에 나간 지 며칠 된다꼬……."

"아이따. 바로 저어 들으라꼬 이래는 게따. 더군다나 요 모팅이를 돌믄 선돌댁(立石宅) 아이가?"

시어머니가 달래는 투로 말했다.

그 말에 정인은 퍼뜩 숨은 시어머니의 뜻을 헤아리고 좀 더 목소리를 높여 이절을 시작했다.

선돌댁은 문중에서도 우익으로 이름난 집이었다. 일제 때 백순사(경찰정보원)를 했다고 해방 되던 해 꼭 맞아죽을 뻔하다가 겨우 살아난 선돌아재를 비롯해서 한청(韓青) 단장을 지낸 큰아들 동호(東浩) 씨와 어딘가 순경으로 나가 있는 둘째아들 동석(東錫) 씨에 이르기까지 빨갱이라면 한결같이 눈에 불을 켜고 나서는 게 그 집 식구들이었다.

시어머니가 일부러 큰소리로 찬송을 부르는 것은 누구보다도 선돌댁 사람들에게 자기들이 교인이 되었음을 알리기 위해서였다. 그러나 그것을 깨닫자 정인의 목소리는 더욱 기어들었다. 아직 믿지도 않는 교회의 찬송가를 소리 높이 불러야 하는 서글픔에 못지않게 이상한 굴욕감과 부끄러움이 정인을 사로잡은 까닭이었다.

국군과 UN군에 의한 서울 재탈환의 소식이 들린 것은 3월 중순이었다. 라디오 방송에 나온 것을 들었다고 할 때에는 긴가민가 하던 정인도 집안 시숙(媤叔)이 가져온 날짜 지난 신문을 보고는 믿지 않을 수 없었다. 각오는 하고 있었지만 막상 그렇게 된 걸 알자 일시에 발밑이 무너지는 듯한 허전함을 느꼈다. 그래도 마음 한구석에는 승리자의 대열에 끼어 돌아온 동영과 재회하는 환상이 남아 있었던 모양이었다.

그러나 시어머니는 그 말을 듣고도 얼굴빛 하나 바꾸지 않았다.

"그 봐라. 내 이래 된다 안 카다?"

마침 훈이의 발바닥에 박힌 가시를 뽑으며 훈이에게 관운장(關雲長)의 얘기를 들려주고 있던 시어머니는 그 한마디만 하고는 다시 훈이를 향했다.

"화타(華陀)는 관운장의 사지를 묶어야 된다 캤제. 그래이 관운장이 허허 웃디(더니) 바둑판을 가주 오라카미 팔을 걷어 쑥 내밀었는 게라. 화타는 할 수 없이 그대로 살을 가르고 뼈까지 스민 독을 깔아내기 시작했제. 뼈 깎는 소리가 얼매나 재그라운지(귀에 거슬리는지) 방안에 있는 사람이 모두 귀를 막는 데도 관운장은 종시로 허허거리며 바둑을 두이……."

없어진 동영이보다 새로 만드는 동영이 더 중요하다는 투였다.

바늘로 발바닥을 후벼파는 일이라 몹시 아프겠지만 훈이 역시 진 땀을 뻘뻘 흘리면서도 비명 한 번 지르지 않았다……

시어머니의 그 같은 태도는 바로 동영에 관한 소식을 들었을 때 도 마찬가지였다.

3월 말이 되면서 어쩌다 피난을 못해 서울에서 적치(敵治)를 겪은 친척들이 하나 둘 돌내골에 내려오자 동영을 보았다는 말도 심심찮게 들려왔다. 그 하나는 동영이 인민군 대좌(大佐)가 되어 졸병들과 함께 차를 타고 가는 걸 보았다는 것이었고, 다른 하나는 공산당 간부가 되어 수천 시민을 모아 놓고 연설을 하더라는 것이었다. 그리고 세 번째는 앞서와는 달리 동영이 초라한 모습으로 술에 취해 서울거리를 헤매고 있더란 것이었다.

정인에게는 한결같이 종잡을 수 없는 소문들이었다. 어느 쪽도 정인이 알고 있는 동영과는 잘 연결이 안 되는 모습이었다. 전쟁 전의 그 오랜 활동기간중 어느 때도 무장투쟁단체와는 관련이 없었던 그이고 보면 군인이 되었다는 것은 너무도 엉뚱했다. 당간부로 승진했다는 것도 전쟁 뒤 오래잖아 동영을 수원으로 내쫓던 북쪽 사람들의 매서운 기세로 보아 거의 가능성이 없는 일이었다. 이치로 따지면 술에 취해 서울거리를 헤매더란 말이 비교적 그럴듯했지만, 또다시 그들을 따라 북으로 가버린 것으로 보아 그것도 앞뒤가 안 맞기는 마찬가지였다.

그 의혹을 풀어준 것이 시왕고모부였다. 동영의 말을 듣고 평양까지 갔으나 끝내 아내와 자식들을 찾지 못하자, 혹시 서울로 내려간 게 아닐까 하여 다시 서울로 내려왔던 그는 후퇴 직전의 혼란 속에서 동영을 한 번 더 만난 것이었다.

그 시왕고모부의 애기를 듣자 정인은 막연한 상상으로나마 소문에 실려온 동영의 세 가지 모습을 하나로 종합할 수 있었다. 앞의 두 가지는 자신이 이따금씩 불안하게 여겨온 것처럼 동영이 그들에게 이용만 당하고 버림받은 것은 아니란 것을 보여주는 것이고, 마지막의 것은 애타게 자신과 아이들을 찾다 지친 동영의 모습으로 이해되었다. 그러자 이제는 재마저 완전히 사그라진 줄로 알았던 그리움이 세차게 되살아났다. 한 번만 더, 한 번만 더 얼굴이라도 보았으면…….

거기다가 더욱 정인을 못 견디게 한 것은 그가 전해 준 동영의 마지막 말이었다.

"믿을지는 모르지만 다시 오기는 꼭 올 겁니다. 일 년이 걸릴지 십 년이 걸릴지 아니면 평생이 걸릴지 모르지만…….

어머니와 아내에게 전해 주십시오. 일단은 내가 없는 셈치고 그쪽에서 살아가라고 하십시오. 재산은 굳이 지킬 필요가 없습니다. 아이들 교육도 애써 시킬 건 없습니다. 전향(轉向)도 괜찮습니다. 살기 위해서라면 무엇을 버려도 좋습니다. 내가 다시 올 때까지 어떻게든 살아만 있어 달라고 전해 주십시오…….

그리고 막내딸 아이의 이름은 옥경이라 지었습니다. 구슬 옥(玉)자 보배 경(瓊)자로 우선 쓰게 하십시오. 구슬 옥자는 뒷날 감옥 옥(獄)자로 바꾸면 자랑스런 이름이 될 겁니다."

시왕고모부가 그런 동영의 말을 전할 때 정인은 하마터면 울음을 터뜨릴 뻔했다. 그러나 시어머니는 달랐다. 쏟아지려는 눈물을 간신히 참고 있는 정인에게 한차례 엄한 눈길을 보내고는 냉담한 표정으로 시고모부를 향했다.

"이것저것 다 이자뿌고 말동(末童)이 하고 농사나 질라꼬 다부 고향에 내려왔다믄 입 꾹 다물고 농사나 지을 일이제, 그게 뭔 좋은 소식이라꼬 이꺼정 먼길을 왔니꺼? 우리도 가아 일을 이자뿌랬니더. 지가 안 캐도 우리한테는 이미 없는 사람이나 한가지라 카이. 옛말에 수신제가치국평천하라꼬, 부모처자도 하나 제대로 못 보징기는 게 무신 큰일을 하겠노 이 말이씨더.

그러이 아주뱀(아주버님)도 인자 그만 하소. 동영이 봤다 카는 것도 가가 하는 말도 외고 댕길 필요가 없니더."

그리고 아무리 서(庶)라고는 하지만 그래도 먼길을 온 어른을 밥 한끼 대접 않고 돌려보냈다.

얼핏 보면 동영에게 깊은 노여움이라도 품고 있는 것 같았다. 하지만 그녀가 누구보다 충실하게 아들의 생각 속에 살고 있음은 곧 드러났다. 이튿날부터 아이들은 학교 대신 지게를 지워 들로 데리고 나갔고 다시 돌내골로 돌아온 후로는 하루도 조용한 날이 없던 땅시비도 그쳤다. 땅시비란 그네들이 없는 틈을 타 구석구석 남아 있던 논밭을 자기 앞으로 끌어두거나 실제로 주인행세를 하던 일가들과의 싸움이었다.

뿐만이 아니었다. 전에는 사람같이 여기지 않던 친척들이라도 우익활동에 조금이라도 가담한 집안이라면 수시로 드나들며 허허거렸고, 선돌(立石)양반과는 십 년이 넘는 조면(阻面)을 풀었다. 그리고 어떻게 했는지 아래채에는 젊은 순경부부가 살림을 들어왔다.

그러던 어느 날이었다. 교회 종소리가 요란한 걸로 보아 일요일이었는데 유난히 볕이 따뜻한 대청에서 씨앗을 고르는 정인을 시어머니가 방안에서 불렀다. 정인이 하던 일을 멈추고 들어가니 장죽을 빨고 있던 시어머니가 굳은 얼굴로 말했다.

"아아들 다 어디 갔노?"

"마당에 노는갑십니더만 와예?"

"모도 데리고 온나."

그 목소리가 어찌나 단호한지 정인은 더 물을 생각도 못하고 삼남매를 찾으러 나갔다.

"니도 거기 앉그라."

삼남매를 앞세우고 들어서자 시어머니가 다시 정인에게 말했다. 할머니의 근엄한 얼굴에 까닭 없이 기가 죽은 아이들과 함께 정인도 조용히 자리에 앉았다. 시어머니는 한동안 말이 없었다. 무언가를 한 번 더 생각하는 모양이었다. 그러다가 갑자기 손에 들고 있던 장죽을 꺾으며 말했다.

"인제부터 우리는 예수를 믿는다. 모두 예배당에 갈 채비를 하그라."

돌내골에 돌아오자마자 마련한 장죽이었다. 그러나 정인이 놀란 것은 홀로 된 때로부터 30여 년을 벗삼아 온 담배를 끊겠다는 결의가 아니라 스스로 교회에 가겠다는 그 결의였다. 몇 번이나 따스한 도움을 받아도 풀릴 줄 모르던 게 교인들에 대한 시어머니의 뿌리 깊은 증오가 아니었던가.

"친구의 친구가 되는 것도 저것들과 친하는 길이 될 께따."

시어머니는 정인을 위해 그렇게 짤막한 설명을 붙였지만, 여느 사람으로는 흉내 내기 힘든 희로(喜怒)의 절제였다. 그리고 그날 이후 시어머니는 비가 오나 바람이 부나 새벽기도 한 번 거르지 않고 정인을 앞세우고 교회로 나갔다.

조용한 집마당으로 들어서는데 부엉이 우는 소리가 들려왔다. 낙끝 어디서쯤 우는 모양이었다. 부엉이 뒤에 호랑이가 따라다닌다는 따위 좋지 않은 속설(俗說)이 아니라도 왠지 불길하게 들리는 소리였다. 특히 그 밤의 정인에게는 그 소리가 무슨 임박한 재난의 예고처럼이나 가슴 철렁했다.

"어머님요, 참 이상합니다."

"뭐가?"

"저 부엉이 소리 말입니다. 우엔지 가슴이 철렁합니다."

"벨 소리를…… 고마 들가자."

시어머니가 그렇게 말했지만 집안에 들어가서도 마찬가지였다. 잠든 아이들 틈에 누워 시어머니와 이런저런 얘기로 놀란 가슴을 달래며 애썼지만 종내 불길한 느낌은 걷히지 않았다.

동영은 동영대로 정인은 정인대로 각기 사상운동에 열중하던 때 길러진 감각이랄까, 정인에게는 검거될 무렵이면 느끼는 독특한 예감이 있었다. 굵은 이가 옷 속을 스멀거리듯 피부에 닿는 불길한 느낌, 골목에 나가 보면 형사 비슷한 사람도 보이지 않건만 누군가 숨어서 노려보는 듯해서 안절부절 못하게 되는 그 묘한 느낌, 그것이 오랜만에 정인을 다시 찾은 것이었다.

처음에는 뒷실(後谷)어른이 집 주위를 배회해 그런 게 아닌가 싶었다. 돌내골의 친척 가운데는 가장 가까운 9촌 당숙으로 그 집을 차지하고 들어앉았다가 시어머니에게 호되게 당하고 자기의 오두막으로 돌아간 사람이었다. 일제 때도 '소문 안 난 백순사'란 말이 있을 정도로 고자질이 심해 묻어둔 놋그릇과 제기(祭器)까지 공출당하게 한 경력이 있는 사람이라 반드시 가만 있지는 않을 것이란 생각이 들었는데 그가 정인의 식구들을 헤꼬지하려고 몰래 감시하는지도 몰랐다.

하지만 정인에게 느껴지는 것은 그보다 훨씬 크고 무거운 어떤 재난의 예감이었다. 그렇다 보니, 하루 종일 들에 나가 몸에 안 밴 일을 한 까닭에 곧 잠에 떨어지긴 해도 잠다운 잠이 될 리 없었다. 어지럽고 사나운 꿈에 쫓겨다니다가 기어이 가위에라도 눌린 모양이었다.

"야아, 야야 —."

시어머니가 흔들어 깨우는 바람에 눈을 뜨니 방안에 호롱불이 켜져 있었다.

"니가 가위 눌랬구나."

"그런갑심더."

"불을 키놓고 자믄 나을동 모리겠다."

그러나 이번에는 잠을 청해도 오지 않았다. 시어머니도 잠이 오지 않는 모양인지 한참을 뒤채다가 불쑥 물었다.

"야야, 니 아죽도 그러아? 맹(역시) 기분이 좋잖나?"

"예."

130

"실은 나도 글타. 뭐가 방바닥에 구물구물 기댕기는 거 같다."

그러다가 시어머니는 다시 대수롭잖은 듯 말머리를 돌렸다.

"하기사 니나 내나 아직 성하다 칼 수야 있을라? 몸이 허하이 정신이 자꾸 상그러워(어지러워)지는 게제. 내일은 밤나무등(산등)에 메밀을 넣어야 할 테이께는 고마 자자."

정인보다는 스스로에게 하는 말이나 다름없었다. 대꾸는 않아도 정인 역시 쓸데없이 잠을 축내고 싶지 않아 눈을 감았다. 그런데 바로 그때였다. 조심스럽긴 하지만 뒤뜰에서 대청으로 들어오는 문을 여는 소리가 들렸다. 이어 마루가 비걱이는 소리가 나는 것이 틀림없이 사람이었다.

"어머님요."

놀란 정인이 나지막하게 시어머니를 불렀다. 시어머니 역시 나지막하게 대답했다.

"나도 듣고 있다."

"누굴까요?"

"글쎄라 — 하나뿐이 아인데……."

그 사이 인기척은 방문까지 이르렀다.

"문 좀 열어주십쇼."

문고리 당기는 소리와 함께 쉰 듯한 남자 목소리가 나지막하게 들렸다. 시어머니가 큰소리로 물었다.

"누구로?"

"쉿, 조용히."

"아이, 누구로?"

"접니다. 현식입니다, 어머님."

"누구라꼬?"

"어쨌든 문부터 열어주십시오. 보시면 아실 겁니다."

시어머니가 망설이다 문을 열어주자 방안에 들어선 것은 밤이
슬에 젖은 남녀였다. 남자는 낡은 군복 같은 걸 입은 작달막한 중
년이었고, 여자는 짧은 통치마에 누비저고리를 입은 단발머리였는
데, 한눈에 알아볼 만큼 배가 불렀다. 정인은 문득 석 달 전 동해안
의 어떤 마을에서 들은 얘기를 떠올리며 앞뒤없이 '아, 이것이었구
나' 하는 기분이 들었다.

"누구이껴?"

"접니다, 현석입니다."

사내는 그렇게 대답하더니 낡은 개똥모자를 벗고 호롱불 아래
얼굴을 대며 덧붙였다.

"어머님, 절 못 알아보시겠습니까?"

정인은 하마터면 비명을 지를 뻔했다. 그만큼 그의 얼굴은 흉측
하다 못해 기괴했다. 그러나 분명히 기억에 있는 얼굴이었다. 시어
머니도 움찔하는 품이 그를 알아보는 눈치였다.

"벌써 십 년이 넘었군요……"

사내는 시어머니가 그를 알아본 걸로 확신한 듯 약간 감개어린
어조로 말했다. 그런데 시어머니의 대꾸는 뜻밖이었다.

"글쎄라…… 누군동……"

마치 조금 전에 움찔한 것을 부인하기라도 하듯 냉담한 어조였
다. 그 갑작스런 변화에 당황한 사내가 항의하듯 말했다.

"어머님, 정말로 절 모르시겠습니까? 방학 때마다 동영이와 함께 며칠씩 쉬어 가던 현석입니다. 한번은 윤감(輪感)을 앓고 머리가 빠져서 왔더니 개까지 잡아주시지 않았습니까?"

그러자 정인은 그가 누군지를 뚜렷하게 떠올릴 수 있었다.

아마도 시집 온 그 이듬해의 겨울방학이었을 것이다. 동경에서 돌아오는 동영이 친구 하나를 데리고 왔다. 함께 유학하는 친구라는 소개에도 불구하고 처음 그를 대하는 순간 정인은 자신도 모르게 황급히 눈길을 돌리지 않을 수 없었다. 그 여름에 장질부사를 앓아 반도 안 남은 머리숱도 그러했지만, 더욱 바라보기에 민망스러운 것은 추악하다고밖에는 표현하기 어려운 그의 얼굴 모습이었다. 뒤틀린 것 같은 윤곽에 가벼운 문둥병을 앓고 난 사람처럼 일그러진 눈코였다.

거기다가 한층 그를 불리하게 만드는 것은 그의 인상 전체를 강하게 지배하고 있는 광기와 잔혹의 분위기였다. 이상하게 번쩍이는 그의 눈은 어쩌다 마주친 정인을 펄쩍 뛰듯 한 발이나 물러서게 했고, 약간 뒤틀린 듯한 입가를 항시 맴도는 듯한 조소는 그가 떠나간 뒤에도 얼마 동안 정인의 가슴에 알지 못할 찬바람을 일으켰다.

"방학이 돼야 갈 곳도 없는 사람이오. 따뜻이 대해 주어 며칠이라 푹 쉬고 가게 해주시오."

둘이만 남겨졌을 때 동영은 정인에게 그렇게 당부했다. 그리고 궁금히 여기는 정인에게 간단하게 그의 신상에 관해 얘기해 주었다. 만석군의 서자(庶子) 통천(通踐)이, 가출(家出), 조그만 학생시위로 일본 경찰에게 끌려갔을 때의 꿋꿋함, 파괴의 신앙, 그리고 마지

133

막으로 제법 흥분해 덧붙인 말 — 새로운 세계를 위해 낡은 세계를 산산이 부수어버릴 남포(다이너마이트) 같은 사나이…….

그렇지만 동영의 그런 말은 오히려 그에 대한 정인의 공포와 혐오를 더욱 크게 했을 뿐이었다. 그가 동영과 함께 사랑방에서 머무르는 열흘 동안 정인은 그 자체가 하나의 남포라도 되는 것처럼 멀리서도 피해 다녔다.

그러나 시어머니는 달랐다.

"잘 대해 조라. 한 번은 동영이를 위해 죽어줄 위인이따."

그에 대한 정인의 감정을 어떻게 이해했던지 어느 날 시어머니는 조용히 정인을 불러 그렇게 타일렀다. 그리고 자신이 직접 나서서 삼을 달인다, 개를 잡는다, 쉽지 않은 정성을 쏟았다.

할 수 없이 남편과 시어머니를 따르긴 했지만 그때 정인이 기다린 것은 오직 그가 하루라도 빨리 떠나주는 것뿐이었다. 결혼한 지 일 년이 지났다고는 해도 학업 때문에 헤어져 있어 신혼과 다름없는 그들 부부 사이를 가로막고 있는 것 못지않게 그가 풍기는 불길한 분위기가 싫었던 것이다.

따라서 그 이듬해 여름방학을 마지막으로 그의 발길이 끊어진 것을 정인은 은근히 다행으로 여겼다. 그때는 어렴풋한 대로 남편이 걷고 있는 길을 짐작하고 있었는데, 어쩐지 그와의 결별이 남편의 길에서 잔혹과 폭력이 없어진 표시로 받아들여진 까닭이었다. 남편 동영도 처음에는 그와 계속 연결을 가지려고 애쓰는 눈치였고, 해방된 직후만 해도 이따금씩 진심으로 아쉬운 듯 그를 수소문하는 듯했지만, 이윽고는 그의 이름을 입에 담지 않게 되었다. 특히 근년에 와서 현석은 그들 내외에게는 거의 잊혀진 사람이었다.

그런 정인이 그만큼이라도 현석을 기억해 냈으면 시어머니에게는 그의 기억이 훨씬 뚜렷해야 했다. 그런데도 시어머니의 대구는 앞서보다 훨씬 냉담했다.

"글나? 아무래도…… 통 몰세(모르겠네)."

"참, 어머님두……."

현석이 어이없다는 듯 그렇게 중얼거리더니 불쑥 물었다.

"그럼 동영이는 지금 어딨습니까?"

"죽었다."

"네에?"

"그 꼴난 빨갱이짓 한다꼬 늙은 에미, 젊은 기집, 어린 자슥, 말캉 처매삘고 지 혼자 먼저 갔다."

"아무렴 그럴 리가……."

현석은 진심으로 놀라는 눈치였다. 시어머니가 한층 비정하게 잘라 말했다.

"글찮다이? 찾을 재주 있거든 함 찾아봐라."

그러자 현석은 한동안 말이 없었다. 그 사이 정인은 다시 한번 찬찬히 그를 살폈다. 못 본 사이에 이루어진 변화와 아울러 깊은 밤의 그 예사 방문이 무엇 때문인지 알아보기 위해서였다.

현석은 많이 변해 있었다. 어디서 얻었는지 새로운 흉터가 뒤틀리고 일그러진 그의 얼굴을 한층 기괴하게 만들어 놓았고 목덜미께에도 크게 데인 자리인 듯한 흉터가 호롱불빛을 받아 번들거리고 있었다. 좀 나아진 것이 있다면 십여 년 전의 밖으로 내뿜는 듯

하던 광기와 잔혹의 분위기가 안으로 스미고 몸 깊이 가라앉은 것 같은 정도일까.

차림은 무언가 철저하게 실용에만 충실한 것이었다. 여름 인민군 군복을 솜을 놓아 누빈 바람에 다리에 착 달라붙은 바지나 고리와 줄이 여기저기 늘어진 윗도리 어디서도 미관(美觀)을 위한 고려는 조금도 느낄 수 없었다.

깊이 생각할 필요도 없이 그런 차림이 필요한 일은 짐작이 갔다. 윗도리 앞자락 밑으로 비죽이 비져나오는 가죽 칼집 끝이나 쇠막대기 같은 것을 감추고 있어 굽히지 못하고 있는 왼쪽 소매도 그런 정인의 짐작을 뒷받침해 주었다. 처음 현석을 대할 때의 엉뚱한 연상 ― 동해안의 마을에서 들은 공비 부부 ― 은 정인이 본능적으로 맡은 그 방면의 냄새였을 뿐이었다.

그걸 알아보자 갑자기 정인의 가슴은 세차게 뛰었다. 이미 모든 걸 단념하고 던져진 상황에만 충실했던 지난 몇 달이었기에 더욱 세차게 뛰는 가슴이었다. 만약 입산을 권유하기 위해 온 것이라면 지금이라도 따라 나서리라 ― 정인은 즉흥적으로 그렇게 결심했다. 너무 잔인해, 언제 떠오를지 상상도 안 가는 그 새로운 해만을 기다리며 살기에 내 젊음은……

그러나 시어머니와 현석의 대화는 정인의 예측과는 전혀 달랐다.

"그건 글타 카고 ― 도대체 무슨 일고? 자네가 이 오밤중에 찾아와 신까정 신고 내 방에 뛰들었을 때는 그런 사정이 안 있겠나? 그래 어예 왔노?"

우는 것인지 한동안 말없이 고개를 수그리고 있는 현석에게 시

136

어머니가 약간 풀린 듯한 음성으로 물었다. 현석은 그래도 한참 말이 없다가 갑자기 고개를 쳐들었다. 안 어울리는 대로 동영을 위한 애도임에 분명한 슬픔의 표정이 떠 있는 얼굴이었다.

"염체없지만…… 사람을 하나 부탁하려고 왔습니다. 살려주는 셈치고 좀 맡아주십시오."

"사람을 맥기다이? 그게 무신 소리고?"

"이 사람을 좀 부탁합니다."

그에게도 그런 눈길이 있을까 싶을 정도로 연민에 젖은 눈길이 되어 함께 온 젊은 여자를 가리키며 현석이 머리를 숙였다. 가벼운 실망과 함께 그제서야 정인은 현석 곁에 앉은 여인을 자세히 살폈다. 부른 배와 통치마 아래로 남자 바지를 입은 것을 빼면 별다른 특징이 없는 순박한 시골처녀의 얼굴이었다. 턱에 닿듯 숨을 헉헉거리는 것으로 미루어 배를 싸매 대단찮게 보일 뿐 당월(當月)쯤 되는 잉부였다.

"이 처자가 누구로? 왜 오밤중에 여다 갖다가 맥기야 되노?"

시어머니는 뻔히 알면서도 계속 시치미를 떼며 감정 없는 목소리로 물었다. 현석이 잠시 그런 시어머니를 멀거니 건너다보다가 천천히 입을 열었다.

"굳이 제 입으로 밝히라 하시니 그럼 밝히겠습니다. 동영이도 잘 모르겠지만, 사실 저는 48년 단정(單政) 수립 뒤부터는 산에서 지냈습니다. 산빨갱이 노릇을 한 겁니다.

그러나 원래 저는 동영과 길이 약간 달랐습니다. 물론 아주 옛날에는 같은 길이었지요. 제가 여길 드나들던 시절, 그러니까 동경시절 말기만 해도 우리 길은 같았습니다. 그러다가 동영이 박영창 선생 — 아실는지 모르겠지만 — 을 따라 적색활동으로 뛰어들면서 우리는 갈라섰습니다.

제가 해방을 맞은 것은 대판(大阪)의 형무소에서였습니다. 이 목덜미에 흉터를 만든 어떤 사건으로 7년을 언도받아 5년을 복역한 뒤였습니다. 간신히 배를 타고 조선으로 건너온 것은 그해 12월, 벌써 미국과 소련이 남북을 갈라놓고 있더군요. 저는 우리 흑색 운동의 선배 동지들을 찾아보았습니다. 열렬하던 옛 전사들은 보이지 않고 흐물흐물해진 이상주의자들만 남아 저를 실망시켰습니다. 그들은 경남 어떤 골짜기에서 무슨 총연맹(조선무정부주의자총연맹)을 만들기도 하고 독립노동당(아나키스트정당)인가 뭔가를 결성했지만 나는 가지 않았습니다. 피를 두려워하는 혁명가가 무슨 혁명가란 말입니까?

그래서 가만히 물러서서 보고 있자니 정말 분통 터지는 일이 한둘이 아니었습니다. 우리가 얼마나 기다린 독립이고 어떻게 상상했던 해방입니까? 나는 당연하게 그 해방의 아침은 위대한 혁명의 새 아침이어야 한다고 믿었습니다. 어떤 형태의 정부가 세워지든, 낡고 불합리한 질서와 제도를 일소하고 각기 가진 새로운 세계의 청사진에 충실해야 한다고 믿었습니다.

그런데 한민(韓民)계열과 손잡은 이승만의 친일·반동정책은 그 낡고 불합리한 세계의 연장을 꾀하는 것이나 다름없었습니다. 가까운 예로 부르주아적 부패와 죄악의 표본과도 같은 내 아버지와 이복형제들은 여전히 일하는 사람들의 상전으로 호강을 누리고, 일본형사로 학생 때부터 나를 따라다니던 놈은 이번에는 경찰이 되어 나를 감시했습니다.

결국 견디다 못한 나는 고향 지서 차석(次席) 놈을 요절내고 산으로 들어갔지요. 산에 가니 적색활동을 하다 올라온 사람들뿐이더군요. 어쩔 수 없이 그들과 손잡고 일해도 내가 한 것은 실은 흑색파괴였습니다. 낡고 불합리한 세계를 부수는 일이라면 내 핏줄도 용서하지 않았지요."

현석은 시어머니를 상대로 열변을 늘어놓고 있었지만, 실은 자신을 향한 것이라는 걸 정인은 느낄 수 있었다. 듣고는 있어도 시어머니에게는 잘 이해되지 않는 얘기라는 것은 시어머니가 갑작스레 현석의 말허리를 자른 일로도 충분히 짐작이 갔다.

"그런 얘기사 내가 들어 보이 아나? 어예튼 저 처자는 누구로?"

그 말에 현석은 잠시 말을 중단했다. 그러다가 집 뒤꼍에서 이름 모를 새의 울음 소리가 들리자 갑자기 서두르는 기색으로 대답했다.

"제 아내 될 여자입니다. 지금은 제 아이를 가지고 있고요. 당월(當月)입니다. 어머님, 해산 때까지만 맡아주십시오."

"그거는 안 될따. 나도 내 새끼들 데리고 살아야 될따."

시어머니가 노여운 표정까지 지으며 단호하게 거절했다.

"저희들은 이제 삼팔선을 돌파해 이북으로 넘어가려고 합니다. 그런데 저 몸으로 어떻게 따라갈 수 있겠습니까? 가엾은 두 목숨 살려주는 셈치고 해산만 시켜주십시오. 해산만 하면 저 사람도 제 갈 길로 갈 겁니다."

도저히 그의 말이라고 믿어지지 않을 만큼 간절한 사정이었다.
그러나 시어머니는 한층 비정하게 잘랐다.

"안 된다 안 카나? 우리집은 너가 숨을 곳이 못 된다 말이따. 같
이 죽는다 카이."

그러자 현석은 문득 정인을 바라보았다.

"아주머님, 제가 어쩌다 이리 약해졌는지 모르겠습니다. 하지만
어떤 일이 있더라도 이 여자만은 살리고 싶습니다. 이 세상에서 유
일하게 나를 두려워하거나 싫어하지 않는 여잡니다. 그리고 지금은
내 아이를 가지고 있습니다. 같은 여자의 입장에서라도 한 번만 사
정을 봐주십시오."

"안 된다 안 카나? 니 총 가지고 있제? 차라리 그 총 가지고 우리
를 쐈뿌리고 가라. 그게 열 배나 나을따."

다시 시어머니가 정인을 가로막듯 소리쳤다. 그러나 정인은 백지
처럼 앉아 있는 젊은 여자가 문득 가엾어졌다. 어떻게든 도와주고
싶었다. 자기 집이 돌내골에서 가장 지서의 주목을 받고 있으며, 만
약 그녀의 신분이 드러나면 자기들이 어떤 지경에 떨어질지 모른다
는 것도 그 순간에는 생각 밖이었다. 다만 두려운 것은 시어머니의
목소리가 높아 아래채에 들리는 일이었다. 입 구(口)자로 된 본채이
고 아래채와는 멀리 떨어져 있기는 하지만 워낙 밤이 깊어 사방이
고요한 까닭이었다.

"어머님요, 아래채에 들리겠심더."

정인은 우선 그렇게 시어머니에게 주의를 주었다. 그러나 시어머
니는 더욱 소리를 높였다.

"들리믄 대수가? 뻔하게 죽을 구덩이로 끌어열라 카는데 어예 큰 소리가 안 나오겠노?"

"그래도……."

"그래도고 뭐고 가거라. 인제는 맞는 것도 몸써리나고 더군다나 여까정 와서 아아들까지 한 구덩이에 묻어 뿌고 싶지는 않다."

그러자 현석은 왼편 소매에서 무언가를 꺼냈다. 나무로 된 부분이 거의 남지 않은 장총이었다.

"그럼 할 수 없군요. 산중에서 고생하다 죽게 하는 것보단 여기서 쏴 죽이고 가겠습니다."

현석은 총구를 여전히 말없이 앉아 있는 여자의 이마에 갖다 대었다. 정말 알 수 없는 여자였다. 공허한 눈으로 현석을 올려다볼 뿐 총구가 이마에 닿아도 손끝 하나 까딱 않았다.

"니 맘대로 해라. 어예튼 이 집에는 못 받아준다."

시어머니도 거의 필사적이었다. 그러나 정인은 가족들의 안전을 위한 시어머니의 그런 안간힘이 안됐기보다는 밉살스러웠다. 자기가 나서지 않으면, 그것도 비상한 방법이 아니면 시어머니의 굳은 마음을 돌릴 수 없을 것 같았다. 그 바람에 정인은 자신도 모르게 그 젊은 여자의 이마에서 총구를 밀어내며 시어머니를 쳐다보았다.

"어머님요, 어머님이 이 사람을 못 받아주믄 누가 받아주겠습니까? 아 아부지를 생각하더라도……."

"안 된다, 니는 너 왕고모부 한 말도 못 들었나?"

"그럼 할 수 없심더. 어머님이 안 받아주믄 지가 이 사람들 따라 산으로 갈랍니다. 지는 이래 더럽게 더럽게 살기만 하는 거 자신이 없심더."

자신도 모르게 격앙된 목소리였다. 어쩌면 시집 온 뒤로부터 그때까지의 반항 가운데서 가장 강한 반항이었는지도 모를 일이었다. 시어머니가 잠시 어이없다는 눈길로 그런 정인을 바라보았다. 그리고 이어 현석의 굳은 얼굴을 살피더니 이윽고 한숨과 함께 말했다.

"으이구, 저 못난 거…… 이 일을 어옐라고…… 내사 몰따."

그러자 현석이 총을 방바닥에 놓고 넙죽 절을 했다.

"어머님, 고맙습니다."

"고마운지 모도 한 구덩이에 드가는지는 두고 봐야 안다."

하지만 현석은 개의치 않고 이번에는 석상처럼 앉아 있는 여자의 손을 잡았다.

"필녀, 그럼 잘 있어. 꼭 내가 시킨 대루 하구……."

그때였다. 벙어린 줄 알았던 그녀가 처음으로 입을 열었다.

"싫어예. 지도 대장님 따라 갈라예……."

나지막했지만 강한 뜻이 풍기는 목소리였다.

"또 그 소리. 그렇게 말해도 못 알아듣나? 나는 반드시 돌아온다."

그러면서 현석은 서둘러 일어났다. 그런 현석의 다리를 필녀가 부둥켜안았다.

"안 되예. 나도 가겠어예."

"이거 놔. 정말 실망시킬 건가?"

"나도 모르겠어예. 우짜든지 대장님하고만 같이 있을 거라예."

까닭 없이 사람을 눈물겹게 만드는 정경이었다. 그러나 그 실랑이는 오래가지 못했다.

"어메, 에쿠 —."

필녀가 그런 비명과 함께 갑자기 현석의 다리를 부둥켜안고 있던 손을 풀어 배를 감싸쥐었다. 정인은 직감적으로 그녀가 산통(産痛)에 들어간 것임을 느꼈다. 시어머니도 그녀의 상태를 직감한 것 같았다.

"니 나가서 물 좀 데피라(데워라)."

정인에게 그렇게 이르며 몸을 뒤틀고 있는 필녀의 등을 쓸기 시작했다.

"그럼 어머님, 아주머님, 부탁합니다."

한동한 그런 필녀를 멀거니 내려다보고 있던 현석이 다시 이름 모를 새울음 소리를 듣고서야 퍼뜩 정신이 든 듯 서둘러 작별을 했다. 그 새울음 소리는 무슨 신호이고 집 밖에도 누군가 함께 온 사람이 기다리는 모양이었다. 방문을 나서기 전에 다시 한번 필녀를 돌아보는 현석의 두 눈은 이상한 물기로 번들거렸다.

필녀는 이튿날 해뜰 무렵해서 생각보다는 수월하게 몸을 풀었다. 제대로 먹지 못해 작기는 해도 아비와는 비교도 안 될 만큼 잘생긴 사내아이였다.

시어머니가 걱정했던 것과는 달리 필녀의 신분에 의심을 품는 사람은 거의 없었다. 낙끝에서 아이를 트고 있는 젊은 여자를 교회에서 돌아오던 정인 고부가 데려와 해산을 시켰다는 말에 교인들은 오히려 그네들의 신심(信心)을 추켜주었고, 난리로 집과 남편을 잃고 이리저리 떠돌다가 길거리에서 해산하는 젊은 여자들이 없지도 않은 때라 문중 사람들도 크게 의심을 하지 않았다. 아래채에 세들어 사는 김순경은 어디서 구했는지 미역까지 한 오리 구해다 주며 정인이 꾸며댄 필녀의 딱한 사정에 동정을 감추지 못했다.

7

봄이로구나. 차에서 내리면서 동영은 문득 그런 생각을 했다. 군데군데 남은 가로수의 가지 끝에 완연한 푸르름이 내비쳤다. 운전석 곁에 앉아 와서 도중에도 가로수는 많이 보아 왔지만 거기서는 그걸 느끼지 못한 까닭은 다른 생각에 골몰했던 탓이리라.

"저어기 거렇게 타다 남은 게 시청이고 저게 대성산(大聖山)이니 알아서 가늠해 보시오. 자, 그럼 잘 가시오."

동영이 망연히 가로수를 쳐다보고 있자 길을 몰라 그러는 줄 알고 함께 타고 온 인솔 군관이 친절하게 말했다. 개성(開城)을 떠날 때부터 유달리 호의를 보이려 애썼으나 동영의 반응이 심드렁하자 머쓱하여 입을 다문 그였다.

"고맙소. 다시 봅시다."

퍼뜩 정신을 차린 동영이 가볍게 웃으며 그렇게 대답했다. 그가 차창 안에서 손을 흔드는가 싶더니 이내 가솔린 내음과 함께 차는 동영을 지나갔다. 그들은 북쪽 구릉지대의 방공호에 들어앉은 보급소로 보급품을 수령하러 가는 길이었다.

길을 가늠하기 위해 둘러본 시가지는 몇 달 전보다 한층 잔혹하게 파괴되어 있었다. 남은 것은 직격탄을 피한 몇몇 석조건물 정도였으나 그나마 그을려 있어 시가지 전체가 거세고도 뜨거운 불의 세례를 받은 것처럼 보였다. 단군 이래의 4천 년 고도(古都)라는 혼적은 목조부분이 불타버린 옛 건물의 석축이나 서쪽으로 멀리 보이는 대동강가의 몇몇 정자(亭子) 정도일까. 하지만 그나마도 지난날의 풍류와 정취는 간곳없고 잘못하여 남게 된 시대의 낙오병처럼 불안하고 처량하게 느껴졌다.

한동안 그런 시가지를 둘러보며 자기가 가야 할 길을 가늠한 동영은 천천히 발길을 떼어놓았다. 그제서야 동영의 눈에 사람들의 모습이 들어왔다. 불타고 허물어진 집터를 파며 무언가를 찾고 있는 사람들이었다. 그중에서도 땅바닥에 묻혀 퍼렇게 녹슨 녹쇠숟가락을 파내 소중한 듯 때묻은 무명치마에 닦고 있는 노파의 모습은 두꺼운 둔감의 벽을 뚫고 알지 못할 슬픔으로 동영의 가슴에 찌릿하게 닿아오기까지 했다.

(저들은 무엇을 찾고 있는 것일까……)

하지만 저만치 목적하는 곳이 보이자 동영의 머릿속은 곧 자신의 문제로 가득 찼다. 자신의 현재, 자신의 미래…….

동영은 지금 다른 모든 주요 부서와 마찬가지로 방공호 속으로 내려간 정치공작대 총국으로부터 소환을 받아 찾아가는 길이었다.

해방지구 없는 정치공작대로서 개성에서의 무료한 한 달을 보낸 뒤의 일이었다.

수원에서 철수한 동영이 본대에 합류했을 때, 서울은 이미 술렁이고 있었다. 의용군[中共軍]과 군사위원회는 같은 목소리로 조속하고도 치명적인 반공(反攻)을 장담했지만 지난번 9·28 때 쓴맛을 본 적이 있는 사람들은 아무도 그걸 믿지 않았다.

과연 2월 말이 되자 UN군은 다시 한강 이남의 모든 지역을 수복했다. 그리고 그때를 전후해서 서울까지 내려와 점령정책을 펴나가던 기관단체들은 은밀하게 북으로 철수할 준비를 진행시켰다.

동영이 소속된 공작대도 사정은 마찬가지였다. '작전상의 후퇴가 있을 때 대비해서'란 단서가 있긴 하지만 '적이 진공한 경우라도 존속가능한 지하세포망을 조직'하라는 무슨 후렴 같은 지시는 철수 준비란 말과 크게 다르지 않았다. 동영은 스스로도 놀랄 만큼 담담한 마음으로 그 퇴각을 받아들였다. 상건으로부터 들은 가족들의 소식이 그들을 죽음 저쪽보다 더 멀리 있는 사람들로 느껴지게 하며 체념을 도와준 덕분이었다. 이미 그쪽 사람들의 피로 자신의 손을 적신 이상 그 사람들의 세계인 남쪽은 동영에게는 죽음보다 더 큰 부정(否定)의 땅이었다.

그런데 그 같은 느낌이 어떤 작용을 한 것일까, 동영은 퇴각 직전의 서울에서 또 한 번 안나타샤와 어울렸다. 이번에는 갑작스럽다거나 어색함이 별로 없는 만남이었다. 먼저 그녀를 요구한 형식부터가 그랬다.

"전반적인 혼란이 오기 전에 한번 조용히 만나고 싶소."

그녀로부터 직접적인 철수준비를 접수한 뒤 단 둘이 있게 된 때를 기다려 동영은 그렇게 말했다. 전처럼 이취(泥醉) 상태도 아니고, 신열(身熱)에 들떠 있지도 않았지만 작은 망설임이나 쑥스러움을 느낌도 없이 그녀를 요구할 수 있었던 게 동영 자신도 이상할 지경이었다.

그 말을 듣는 안나타샤의 표정이 일순 핼쑥해졌다. 까닭은 알 수 없었으나 분노에서 비롯된 표정임에 틀림없었다. 이어 그 표정은 어떤 거대한 유혹에 대한 저항의 안간힘으로 변하는가 싶더니 곧 밀회의 제의를 받은 여인의 표정으로 변했다. 그리고 희미한 기쁨의 빛까지 띠며 만날 장소와 시간을 나직이 일러주었다.

따지고 보면 동영의 내면에서도 그 비슷한 심리의 전개는 있었다. 처음 그녀에게 불쑥 만날 것을 요구할 때만 해도 그의 마음 구석에는 어떤 종류의 비열한 복수감과 당황에 가까운 궁금증이 남아 있었다. 비열한 복수감이란 직책상 차하급자(次下級者)로서 그녀에게 느끼는 무력감과 굴욕감을 정사(情事)에서의 상위로 보상받으려는 심리였고, 당황에 가까운 궁금함이란 두 번에 걸친 성합(性合)에도 불구하고 그 돌발스럽고 광기 섞인 자신의 욕망에 순순히 응해 준 그녀의 마음속을 도무지 알 수 없다는 데서 온 느낌이었다.

그러나 그날 밤 그녀가 지정한 곳으로 가면서 동영은 문득 그런 감정과는 다른 어떤 설레임을 느꼈다. 가끔 그녀를 떠올릴 때가 있어도 기껏해야 동물적인 욕정의 부추김이겠거니 여겨 온 동영에게는 낭패감과도 같은 충격이었다. 그녀의 몸을 안지 않고도 충분히 즐거움을 얻을 수 있을 것 같은 묘한 그리움의 감정이 자신도 모르게 가슴속에 자리하기 시작한 것이었다.

그녀를 만나고 얼마 안 돼, 알게 된 후 처음으로 동영이 그 같은 자신의 심경을 털어놓았을 때, 그녀도 솔직하게 대답했다.

"저도 오후 내내 그걸 생각하고 있었어요. 무엇이 나를 이런 식의 만남으로 끌어내는지 말이에요."

그걸로 미루어 그녀 자신에게도 동영에 대한 감정의 이면은 아직 뚜렷하지 않은 모양이었다.

따지고 보면, 김철을 통한 나쁜 첫인상과 군의장에게서 들은 그녀의 칙칙한 권력의지의 한 단면, 그리고 박영창을 비롯한 몇몇의 악감어린 추측 외에 동영이 굳이 그녀를 혐오하고 경계할 일은 없었다. 우연한 첫만남 이후 그녀가 동영에게 베푼 것은 오히려 너무 지나쳐서 불안한 호의뿐이었다.

자신이 끊임없이 영락의 길을 걷고 있다는 주관적이고도 과장된 감정을 떠나 객관적으로 볼 때 입북 뒤의 동영이 받은 대우는 별로 발언권도 없는 계보에 속한 남로당 출신의 간층(間層=지식층)으로서는 괜찮은 편이었고 때때로는 거의 파격적일 때도 있었다. 특히 수십 년 그 방면의 전문가인 박영창 선생과 같은 대우로 해방정책에 참여하게 된 그 무렵의 직책 같은 게 그랬는데, 그 뒤엔 항상 안나타샤의 그림자가 어른거리고 있었다.

거기다가 여러 가지 좋지 못한 선입견으로 그녀를 대하는 동영의 태도는 일부 공격적이고 더러는 가학적이기까지 했다. 그러나 그녀는 그것으로 앙심을 먹는 일이 없었을 뿐만 아니라 보통의 여자라면 열에 아홉 모욕감을 느꼈을 만큼 우발적이고 직선적인 육체적 요구까지 응해 주었다. 무언가 알 수 없는 힘 또는 동기가 동영에 대한 그녀의 감정을 강하게 지배하고 있음에 틀림없었다.

전과는 달리 제대로 격식을 갖춘 한차례의 방사(房事)가 끝난 뒤, 생각이 거기에 미치자 동영은 새삼스런 궁금증을 억누를 수 없었다. 그러나 죽은 듯이 누워 있는 그녀는 나른한 목소리로 대답할 뿐이었다.

"이제부터 생각해 볼 작정이에요. 원래는 이런 일에 무슨 심각하고 대단한 설명이 필요하다고 생각하지 않는 편이지만."

오히려 동영이 그날 얻어낸 더 큰 것은 자정 무렵 딴사람이 되어 방을 나가던 안나타샤의 충고였다. 비록 시작과 진행이 전보다 훨씬 자연스럽고 부드러웠지만, 그렇다고 그 밀회가 온전히 사적 애정 행각만으로 끝난 것은 아니었다. 제복으로 몸을 감싸기 바쁘게 업무상으로 만날 때의 태도로 돌아간 그녀는 담배를 빨고 있는 동영에게 지시하듯 말했다.

"일단 개성으로 본부를 옮긴 뒤면 극적인 전세의 변화가 없는 한 우리 공작대는 점차적으로 축소되거나 일부 해체가 있을 거예요. 그리고 그건 당신의 입장이 다시 애매해진다는 뜻이기도 합니다. 준비가 필요해요. 아마도 당신은 우리 공작대의 일차적인 도태 대상이 될 테니까."

"그건 어째서 그렇소?"

동영도 짐작 가지 않는 것은 아니었으나 짐짓 긴장한 표정으로 물었다.

"실은 당신을 보증하고 추천한 건 나였어요. 몇 가지 단서를 붙인 기용이었는데 불행히도 당신은 그걸 채워주지 못했습니다. 한다고 했지만 보고된 당신의 과업수행 실적은 불리한 출신성분을 덮어줄 만큼은 못 됐어요. 특히 수원에서 군 수사기관으로부터 이첩받은 반동을 놓아준 것은 치명적이죠."

"나는 그를 놓아주지 않았소."

"물론 보고는 놓쳐 버린 걸로 돼 있죠. 서울로 오는 도중 항공(空襲) 대피중에 줄을 풀고 달아난 걸로. 하지만 홍(洪)가가 언제나 당신을 살피고 있었다는 사실을 잊지 마세요. 그자는 달아난 그 반동이 당신의 옛친구였을 뿐만 아니라, 당신이 대원들을 따돌리고 한 시간이 넘도록 밀담까지 나누었다는 걸 다른 경로로 상부에 보고했습니다. 그자에게는 다른 힘 있는 연줄이 있으니까, 지금 당신에게 다행스런 것은 다만 달아난 그 반동이 다시 잡히지 않았다는 것과 그가 누군지 아무도 모른다는 것뿐입니다."

"그렇다면 나는 어떻게 되는 거요?"

"지금으로서는 잘돼야 추미주의(追尾主義＝마지못해 남이 하는 대로 따라가는 것)로 공작 부적격 판정을 받게 되는 정도일 거예요. 그게 언제쯤일지 그리고 반드시 예상대로 될지는 모르지만 그때 처신을 잘해야 합니다. 부적격 판정에 앞서 소환이 있거든 가서 추상적인 과오는 모두 승인하세요. 그리고 형식적이나마 희망부서를 묻거든 수원농대에서의 전력을 내세워 학교로 보내달라고 하는 겁니다. 반드시 학교로 돌아가야 합니다. 정치적인 부서를 희망해서는 결코 안 됩니다."

그녀는 그 끄트머리를 특히 힘주어 말했다. 그리고 짧은 순간 깊은 우려의 기색까지 나타냈지만 실은 쓸데없는 우려였다. 그녀는 아직 동영의 정신세계가 얼마나 황폐해 있는지 모르고 있었다. 권력핵심으로의 상승은 물론 정치 자체에 대한 희망과 열정마저도 급속히 상실해 가고 있는 그로서는 그녀의 충고가 아니더라도 그 경우 당연히 학교를 선택할 작정이었다.

안나타샤의 예측대로 그 소환은 일차적으로 적격 심사의 성격을 띠고 있었다. 군사위원회에서 나왔다는 중년과 중앙당에서 나왔다는 젊은 지도원은 거의 두 시간 동안이나 형식만 다를 뿐 뻔한 것들을 되풀이 물어 동영의 진을 빼놓았다. 공작대의 임무, 사업전망, 개인적인 소견이나 건의사항, 그동안의 주요 업적 따위였는데, 나중에 종합해 보니 그들은 되풀이되는 동영의 진술을 통해 정치공작대 간부로서의 적격여부를 판정하려는 의도 같았다.

그러다가 마침내 지친 동영이 아무런 강요 없이도 스스로 자신의 부적격을 고백할 기분이 들었을 무렵에야 군사위원회 쪽의 중년이 물었다.

"만약 동무가 지금의 과업에서 놓여나게 된다면 어떤 일을 하고 싶소?"

역시 안나타샤가 미리 말한 대로였다. 동영은 무슨 구원이나 받은 듯 서슴없이 대답했다.

"학교로 가고 싶습니다. 대학 농학부쯤에……."

"아, 참, 동무는 대학을 맡은 적이 있었지. 하지만 그것은 전시관리(戰時管理)인 줄 아는데."

"대학에서 농업경제학을 전공했습니다. 일본 제국주의의 대학이지만, 그 지식은 공화국의 발전에 도움이 되리라고 생각합니다."

동영은 상대가 바로 임명권자라도 되는 듯 황급히 대답했다. 그리고 거의 매달리는 심경으로 언뜻 그들의 호감을 사리라고 생각되는 말을 떠오르는 대로 덧붙였다.

"더구나…… 투쟁의 제일선은 역시 순혈(純血)의 프롤레타리아가 담당해야 한다고 생각합니다."

그러자 곁에서 말없이 듣고만 있던 젊은 지도원이 싸늘한 목소리로 끼어들었다.

"그렇다면 동무는 지난 3개월간의 공작업무 수행에 있어서 불성실의 과오를 시인하는 것이오?"

덮어누르는 듯한 말투였다. 그제서야 동영은 너무 쉽게 자기의 속을 내보인 것이 후회되었으나 한편으로는 잘됐다는 기분이 들었다. 이미 그들이 자신에게 내리고 싶어 하는 판정이 무엇인지 아는 한 어서 빨리 그 판정을 도와주고 심문과도 같은 그들의 물음으로부터 빠져나오고 싶었기 때문이었다.

"솔직히 시인합니다. 부르주아적 감상주의의 잔재를 청산하지 못하고 추미주의에 빠져 있었습니다. 또 위대한 사회주의의 승리를 의심하고 불안하게 여김으로써 회의주의 비관주의의 징표를 공공연히 드러냈습니다. 한마디로 당과 인민 앞에서 스스로를 엄격히 비판할 준비가 되어 있습니다."

동영은 역시 그들이 기뻐하리라고 짐작되는 말만 골라 진심으로

참회하는 듯 대답했다. 그래 놓고 보니 오히려 마음이 후련해지며, 자기가 한 말 속에 무슨 주의란 말이 네 번이나 들어간 것에 속으로 쓴웃음이 지어질 만큼 여유를 되찾을 수 있었다.

동영의 그 같은 대답은 확실히 그들의 의표(意表)를 찌른 데가 있었던 것 같았다. 동영의 말이 끝나자 애써 놀라움을 감춘 눈으로 마주보던 둘은 잠시 말이 없었다. 그러다가 나이 든 쪽이 천천히 입을 열었다.

"좋소. 그럼 우리는 동무의 용기 있고도 솔직한 자기비판을 접수한 것으로 하겠소. 그럼 이만 돌아가시오. 우리는 가급적이면 당이 동무의 희망을 들어줄 수 있도록 보고하겠소. 먼길 오느라고 수고 많았소."

완연히 호의가 내비치는 말이었다. 그러나 젊은 쪽은 달랐다. 인사를 마치고 그 방을 나온 동영이 아직 문제를 떠나기도 전에 나이 든 쪽을 빈정대는 젊은 쪽의 말소리가 판자문 너머로 들려왔다.

"동지, 너무 감탄하지 마시오. 닳고 닳은 간층(間層)의 영활한 연극이오. 나는 저들을 잘 알고 있소."

나지막하나 이상하게도 또렷하게 동영의 귓속을 찔러오는 목소리였다. 방공호를 나오자 눈부시던 하늘도, 개성으로 돌아가는 차창 밖을 스쳐가던 진한 봄기운도, 암울한 동영의 머릿속까지는 도달할 수 없었던 것 또한 그 목소리 때문이었을 것이다.

8

라디오는 연일 반격, 승리, 탈환을 되풀이했지만 언제나 그렇듯 전선의 실상을 그대로 전하고 있지는 못하는 것 같았다. 그대로라면 평양까지는 갔을 5월이 다 가도, UN군은 삼팔선조차 제대로 돌파하지 못한 채였다. 아니 오히려 5월 중순에는 다시 중공군의 대반격이 있다는 소문까지 들렸다. 그러나 서울이 또다시 떨어졌다는 말도 없고, 북에서 피난민이 밀려오는 일도 없는 것으로 보아, 대체로 전선은 삼팔선 부근에서 교착되어 가고 있는 듯한 인상이었다.

정인은 바쁘고 고되게 5월을 보냈다. 그런 싸움의 경과에 마음을 쓸 겨를이 없을 정도로 분주했던 나날이었다. 난데없이 떠맡게 된 필녀의 해산바라지에다 한창 바빠진 농사일이 겹친 때문이었다. 여전히 벙어리처럼 말이 없고 하루의 대부분을 애기 옆에 멍하니 누워 있기는 해도, 필녀는 겉보기처럼 백치거나 무슨 정신적인 결함을 가진 여자 같지는 않았다. 해산한 지 사흘이 되기도 전에 일어나 되도록 제 일은 제가 하려 드는 것에서부터 이따금씩은 정인을 바라보는 눈길에 미안함과 감사의 빛이 희미하게 이는 것까지 대체로는 정상의 범위에 드는 여자였다. 기껏해야 좀 심한 허탈에 빠진 억세고도 순박한 시골처녀로, 한번은 나뭇짐에 묻어온 참꽃송이를 어린것의 머리맡에 꽂아둘 정도의 다감함을 보이기도 했다.

도무지 말을 않아 출신내력은 알 수 없지만 도대체 그런 그녀가 어떻게 입산 같은 예사 아닌 일을 하게 되었는지는 통 짐작이 가지 않았다.

다행히 해산의 뒤탈도 없고 아이도 산모의 정황에 비해서는 건강했다. 초산이라 그런지 젖이 거의 안 나와 멀건 흰죽으로 길러도 초칠(初七)이 지나면서부터는 제법 토실한 아이 꼴이 났다. 그저 좀 이상한 것이 있다면 필녀가 도무지 그 아이를 가까이하려 들지 않는 점이었다. 젖도 정말로 나오지 않는 것인지 일부러 아이를 멀리하기 위해 빨리지 않는 것인지 짐작이 안 갈 때가 많았다.

정인은 진작부터 그런 필녀의 태도가 이상하다 싶어도, 그 뒤에 숨은 섬세한 감정문제까지 신경 써줄 만큼 한가롭지 못했다. 그녀에게는 앞으로는 오직 거기에만 여섯 식구의 생계를 의지해야 하는 농사일이 더 있었기 때문이었다.

부자가 망해도 3년 먹을 것은 있다는 옛말대로 논밭은 모조리 팔아치운 줄 알았지만 구동영감의 도움을 받아 찾아보니 뜻밖으로 남은 땅은 많았다. 팔아야 큰 돈도 안 되고 팔기만 성가신 자투리 논밭이나 위토(位土), 그리고 선산 발치에 이루어진 천봉답(天奉

꼽) 따위로 그때껏 남은 논만 해도 스무 마지기에 밭은 만 평이 넘었다. 새경도 문제지만 당장 장골 하나를 먹일 일이 더 큰일이라 머슴을 들이지도 못하고, 전쟁으로 버려진 것이 논밭이라 소작도 일손도 흔하지 않은 까닭에, 저절로 그네들 고부와 어린 남매에게는 무리가 되어버린 땅이었다. 할 수 없이 가까운 논 열 마지기와 밭 3천 평만 남기로 했지만 매매마저 쉽게 이루어지지 않았다. 아직 한쪽에서 전쟁을 하고 있어 어떻게 될지 모르는 데다 돌내골 전체를 놓고 봐도 땅을 사들일 만한 여유가 있는 사람이 아무도 없었다.

그러자 시어머니는 현물과 교환하는 방법을 썼다. 논 한 마지기와 쌀 한 가마를 바꾸고, 밭 한 마지기는 보리 한 가마로 바꾸는 식이었다. 이번에는 땅 살 사람이 좀 나섰으나 그것도 그들 여섯 식구가 다음 추수 때까지 먹을 양식 정도로 그쳤다.

그다음에 시어머니가 땅과 바꾼 것은 노동력이었다. 비탈밭 오백 평은 일 년 동안의 땔나무와 자작할 논밭의 쟁기질 및 써레질을 해줄 사람에게 주고, 정자 및 텃밭 이백 평은 일 년 동안 물을 길어다 줄 사람에게 넘기기로 했다. 장골 보름품은 논 한 마지기로, 아낙네 보름품은 밭 한 마지기로 바꾸기도 했다.

그래도 땅은 예정보다 많이 남았다. 땅 자체가 많기보다는 그런 조건으로도 땅을 가져갈 사람이 그리 흔치 않았던 까닭이었다. 할 수 없이 멀리 있는 땅은 묵히고, 가까운 땅도 밭은 모두 농사짓기가 수월한 메밀과 콩만 심어도, 그들 고부는 5월 한 달 내내 들에 나가 살아야 했다. 직접 지어 본 적이 없는 농사라 골몰이 더 심했던 것이다.

그러다가 정인이 다시 필녀에게 주의를 기울이게 된 것은 5월 말의 어느 날이었다. 군부대가 돌내골에서 한 삼십 리쯤 되는 읍내 부근에 주둔하면서 뜨음하던 공비들이 다시 활동을 시작한 것이었다. 신통하게 군부대의 추격을 따돌리며 마을과 외딴 지서들을 습격하는데 수법으로 보아 대개는 동일부대의 소행이라는 게 김순경의 말이었다.

그런데 이상한 것은 필녀였다. 두 칠(七)이 다 가도록 제 일만 끝나면 죽은 듯이 누워만 있던 그녀가 벌떡 몸을 일으키며 무심코 머리맡에서 그 공비들의 얘기를 하는 정인에게 물었다.

"꼭 인민재판을 열어 반동을 처형한다꼬예? 사람이 몇이나 되던강예?"

전혀 딴사람 같은 표정과 말투였다. 하도 갑작스런 물음이라 정인은 한동안 그녀를 멀거니 건너다보다가 들은 대로 대답했다.

"많아야 서른도 안 된다 카든강……."

"그래면서도 이 근처는 얼씬도 안코예?"

"돌내골이사 전에도 산사람들은 안 왔제. 그란데 와?"

"아이예, 그저 한번……."

그러더니 필녀는 다시 몸을 뉘었다. 전처럼 천장을 향해 반듯이 누웠지만 그 눈빛은 이미 평소의 그 공허한 눈빛이 아니었다. 정인은 필녀의 그 같은 돌변이 공연히 섬뜩했다. 더 캐어 묻지는 못해도 그녀는 무언가 심상찮은 결의를 다지고 있는 것 같았다.

그 며칠 뒤였다. 싸움하듯 앞들 너 마지기 논을 갈고 써레질까지 마친 시어머니가 샘가에서 흙 묻은 손을 씻으며 필녀의 일을 물었다.

"내일이 삼칠(三七)인데 어옐 작정이라 카드노?"

"통 입을 안 띠니 알 수가 있어야지요."

"몸만 풀믄 지 갈 대로 간다 안 캤나? 어디 갈 데나 있는 것 같드나?"

"들은 거사 없지만 어디 갈 데도 없는 갑십디더."

"참 같잖네. 꼬리가 길믄 밟혔는다꼬 이만하믄 어디든동 싸말아 가는지 저그 편하고 우리 편할따마는……."

시어머니는 그렇게 말하더니 새삼스레 정인에게 핀잔을 주었다.

"봐라, 니가 백지로 나서 가지고 일은 이 모양으로 꽈났다. 인제 아옐래? 안 나가는 걸 떠딩가 낼래? 이래다가 모도 절딴날께다."

사실 필녀가 오래 머물러 있어 좋을 일은 아무것도 없었다. 요행 그때까지는 괜찮았지만 날이 가고 달이 가면 그 낯선 식구에 대한 사람들의 의혹이 틀림없이 생기게 될 것이었다. 방금도 갈 데 없는 사람에 대한 인심치고는 지나치게 후하다는 수근거림이 일고 있지 않은가. 그래서 대답이 궁해진 정인이 집 쪽으로 눈길을 돌리는데 문득 집 모퉁이를 돌아가는 필녀의 옷자락이 보였다. 황급히 숨는 것으로 보아 시어머니의 말을 들은 것임에 틀림이 없었다.

"어머님, 저기 필녀가……."

정인이 그렇게 주의를 주었으나 시어머니는 조금도 목소리를 낮추지 않았다.

"들으믄 어따나? 알 거는 어예튼 알아야제."

그러나 정인은 아무래도 마음에 걸려 그녀의 방으로 가보았다.

앞서 들어간 그녀는 마치 무슨 물건 보듯 잠든 어린애를 얼빠진 것 같은 눈으로 바라보고 있었다. 정인이 문을 열어도 느끼지 못하는 것 같았다. 한참 뒤에야 꿈에서 깨어난 듯 화들짝 놀라며 정인을 돌아보았다.

"나이 드신 분의 말이니 너무 맘에 끼든지 말게."

"……."

"그런데 어디 달리 가볼 만한 데는 없나?"

"……."

"집은 우예 됐노? 아부지 어무이는 기시나?"

"……."

필녀는 멀거니 정인을 쳐다볼 뿐 끝내 한마디도 대답이 없었다. 묻던 정인도 제풀에 맥이 빠져 그 방을 나오고 말았다.

그런데 그 이튿날 새벽이었다. 필녀가 거처하는 건너방에서 아이가 자지러질 듯 울어대는 바람에 정인이 눈을 떴다.

"뭔 일인동 니가 한번 건너가 봐라."

미리 깨어 있던 시어머니가 정인이 깬 기척을 듣고 조용히 일렀다.

정인이 건너가 보니 애기만 누워 있고 필녀는 어디로 갔는지 보이지 않았다. 뒷간에라도 갔거니 싶어 급한 대로 자기 젖을 어린것에게 물린 채 정인은 그녀가 돌아오기를 기다렸다.

필녀는 희끄무레하던 창이 훤해지도록 돌아오지 않았다. 그제서야 이상해진 정인은 그 사이 울음을 그친 애기를 내려놓고 그녀를 찾아보았다. 뒷간에도 샘가에도 그녀는 보이지 않았다. 할 수 없이 방으로 돌아온 정인은 방안을 살폈다. 워낙 가져온 게 없으니 그녀가 떠났음을 확인할 수 있을 만큼 없어진 게 있을 리 없었다.

그러다가 한층 날이 밝은 뒤에야 정인은 방바닥에 떨어져 있는 쪽지 하나를 보았다. 문종이 조각에 연필로 또박또박 쓴 짧은 편지였다.

〈제가 대장님한테 가지 않고 달리 어디로 갈 데가 있겠습니까? 사변 전부터 산사람이 된 두 오빠 때문에 야산대에 곡식과 소금을 대다가 불탄 집 뒤꼍에서 걸레처럼 짓밟히고 찢기운 채 쓰러져 있는 저를 구해 준 것은 그분이었습니다. 제 목숨이 있는 한은 따라야 할 분입니다.

대장님은 월북하지 않았습니다. 이 마당에 와서도 인민재판을 열고 반동을 처형하는 사람은 그분밖에 없습니다. 또 북쪽으로 가봤자 환영받을 처지도 못 됩니다. 그분은 다만 홀가분하게 죽기 위해 저를 떼놓으셨을 뿐입니다.

원래는 아이를 죽여 짐을 남기지 않고 떠나려고 했습니다. 차마 손을 대지 못해 이렇게 두고 떠납니다. 다행히 길러줄 사람이 있으면 주어 버리시고, 아니면 대처에 있다는 고아원에라도 보내 주십시오. 그동안의 보살펴 주신 은혜에 다시 한번 깊은 감사를 드립니다…….〉

글자도 반듯하고 내용도 조리 있는 것이 중학은 나온 듯한 솜씨였다.

아아, 이것은 젊음인가 — 편지를 다 읽고 난 정인을 가장 먼저 사로잡은 것은 그런 엉뚱한 부러움이었다. 핏덩이 같은 어린것을 떼놓고 돌아서는 모질음도, 생사를 넘나드는 거친 산생활로, 그것도

161

어디 있는지 모르는 현석을 찾아나서는 무모함도 정인의 눈에는 아름답게만 비쳤다.

"어예 됐노?"

기다리던 시어머니가 그 사이에 깨이 우는 옥경이를 안고 방문을 열면서 그렇게 물었다.

"갔어요."

정인은 걷잡을 수 없이 솟는 원인 모를 감동의 눈물을 억누르며 그 말과 함께 쪽지를 내밀었다.

"모도 미쳤구나."

더듬더듬 그 쪽지를 읽던 시어머니가 혀를 끌끌 차며 말했다.

"하기사 이런 것들이 이짝저짝에 몰리 있으이, 이 모진 전쟁이 이태를 끌어도 끝날 줄을 모르제."

그러나 필녀가 없어진 것에 대해서는 한시름 놓았다는 표정이었다. 금방 아래채로 내려가 아직 잠도 안 깬 김순경에게 욕설까지 섞어가며 필녀가 도망간 것을 알렸다. 욕설을 섞은 것은, 길가에서 해산하게 된 걸인을 삼칠이나 보살펴 주고도 인사 한마디 듣지 못했을 뿐만 아니라 아이까지 떠맡게 된 그녀의 분노에 알맞은 표시로서였다.

"쯧쯧, 사람 구제는 할 게 아니라더니……."

사람 좋은 김순경은 영문도 모르고 시어머니의 과장된 분노에 맞장구를 쳤다.

"만약 우리 손에 잡히면 혼을 내드리지요."

"혼도 혼이지만 알라는 이거 어예노?"

"글쎄요, 영아원인가 보육원인가 하는 데가 있다는 소린 들었지만……."

"그것도 김순경이 어째 구체(구처) 좀 해주소. 손주만도 버거운데 어면 걸뱅이 아까지사 어예 키우노? 높은 데 말해 가주고 어예 알아보소."

시어머니는 어린것의 일까지 김순경에게 떠맡긴 뒤에야 위채로 올라왔다.

만약 현석의 부대가 전선을 돌파할 작정이었다면 5월 말이 가장 좋은 시기였음을 정인이 알게 된 것은 6월 중순이 되어서였다. 공식적으로 발표된 '작전상의 후퇴'와는 달리 그 무렵 중공군은 강릉을 위협할 정도로 남하했던 것이다. 이른바 51년의 제2차 춘계공세였다. 태백산맥을 타고 간다면 돌내골에서 이백 리도 안 되는 곳까지 중공군의 주력이 밀고 내려온 셈이었다.

5월 한 달 돌내골 부근의 활발한 공비들의 활동도 그런 전선의 사정과 무관하지 않았다. 급박한 전선의 사정 때문에 후방지역에서의 효율적인 토벌작전이 실시되기 어려웠을 것이기 때문이다.

하지만 정말로 현석이 죽을 곳을 찾고 있었건 아니면 전세를 낙관하고 길원팔(吉元八)부대(북괴군 패잔병으로 편성된 유격대, 태백산맥을 근거로 활동하다가 반격해 온 중공군과 합류)처럼 현지에서 중공군의 남하를 기다리기로 결정해서였건, 그 5월이 지나감으로써 월북의 기회는 사라져버렸다. 6월 중순이 되자 라디오는 국군의 제일선이 인제(麟蹄), 양구(楊口), 간성(杆城)의 선까지 진출했다는 보도를 했다.

돌내골에서는 사백 리나 떨어진 전선이었다.

현석과 무사히 합류했는지는 모르지만 필녀는 한번 떠난 후론 소식이 없었다. 그녀가 돌내골을 빠져나가는 뒷모습조차 본 사람이 없을 정도로 자취 없이 그녀는 사라져버렸던 것이다. 그러나 정인은 왠지 그녀가 현석과 만났을 것 같은 느낌이 들었다. 그녀가 떠나고 오래잖아 돌내골 부근 마을도 습격을 받기 시작한 때문이었다. 정인은 그것을 필녀 때문에 접근하지 않던 현석의 부대가 그녀가 돌아가자 돌내골에 대한 제한을 없애 버린 것으로 해석했다. 그리고 그들의 감동적인 만남과 비록 죽음으로 끝날지라도 행복으로만 여겨지는 동행을 상상하며 한숨짓곤 했다. 동영을 향한 체념 직전의 비뚤어진 갈망이었다.

시어머니도 정인의 그런 마음속을 짐작하는 것 같았다. 얼르기도 하고 달래기도 하며 될 수 있는 한 정인의 하루를 바쁘고 고되게 만들었다. 낮뿐만 아니라 밤까지도 무엇인가 일거리를 만들거나 끝없는 이야기로 붙잡아두었다가 정인이 앉은 채로 꾸벅꾸벅 졸 때에야 놓아주는 것이었다.

국군의 대규모 공비 토벌작전이 있으리란 소문이 돈 것은 그런 6월 하순의 일이었다. 밖으로는 소련의 UN대표가 은근히 휴전을 제의했다는 소식으로 한창 시끄러울 때였다.

"그놈들 이번에는 아마도 견디기 어려울 겁니다. 보현산 공비 토벌에 참가했던 일개 대대가 북상해 오고 있어요. 여기 있는 부대와 남북에서 포위 공격하면 갈 데가 없습니다."

어느 날 근무에서 돌아온 김순경이 샘가에서 발을 씻으며 시어머니에게 지나가는 말로 그렇게 알려주었다.

"글치만 깊은 산 골짝골짝에 숨어 지내는 눔들을 어예 다 잡을 수 있겠노? 군대가 와도 여러 만 명이 와야 될 거로……."

"여기 있는 부대고 올라오는 부대고 모두 그 방면에는 이력이 난 부대들입니다. 거기다가 이 부근에 준동하는 공비들 중에서 가장 악질적인 패거리는 너무 자주 움직여서 대충 그 근거지가 짐작이 되는 모양이에요. 벗어나기 힘들 겁니다."

그러다가 김순경은 문득 말끝을 흐렸다. 평소 가깝게 지내면서 잊었던 시어머니의 처지가 떠오른 모양이었다. 그러나 군사상의 기밀이 될 수도 있는 일을 생각 없이 말해 버린 데 대한 후회와 경계심에서보다는 혹시라도 자식을 그 길로 보낸 늙은이의 마음을 상하게 할까 봐 꺼리는 것 같은 태도였다.

"근거지를 어데쯤으로 본답디꺼?"

젖은 솜처럼 무겁고 피곤한 몸으로 저녁에 안칠 보리쌀을 씻고 있던 정인이 자신도 모르게 불쑥 물었다. 물어놓고 나서야 그 이유를 깨닫고 정인은 마음속으로 흠칫했다. 김순경이 말한 가장 악질적인 패거리를 바로 현석과 필녀의 부대로 단정하고, 그리하여 연락할 수만 있으면 어떻게든 그들에게 그 급한 소식을 알려주려는 생각에서였기 때문이었다. 그때 시어머니가 김순경의 대답을 대신해 정인에게 핀잔을 주었다.

"야가 뭐라 카노? 니가 그걸 알아 뭐 할라꼬?"

김순경도 그런 시어머니의 말을 받아 농담 반 진담 반으로 대답했다.

"저 같은 말단 순사가 그걸 어찌 알겠습니까? 그걸 알면 제가 서장(署長)이게요?"

그리고는 물기로 질퍽거리는 고무신 소리를 내며 천천히 아래채로 내려가 버렸다. 시어머니도 왠지 성난 듯한 걸음걸이로 중문을 열고 안채로 들어가 버렸다.

그날 밤이었다. 샘가에서 돌아오자마자 팔을 베고 벽 쪽으로 돌아누운 시어머니는 저녁상이 들어와도 날이 저물어 불을 켜도 그대로였다. 아이들이 번갈아 할머니를 부르고 정인도 몇 번이나 가서 시어머니를 일으키려 했지만 그녀는 돌로 깎은 사람처럼 눈썹 하나 까딱 않았다. 이른바 '회(화의 높임말)'가 나도 단단히 난 모습이었다. 천석꾼 마나님 시절, 매우 드물기는 하지만, 시어머니가 한번 그렇게 드러누으면 다시 일어날 때까지는 그 마을 전체가 다 조용할 정도였다. 언젠가 동영도 그런 노여움을 샀다가 마당에 거적을 깔고 하룻밤을 꼬박 새운 뒤에야 용서를 받은 적이 있었다.

정인은 두렵고도 당황스러웠다. 아무도 중재해 줄 사람이 없는 상태에서 그런 시어머니의 까닭 모를 분노와 부딪게 되고 보니 한층 어찌할 바를 몰랐다.

돌이켜보면 저녁 무렵 샘가에서의 일이 마음에 걸리기는 해도 시어머니가 그토록 화를 낼 까닭은 없을 것 같았다. 그렇다고 그 무렵 들어 달리 시어머니를 노엽게 한 일도 떠오르지 않았다. 거기다가 더욱 괴로운 것은 어떻게 화해의 실마리를 찾아야 할지 도무지 깊이 떠오르지 않는 점이었다.

생각다 못한 정인은 시어머니와 똑같은 방법을 써보기로 했다.

아이들과 함께 저녁을 거른 채 시어머니의 등뒤에 나란히 꿇어앉아 잘못을 비는 방법이었다.

달리 마땅한 게 없어 택한 방법이지만 결과적으로 가장 효과적인 것을 택한 셈이었다. 훈이와 영희는 심상찮은 분위기에 눌려 말없이 참아 나가도 이제 네 살 난 철이가 배고픔을 오래 참을 리가 없었다. 밤이 별로 깊기도 전에 배가 고프다고 칭얼대기 시작했다.

"에이 못된 것, 아이들이 뭔 죄가 있어 굶겠노? 얼른 밥상 못 채릴라?"

시어머니가 벌떡 몸을 일으키더니 정인에게 무섭게 소리쳤다. 그리고 이어 옷자락을 떨치고 건넌방으로 나서며 덧붙였다.

"아이들 상 채리 주고, 니는 좀 건너온나."

그 서슬푸른 뒷모습에 정인은 다시 와락 겁이 났지만 한편으로는 안도의 숨을 내쉬었다. 경험으로 미루어 시어머니가 그렇게라도 일단 입을 연 것은 용서의 시작으로 보아도 좋기 때문이었다.

정인이 아이들에게 밥상을 차려주고 건넌방으로 들어가니 시어머니는 남자어른처럼 책상다리를 하고 삼엄한 표정으로 앉아 있었다.

"아무리 여자라 캐도 항심(恒心)은 있어야 하는 법이따. 그런데 사돈께서는 아무래도 니를 잘못 키운 모양이따.

니가 시집 올 때 내가 칸 말이 있다. 니는 이 집에 시집 온 기 아이고 내 딸이 된 거라꼬. 그런데 사돈들이 니를 잘못 갈채(가르쳐) 보냈으이 내라도 옳게 갈채야 될따."

정인으로서는 여전히 자기의 잘못을 짐작할 수 없는 시어머니의 말이었다.

"지가 뭘 잘못했습니꺼?"

"니 안강(安康) 가는 길에서 내한테 뭐라꼬 약속했노? 그래고 또 여다 돌아오던 날 낙끝에서는 뭐라고 내한테 약속했노?"

"······."

"아무리 여자라 카지마는 한 번도 아이고 두 번이나 지 입으로 맹세한 일이따. 그런데 어른 속여도 어예 그래 속이노?"

"지따나는 한다꼬 했습니더마는······."

"뭐라꼬? 한다꼬 했다꼬? 그럼 니 아까 산빨갱이들 있는 곳은 왜 물었노?"

"그거는 무심코······."

"조런 못된 것, 그래도 어른을 속일라꼬? 바른 대로 말해라. 니 거다 찾아가 연락해 줄라꼬 그랬제? 그래고 한패가 돼 그눔아들하고 같이 죽을라 캤제?"

시어머니는 정인의 가슴속에서조차 어렴풋하던 생각을 꿰뚫어 본 모양이었다. 항변할 엄두조차 나지 않도록 정인을 꾸짖었다. 그러다가 돌연 치마폭에 숨겨 있던 회초리를 한줌 꺼내 들며 말했다.

"이미 서른 다섯이나 되고 아아도 사남매나 낳은 니한테는 억지가 될따마는 이 수밖에 없다. 내가 동영이를 갈챘던 방법이따."

회초리를 보자 정인은 잠시 어처구니없는 기분이었다. 시어머니 자신이 말한 이유 외에도 정인으로 하여금 쓴웃음을 짓게 하는 것은 많았다. 시집 온 지 이십 년이 가까워 오는 며느리를 이제 와서 매로 다스리려 들다니. 거기다가 매라면 그보다 훨씬 모진 것도 수 없이 겪은 자신이 아닌가.

그런데 그게 아니었다. 말이 끝나기 무섭게 시어머니는 치마를 걷더니 들고 있던 매로 드러난 자신의 맨다리를 힘대로 후려치기 시작했다. 정인이 아연해서 보고 있는 잠깐 사이에 시어머니의 다리에는 붉은 피멍이 맺히고 여기저기서 가는 핏줄기가 솟기 시작했다.

"어머님요, 지가 잘못했심더."

그제서야 놀란 정인이 시어머니를 말리려 들었지만 그것도 쉽지 않았다. 어디서 솟은 힘인지 붙들고 늘어지는 정인을 시어머니는 번번이 매달리는 어린아이 떼어내듯 밀쳐 버리고는 자신의 다리에 매질을 계속했다. 그런 그녀의 두 눈에서 이글거리는 광기가 정인을 더욱 두렵게 했다.

시어머니가 거의 광란에 가까운 자학행위를 멈춘 것은 거머쥐고 있던 여남은 개의 싸리 회초리가 한줌의 젓가락처럼 변한 뒤였다. 속수무책인 심경으로 시어머니의 허리에 매달려 흐느끼던 정인이 겨우 눈물을 닦고 보니 어느새 다리를 덮은 시어머니의 흰 무명치마 위로 붉은 피가 점점이 번지고 있었다.

그러나 시어머니의 표정은 그 사이 완전히 보통 때의 평온을 회복하고 있었다. 아니, 그 이상 흐느끼는 정인을 내려보는 눈길에는 오히려 젊은 며느리를 애처롭게 여기는 빛까지 떠올라 있었다.

"나도 안다."

이윽고 시어머니는 너그러운 음성으로 천천히 입을 열었다.

"니 맘 같아서는 당장 모도 다 때래치앗 뿌고 산으로 드가 뿌고 싶제? 엎어지든동 자빠지든동 그 사람들하고 어불래 댕기다가 거

다서 죽어도 그기 훨씬 좋을 듯싶제? 그래믄 동영이한테도 한 발
더 가까워지는 거 같을 께고……."

내가 어예 그걸 모리겠노? 경우는 쪼매 달라도 바로 삼십 년 전
에 내가 겪은 일이따. 글치만 이게 고비따. 이 고비만 지나믄 니도
나중에 웃으며 옛말 할 때가 올께따. 어예 그걸 못 넘긋고 나를 이
클(이렇게) 실망시키노? 그래고 —."

그 말과 함께 시어머니는 다시 주머니끈을 풀어 무언가 한지에
싸인 약봉지 비슷한 걸 꺼냈다.

"이거는 비상(砒霜)이따. 니가 필요하지 싶어 구했으이 받아 놔라.
그래고 니가 정 가고 싶거든 국에든 밥에든 타가지고 내하고 아이
들한테 먼저 이걸 먹이고 가거라. 나는 인제 니까지 갔뿐 뒤탈을 감
당할 자신이 없다. 맞는 것도 언성시럽고(끔찍하고) 간혔는 것도 몸
써리난다. 또 아아들도 그래 되믄 파이다(그만이다.) 백지로 세상에
남과 모진 고생시키는 것보다는 저어도 모르게 죽어주는 게 차라
리 에미가 할 일이따……."

그리고 내미는 약봉지를 정인이 머뭇거리며 받지 않자 다시 언성
까지 높여가며 기어이 정인의 손에 건네 주었다.

"받아라. 갈라 카믄 니는 이기 꼭 필요할 께따. 노루도 뒤를 돌아
보다가 총을 맞는 법이따."

김순경이 말한 대규모의 공비 토벌은 사흘도 안 돼 시작되었다.
읍내에 주둔하던 국군 1개 대대와 특별히 지원을 나온 전투경찰 삼
백은 토끼몰이를 하듯 인근의 야산을 뒤지며 돌내골로 몰려들었다.

눈치로 보아 돌내골에서 남쪽으로 오십 리쯤 되는 학동산(鶴洞山)이 그들의 마지막 목표인 것 같았다. 학동산은 표고 천 미터를 넘지 못하는 높이지만 부근 백 리 내에서는 일월산(日月山) 다음가는 산이었다. 골이 깊고 산세가 험한데다 아직 원시림에 가까운 산림이 남아 있었다. 거기다가 남으로 빠져나가면 경덕군(慶德郡)이 되고 서로 빠지면 청성(靑城)이 되며, 동으로는 포항과 강릉 삼척을 잇는 해안도로를 위협할 수 있고 북으로는 돌내골을 지나 명양(明陽)읍으로 나갈 수 있는 지리적 요충이었다.

따라서 학동산은 구한말부터 영남 동북의 유명한 의병(義兵) 근거지가 되었고. 10·1폭동을 전후해서부터는 인근 야산대의 마지막 도피처가 되었다. 한때 인민군 패잔병들이 숨어 지내기도 했으나 1·4후퇴 무렵하여 다시 쳐내려온 중공군과 합류한 뒤에는 비어 있는 줄 알았는데, 어느새 새로운 공비들의 근거지로 이용되고 있었던 모양이었다.

생각보다 공비들의 저항은 약했다. 하룻저녁 돌내골 남쪽에서 신호탄과 조명탄이 오르고 두어 시간 총소리가 들린 것을 마지막으로 저항은 끝나고 국군과 경찰은 산을 넘어 남쪽으로 사라져버렸다. 멀리서나마 전투가 있던 밤, 시어머니가 혹시라도 아이에게 해가 돌아올까 봐 잠시 안정을 잃은 적은 있었지만, 두려워했던 일은 아무것도 일어나지 않았다.

시어머니의 말대로 정말 그것이 마지막 고비였던지, 정인에게도 처음 김순경으로부터 공비 토벌이 있으리란 말을 들었을 때의 그 충동은 다시 일지 않았다. 토벌대의 힘찬 군가 소리와 번쩍이는 총

검은 오히려 잠시나마 잊고 지냈던 본능적인 공포만을 되살렸을 뿐이었다.

그런데 토벌대가 지나간 지 열흘쯤 되었을 때였다. 김순경을 통해 학동산 공비 토벌이 무사히 끝났다는 소식을 들은 다음 날로, 정인은 아침부터 엄습하는 그녀 특유의 불길한 예감에 일이 손에 잡히지 않았다. 지난날 자신이나 남편의 체포를 앞뒤하여 반드시 그녀를 사로잡았고, 최근에는 현석이 찾아오던 날 다시 느껴본 적이 있는 그 불길한 예감이었다.

처음 정인은 그것이 전날밤의 사나운 꿈 때문이 아닌가 생각했다. 꿈속에서 온몸에 총을 맞아 피투성이가 된 채 어떤 계곡에 떨어져 죽은 현석과 필녀의 시체를 보았기 때문이었다. 그들은 정인이 감상에 젖어 그려보았던 대로 꼭 껴안은 채 죽어 있었으나, 정인에게는 전혀 아름답지도 않고 감동적이지도 않았다. 그저 끔찍하고 두려울 뿐이었다. 그래서 급히 달아나려는데 그들이 벌떡 일어나 뒤쫓는 바람에 정인은 온몸이 진땀에 젖은 채 깨어나지 않을 수 없었다.

시어머니도 무언가 이상한 모양이었다.

"꿈을 꿨다. 숭악한 꿈이라……."

그녀 역시 눈을 뜨자마자 꿈타령을 늘어놓았다.

"아랫니가 뭉청 빠지드라. 아랫니가 빠지는 꿈을 꾸믄 손아래가 상한다카던데……."

그러나 낮동안에는 아무 일도 없었다. 열심히 저녁예배를 다녀온 초저녁도 별다른 기척이 없었다.

"다 개꿈인 모양이따."

"그런갑심더. 고마 자입시더."

둘은 그렇게 서로의 마음속에 남아 있는 원인 모를 불안을 상대에게 옮기지 않으려고 애쓰며 일찍 잠자리에 들었다.

마침 물이 모자란 논에 마지막 모내기를 힘들여 한 날이라 잠도 생각보다는 쉽게 왔다. 하지만 오래는 못 갈 잠이었다. 정인은 다시 꿈속에서 피투성이인 현석과 필녀에게 쫓겨다니다 온몸이 흠뻑 젖은 채 간신히 깨어났다.

"안 되겠다. 우리 기도하자. 사(邪)가 들어도 잔뜩 들었다."

먼저 깨어난 시어머니가 정인을 보고 그렇게 말했다. 교회에 다니기 전에도 조상의 신위(神位) 외에는 어떤 것에도 절하거나 비는 모습을 본 적이 없는 시어머니라, 그녀의 절박함이 어느 정도인가 짐작이 갔다.

그래서 미덥지 못한 대로 시어머니와 함께 막 기도를 시작하려는 때였다. 갑자기 사방에서 요란한 총소리가 났다. 어떤 것은 마당에서 쏘는 총소리인 듯 가깝게 들렸지만 총알이 날아들지는 않았다. 그렇게 한 오 분이나 계속됐을까. 갑자기 총소리가 딱 멎으며 누군가가 마당에서 거칠고 위협적인 목소리로 외쳤다.

"너희들은 모조리 포위되었다. 도망치려는 자는 무조건 사살한다. 한 사람씩 손들고 마당 쪽 대문으로 나와."

그 말이 끝남과 함께 다시 한차례 사방에서 공포(空砲) 소리가 났다. 아이들이 깨어나 울어대기 시작했다. 그러자 정인은 몸과 마음이 한꺼번에 얼어붙은 듯 아무것도 떠오르지 않는 머리로 기도 자세에서 조금도 움직일 수 없었다.

다시 바깥에서 고함 소리가 들려왔다.

"빨리 나와! 안 나오면 불을 싸지를 테다."

"나가자."

시어머니가 신음처럼 말했다. 하지만 그 경황중에도 아이들을 보살피는 걸 잊지 않았다.

"훈이 니는 야들 데리고 할매하고 에미한테서 멀찌감히 떨어져 따라오거라. 만약 총소리가 나고 할매 어매가 엎어지거등 나오지 말고 딴 데로 내빼 뿌라. 누구 돌아볼 생각 말고 천장만장 달라빼야 한데이. 알아들을라?"

그러더니 결연하게 앞장을 섰다. 정인도 그때야 약간 정신을 가다듬고 시어머니를 뒤따랐다.

대문께로 나서는 그들을 맞은 것은 수십 개의 플래시 불빛이었다. 상대도 긴장한 탓인지 말이 없어 어둠과 고요 속에 번쩍이는 그 불빛들은 그대로 수많은 맹수의 눈동자 같았다.

"더 없어?"

정인과 시어머니가 마당으로 나와 서자 다시 조금 전의 목소리가 어둠속에서 물었다. 시어머니가 잠깐 머뭇거리다 대답했다.

"알라들밖에 없니더."

"나오라구 그래!"

거기서 시어머니는 또 한 번 머뭇거리다 문 쪽을 돌아보고 나직이 말했다.

"훈아, 가들 데리고 나온나."

훈이가 옥경이를 안은 채 겁먹은 듯 영희와 철이를 데리고 멈칫 멈칫 마당으로 나왔다.

"사내새끼들은 다 어디 갔어?"

"사나이들이라꼬? 사나들은 우리집에 없디더."

그제서야 약간 생기를 찾은 시어머니의 목소리가 강경하게 부인했다. 정인도 그들이 집을 잘못 찾아든 줄 알고 조금 마음을 놓았다.

"거짓말 마라! 분명히 있어."

"그거사 다 물어보소. 우리집에 사나라 카는 거는 인제 열두 살 난 자하고 네 살 난 자뿐이시더."

시어머니는 훈이와 철이를 차례로 가리키며 말했다. 상대는 잠시 말이 없었다. 다시 한번 정인 일가족을 살피는 것 같았다. 그러다가 문득 불빛 하나가 옆으로 돌아서며 묻는 소리가 들렸다.

"이 새끼, 정말로 이 집이야?"

"맞심더. 틀림없심더."

불빛에 웬 초라한 사내가 하나 드러나며 그렇게 대답했다. 너덜너덜한 옷에 두 손은 묶인 채였다. 칙칙한 빛을 반사하며 권총의 총구 하나가 그런 사내의 관자놀이에 다가갔다.

"바른 대루 말해. 거짓말하면 죽어."

"맞심더. 지가 바로 저쪽 살구나무 밑에서 한 시간이나 망을 봤심더."

"틀림없어?"

"예, 틀림없심더."

사내는 부들부들 떨며 필사적으로 대답했다. 정인은 직감으로 그가 현석과 함께 와 집 주위에서 망을 봐준 공비들 가운데 하나라는 걸 알아차렸다. 불빛이 그런 사내의 파리하고 일그러진 얼굴에 한동안 머물더니 다시 어머니를 향했다.

"할망구, 이래두 잡아뗄 거야?"

좀전보다는 낮아졌으나 차갑고 날카롭게 변한 목소리였다. 시어머니는 더욱 완강하게 부인했다.

"참말로 뭔 소리동 모리겠니더. 없는 사나를 어예 내놓니꺼?"

"그럼, 할망구는 영감도 아들도 없어?"

"영감은 삼십 년 전에 죽고 하나 아들은 열 달 전에 서울서 잃어뿌랬니더."

그러자 지금까지의 목소리보다 더욱 성마른 목소리가 빽 소리쳤다.

"시간 끌 거 없어. 몇 명 들어가 찾아봐."

몇 개의 플래시를 앞세우고 한떼의 사람 그림자가 우르르 대문께로 몰려갔다. 성마른 목소리가 집 뒤쪽을 보며 소리쳤다.

"어이, 그쪽 철저히 감시해. 달아나는 놈이 있으면 무조건 쏴."

하지만 구들장을 들어내고 물독을 들여다본다 한들 없는 사람이 만들어질 리 없었다. 한동안 집안이 들썩들썩하더니 여러 목소리가 차례로 보고했다.

"없습니다. 아무도 없습니다."

"열린 문도 없고 광이나 움도 없는 것 같습니다."

"냄새를 맡고 뛴 것 같습니다."

176

"알았어."

성마른 목소리가 그렇게 대답하고는 다시 시어머니를 향했다.

"언제 어디로 뛰었어?"

"참 답답하네. 내 속이 무슨 버선목이라 뒤집어 비출 수도 없고 …… 누가 어디로 뛴단 말이껴?"

"이거 아주 흉물스런 할망구군. 그럼 강백정, 아니 강현석이 두 달 전에 여길 다녀간 것도 부인할 거야? 그놈의 계집을 출산까지 시키고 다시 산으로 돌려보낸 건 누구야?"

그 말에 정인은 온몸에서 힘이 쑥 빠지는 것 같았다. 남자들을 찾는 바람에 집을 잘못 알고 온 줄 알았는데 그게 아니었다. 시어머니도 갑자기 말문이 막히는 모양이었다. 한참 있다가 머뭇거리며 대답했다.

"그런 일, 없니더."

누가 들어도 의심이 날 만큼 힘없는 부인이었다.

"시끄러, 이 순빨갱이 할망구 같으니. 여기 그때 따라와 망을 봐준 놈이 잡혀 와 있는 데도 잡아뗄 거야?"

그때 또 한 패의 부대가 오는지 여럿의 군화 소리와 함께 마당 저쪽이 수런거렸다.

"좋게 말할 때 바른 대로 해. 영감하고 아들은 어디 갔어?"

다시 처음의 목소리가 시어머니를 윽박질렀다. 망을 본 공비가 집안에 들어와 그때의 경위를 바로 알지 못한 게 시어머니와 정인의 혐의를 키워준 셈이었다. 토벌대에게는 그네들 외에 달리 공비들과 내통하는 남자들이 있는 걸로 생각되고 있음에 틀림없었다. 하

177

지만 정인 쪽으로 봐서는 그게 무서워서도 모든 것을 송두리째 부인하지 않을 수 없었다.

그 목소리의 자신 없고 떨림이 그들에게 어떤 확신을 주었는지 한동안 거친 심문을 계속하던 목소리가 문득 나직하게 곁엣사람에게 물었다.

"할망구와 계집년이지만 예사내기가 아닌 것 같군. 어떻게 할 거야?"

"아주 악질들이야 없애 버려."

성마른 목소리의 대답이었다.

"여긴 전투지역도 아닌데……."

"상관없어. 이건 용서할 수 없는 부역(附逆)이야."

그러자 처음의 목소리도 마음을 정한 듯 낮게 맹렬했다.

"받들어 총."

그 구령에 따라 여남은 개의 총열(銃列)이 불빛에 번질거리며 정인과 시어머니를 향했다.

"잠깐만 이눔들아."

시어머니가 갑자기 두 팔을 들어 막는 시늉을 하며 헐떡이듯 소리쳤다.

"어따가 총을 대노? 죄없는 알라들이라도 치우고 들이대도 들이대라."

그 말에 무엇엔가 들떠 있는 것 같던 상대도 번쩍 정신이 든 모양이었다. 멈칫하고 있는데, 갑자기 귀에 익은 목소리가 들렸다.

"안 됩니다. 뭔가 잘못됐소."

불빛 하나가 재빨리 그 목소리의 주인을 비추었다. 전투복을 입은 김순경이었다. 성마른 목소리가 깔보듯 물었다.

"넌 뭐야? 뭘 안다고 나서?"

"나는 바로 이 아래채에 살고 있습니다. 이 집에는 원래 아이들 말고 남자라고는 없어요."

"그럼 빨갱이들과 내통한 적도 없단 말야? 새끼 밴 빨갱이년 받아들인 적도 없단 말야?"

그 말에 김순경은 찔끔했다. 목소리에 갑자기 자신이 빠졌다.

"이 새끼, 모르면 가만히 자빠져 있어. 한집에서 살면서도 빨갱이가 드는지나는지 모르는 주제에…… 야, 혹시 너도 한패 아냐?"

상대가 더욱 기승을 올리며 김순경을 몰아붙인 뒤 곁의 동료를 재촉했다.

"시간 끌 거 없어. 애새끼들이나 치우고 처치해 버려."

그때 또 다른 그림자 하나가 그들 곁에 나타나며 엄숙하게 말했다.

"안 되오, 이건 양민학살이오."

"이 새끼 넌 또 뭐야?"

"이 사람들의 부역사실이 있다 하더라도 우리 경찰에게 넘기시오. 마구다지 총살은 안 되오."

이번에 나선 사람은 새로운 젊은 지서주임이었다.

"뭐야? 넌 임마, 이것들이 도와준 그 빨갱이새끼들한테 우리가 얼마나 많은 전우를 잃었는지 알아? 특히 그 계집년은 배때기로 버얼건 창자를 쏟으면서도 총질을 해댔단 말이야."

"여러분들의 기분은 알겠소. 생사고락을 함께하던 전우를 수없이 잃은 직후라 제정신들이 아닐 것이오. 그렇지만 저항할 수 없는 양민을 함부로 죽여서는 안 됩니다."

"양민, 양민 하지 마, 이 새끼야. 저것들은 틀림없는 부역자고 빨갱이들이란 말이야."

말은 그렇게 해도 이미 조금 전의 살기는 많이 가셔 있었다. 그걸 놓치지 않고 주임은 다시 총을 겨누고 있는 사람들에게 부드럽게 권했다.

"자아, 다들 총을 내리시오. 저 사람들은 지금 당장 구속해 정식 재판에 넘길 것을 약속하겠소. 반드시 자기들의 부역행위에 대한 응분의 처벌을 받을 것이오."

그러자 모두 슬그머니 총구를 내렸다. 그들의 지휘자인 성마른 목소리도 더는 고집을 부리지 않았다. 하지만 어떻게든 분풀이는 해야겠다는 식으로 생포해 끌고 온 공비의 머리통을 권총으로 후려치며 소리쳤다.

"요 개새끼, 뭐 부락내 아지트? 평야로의 전진기지? 잠입한 행동대원과 연락책?"

생포된 공비가 가는 비명과 함께 폭삭 주저앉은 뒤에도 발길질과 함께 퍼붓는 욕설이었다. 하지만 그날 밤에 대한 정인의 기억은 거기서 끝나고 말았다. 오랜 긴장이 갑작스레 풀어지자 그녀의 몸과 마음이 걷잡을 수 없이 무너져내렸던 것이다.

정인이 눈을 뜬 것은 시어머니와 함께 지서로 옮겨진 뒤였다. 군인들에게 약속한 대로 주임은 그네들 고부를 그 밤으로 구금했다. 그리고 이틀에 걸쳐서 정식으로 심문한 뒤 조서와 함께 본서로 넘겼다. 1951년 7월 6일의 일이었다.

제
5
부

1

― 1953년 2월.

겨울 항구는 쓸쓸했다. 언제 있을지 모르는 공습에 대비해 선박들을 가까운 어촌으로 소개(疏開)시키거나 위장한 탓인지 그곳이 바로 동해 방어사령부가 있는 곳이라고는 믿어지지 않을 만큼 부두는 한산했다. 북쪽으로 호도(虎島) 반도가 병풍처럼 둘러싸고 남쪽으로는 갈마(葛麻)반도가 튀어나와 자연의 방파제 구실을 해주는 바람에 거친 동해의 겨울 물결도 그곳에서는 위세를 떨치지 못하는 것 같았다.

동영은 그런 원산항을 멀리서 바라보다가 모래사장 곁길을 따라 터덜터덜 걷기 시작했다. 명사십리(明沙十里)― 해당화(海棠花)와 더불어 모르는 이 없을 만큼 이름난 그 모래톱도 쓸쓸하고 한적하기는 50년의 미군 상륙작전 때 포격으로 무너지고 불탄 뒤 아직 제 모습을 찾지 못한 시가지나 멀리 보이는 부두와 다름없었다. 잎진 해당화 줄기들이 그런대로 떨기지어 남아 있었으나 그 스산스런 모습 어디에도 지난 여름의 영광은 남아 있지 않았다. 거기다가 군데군데 자리잡은 포대(砲臺)와 기관총 좌지(座地)들로 왠지 새봄이 오고 여름이 된다 해도 그 떨기에 잎이 돋고 꽃이 피는 일은 없을 것 같은 느낌이 들었다.

사실 동영이 저만치 바라보며 걷고 있는 그 모래톱은 낯선 곳이 아니었다. 대학시절의 어느 여름방학인가 부친이 원산에서 큰 상회를 가지고 있는 일본인 급우의 초청으로 그는 닷새나 그 해수욕장에서 보낸 일이 있었다. 비록 반도인(半島人)이지만 동영의 사람됨과 집안에 반한 그 친구는 어딘가 백치 같은 느낌을 주던 여동생을 이따금씩 불러냈으나, 동영의 기억에 뚜렷한 것은 다만 무성하던 해당화 그늘과 눈이 부시도록 흰 모래펄, 그리고 맑고 푸르던 동해(東海)뿐이었다.

겨울이란 계절과 아직은 치열한 전쟁이 계속되고 있는 상황임에도 불구하고, 동영은 문득 명사십리의 그 같은 변모가 어떤 불길한 운명의 예고처럼 느껴져 음울해졌다. 그 모래톱의 지난 영광처럼 자신의 삶도 젊은 날의 그 아름다움과 아늑함으로는 영영 돌아갈 수 없을 것이란 예감이었다.

하지만 그 같은 기분도 잠시, 동영은 펄쩍 놀라듯 생각을 다른 쪽으로 돌렸다. 지난 이 년 동안 새롭게 몸에 밴 일종의 사유(思惟) 습관이었다. 어둡고 괴로운 추억이나 상념은 되도록 빨리 그 반대의 것으로 바꾸고, 그도 안 되면 차라리 생각 자체를 않는다는 원칙을 따른 것이었다.

그동안의 단련 덕분인지 동영은 곧 무슨 영험한 부적을 꺼내는 것과도 같이 자신이 그곳에 오게 된 까닭을 떠올렸다. 오늘은 안나타샤를 만난다. 어쩌면 오늘밤은 그녀와…… 생각이 거기에 미치자 그의 마음은 차츰 개기 시작했다. 그 바람에 다소간 힘을 얻은 동영은 한층 그 생각에 몰두하려는 듯 시계를 보았다. 이남에서 가지고 간 것 중에서는 유일하게 지니고 있는 낡은 손목시계였다.

아직 세 시였다. 그도 그럴 것이 다음 기차가 못 미더워 덕원(德源)에서 열 시 기차를 탄 까닭이었다. 원산에 내려서는 주민들이 조금이라도 생활에 보탬을 삼고자 거리로 들고 나오는 물건 중에 쓸 만한 책이라도 있을까 하여 노점이 벌여진 모퉁이마다 모조리 돌고, 또 점심은 아직 개인이 경영하는 초라한 청요리집에서 국순지 우동인지 모를 이상한 음식으로 때우기도 했지만 생각만큼 시간이 가주지 않는 것이었다.

어떻게 할까 — 초소나 포대 쪽에 수상쩍게 보이지 않게 해안에서 좀 떨어진 도로로 접어들면서 동영은 잠시 망설였다. 바로 휴양소까지 가자니 아직도 두어 시간을 기다려야 할 뿐만 아니라, 그동안 그곳 관리를 맡고 있는 젊은 여자로부터 야릇한 눈총을 받는 게 싫었다. 그러나 다시 시내로 가봤자 찬바람 속에 쏘다녀야 할 뿐 마땅히 갈 만한 곳도 없었다. 그때 갑자기 동영의 귀에 이틀 전 전화를 걸어온 안나타샤의 목소리가 들렸다.

"12일이오. 시당(市黨)에 들렀다 가겠소. 되도록 빨리 가겠지만 동무는 아무래도 오후 늦게 출발하는 게 좋을 것이오."

누가 듣고 있는지 아니면 도청에 대비해서인지 몹시 딱딱하고 사무적인 목소리로 안나타샤는 그렇게 알려 왔었다. 지난번 밀회 때로 미루어 동영은 당연히 만날 시각을 다섯 시 이후로 잡았으나 다시 생각해 보니 반드시 그렇지는 않았다. 그녀는 늦을 수도 있지만 빠를 수도 있었다.

그러자 동영은 곧바로 휴양소로 향했다. 한번 그렇게 마음을 정하고 보니 어쩌면 그녀가 벌써 와서 기다리고 있을지도 모른다는 생각에 문득 다급해졌다. 그리고 그와 함께 벌써 두 달 가까이나 굶주려온 성(性)이 폭발을 기다리던 휴화산(休火山)처럼 천천히 달아오르기 시작했다.

기대 이상으로 동영의 머릿속은 곧 안나타샤의 벗은 몸으로 가득찼다. 동영의 앞뒤없고 갑작스런 욕망을 배경으로 실제보다 한층 아름답고 풍만하여 현란한 빛까지 뿜고 있는 듯한 알몸이었다. 그 현란한 빛에 밀려났는지 멀리 휴양소가 보이면서부터는 마음 어느 구석에도 작은 그늘조차 남아 있지 않았다. 나는 이제 곧 너를 만난다. 그리고 느닷없이 불타고 무슨 거친 짐승처럼 너를 핥고 짓씹고 찢어놓을 것이다…….

어떤 경로를 거친 결정인지는 모르지만 다시 개성에서의 지루한 대기가 있은 뒤 동영은 원하던 대학에 돌아가게 되었다. 근년 원산에 새로 생긴 농대(農大)로 농업경영(農業經營) 부(副)교수 자리가 돌아온 것이었다.

마침 그렇게 떠들썩하던 춘계 대공세가 흐지부지 끝나고, 그 사이 많은 대원들도 여기저기로 흩어져 가버려, 그대로 영영 잊혀지고 버림받는 게 아닌가 하는 불안과 초조에 빠져 있던 동영은 무슨 복음처럼 그 지시를 받아들였다. 일 년 전 수원농대에 비하면 엄청난 강등이라고도 볼 수 있었으나 동영에게는 그것조차 느껴지지 않았다. 오히려 그때보다 더 큰 기대와 가능성을 느끼며 그날로 짐을 꾸려 떠날 정도였다.

생각하면 수원농대에 갔을 때도 막연하나마 학문과 교육에서 한 구원의 가능성을 본 것은 사실이었다. 하지만 그때의 열정에는 정치적 좌절에 대한 반발이나 비뚤어진 보상심리 같은 마뜩지 못한 요소가 있었다. 학교를 재건하고 희미해진 지식을 애써 되살리는 동안도 그가 마음속으로 끊임없이 기다리고 있었던 것은 복귀의 부름이었다. 그런데 드디어 학문과 교육은 그 자체로서 구원의 가능성으로 변해 버렸던 것이다.

동영의 그 같은 변화에 대한 박영창 선생의 반응은 뜻밖으로 맹렬했다. 그 무렵 문화선전성에서 그해 8월에 새로 생긴 연락부(黨中央 連絡部)의 산하단체의 책임자로 자리를 옮긴 그는 그 몇 달 땀 흘려 원산에다 대강 자리를 잡은 동영이 찾아갔을 때 대뜸 고함부터 질렀다.

"뭐라고? 그게 무슨 소린가? 어떤 놈이 자넬 그런 구석진 곳으로 내쫓았어? 어디서 내린 발령이야?"

"내쫓긴 게 아닙니다. 제 스스로 지원한 겁니다. 정말로 대학으로 가고 싶었습니다."

"그렇다면 숨어든 거로군. 이런 때에 그런 곳에 숨어들 건 또 뭐야? 이건 뭐 태평성대라서 고고(高孤)하게 은둔이라도 하겠다는 뜻인가?"

그렇게 동영을 몰아붙이는 박영창 선생은 완전히 옛날의 기세를 회복하고 있었다. 남로당(南勞黨) 전성기의 어떤 날처럼 자신 있고 패기에 찬 눈빛이요, 어조였다. 그러나 왠지 꺼지기 전에 한번 빛나는 촛불을 보고 있는 듯한 느낌이 들어 동영에게는 오히려 불안했다.

"반드시 숨어들었다고만 할 수야 있겠습니까? 교수사업(敎授事業)입니다, 선생님. 정치 일선만이 어찌 길이겠습니까?"

자신이 몇 달 보고 느낀 현실에는 전혀 고려 없이 환상적임에 분명한 성취감과 자신(自信)에 취해 열을 올리는 옛 스승이 딱한 느낌마저 들었지만 동영은 좋은 말로 대답했다. 그러나 박영창은 한층 목소리를 높였다.

"자네는 내가 눈까지 어두워진 걸로 여기는 모양이군. 이건 명백한 패퇴(敗退)야. 그들의 위세에 겁을 먹고 학문과 교육 속으로 움츠러든 거란 말일세."

"우리끼리 무슨 패퇴가 있겠습니까? 선생님답지 않으신 말씀입니다."

"그렇지만 부교수가 뭔가? 부교수가? 자네는 그래도 명색 이 나라에서 제일 간다는 농과대학의 학장 아니었나? 그런데 김일성대학 분교와 다름없는 그곳의 부교수라니, 아무리 그 때문에 일하지는 않았다 해도 너무하지 않은가? 자네는 도대체 분하지도 않나? 이거야말로 케케묵은 시절에나 있을 법한 귀양살이와 다를 게 뭔가?"

"수원농대 때도 제 직책은 전시관리(戰時管理)를 위한 학장서리(署理)에 지나지 않았습니다. 하지만 그것도 실은 건물 및 실습지의 임시관리소장이었습니다. 또 제가 지금 있는 대학도 무슨 대학의 분교라는 건 옛말입니다. 엄연히 독립된 대학이고 또 머지않아서는 수원농대와 맞먹게 될 북조선 제일의 대학입니다. 거기다가 스스로 원한 것인데 부교수 아니라 그냥 교원인들 어떻겠습니까?"

"자네는 말단의 교수사업을 수행하느라고 이곳의 변화는 전혀 모르는군. 그럴 정도로 궁박했다면 어째서 그동안 한번 나를 찾아오지도 않았나? 지금 옛 동지들은 이번에 새로 생긴 연락부를 중심으로 똘똘 뭉쳐 힘을 기르고 있네. 이건 형식적인 기구가 아니라 자체 무력(武力)까지 가진 조선통일사업의 능동적 주체야. 머지않아 우리는 조선사회주의혁명을 주도하던 지난날의 위치를 회복할 걸세.

지금이라도 학교를 그만두게. 여기서 며칠만 기다리면 동지들과 상의해 어떻게 자리를 내보겠네. 연락부는 배철(裵哲), 박승원(朴勝源) 등 자네도 알 만한 동지들이 장악하고 있고, 지도위원은 이승엽 중앙당비서 동지일세. 만약 그쪽이 안 되면 우리 문화선전성에라도 자리를 구해 보지. 부상(副相)으로 있는 조일명(趙一明) 동지 역시 옛 동지가 아닌가?"

박영창의 그같이 호기에 찬 말을 듣자 동영은 비로소 막연하던 불안의 실체를 어렴풋하게나마 알 것 같았다. 이 사람들은 아직도 당의 이데올로기적 측면을 담당하고 있다는 데 대한 자부로 환상을 좇고 있다. 이데올로기가 조직을 압도할 수 있다고 믿으며 민중이 장갑차와 자동화기를 이길 수 있다고 믿는다…… 거기다가 연락부를 중심으로? 도대체 연락부란 뭔가? 결국은 중앙당의 한 산하부서이고, 그 중앙당을 장악하고 있는 자들이 치밀한 검토 후에 창설한 기구가 아닌가 ─ 그러자 문득 서울에서의 마지막 밤 안나타샤가 준 경고가 떠올랐다.

"아닙니다. 저는 학교로 돌아가겠습니다. 저는 그저 회개한 부르주아에 지나지 않습니다. 더 이상 투쟁의 일선은 감당할 자신이 없습니다."

동영은 안나타샤의 경고에 새삼 전율을 느끼며 그렇게 사양했다. 박영창의 얼굴에 숨김없는 실망의 기색이 떠올랐다. 한때는 그 어떤 비난이나 꾸짖음보다 더 두렵던 표정이었다.

"실망했네. 자네가 그런 약한 소리를 할 줄은 몰랐네. 비록 우리가 예상한 대로는 되지 않았지만 아직 전쟁에 진 것은 아닐세. 그런데 벌써 주저앉고 말다니…….

싸움은 이제부터일세. 곧 남조선 천지는 우리가 보낸 유격대로 뒤덮이게 될 것이고, 미제와 그 앞잡이들의 수탈에 더 참지 못한 인민들이 거기 호응해 봉기하면 프롤레타리아 혁명과 조국의 통일과업은 아울러 완수되는 것일세……."

"또 많은 젊은이들이 짐승처럼 몰리다가 산에서 죽겠군요. 선생님들이 이곳에서 끊임없는 지령과 격려를 띄워 보내는 동안……."

"정말 자넨 많이 변했네. 마치 그 죽음이 개죽음이라는 말투군. 우리 죽은 곳에 조국이여 부활하라 ─ 이건 지난날 자네가 어떤 외국잡지에서 찾아내 젊은 후배들에게 일러주곤 하던 시구가 아닌가?"

"그때 저는 길을 잘못 든 속인이었습니다."

"또 그 소린가? 도대체 자네 왜 그러는가? 지난 일 년 무엇을 보고 무엇을 겪었는가? 설령 좌절과 고난이 있었더라도 그건 자네가 혁명가의 길로 접어들면서부터 이미 각오했어야 할 수난이 아닌가?"

만약 그런 박영창의 말이 조금만 덜 자신에 찬 것이었더라도 동영은 잠자코 그곳을 물러났을 것이었다.

"선생님."

견딜 수 없는 기분을 간신히 억누르며 동영은 나직이 박영창을 불렀다. 계속되는 충동에도 아무런 흔들림 없이 자신을 조용히 불러오는 동영을 박영창이 갑작스런 불안으로 마주보았다.

"우리는 다시 꿈은 꿈만으로 간직해야 할 것 같습니다."

"그게 무슨 뜻인가?"

"옛 동지들과의 접촉을 끊으십시오. 지금은 당이 옛 지하당 후신이라는 착각을 버리시고, 그때의 주도권에 연연하지 마십시오. 실패는 지금까지로 충분합니다. 당의 이데올로기를 장악하는 것이 곧 당을 장악하는 것이라는 생각은 이미 오래전에 깨어진 환상입니다."

"우리에겐 이데올로기만이 있는 게 아니야. 이미 말했듯 무력도 조직도 있네."

"하지만 그 무력과 조직은 저 사람들이 검토를 거듭한 끝에 내

준 일부입니다. 어떤 경우라도 자기들에게 위협이 되는 일이 없을
정도의……."

"그럴 테지. 하지만 우리에게는 남조선의 이천만이라는 인민대중
이 있네. 우리의 대남공작이 성공하면 그런 건 절로 해결돼."

"선생님은 벌써 9월 공세(1949년 9월을 전후한 남로당의 집중적인 유
격활동. 이 공세의 실패로 남로당은 결정적인 몰락의 길을 걷게 된다)를 잊으
셨습니까?"

그 말에 박영창의 낯빛이 흐려졌다. 그 시기는 그에게도 쓰라린
추억의 날들인 모양이었다. 그때 그는 중앙당 14호실(대남유격사업지
도부) 소속으로 지역 '오르구(조직지도원)'를 격려하기 위해 잠시 호남
(湖南)지구에 잠입한 적이 있었다.

"49년에는 상황판단에 착오가 있었어. 충분한 여건이 조성되지
않은 상태에서 무리하게 대규모의 아성(牙城) 공략작전에 들어간 거
야. 하지만 이번에는 그런 실책이 없을 거네."

"마찬가지로 환상입니다. 그때와는 달리 이제 하시려는 것은 민
족 또는 민중차원의 혁명운동이 아니라 미국과의 전쟁입니다."

"도대체 자네는 내게 무슨 말을 하고 싶은가? 자네의 비관론과
허무주의를 옮기려고 온 것은 아닐 테지?"

"물론입니다. 그저 한 가지만 알려드리고 싶습니다. 지금 선생님
과 옛 동지들의 양심을 부추기고 있는 모든 희망적인 사태는 그대
로 모두를 몰락시키는 거대한 함정일 수도 있다는 것입니다."

그러자 박영창은 무얼 생각했는지 놀란 눈길로 동영을 쳐다보
며 황급히 물었다.

"그거 — 혹시 그 여자의 말인가? 안 뭔가 하는…….”

"제 예감입니다. 몇 달간 그들의 하부집행조직에 관여하면서 날카롭게 길러진 것이죠.”

동영이 그렇게 대답하자 박영창은 잠시 말이 없었다. 어떤 본능적인 공포가 다시 타오르기 시작한 야심과 낙관에 찬물을 끼얹었으며 그의 정신을 쓸어가고 있는 것 같았다. 그러나 그는 곧 평온을 회복하더니 결연하게 말했다.

"어쨌든 좋네. 자네 말이 옳을 수도 있을 테지. 하지만 — 삼십년에 가까운 내 투쟁의 경력을 이런 식으로 끝맺고 싶지 않네. 양보와 굴복이야말로 이미 해온 것으로 충분해. 자네의 비관적인 예감이 적중한다 해도 나와 동지들은 이 가능성을 포기하지 않겠네.

자네의 충고는 자네가 더는 우리와 함께 걷지 않으리란 뜻으로 받아들이겠네. 자네의 추구하는 바가 무엇인지는 모르나, 굳이 잡아두려고는 않겠어. 잘 가게. 그래도 지난 십여 년 동안 자네는 좋은 동지였네.”

그리고 그는 방을 나가버렸다. 동영이 한 시간이나 멍하니 기다렸지만 그는 끝내 돌아오지 않았다.

박영창의 숙소를 나오면서 동영은 비로소 자신이 그의 그늘에서 완전히 벗어나고 있다는 걸 느꼈다. 그가 남로당 지도부를 따라 월북하고, 이어 전쟁이 터지면서부터 동영의 활동은 사실상 그와 무관해졌으나, 정신적으로는 여전히 그에게 의지하는 바 많았다. 그런데 이제야말로 동영은 몸과 마음 모두 그를 떠나가고 있는 듯한 느낌이었다.

문득 그와 함께한 십여 년의 세월이 동영의 눈앞을 스치며 말 못할 허전함이 있었다. 하지만 그것도 원산으로 돌아가는 기차를 타기 전에 홀로 마신 한잔 술로 씻겨져 버린 듯 기차에서 내릴 때는 이미 아무런 감정의 찌꺼기가 남아 있지 않았다.

나중에 연락부를 중심으로 한 그들의 움직임이 귀에 들어올 때도 마찬가지였다. 그들이 주도하에 대남유격대 편성이 활발히 진행되고, 누구는 어느 요직, 누구는 어느 대장 하는 식으로 귀에 익은 이름들이 하나 둘 정치 표면으로 떠올라도 동영의 마음속에는 작은 동요도 일지 않았다.

이따금 동영은 야릇한 슬픔에 젖어 철저한 무감동과 무관심으로 굳어가는 자신을 돌아볼 때가 있었다. 두고 온 가족들에 대한 그리움조차도 내쉬고 들이쉬는 공기처럼 한순간도 떠나서 살 수 없으면서도 구체적으로 느껴지지는 않는 추상이었다. 무엇이 그토록 짧은 시간에 이상을 향한 열정과 그 실현을 위한 야심을 쓸어가 버렸는지는 그 자신도 뚜렷이 알 수가 없었다. 외부의 자극에 대한 기계적이고도 즉흥적인 반응을 빼고 나면 그의 정신을 지배하는 것은 다만 깊이 모를 혼란과 피로였다. 그래도 그의 정신이 온전히 잠들어버린 것은 아니라고 말할 수 있게 해주는 것이 있다면 이따금씩 흘려쓰곤 하던 수첩 정도일까.

〈그 창안자가 아닌 이들에게 당대의 쟁점이 되고 있는 이념의 선택은 언제나 그 자신의 생존 또는 잔존의 의미를 가진다. 다시 말해 그 형태가 공동선(共同善)에 편승하는 것이든 자기능력의 극대화에 의지하는 것이든, 그가 어떤 이념을 선택하는 제일차적이고도 본질적인 동기는 보다 나은 생존환경의 획득 또는 이미 획득한 그런 환경의 유지이다.

그러나 통상으로 그 같은 선택의 동기는, 다른 어떤 쪽보다도 언어의 마법에 능통했던 그 창안자들의 기교로운 분식(粉飾)과 같은 선택을 한 사람들 서로 간의 상승적인 열기 내지 의식의 집단화에 따르게 마련인 맹목성 속에 감추어져 버린다. 가장 절실했던 그 선택의 반대급부는 온갖 요란한 대의(大義) 속에 추상화되어 현실의 지평 저 너머에 선 천년왕국으로 변하고, 처음에는 그 반대급부의 반대급부에 지나지 않던 이념의 실현을 위한 노력의 의무만이 계율화된 봉사와 희생의 요구로 현실을 지배한다. 기묘한 주객전도이다.

그런데 생각하면 화폐는, 그리고 결국 그것으로 대표되는 자본은, 기독교의 천년왕국을 대신한 부르주아의 새로운 천년왕국이라고 말할 수 있다. 적절하게도 맑스는 그것을 알아보고 온갖 신랄하고도 설득력 있는 논조로 그 주객전도를 비판했다. 그가 발견한 종교라는 또 다른 인간소외의 양식과 관련지어 그 논의를 좀 더 보편화시키면, 결국 그 같은 주객전도는 인간의 신념체계가 가상한 천년왕국의 공통된 특성이 된다.

그렇다면 그것이 비교적 과학적이고 합리적이란 이유만으로, 저 감동적인 어구들로 장식되어 있는 '공산주의의 보다 더 높은 단계'는 또 다른 천년왕국임을 면할 수 있는가. 혹 그의 체계에서도 그 기묘한 주객전도가 일어나고 새로운 형식의 인간소외가 나타나고 있지나 않은가…….〉

〈신이란 것이 무너져버린 낡은 권위를 의미하고 인간이란 것이 그에 대치될 새로운 권위를 의미한다면, 그리고 그 '신들의 시대로'로부터 '인간들의 시대'로의 이행이 점진적인 승계가 아니라 급속하고도 근본적인 변혁을 의미하는 것이라면, 그 두 시대 사이에 영웅시대를 설정한 비코(18세기 이탈리아 법철학자)의 시대구분은 보편적인 역사단계의 하나로 승인되어도 좋을 것이다. 그때 영웅시대란 낡은 세계의 폐허 위에 새로운 세계를 건설하기 위해 인간의 비상한 노력이 필요한 시대를 말하며, 영웅이란 파괴와 건설을 아울러 수행해야 하는 그 비상한 노력에 자기를 던지는 인간들을 말한다.

실제로 세계사는 자주 그런 감동적인 시대와 감동적인 인물들을 보여준다. 어쩌면 영웅시대란 모든 변혁의 시기를 특징짓는 용어가 될 수도 있을 것이다.

그런 의미에서, 아시아적 전제국가의 폐허 위에 어제까지 압제와 수탈의 대상이었던 인민들을 진정한 주역으로 하는 새로운 사회를 건설해야 하는 지금은 이 땅의 영웅시대라 할 수 있으리라. 그걸 위해 비상한 노력이 요구된다는 점에서도 그러하고, 거기에다 자신을 던지는 인물들이 요구된다는 점에서도 그러하다.

하지만 그 요구에 부응하는 영웅의 출현에 이르면 이 시대를 영웅시대라 부르기에는 아직 의문이 있다. 이 시대의 영웅은 카리스마적 영웅이 아니라 자신이 가퉁스베젠(Gattungswesen 類的 存在)임을 자각하는 영웅이어야 한다.

언뜻 보면 그러한 외양을 띤 영웅은 이 땅에서 하루에도 몇십 명씩 태어난다. 그러나 냉정하게 말한다면 그것은 태어남이 아니라 남북 양쪽에 의해 만들어짐일 뿐이다. 혹 그러한 양산(量産)은 진정한

영웅이 없음을 반증하는 것이나 아닐까.〉

　동영이 부교수로 재직하게 된 원산농대는 원래 사리원에 있던
김일성대학의 분교를 49년에 원산근교인 덕원으로 옮긴 것이었다.
해방 전에는 수도원(修道院)으로 쓰던 건물을 접수하여 대학으로
쓰게 되었는데, 여러 가지 면에서 농과대학으로 쓰기에는 안성맞
춤이었다. 그걸 운영하던 독일계의 베네딕트파 선교재단은 수도원
을 하나의 자급자족이 가능한 경제권으로 만들어둔 덕분에, 십자
가와 종탑을 떼어내고 강의실 및 연구실로 사용하는 본관 외에도
논밭과 목장, 과수원은 그대로 실습지가 되고 버터와 치즈를 만들
던 곳은 낙농가공품시험장으로 전용될 수 있었다. 미사실(彌撒室)
로 쓰던 곳은 4층 높이의 천장에 파이프 오르간까지 갖춘 강당으
로 변했고, 인쇄소며 빵공장까지도 별다른 용도변경 없이 부속시설
로 쓸 수 있었다.
　그러나 대학이 제대로 자리 잡기도 전인 이듬해 6·25가 터져 학
교는 사실상 휴교상태에 빠지고 말았다. 학생들은 거의 모두가 군대
나 그 밖의 필요한 곳에 동원돼 흩어지고, 교수들도 나이가 든 축을
제외하고는 어디론가 동원돼 가버린 것이었다.
　동영이 그 학교에 발령을 받은 것은 전선이 교착상태로 빠져들
고 소련의 휴전제의가 있게 됨에 따라 대학의 복구가 결정된 51년
중반의 일이었다. 먼저 불요불급한 인원을 빼내 상이전사로 제대하
거나 다른 동원지에서 풀려난 학생들을 중심으로 다음 학기부터는
부분적이나마 개강을 하기로 한 것인데, 동영은 바로 그 선발대의

한 사람인 셈이었다.

동영이 처음 그 학교에 도착했을 때의 상태는 일 년 전 수원농대를 맡아 갔을 때와 다름이 없었다. 늙은 교수 몇 명만 지키고 있는 본관 건물은 무너지지 않은 게 다행이다 싶을 정도로 폭격에 심하게 부서져 있었고, 실습지도 일손이 모자라는 탓인지 묵다시피 되어 있었다. 수원농대와의 차이라면 한쪽이 전쟁통에 어쩔 수 없이 문을 닫게 된 데 비해 다른 한쪽은 전쟁 전에 스스로 휴교상태에 들어간 정도였을까.

동영이 맡게 된 강의는 농업경영 쪽이었지만 첫 일 년은 교수라기보다는 작업반장에 가까웠다. 워낙 튼튼하게 지은 건물이라 뼈대는 간신히 버티고 서 있어도 내부는 강의실 하나 성하게 남아 있지 않았다. 부속건물도 인쇄소도 그대로 폭삭 내려앉아 있었고, 낙농가공 공장도 불타다 남은 채였다. 거기다가 묵어 있는 것이나 다름없을 정도로 주곡(主穀)생산으로 돌려진 실습지들……

하지만 동영에게는 차라리 그 일 년이 편했다. 그는 거의 공포와도 같은 심경으로 자신이 떨어진 처지나 두고 온 가족들의 생각에 빠져드는 걸 경계했으나 이따금씩 밤의 어둠과 고요는 그 두꺼운 무념(無念)의 벽을 헐고 따가운 채찍과도 같은 회한과 그리움을 몰고 오는 수가 있었다. 그런데 노동이나 다름없이 힘든 낮 동안의 작업감독은 깊이 상처입은 그의 정신에 마취제 역할을 해주었을 뿐만 아니라, 거기서 온 피로는 그 같은 밤의 요기(妖氣)로부터 그를 보호해 주었다.

그러다가 일주일에 열 시간이 채 못 찰망정 강의다운 강의가 시작한 이듬해 두 번째 학기가 되면서부터 문제는 달라졌다. 우선 그를 괴롭힌 것은 강의였다. 농업경영은 분명 그가 대학에서 전공한 농업경제에 속한 것이었으나, 강단에 설 만한 전문적인 지식은 별로 남아 있지 않았다. 대학시절에도 사상활동에 열중한 나머지 전공에 깊이 천착하지 못한데다, 그뒤의 십여 년도 지하활동과 정치적 이론투쟁에 치우쳐 원래도 대단치 못하던 그 방면의 지식은 더욱 희미해져 있었다.

거기다가 요구되고 있는 교과과정도 동영의 생각과는 터무니없이 달랐다. 희미한 기억과 수원농대 시절에 해두었던 약간의 준비로 간신히 강의를 꾸려나갔지만 결과는 종종 참담했다. 군국주의 일본의 대학에서 누리던 자율성마저도 부르주아 교육의 잔재로 비난받았고, 비판과 부정을 위한 인접이론(隣接理論)의 해설도 자본주의에 대한 동조나 찬양처럼 강좌회의나 교수집체회의에서 공격받기 일쑤였다.

따라서 동영의 강의준비는 엄격한 교수요강에 따른 주입식 지식의 선택에 지나지 않았다. 그것도 순수학문적인 방향보다는 각종의 연설문과 교양선전 책자들, 「로동신문」의 논설 따위가 훨씬 큰 비중을 차지하는 주입식 지식이었다. 뚜렷이 의식하고 있는 것은 아니었으나 은연중에 정치적인 좌절을 고상하고 평온한 학자적 삶에서 보상받고자 하던 동영에게는 또 하나의 새로운 좌절이었다.

스스로 선택한 것이나 다름없지만, 동지애의 상실도 시간이 흐를수록 견딜 수 없는 고독과 소외감으로 그를 괴롭히기 시작했다. 전쟁 전만 해도 얼굴만 대하면 따뜻한 정을 느끼던 옛 동지들 태반은 죽거나 어디론가 사라졌고, 박영창 선생을 비롯해 남아 있는 몇몇과는 계속되는 좌절과 상실에서 온 자신의 정치혐오와 비극적 결말이 예감되는 그들의 환상을 좇는 듯한 모험에 대한 경계로, 거의 단절된 상태였다.

처음에는 그들과의 단절이 동영에게 홀가분하게까지 느껴졌으나, 자기가 학자적인 삶에 걸었던 기대 또한 하나의 환상에 지나지 않았음을 알게 되면서부터는 차츰 달라지기 시작했다. 그들은 자기들의 떳떳한 길을 계속하여 가고 있으며, 오히려 자신이야말로 몰락의 또 한 단계를 스스로 내려섰거나 그들로부터 버림받은 것일지도 모른다는 불안이 일고, 그 불안은 곧 몸서리쳐지는 고독과 소외감으로 자라 갔다. 때로 거기서 오는 고통은 아내나 아이들을 향한 그리움보다 훨씬 클 정도였다.

그 밖에 추상적인 것이긴 하지만, 그 무렵 동영의 날들을 더욱 암담하게 만든 것으로는 민중과의 일체감을 상실한 일이었다. 그것이 감상적인 소영웅주의의 소산이건 부르주아적 자선심리의 한 변형이건 그때껏 동영이 의지하던 정신적인 바탕 가운데 하나는 민중과의 일체감이었다. 그런데 그 무렵 들어 더욱 빈번해진 수첩의 기록에서 그는 이렇게 자신을 빈정거리고 있다.

〈자기가 속한 계급의 몰락을 예감한 비(非)민중계급 출신의 지식인이 다음 시대에 주인이 되리라고 보여지는 민중에 대하여 흔히 취하게 되는 태도는 아첨이다. 그중에서도 민중의 어리석음과 투쟁하지 않고 그들을 허구의 덕성(德性) — 예컨대 정의로움, 선량함, 또는 혁명적 기질 따위 — 만을 추켜세우는 짓은 가장 악질적인 아첨이다. 그것은 민중의 자기 발전을 저해할 뿐만 아니라, 때로는 민중을 또다시 한 도구로 이용하려는 간악한 기도조차 엿보이기 때문이다. 그런데 — 너는 그런 짓을 해왔다.

'민중 속으로!'라고 외치는 것은 그가 민중 속에 있지 않다는 뜻이다. '나는 민중의 하나가 되었다'라고 주장하는 것은 그가 아직 민중이 아닌 그 무엇이라는 뜻이다. 종종 그 같은 외침이나 주장은 일종의 자격획득을 겨냥한 야심가 또는 소영웅주의자의 췌사(贅辭)이다. '민중 속에', '민중으로' 있어야만 민중의 지도자가 될 수 있으므로. 그런데 — 너는 그렇게 외치고 주장해 왔다.

'나는 민중을 사랑한다'는 말처럼 반동적이고 오만한 말은 아마 없을 것이다. '짐은 백성들을 어여삐 여기노라'란 말의 현대적인 의역(意譯)에 불과한 그 말은 그것이 애용되던 시대와 함께 사라졌어야 했다. 굳이 그 말이 쓰일 때가 있다면 자기애의 쑥스러운 토로 정도일까. 그런데 — 너는 기회 있을 때마다 그렇게 공언하고 싶어했다.

즉, 너는 민중의 하나도 아니고, 그 속에서 그들을 사랑한 적도 없으며, 다만 아첨으로 한몫 보려 했던 야심가이거나 허황된 소영웅주의자였을 뿐이다…….〉

〈민중과의 일체감이라고? 어떻게 해서 네가 민중과 하나란 말인가? 네가 말하는 민중은 십중팔구 가난한 농민들을 가리키는 것일 테지만, 네가 언제 뼈가 휘고 손발이 부르트도록 일해 본 적이 있는가? 그렇게 일하고도 생산의 태반은 부당하게 착취당한 경험이 있는가? 그리하여 눈앞에서 부모처자가 굶주리는 걸 상상적인 고통이 아니라 피부에 닿아오는 고뇌로 느껴본 적이 있는가?

네가 자신을 그들과 동등하게 생각했다면 그것은 고급하고 세련된 거드름의 일종인 겸손이었다. 네가 그들을 사랑했다면 그것은 부르주아의 자선(慈善)과 마찬가지로 우월감에 뿌리한 동정과 연민의 변형이었다. 네가 그들을 이해했다면 그것은 그들의 무지와 비굴과 천박과 이기를 참아주었다는 뜻이다. 네가 그들과 가까이하고자 노력했다면, 그것은 너를 의지삼아 달려오는 그들을 외면하지 않았다는 정도이다. 네가 그들 속에 있었다면, 그것은 그들의 땀과 때에 절은 남루에서 나는 악취에 코를 막지 않았다는 것에 불과하다……〉

무슨 운명처럼 안나타샤가 그 대학에 나타난 것은 병적인 조울 상태에 빠진 동영이 그동안 끊었던 술을 다시 입에 대기 시작한 그해 10월 어느 날이었다. 신설된 사회안전성(社會安全省)에서 사람이 온다는 연락에 대학당(黨)위원회며 대학민청(民靑)위원회는 물론 위로는 학장부터 아래로는 2급교원에 이르기까지 술렁댔다. 언뜻 보아 대학과는 무관한 그들의 방문에 교수들까지 술렁이는 게 좀 이상했지만, 그들이 반탐(反探＝對間諜)관계의 요원들이라는 말을 듣자 동영도 까닭 없이 마음이 뒤숭숭했다. 그러나 예상과는 달리 그들의 방문은 별탈없이 넘어갔다. 대학 자체가 목표가 아니라 원산의 시당(市黨)에 들렀다가, 온 김에 대학에서의 반탐강좌를 계획한 모양이었다. 그런데 그들 가운데 안나타샤가 섞여 있었다.

사실 동영도 그녀를 아주 잊고 지냈던 것은 아니었다. 어쩌면 만날 가능성이 없어짐에 따라 가슴 아픈 추상으로 변해 버린 아내 정인이나 아이들보다 더 자주 그녀를 생각했는지도 모를 일이었다. 만남의 가능성도 가능성이지만, 그 암담한 일 년을 보내면서 그녀와 함께 지낸 몇 개월 동안 그녀가 알게 모르게 보여준 호의들이 당시의 의심과 굴욕감을 벗고 새삼스런 무게로 느껴진 까닭이었다. 거기다가 언제나 굶주린 상태인 그의 성(性)도 그녀의 희고 풍만한 육체에 대한 그리움을 부추겼다.

하기야 동영이 애써 찾는다면 반드시 여자가 없는 것은 아니었다. 동료 교원들 가운데만도 전쟁으로 남편을 잃은 젊은 여자가 둘이나 있었고, 역 부근의 마을로 내려가면 그런 과부나 혼기를 놓친 젊은 여성들은 더욱 많았다. 여학생들 가운데서도 이따금씩 동영은 이상한 눈길을 느끼게 되는 수가 있었다. 그 자신의 주관적인 평가와는 달리 그들에게는 부교수 자리가 결코 가볍지 않았으며, 그 몇 년 동안에 갑자기 시들기는 해도 동영은 아직 젊은 날의 수려하던 모습을 완전히 잃지는 않은 채였다. 보기에 따라서는 오히려 원숙미까지 갖춘 귀골풍의 멋진 독신 교수로 혼기에 있는 여자들에게는 좋은 배우자감일 수도 있었다.

하지만 동영은 그곳에서 일 년을 넘게 보내면서도 여자들과의 접촉은 극력 피했다. 깊이 모를 혼란과 피로에 젖어 있는 그에게 사랑에 빠져들 만한 열정과 여유가 없었다는 것 외에 먼저 들 수 있는 이유는 술과 마찬가지로 성적인 추문 또한 자신의 몰락을 더욱 참담하게 만들 수 있다는 것 때문이었다. 새로운 이념의 특성 가운데 하나는 엄격한 도덕성, 특히 성적인 청결이 강조되는 것으로서, 동영은 아직도 북쪽 사회가 겉으로는 그 같은 경직성에서 벗어나지 못했음을 알고 있었다.

그다음은 기묘한 정조관념이었다. 여자로부터 유혹을 느낄 때면 동영은 왠지 자신에게 이미 여자가 있다는 기분과 함께 그 여자를 배신해서는 안 되리란 생각이 들었다. 그럴 때 동영의 머릿속에 떠오르는 그 여자는 대개 아내 정인이었지만, 이따금씩은 안나타샤가 떠오르기도 했다. 그것도 손만 뻗치면 닿을 수 있는 곳에 있다는 생각으로 그녀에 대한 열망은 종종 정인에 대한 그리움보다 크고 절실해지는 것이었다. 그 바람에 동영은 얼마간을 은근히 기다려도 그녀가 나타나지 않자 온전히 그녀를 만나기 위해서만 몇 번인가 평양을 오가기까지 했다. 하지만 박영창을 비롯한 남로당계열의 사람들과 왕래를 끊어 중앙부서에 이렇다 할 연줄이 없는 그로서는 안나타샤가 새로 일하게 된 곳을 쉽게 알 길이 없었다. 기껏해야 그녀가 일함직한 중요 청사(廳舍) 부근을 배회하며 요행을 기다리는 게 고작이었다.

그러다가 — 그 몇 달 전에야 동영은 스쳐가면서이나마 그녀를 보았다. 그녀가 또다시 군 쪽에서 일을 보게 되어 전선 가까이 나가 있는 것쯤으로 단정하고 찾기를 그만둔 때로, 우연히 길거리에서 볼가를 타고 지나가는 그녀를 본 것이었다. 곁에는 몹시 낯익은 40대의 남자가 타고 있었는데, 나중에야 동영은 그 낯익음이 자주 대한 사진 때문임을 깨달았다. 원래도 그녀가 자신과 순정어린 연애를 하고 있다고는 믿지 않았지만 동영은 그 모습을 보자 갑자기 맥이 빠졌다. 분명 동영을 보았을 그녀 또한 바로 곁을 지나면서도 눈길 한번 까딱하지 않았다…….

동영은 그 뒤로 자신과 그녀 사이는 완전히 끝난 걸로 알았다. 그녀도 일행과 함께 처음 교원실로 들어설 때는 애써 동영을 무시하려는 것 같았다. 그러나 몇 번 눈길이 마주치는 사이에 태도가 변하기 시작했다. 어딘가 망설이고 주저하면서도 위험한 장난에 뛰어드는 아이처럼 되더니, 마침내는 동료교원들이 저만치서 보고 있는데도 동영에게 다가와 나직이 말했다.

"오늘 저녁 명사십리 북쪽에 있는 해변휴양소로 오세요. 관리를 맡고 있는 안귀례(安貴禮)를 찾으면 됩니다."

동영에게는 놀라우리만큼 뜻밖의 일이었다. 그러나 휴양소인 일본인들의 옛날 별장들 가운데 한 방에서 만난 뒤는 더욱 이상스러웠다. 날마다 함께 지내는 부부처럼, 서로 보지 못하고 지낸 일 년 반에 대해서는 한마디의 문답도 없이, 그들은 곧바로 치정(癡情)에 빠져들었다. 동영도 쓸데없는 말의 전희(前戱)를 갖출 만큼 여유가 없었지만, 그녀의 서두름은 더욱 급했다. 그러다 보니 그들의 대화는 자연 폭풍 같은 육체의 만남이 끝난 뒤였다.

"나는 당신이 나를 깨끗이 잊어버린 줄 알았소."

벗은 몸을 반 넘게 이불 밖으로 끌어내어 담배와 성냥을 찾은 동영이 다시 안나타샤 곁으로 돌아오며 혼잣말처럼 중얼거렸다. 약간의 원망기와 쓰라림이 배어 있는 목소리였다. 늘 그렇듯 그 일이 끝나면 몇 분이고 죽은 듯이 누워 있는 그녀가 착 가라앉은 목소리로 대답했다.

"잊을 수야 있겠어요? 하지만 — 잊으려고 애썼죠."

"그런데 왜 이렇게……?"

그 물음에 그녀가 가만히 고개를 돌려 동영을 바라보았다. 이따금씩 호젓이 만났을 때나 보여주고 하던 정감어린 눈길에 까닭 모를 우수 같은 게 서려 있었다.

"이동영 씨 —."

그녀가, 처음 듣는 호칭으로 나지막이 동영을 부르더니 이어 한숨 쉬듯 물었다.

"당신이야말로 상대가 내게 무엇을 줄 수 있을까를 계산함이 없이 내가 몸을 맡기는 유일한 남자라는 걸 믿을 수 있겠어요?"

"믿을 수밖에 없겠지. 아무리 생각해도 내가 당신에게 줄 수 있는 건 없는 것 같으니까. 그런데 궁금한 것은 바로 그 까닭이오. 어째서 내가 당신에게 그런 사람이 되었소?"

"……."

"당신은 그 우연한 첫만남으로부터 두 달도 안 돼 내게 몸을 맡겼소. 그 까닭이 무엇이오?"

"두 달이 아니라, 15년이에요."

거기서 좀체 입을 열지 않을 것 같던 안나타샤가 강경하게 동영의 말을 반박했다. 역시 그것이로구나 — 동영은 그런 기분이 들면서도 어이없다는 듯 물었다.

"그렇다면 오송리(五松里)가 되겠군. 하지만 궁금하기는 마찬가지요. 그래, 그때 그 수려하던 나로도니끄가 어린 당신에게 무엇을 했단 말이오?"

"다시 한번 말하지만, 제가 바로 그 소녀라고는 하지 않았어요."

"어쨌든 그 소녀는 그 뒤 어떻게 되었소? 어떤 길을 통해 모스크바까지 가게 됐으며, 로마넨코사령부의 실력자와 어깨를 나란히 이 땅으로 돌아올 수 있게 되었소?"

동영은 그녀의 매몰찬 부인에도 불구하고 진작부터 궁금하던 것들을 쏟아냈다. 그러나 말을 마치고 그녀의 표정을 살피던 동영은 문득 섬뜩했다. 어느새 그녀의 얼굴은 까닭을 알 수 없는 차가운 분노로 굳어 있었다.

"이번에는 당신이 먼저 돌아갈 차례군요. 아직 열 시가 넘지 않았으니 덕원으로 돌아갈 수 있을 거예요."

이윽고 그녀는 그 말과 함께 이불을 푹 뒤집어썼다. 다시 말을 붙여 볼 엄두가 나지 않을 만큼 싸늘하고 자르는 듯한 목소리였다. 그녀의 감추어진 과거를 통해 자기를 향한 그녀의 묘한 감정을 이해할 수 있는 실마리를 찾음과 아울러 돌발적이고 가끔은 어이없게까지 느껴지기도 하는 그녀와의 관계에 어떤 내면적인 깊이와 필연성을 주고자 했던 동영으로서는 아연할 수밖에 없는 반응이었다. 한참이나 어색하게 앉아 있던 동영이 할 수 없이 옷을 걸치고 그 방을 나올 때까지도 그녀는 끝내 뒤집어쓴 이불조차 젖히지 않았다.

이제야말로 그녀와는 정말 끝난 것이 아닐까 ― 그날 밤 고요한 원산거리를 걸으면서 동영은 그런 불안에 잠겼다. 생각한 것보다 훨씬 괴로운 불안이었다. 그러나 채 한 달도 안 돼 그녀는 다시 동영 앞에 나타났다. 여전히 공무를 앞세우고 있었지만, 사실은 자신을 만나기 위해 왔음을 동영은 직감으로 알 수 있었다.

그 뒤로 그들의 밀회는 정기적인 것이 되었다. 잦아도 한 달에 두 번 이상 되는 경우는 없는 것처럼 드물어도 한 달에 한 번 이하로는 내려가지 않는 간격이었다. 그러나 동영은 두 번 다시 그녀의 과거에 관한 말을 입에 담지 않았다. 비록 육체적인 탐닉에 불과할지라도 그녀를 아주 잃는 것보다는 낫다는 게 그 무렵 동영의 솔직한 심경이었다. 그만큼 철저하게 그녀는 자신의 과거에 대한 동영의 접근을 거부했다.

행여나 하는 바람과는 달리 안나타샤는 아직 와 있지 않았다. 까닭 없이 당황하고 어색해하며 동영을 맞은 휴양소 관리인 여자는 전에 쓰던 방으로 그를 안내했다. 바다 쪽으로 제법 훤한 창이 난 방인데 지난번 이후 누가 쓴 것 같지는 않았지만 조개탄 난로는 따뜻하게 피워져 있었다.

"혼자서 이 여러 채의 건물들을 모두 관리하시오?"

쭈뼛거리며 차를 내온 여자에게 동영이 불쑥 물었다. 몇 번 낯을 익힌 사이인데다, 그 밀회의 온당치 못한 목적에서 오는 겸연쩍음도 줄일 겸 말을 건넨 것이었다.

"봄철이 되면 몇몇 동무들이 더 오게 되어 있습니다. 여름철 한창 붐빌 때면 시 여맹에서 봉사대를 꾸며 보내기도 하지요."

여자가 머뭇머뭇 대답했다.

"이만 정도의 휴양소면 관리소가 따로 있을 텐데……."

"전쟁 전에는 있었지만 지금은 어디…… 저도 명색은 관리소 책임자입니다. 소장격이에요."

"그럼 이 한적한 곳에서 홀로 이 모두를 관리하고 계시오?"

"저쪽 아랫동(棟)에 또 한 동무가 기거하지요. 시내의 공장에 노력봉사를 나가고 있는 남편도 원래는 이 관리소 소속입니다."

여자가 거기서 약간 얼굴을 붉혔다. 근년들어 갑자기 드세어진 것 같은 북쪽 여자들 가운데서는 순박한 편이었다. 동영은 무심코 그런 그녀의 얼굴을 쳐다보았다. 지나쳐 볼 때와는 달리 어딘가 낯익은 데가 있었다. 그러자 그녀의 성이 안이라는 게 퍼뜩 떠오르며, 그 낯익음이란 바로 안나타샤와 닮음이라는 걸 깨달았다. 안나타샤보다는 좀 무디고 흐리지만 흰저고리 위로 솟은 그녀의 얼굴에 흐르는 선은 분명 안나타샤와 어떤 연관이 있음을 느끼게 했다.

"혹시 나를 알아보시겠소?"

어쩌면 그 연관이란 게 혈연일지 모른다는 생각이 들자 동영은 앞뒤없이 그렇게 물었다. 그냥 물어서는 아무것도 대답하지 않을 것 같아 넘겨짚기를 시작한 것이었다.

"글쎄요, 어디서 뵌 듯도 한데 통……."

"언니와는 몇 살 차이요?"

쉽게 말려들 것 같은 여자의 어리숙한 대답에 다시 동영이 물었다. 여자의 얼굴이 갑자기 긴장으로 굳어졌다.

"언니라니? 누가 언니란 말이에요?"

그렇게 묻는 목소리도 전과는 판이하게 날카로웠다. 그러나 동영은 그 날카로움 속에 감추어진 가는 떨림을 놓치지 않았다. 느긋한 목소리에 짐짓 미소까지 떠올리며 둘러댔다.

"내게까지 그럴 건 없소. 언니가 그게 알려지는 걸 싫어하는 줄은 나도 잘 아오. 우리끼리니까 이렇게 물어보는 거요. 그래 몇 살 차이요? 세 살? 네 살?"

동영은 특히 우리끼리란 말에 힘을 주어 물었다. 그러자 그녀가 다시 놀란 눈으로 동영을 보며 잠깐 무엇인가를 생각하더니 조용히 대답했다.

211

"다섯 살이에요."

결혼까지 한 여자이니만치 동영과 안나타샤의 그 같은 만남이 무엇을 뜻하는지는 알 만했다. 그것이 아마 그녀로 하여금 동영을 믿게 한 것 같았다. 그녀가 자신의 넘겨짚기에 걸려들었다는 걸 안 동영은 더욱 대담해졌다.

"그렇다면 나를 잘 기억하지 못하겠군. 그때 겨우 아홉 살이 되나……."

"그때라니요?"

"오송리 말이오."

"그럼, 거길 오셨더랬어요?"

"갔지. 그럭저럭 20년이 가까워 오는군."

동영은 정말로 나이 어린 처제를 대한 듯 반말까지 나왔다. 잠깐 옛 기억을 더듬는 듯하던 그녀가 금세 어두운 얼굴이 되어 동영의 말을 받았다.

"저는 그 마을이 기억에도 희미해요. 열 살 때 간도(間島)로 떠난 후 다시는 가보지 못했으니까요."

"참 그랬다면서. 그래 언니는 거기서 소련으로 건너갔나?"

"아니에요. 그때 언니는 우리와 함께 가지 않았어요. 그 얘기는 않던가요?"

갑자기 그녀는 살피는 눈길로 동영을 보며 물었다. 어딘가가 틀렸다는 걸 알아차린 동영은 솔직히 말했다.

"실은 언니가 그 부분은 말해 주지 않았소. 내가 궁금한 것은 그 쪽인데……."

"그렇다면 나도 몰라요. 아니 실제로 알지도 못해요. 우리가 만난 건 해방 뒤니까."

그녀는 다시 얼굴이 굳어지며 자르듯 그렇게 말했다. 동영은 궁금한 게 많았으나 어떻게 다시 그녀의 말문을 열게 해야 할지가 얼른 떠오르지 않았다. 어색함을 감추기 위해 담배를 꺼내는데 갑자기 밖에서 자동차 클랙슨 소리가 들렸다.

"언니가 왔어요."

여자가 그렇게 말하며 급히 방을 나갔다.

안나타샤가 왔다는 말을 듣자 동영은 습관적으로 그녀의 과거에 대한 관심을 지우려고 애썼다. 그녀의 벗은 몸을 떠올리는 것만으로도 그것을 지우기에는 충분했다.

그리하여 안나타샤가 방안으로 들어왔을 때는 동영의 머릿속이 온전히 육체적인 갈망으로만 들끓고 있을 때였다. 하지만 안나타샤는 찬 겨울바람을 쐰 뺨처럼이나 차고 굳어 있었다. 방안에 들어서자마자 거칠게 껴안고 입맞춤을 해오는 동영의 품을 밀치듯 벗어나더니 메마른 목소리로 말했다.

"오늘은 틀렸어요. 이것도 가까스로 몸을 뺀 거예요."

그러고 보니 바깥의 자동차가 발동을 끄지 않은 채였다.

"그게 무슨 소리요?"

"그가 함께 이곳에 왔어요. 곧 돌아가야 해요."

알게 된 뒤 처음으로 그녀의 얼굴에 깊이 감추어져 있으나마, 풀이 죽고 미안해하는 기색이 언뜻 비쳤다. 그라는 말을 듣자 동영은 갑자기 온몸에서 힘이란 힘은 모두 빠져나간 듯한 느낌이었다.

대중에게는 신화로 장식된 영웅일지 몰라도 동영에게는 그저 아 득함과 공포와 혐오로만 버무려진 추상 같은 인물, 당내의 서열뿐만 아니라 실권으로도 결코 다섯 손가락 밖으로는 밀려나지 않고 '위대 하신 수령동지'조차도 그러면 한 팔 접어준다는 책략과 조직의 명수, 안나타샤의 몸 위에 있다가도 그것만 들으면 질투보다는 무력감으로 욕정마저 움츠러들고마는 무슨 불길한 주문(呪文) 같은 이름 — 동 영은 자신도 모르게 두 손을 풀고 한 발이나 물러섰다. 그러자 안 나타샤가 오히려 두 팔로 동영의 허리를 감으며 상심한 아우를 달 래듯 속삭였다.

"이제 다돼 가요. 하지만 나는 아직 그에게 얻어낼 게 있어요. 당 당하게 얻어내도록 해주세요."

그리고 두 볼에 가볍게 입맞춤을 한 뒤 서둘러 방을 나가다가 문 득 발걸음을 멈추고 돌아보며 덧붙였다.

"어쩌면 머지않아 가까이 오게 될 거예요. 오래오래 함께 있을 수 있게 될지 몰라요."

하지만 동영의 귀에는 그 말이 제대로 들어오지 않았다. 겨우 그 말뜻을 알아차리고 그 어떤 심상찮은 변화의 조짐을 느낀 것은 까 닭없이 처참한 기분이 되어 덕원으로 돌아가는 기차의 썰렁한 객 석에 앉게 된 뒤였다.

2

"아주무이요, 여 국밥 두 개 퍼뜩 말아주소."

장꾼 두 사람이 발을 들치고 들어서면서 소리쳤다.

"탁배기도 있으믄 한 사발 주소."

국밥을 청한 쪽 말고 다른 한쪽이 그렇게 덧붙였다.

"예."

정인은 얼른 그렇게 대답했으나 속으로는 갑절로 낭패감을 느꼈다. 그들이 청한 국밥과 술 때문이었다.

아직 덜 풀린 날씨 탓인지 음력설 대목 뒤로는 너덧 장이나 거듭 시원찮아, 장인 줄 알면서 그날도 국은 말지기솥 하나 양밖에 준비하지 않았다. 그런데 봄씨앗준비며, 농구(農具)손질을 위해 나온 인근의 농촌사람들에다 쇠전까지 제법 어우러진 바람에 국솥은 이미 정오사이렌이 불 무렵하여 비고 말았다. 서둘러 끓인다고 끓였지만 새 국솥은 이제 겨우 시래기에 물이나 스몄을까, 파도 선지도 아직 넣지 않은 채였다.

술은 더했다. 손님이 찾으니 갖다 놓기는 해도 따라주는 게 문제였다. 시어머니가 성할 때는 대신 맡아서 해주었으나 지난 겨울 몸져 누운 뒤부터는 그것까지도 정인의 몫이 되었다. 그런데 손님 가운데 더러는 주전자와 잔을 갖다 주는 것으로 넘어가기는 했지만 대개는 따라주기를 바랐다. 그것도 둘에 하나는 못 들을 말을 한마디씩 끼웠고, 심할 때는 손목까지 잡으려고 들었다.

생각하면 벌써 장바닥에 나앉은 지도 여덟 달이 가까운 만큼 일에 이력이 날 때도 된 셈이었다. 음식 늦은 것쯤이야 적당히 능쳐 기다리게 하고, 술 따라주는 것도 물 따라주는 양 여기며 그들의 수작을 흘려들을 수도 있건만, 아무리 마음을 다잡아먹어도 통 그게 되질 않았다. 범 같은 형사들 앞에서 뻔한 걸 딱 잡아떼던 때보다 덜 끓은 국을 다됐다고 말하기가 더 힘들었고, 위장을 위해 외간남자에게 안기듯 걸을 때보다 대단찮은 음담 한마디가 더 괴롭게 들렸다.

하지만 어쩔 수 없는 일이었다. 우선 술이라도 갖다 주어 기다리는 시간이 덜 지루하게 만들 양으로 정인은 주전자에 술을 채웠다. 그리고 술잔으로 쓰는 양은 그릇 두 개와 김치접시를 들고 조심조심 손님에게 다가갔다.

"저 — 국이 쫌 덜 끓어서…… 이거 잡수며 쫌 기다리시소……."

대패질 안한 판자로 짠 탁자 모서리 멀찌감치서 술주전자를 내밀며 정인이 채 말을 맺기도 전이었다. 이미 불그스레하게 술이 올라 있던 나이 든 쪽이 다짜고짜로 정인의 손목을 덥석 잡으며 너스레를 떨었다.

"왔다, 그 아주무이 손 한분 곱다. 똑 분통 같구나."

"아이구메야!"

정인은 자신도 모르게 비명을 지르며 술주전자를 놓고 말았다. 그렇게 정통으로 손님에게 손목을 잡혀보기도 처음이거니와 더욱 놀란 것은 빼내려고 하자 더욱 죄어오는 꺼칠꺼칠한 촉감 때문이었다.

그 바람에 술주전자는 탁자 위에 떨어지며 엎질러져 버렸다. 공교롭게도 주전자뚜껑이 맞은편에 앉아 있던 성깔 있어 뵈는 젊은 쪽을 향해서였다. 무엇인가 상대를 향해 심각한 얘기를 하다가 갑자기 양복자락과 바짓가랑이에 술을 뒤집어쓰게 된 그가 빽 소리를 질렀다.

"아이, 이 아주무이가……."

"미안합니다. 이 아저씨가 갑자기 — 손목을……."

그 소동에 정신을 차린 정인이 간신히 그렇게 변명했지만, 벌써 콧등이 시큰하고 눈앞이 흐려왔다. 하지만 젊은 사내는 한층 매몰차게 쏘아붙였다.

"뭐라꼬? 아이, 까짓 손목 한분 잡는다꼬 손님을 이 모양으로 술베락을 맞췄는강? 젖통이나 만졌다가는 대가리 안 터질라."

그러자 무안해서 원래도 술로 버얼겋던 얼굴이 더욱 벌개진 채 말이 없던 쪽이 제 한 짓은 제쳐놓고 되레 시비조로 나왔다.

"장바닥에 나앉아 술밥간에 팔다 보믄 이런 일도 있고 저런 일도 있는기지 — 내 참, 우스개 한분 하다가 이거는 뭐, 남 보믄 겁탈이라도 할라 칸 줄 안 알겠나?"

"형님, 마 여러 소리 말고 가입시더. 마판[馬場]이 안 될라 카믄 당나구새끼만 모인다 카디, 이눔의 쇠전에는 소장사보다 거간꾼이 더 안 많나, 국밥 한 그릇 말아먹을라 카이 대폿집에 요조숙녀가 안 나왔나 —."

"오야, 마 가자. 우리가 대갓집을 잘못 알고 들왔는게따."

하지만 정인의 귀에는 그들의 이죽거림이 더는 들리지 않았다. 갑자기 치솟는 눈물로 엎어진 주전자를 찾아 쥐는 것도 몇 번을 더 듬거린 뒤였다.

허둥지둥 목로 겸 조리대까지 갔으나 워낙 좁은 점포라 더는 몸을 숨길 데가 없었다. 국솥에 밭솥에 구정물통까지 널려 있어서 돌아도 좁은 주방이니 비집고 들어앉을 틈이 없었던 것이다. 손님의 눈에 띄지 않게 우는 길은 시어머니가 누운 단칸방으로 뛰어드는 것뿐이었다.

다행히 시어머니는 잠들어 있었다. 정인은 그 발치에 쪼그리고 앉아 소리 죽여 울었다. 이제는 다시 울지 않으리라 마음을 다졌건만 어디서 그토록 눈물이 솟는지 알 수가 없었다. 그리고 한번 슬픔에 휘말리니 역시 다시는 생각하지 않으리라 스스로 맹세했던 남편 동영이 가버린 어떤 그리운 날과 함께 떠올랐다.

…… 동척(東拓)시절의 일이었다. 박영규란 동영의 옛친구에게 처남이 되는 이로, 세브란스 의전(醫專)을 졸업하고 김해에서 개업해서, 동영이 거기 머물렀던 3년 내내 죽이 맞아 돌아갔던 의사 하나

218

와 동영이 진주까지 가서 밤이 깊도록 술을 마시고 돌아온 날이었다. 그날따라 동영의 술주정은 비교적 점잖던 그전과 사뭇 달랐다. 시어머니가 방을 나가기 바쁘게 입을 맞춰대는가 하면 허리를 껴안고 치마를 들추었다.

"오늘 무슨 일이 있었어요?"

건너방의 시어머니가 마음쓰이긴 해도 그리 싫지 않은 기분으로 그런 동영의 주정을 받고 있던 정인이 무심코 그렇게 물어보았다. 동영이 간신히 알아들을 만큼 혀꼬부라진 소리로 숨김없이 대답했다.

"아라, 이끼나 오도꼬와 — 이게 무슨 소린지 알아? 사내답게 잘생겼다는 뜻이지. 그런데 — 근 십 년 만에 그 소리를 다시 들었어. 기생 하나가 말이야 — 그러면서 달라붙어 놓아줘야지."

그제서야 정인은 그 망측한 술주정이 무엇 때문인지 알았다. 하지만 그 이상 더 따져 묻기도 전에 동영은 이내 곯아떨어져 버렸다.

그날 밤 정인은 밤새도록 한숨도 자지 못했다. 목욕탕에 가 데우지도 않은 물로 동영의 입술이며 손길이 닿은 곳은 씻고 또 씻었다. 영원히 씻어내도 다 씻어내지 못할 무슨 더러운 독이 그를 통해 자기 몸에 묻은 것 같았다. 뿐만 아니었다. 다음 날 저녁부터는 베개를 안고 시어머니 방으로 도망을 가서 시어머니의 꾸중 속에 쫓겨날 때까지 보름 동안이나 동영을 피했다.

자신이 떨어진 처지가 기생과는 거의 무관하다는 걸 잘 알면서도 그 일을 떠올리자 정인은 더욱 슬픔을 억제할 수 없었다. 실로 스스로도 얼른 이해가 안 되는 감정의 과정이었다.

그리하여 마침내 정인의 가는 흐느낌이 입 밖을 새어나오기 시작할 무렵이었다.

"휘유 ―."

잠든 줄 알았던 시어머니가 길게 한숨을 내쉬었다. 정인이 잠깐 흐느낌을 죽이고 귀를 기울이는데 다시 시어머니가 중얼거렸다.

"저 언[凍]병아리 같은 걸 어예 믿고 내가 눈을 감노? 저다 어예 내 가문과 씨를 맥기고 내가 가노……."

"……."

"나도 다 들었다. 니 마음이 아인데 뭐가 그래 분할 께 있고, 뭐가 그리 서러불 께 있노? 손목 아이라 그보다 더한 거라도 니 마음 아이라 카믄 동영이는 내가 맡으꾸마. 내 살았을 때 온다 카믄 종아리를 때려서라도 깨우쳐 줄 께고, 죽은 뒤라 카믄 귀신으로 가아 꿈에라도 나와 니를 발명해 주꾸마……."

시어머니가 그렇게 나오자 정인은 이를 악물며라도 울음을 삼킬 수밖에 없었다. 그러잖아도 위가 헐어 죽조차 제대로 삭이지 못하고 누워 있는 어른을, 어떻게 보면 사치랄 수도 있는 감정의 과장으로 더욱 괴롭혀 드릴 수는 없는 일이었다. 사실 당장 죽고 사는 것과 관계없는 일로 눈물을 흘리는 것도, 새삼 동영과 그의 추억을 떠올리는 것도, 거의 이 년 만에 처음인 셈이었다.

정인이 간신히 감정을 추스리고 방을 나오니 맞은편 점포에서 헌 옷 가지를 팔고 사는 원(元)집사가 펄펄 끓는 국솥에다 선지를 썰어 넣고 있었다. 이북사람으로 피난길에 남편과 자식을 잃고 홀로 그곳까지 흘러온 것인데, 정인에게는 남달리 살갑게 대했다. 다같이 남편과 생이별했다는 것과 같은 교회에 다닌다는 것이 정인에게 특별한 살가움을 느끼는 까닭인 듯했다.

"음식값도 안 받고 방에 틀어박히면 어떻게 해."

그녀가 그렇게 말하며 눈으로 목로에 얹힌 몇 장의 지폐를 가리켰다. 정인의 국밥집에서 난 좀전의 소동을 건너다보다가, 정인이 울며 방안으로 들어가 버리자 달려와 그때 남아 있던 손님 몇의 음식값을 대신 받고 국까지 손봐 주고 있는 모양이었다.

"고맙습니다."

정인은 애써 미소를 지으며 그렇게 말했지만 목소리는 아직도 축축히 젖은 채였다. 그녀도 그걸 느낀 모양이었다. 선지를 다 넣은 국솥을 닫고 자기 점포로 돌아가기 전에 잠시 안스런 표정으로 정인을 보더니, 어루만지는 듯한 말투로 말했다.

"주님께 의지해요, 주님께. 주님은 모든 걸 다 들어주십니다."

오전이 흥성거린 데 비해 그날 장은 일찍 시들해졌다. 휴전 말이 오가고는 있지만 아무래도 전쟁중이라 그런 모양이었다. 국솥이 반도 줄기 전에 밥을 찾는 손은 끊어지고 난전을 편 사람들도 하나둘 거둘 채비들을 하는 게 보였다. 간혹 얼큰해진 장꾼들이 들러 술을 찾았지만, 정인은 술이 없다는 핑계로 그들을 받지 않았다. 새로운 감정의 파산이 두렵기보다는 무언가 조용히 해야 할 일이 있는 것 같아서였다.

시어머니의 주장으로 중학교 대신 엿판을 메고 장을 도는 훈이와 이제 초등학교 5학년이 된 영희가 돌아와 마음놓고 한눈을 팔

수 있게 되자 정인은 문득 자기의 마음을 오후 내내 끌어오던 것이 무언가를 깨달았다. 그것은 바로 안방 시렁 위 눈에 잘 띄는 곳에 얹어 둔 두 벌의 성경이었다. 주일예배는 물론 새벽기도까지 열심히 나가기는 해도, 아직은 무슨 영험한 부적처럼 자신이 읽기 위해서 보다는 남에게 보이기 위한 것인데, 갑자기 그게 읽고 싶어진 것이었다. 원집사의 말 때문이라 볼 수도 있지만, 어쨌든 정인이 스스로 성경을 펴든 것은 그때가 처음이었다.

"밥손님 아이거든 받지 마라."

정인은 엿판을 빈 탁자 위에 얹어놓고 점심 겸해서 국밥을 게걸스레 먹고 있는 훈이에게 그렇게 말하고 목로에 기대 방안에서 가져 나온 성경을 폈다. 아직 성경에 익숙하지 못하니, 자연 펴들게 되는 곳은 전에 교회에서 듣다가 구절이 좋아 접어둔 곳이 위주가 되었다.

몇 군데 알 듯 말 듯한 기분으로 띄엄띄엄 읽던 정인은 문득 한 곳에서 눈길을 멈추었다.

너희 가난한 사람들은 복이 있다.
하나님의 나라가 너희의 것이다.
너희 지금 굶주린 사람은 복이 있다.
배부르게 될 것이다.
너희 지금 슬피 우는 자는 복이 있다.
기뻐 웃게 될 것이다. ……
…… 그러나 너희 부요한 사람들은 화가 있다.

받을 위안을 이미 받았다.

너희 지금 배부른 사람은 화가 있다.

굶주리게 될 것이다.

너희 지금 기뻐 웃는 사람들은 화가 있다.

슬퍼 울게 될 것이다. ……

정인이 그 구절에 유독 눈길이 멈춘 것은 그 구절이 뜻하는 바가 고통스런 현실에 대한 위로라는 점은 아니었다. 그보다는 거기서 느껴지는 어떤 낯익음, 이미 전에도 수없이 읽은 듯한 묘한 익숙함 때문이었다. 잠시 그 까닭을 생각하던 정인은 곧 그것이 적색활동시절의 선동선전의 문구들과 흡사함을 느끼고 놀랐다. 가난한 사람, 슬퍼하는 사람을 무산자(無産者)로 바꾸고 하늘나라를 사회주의 낙원으로 바꾸면 그 앞구절은 그대로 무산대중을 격려하는 문구였다. 마찬가지로 부요한 사람, 배부른 사람을 유산계급 또는 자본가로 바꾸고 화를 혁명 및 숙청으로 바꾸면 그 뒷구절도 그대로 유산계급의 몰락을 예언하는 것이 될 수 있었다.

그러나 다음 구절을 읽던 정인은 이내 혼란에 빠져들었다.

…… 원수를 사랑하고 너희를 미워하는 사람들에게 선을 행하라. 너희를 저주하는 사람들을 축복하고, 너희를 모욕하는 사람들을 위하여 기도하라. 누가 네 뺨을 치거든 다른 뺨까지도 돌려대고, 누가 네 겉옷을 빼앗거든 속옷까지도 거절하지 말라. 네게 구하는 사람에게는 주고 누가 네 것을 빼앗거든 도로 찾으려고 하지 말라.

너희는 남에게 대접을 받고자 하는 대로 남을 대접하라.

너희를 사랑하는 사람들만을 너희가 사랑한다면 자랑할 것이 무엇이냐? 죄인들도 자기를 사랑하는 사람들을 사랑한다. 너희에게 좋은 일을 하는 사람들에게만 너희가 좋은 일을 하면 자랑할 것이 무엇이냐? 죄인들도 그만한 일은 하고 있다. 도로 받을 생각으로 남에게 꾸어주면 자랑할 것이 무엇이냐? 죄인들도 고스란히 받게 될 줄 알면 서로 꾸어준다……

그 구절이 정인에게 혼란을 준 것은 너무도 예측을 벗어나는 가르침의 전개였다. 그때껏 정인이 기독교를 파악하는 방식은 공산주의를 이해하는 방식과 크게 다르지 않았다. 그녀에게 있어서 기독교란 아직 하나의 사상 또는 이념, 그것도 자기가 믿었던 것과는 적대적인 사상 또는 이념이었다. 인민의 적에 대한 분노는 신성한 것으로 간주되고 '복수의 피는 용솟음친다'거나 '그 원수는 내가 갚으리' 따위의 노래가 자랑스레 불리는 것처럼, 앞서의 구절을 이을 것은 마땅히 '불의(不義)한 적에게는 정당한 분노를!'이 옳았다.

물론 적에 대한 관용은 기독교만의 가르침은 아니었다. 유가(儒家)의 인(仁)이나 불가(佛家)의 자비도 적에 대한 관용은 중요한 가르침의 일부로 삼고 있었다. 그러나 그것은 어디까지나 용서해 줌이나 불쌍히 여김 따위의 한 발 떨어진 또는 한 계단 위에서의 소극적인 응시였지 사랑처럼 적극적인 행동윤리는 아니었다. 거기다가 결혼 뒤 이십 년 가까이나 일쑤 미움과 분노를 부추기는 남편 동영의 이념에 의지해 온 그녀와 그 같은 성경의 가르침이 감격스럽기보다는 그저 놀랍고 의심스러웠다.

　도대체 그런 일이 누구에게 가능할 것인가? 누가 진심으로 원수를 사랑할 수 있을 것인가? 물론 이것을 말한 예수는 그대로 행했을 터이지만, 그는 사람의 아들인 동시에 신의 아들이라 하지 않았던가? 더군다나 그마저도 누군가 자기의 뜻에 맞지 않는 일을 한 자(聖殿에서 비둘기를 팔고 投錢하던 장사치들)에게는 채찍을 휘두르지 않았던가?

　그러자 먼저 떠오르는 것은 동영의 적의에 찬 모습이었다.

　"서구열강(列强)이 스스로는 지킬 가망성도 의사도 없으면서 기독교를 후진 아시아제국(諸國)에 전파하는 데 그토록 열심인 까닭은, 선교사가 건네주는 정보와 지식이 그 어느 노련한 직업군이나 유능한 첩자로부터 얻을 수 있는 것보다 식민침략에 도움이 된다는 현실적인 이득 외에도 대략 두 가지가 있소.

　그 하나는 민족주의의 약화 또는 마멸이오. 옛날 천주교 박해 때 황사영(黃嗣永)이란 자가 청국과 서양에 무엇을 요구한지 아시오? 그 알량한 신앙을 보호하기 위해 조선을 청에 부속시키고 천왕(親王)으로 하여금 조선을 감독게 할 것과, 서양군대 몇 만을 불러 포교를 보호해 줄 것 따위였소. 그와 같이 종교의 어정쩡한 세계주의에 취하면 민족과 나라는 잊게 되고 마는 법이오.

　다른 하나는 저항의식과 투쟁심의 약화 내지 마멸이오. 원수를 사랑하라는 따위의 말은 강자에게는 미덕일 수 있지만 약자에게는 복종과 양보의 강요일 뿐이오. 그런데도 강자인 그들 자신은 지키지 않으면서 약자인 후진 아시아민중들에는 무슨 전염병처럼 그

가르침을 퍼뜨려 침략과 착취를 용이하게 하려고 하고 있소…….

이어 무슨 맹렬한 구호처럼 들려오는 구절 하나가 있었다.

종교는 피압박 인민의 한숨이며, 무정한 세계의 감정이며, 영혼 없는 환경세계의 영혼이다, 그것은 인민의 아편이다…….

그제서야 정인은 자기가 왜 그곳을 접어두었는지 기억이 났다. 그녀가 그전에도 이미 들은 적이 있는 그 흔한 구절을 새삼 접어둔 것은 내심의 이유야 무엇이건, 이미 정식으로 기독교에 입문한 지 이 년이 넘어도 들을 때마다 느끼게 되는 바로 그 놀라움과 의심 때문이었다. 그녀는 그 구절 자체가 아니라, 거기서 느끼는 놀라움 과 의심을 검토하고자 접어두었던 것이다.

사실 정인에게는 언제부터인가 알지 못할 불안처럼 내면을 번지 는 예감이 있었다. 아직은 버텨가고 있지만 마침내는 기독교란 이 오랜 적에게 굴복하게 되고 말리라는 예감이었다. 하지만 그 예감 은 반드시 굴욕감이나 슬픔같이 어두운 감정들과 연관지어진 것만 은 아니었다. 때로 그것은 새벽 으스름과도 같은 희미하고 아련한 기대로 정인을 설레게 하기도 했다.

거기서 정인은 그 새로운 신념체계에 대한 자신의 놀라움과 의 심을 다시 검토해 볼 필요가 있었던 것인데, 결과는 아직도 기억의 고집이 이긴 셈이었다. 백 년보다 더 길게 느껴지는 지난 2년의 유전 (流轉)을 거치는 동안, 움츠러들 대로 움츠러들어 그녀의 의식 깊이 숨어 있던 목소리들이었으나, 한번 자기들의 정당성을 주장할 요구 를 받자마자 그토록 강경하게 되살아난 것이었다. 1년의 복역이 강요한 자기와의 사적인 대면과 무슨 끈질긴 숙명처럼 몇 년째 줄곧 이어지는 기독교와의 인연에도 불구하고, 그녀의 믿음을 획득할 수 있는 것은 여전히 논리와 현실일 뿐이었다.

〈피고(被告) 조정인(曺貞仁)은, 전(前) 전농(全農) 상임대표위원이며 10·1폭동 및 정당프락치사건 기타에 관련되어 수배를 받던 중 월북한 남로당(南勞黨) 중앙당후보위원 이동영(李東英)의 처로서, 평소 남편 이동영과 함께 대한민국 정부를 전복하고 가칭 인민공화국을 세우려는 기도에 동조해 오던 바,

1 단기 4280년 3월부터 11월까지 서울시 성북구 혜화동 동(洞) 여맹부위원장 및 선동부장을 지냈고,

1 단기 4281년 10월에는 북괴의 지령문을 남로당 세포 장모(張某)에게 전달하다 검거되었으나 증거불충분으로 석방된 적이 있으며,

1 단기 4284년 5월에는 고향인 경상북도 명양군(明陽郡) 석천면에서 동군(同郡)소재 학동산을 근거로 준동하던 공비 속칭 강백정 부대와 연결하여,

1 동년 동월 25일에는 동 공비대장 강현석과 내연관계에 있는 만삭의 김필녀를 맡아 출산을 돕고 은닉·보호하였으며,

1 동년 6월 중순 산후 회복된 김필녀를 다시 강현석이 근거하는 학동산으로 돌려보내고, 체포시인 7월 3일까지 각종 정보수집 및 연락업무를 맡아왔다.

상기 사항 중 사변 전의 범죄사실은 면소(免訴)판결 및 4283년

12월에 있은 대통령의 특별사면으로 일사부재리(一事不再理)의 적용을 받았으나 단기 4284년 5월에서 7월에 걸친 방조행위는 법률적 논죄의 대상이 된다 할 것이다.

변호인의 주장 중

1 전시(前示) 강현석은 남편 이동영의 오랜 친구였다는 점

1 출현시기가 심야인데다 강현석이 무기를 소지하고 있었다는 점

1 전시(前示) 김필녀는 동일 새벽으로 남아를 분만했을 만큼 급박한 상황이었다는 점

등을 인정한다 하더라도 이는 출산을 도운 행위와 책임성을 조각(阻却)할 수 있을 뿐, 그 뒤 20일에 걸친 보호·은닉 행위에는 해당이 없다. 또 피고인은 김필녀가 건강을 회복하면 자수 권유 또는 신고를 하려고 하던 중 그 정(情)을 지실(知悉)한 김필녀가 달아났다고 하나 조리에 닿지 않을 뿐만 아니라, 그 뒤 김필녀의 행적으로 보아 최소한 이적행위(利敵行爲)의 미필적(未必的) 고의(故意)는 인정된다 할 것이다.

이에 본 재판부는 국가보안법 4조 및 비상사태하의 범죄에 관한 특별조치령 3조 1항에 의거하여 피고 조정인에게 징역 1년을 선고한다…….〉

지리한 재판절차 끝에 정인이 A시의 지방법원 합의부에서 그 같은 선고를 받은 것은 경찰에 넘겨진 날로부터 석 달 뒤였다. 단심(單審)으로 되어 있는 재판이라 그런지 정인은 억울할 것도 기쁠 것도 없는 담담한 심경으로 그 선고를 받아들였다. 언도의 순간 언뜻 머리를 스친 생각이 있다면 그저 아직 돌도 안 된 옥경이를 떼어놓고

교도소에 갈 것인가 데리고 갈 것인가 정도였다.

"법이 좋기는 좋구나. 나는 똑 죽는동 알았다. 까짓 거 1년이믄 어따냐? 고생시럽기사 하겠지만 평생 오민조민(조마조마)하며 지내는 거보다야 안 나을나? 밖에 일은 잊었뿌고 니 몸이나 잘 보징기라. 아이들은 우예튼동 니 있는 거만큼 거돠 주꾸마."

시어머니도 다행스럽다는 듯 그렇게 정인을 위로했다. 나이가 많은데다 보호자 없는 네 어린것들을 생각해 주어서인지 진작부터 기소유예로 풀려났으나, 기회만 있으면 경찰서고 법원이고 가리지 않고 나타나 정인 대신 죄를 뒤집어쓰려고 떼를 쓰던 시어머니였다.

그 뒤 1년의 교도소생활도 그 전해의 고생에 비해 특별히 고생스럽지는 않았다. 자유가 없는 것이 고통스럽기는 하였지만 그래도 1년 전의 보도구금(保導拘禁) 때와는 달리 정한 형기(刑期)가 있었다. 거기다가 법과 제도로 보호되고 있어 그때처럼 끊임없이 죽음의 공포에 시달릴 필요도 없었다. 음식이 거칠다 해도 이미 오랜 단련을 겪은 터였고, 노역이 고되다 해도 그 또한 두칠(二七)도 안 난 핏덩이를 업고 눈보라 속을 70리나 걸은 것과는 비할 바가 아니었다.

유일한 고통이 있었다면 어린 옥경이 때문이었다. 어린것까지 감옥살이를 시키고 싶지 않다는 데서 열 달 만에 젖을 떼고 시어머니에게 맡긴 탓에, 처음 얼마간은 젖앓이로 고생했고 젖이 주저앉은 뒤에는 늘상 차 있는 것 같던 가슴이 비어 허전했다.

그리고 그 나머지는 무덤 속 같은 깊은 침묵과 어둠의 세월이었다. 정인이 그 1년을 보내면서 무슨 주문처럼 되뇌인 것은 보지 말자, 듣지 말자, 생각하지 말자였다. 실제로 그 주문은 무슨 효과적인 암시처럼 정인에게 자기최면을 일으켜, 남편 동영은 물론 아이들조차 괴로움이 될 정도로 길고 구체적으로 떠올린 적이 없었다. 나중에 스스로 생각하기에도 으스스할 만큼 모질어진 그녀의 일면이었다.

그런데 한 가지 그 같은 침묵과 어둠의 두꺼운 벽을 뚫고 정인의 의식에 와닿곤 하던 것이 바로 기독교였다. 당국의 정책이나 형무소의 배려가 아니라 A시에서 천막교회를 이끌고 있던 어떤 열성적인 목사 때문이었다. 동영과 비슷한 또래인 그 목사는 아내와 아이들을 북에 두고 월남한 사람이었는데, 어떤 절차를 통했는지 금요일마다 죄수들을 위한 예배를 마련했던 것이다.

예배에 참여하는 것은 지원자에 한하고, 또 통상으로 사상범이나 부역자들은 그 예배에 참여하는 것보다는 밖에 나가 일하는 쪽을 택했지만, 정인만은 첫주부터 빠짐없이 예배에 나갔다. 지난 재판에도 돌내골교회 교인일동이 낸 진정서가 효과를 보았다든가, 애초에 자신을 교회로 내몬 시어머니의 숨겨진 목적에 충실히 따르기 위해서라기보다는 그 풍성한 말의 잔치 가운데서 잠시나마 별다른 노력 없이 현실을 잊고자 함이었다.

하지만 정인의 그 같은 기대는 종종 빗나갔다. 자기의 처지 때문이겠지만, 그 목사가 즐겨 사용하는 설교의 주제는 사상적인 것이었고, 그가 청중으로 가장 중시하는 것 또한 별로 많지 않은 사상관계의 수인(囚人)들이었다.

"…… 다시는 미움의 사도(使徒)들과 그들의 거짓 예언에 현혹되지 마십시오. 흑암의 권세와 독사의 지혜에 위압되지 말고 그들이 그려내 보이는 지상의 왕국으로 하늘나라에 갈음하지 마십시오.

인간들의 역사는 기왕에도 너무 많은 미움과 흑암의 영웅들을 가지고 있습니다. 기왕에도 너무 많은 사악한 지혜의 궤변이 있었고, 그 유혹이 있었습니다. 하지만 그들이 우리에게 무엇을 줄 수 있었습니까? 그들이 우리에게 하나를 내어 줌은 둘을 앗아가기 위한 술책에 지나지 않았고, 그들이 우리를 추켜세움은 보다 철저하게 우리를 무릎 꿇리기 위한 말장난일 뿐이었습니다.

지금 당신들을 어둠과 고통 속으로 인도한 그 사상 또한 긴 역사로 보면 흔해빠진 미움과 파괴의 논리 가운데 하나에 지나지 않을 것입니다.

그것은 당신들이 믿고 있는 것처럼 최선도 아니고 완성도 아닙니다. 다름 아닌 그들 자신의 논리를 채용한다 하더라도, 변증법의 세 발전단계가 어떻게 일회적일 수 있으며 또 그들이 제시한 답이 바로 그 합(合)일 수 있겠습니까? 다만 그것은 특정한 시대를 유혹한 기발한 고안일 뿐이며, 거기에 대한 맹목적인 몰입은 다음 세대에게 개탄과 비웃음에 찬 역사적 추억을 남겨줄 뿐입니다……"

"…… 그것은 빵을 영혼보다 중하게 여기는 저 광야에서의 유혹 이래 거듭되어 온 사탄의 논리입니다. 그 가운데서도 가장 새롭고 세련된, 그러나 그 때문에 더욱 죄 많은 논리인 것입니다. 거기에 대한 대답은 이미 이천 년 전부터 주어져 왔습니다. 사람은 빵만으로 사는 것이 아닙니다. 그것이 주 예수의 말씀이기 때문만 아니라 우리의 본질이 그러하기 때문입니다. 빵만 주어지면 금세 생겨날 영혼의 욕구를 우선 빵이 급하다고 비웃고 무시하지 마십시오. 세계와 역사를 대립과 부정과 투쟁의 고리로만 연결된 불행의 사슬로 이끌려는 저들의 논리로 저항하십시오.

논리적인 것이 반드시 참은 아니며 지혜가 선(善)을 보장하지도 못합니다. 어둠의 아이들이 빛의 아이들보다 지혜롭다는 성경의 말씀을 섬뜩한 각성으로 되새기십시오……"

그의 설교는 언제나 그렇게 추상적이고 몽롱했다. 단순히 노역을 면하려고 예배에 참여한 잡범(雜犯)들은 말할 것도 없고, 상당한 지식 수준을 가진 죄수들도 열에 아홉은 연신 하품을 하며 지루해할 정도였다. 하지만 목사는 그 때문에 더욱 열렬해진 듯, 때로 창백한 낯색이 빨갛게 상기되면서까지 열변을 쏟아놓았다.

어떤 강박관념에 눌린 것처럼이나 빠짐없이 그 예배에 들어가기는 해도 정인 또한 그의 설교가 애매하고 실감나지 않기는 대부분의 청중들과 크게 다르지 않았다. 오히려 돌내골교회의 늙은 목사가 소박하나마 훨씬 더 잘 기독교를 선전한 것처럼 여겨졌다.

하지만 정인이 그럼에도 불구하고 그 목사를 인상깊게 기억하게 된 것은 그에게서 언뜻언뜻 비치는 동영의 그림자 때문이었다. 정인을 항상 주눅들게 하던 동영의 그 '이론'이 낱말만 바꿔 그의 설교로 나타나는 것 같기도 하고, 효과가 절망적일수록 더 뜨거워지는 동영의 열정이 졸거나 하품하는 청중들을 보는 그의 눈에서 타오르기도 했다. 이따금씩 정인은 그 목사를 통해 이북에 있는 그의 가족들을 앉혀 놓고 장황하고 몽롱한, 그러나 또한 그만큼 열정적인 연설을 하고 있는 동영을 떠올리고 쓴웃음을 짓게 될 때마저 있었다.

정인에게만 유별났던 것인지 아니면 모두에게 그러했던 것인지

는 알 수 없지만 정인이 형기를 마치고 출소(出所)하던 날 그 목사
는 성경 한 권을 내주며 말했다.

"우리의 지식으로만 세계를 이해할 수 있다고 생각하지 마십시
오. 우리의 힘으로만 이 삶을 다 짐질 수 있다고 믿지 마십시오."

그가 한 말 가운데는 정인이 가장 쉽게 알아들을 수 있던 말이
었다. 어차피 무슨 의무처럼 결정돼 있기는 했지만, 바깥 사회로 복
귀한 정인이 아무런 어색함이나 거부감 없이 다시 교회로 나갈 수
있었던 것은 어쩌면 그 목사 덕택인지도 모를 일이었다. 더구나 그
목사는 나중 정인이 터잡게 된 시장자리에서 멀지 않은 곳에 천막
교회를 열고 있었다.

그 밖에 달리 그 복역기간 동안에 있은 일로 정인의 의식에 닿아
오던 것이 있다면 자기와의 대면 또는 자신의 존재에 대한 내면적
인 성찰이었다. 그때껏 정인이 생각해 온 자아는 그 실체라기보다
는 주로 외부세계와의 관계로 파악되는 자아였다. 남편 동영의 영
향 탓이겠지만, 다정다감하던 소녀때를 제외하면 정인은 한 번도
삶이 정치적 사회적으로뿐만 아니라 내면적으로도 구원받아야 할
어떤 것이라고는 생각하지 않았다. 정치나 경제제도를 중심으로 한
외부적인 조건만 획득되면 당연히 자신의 존재는 충일되고 자아는
성취될 것으로 믿었다.

그런데 일체의 외부에서 오는 자극으로부터 감정의 벽을 쌓고 자
기 속에 홀로 머무르게 되면서 정인은 비로소 그때껏 존재의 일부
또는 자아 그 자체의 발현으로 여겨온 모든 것들과는 무관한 다른
자아가 있음을 깨달았다. 설령 남편이 이상하는 세계가 실현되어

모두가 평등하고 자유롭고 풍요한 삶을 누리게 되고, 자신도 그 가운데서 살게 된다 해도, 채워지지 않을 그 무엇이 있을 것 같았다.

그 몇 년 동안의 급격하고도 무상한 삶의 유전(流轉)과 주관적으로는 몇 번이고 그 문턱까지 갔다고 믿는 죽음의 체험 같은 것들이 상투어로만 느끼던 허무를 진지하게 만들었고, 부모, 친지, 이웃이며 심지어는 일체감까지 느끼던 남편조차도 무력하던 급박한 상황들의 기억은 어렴풋하나마 결국 인간은 혼자라는 느낌을 일으킨 것이었다. 그리고 그 두 가지 — 고독과 허무 — 의 해결은 결코 외부에서 올 수 없으리라는 것 또한 막연하나마 틀림없을 것 같은 정인의 예감이었다.

하지만 스스로는 치밀하게 논리를 구성할 능력이나 그를 뒷받침할 만한 지성을 갖추지 못했으면서도, 받아들이는 것은 언제나 논리에 의지해 온 정인이었다. 특히 신념체계에 관한 것은, 그것이 이미 공식화된 것이건 동영이 억지로 두드려 맞춘 것이건 언제나 논리의 외양을 띠고 있어, 그렇지 못한 것에는 거의 습관적인 불신을 느끼게 되는 것이었다. 아마도 그 같은 논리의 선호가 역시 오래되고 습관적인 적대감정과 어울려 기독교와 정인 사이를 막고 있음에 틀림없었다. 어떤 내면적인 구원의 필요를 느끼면서도 그리고 그 예사롭지 않은 인연에도 불구하고, 정인이 선뜻 뛰어넘을 수 없는 한 벽으로.

정인을 망연한 상념에 가까운 회상에서 다시 끌어낸 것은 해거름하여 비틀거리며 들어선 장꾼이었다. 마침 집안에 있던 남매에

234

의지해 야멸차게 그 취한 장꾼을 쫓아냈으나, 갑자기 의식을 덮쳐오는 현실에 정인은 습관과도 같은 당혹과 처량함에 빠졌다. 두어 평이 될까말까한 점포와 대패질도 안한 송판으로 짠 4인용의 탁자 다섯, 그리고 다시 대여섯 사람 앉을 만한 목로와 반 평 남짓한 주방, 이빠진 사발들과 찌그러진 양재기 두어 죽(열 벌) ── 그게 정인의 현실이었다. 그걸 밑천으로 그들 여섯 식구는 벌써 여덟 달째나 낯선 도시에서의 생계를 꾸려가고 있었던 것이다. 그러자 다시 정인의 머릿속에는 한 끝에 이어진 필름처럼 그 국밥집을 열게 된 경위가 한꺼번에 스쳐갔다.

그럭저럭 세월이 흘러 형기가 석 달쯤 남았을 무렵이었다. 그날따라 아침같이 면회를 나온 시어머니가 불쑥 말했다.

"암만 캐도 일로(이리로) 이사를 나와야 될따."

"아이, 어머님, 그기 무신 소립니꺼?"

첫마디가 이사얘기라 정인이 어리둥절해서 물었다. 시어머니가 한숨처럼 대답했다.

"아무래도 대처에 나와 살아야제, 그 골테기(골짜기)에 있다가는 또 무신 일을 당할동 아나?"

"와, 무슨 일이 있었습니꺼?"

"일은 무슨 일, 그냥 내가 생각해 본거따."

"글치만, 도회지라꼬 빨갱이 대접 다르겠습니꺼?"

"아이따, 그래도 여기는 법도 있고 재판도 있다. 참말로 죽을 죄를 졌다 캐도 사람을 마구다지로 죽이지는 않는다."

"그거사……."

"니 함(한번) 생각해 봐라. 그날 저녁에 글마들이 우리를 총놔 죽였다카믄 우예 됐겠노? 우리 여섯은 꼼다시(고스란히) 죽은 목숨이라. 그것도 큰 마실 가운데고 지서가 지척인데도 그랬으이, 보는 사람 없는 골테기 같은 데서야 어옜겠노? 저 꼴대(성미)나는 대로 죽이믄 그게 바로 빨갱이 안 될라? 지금이사 한군데 전장이 멈추고, 휴전애기도 거반 다 익어간다 카드라마는, 언제 뭔 일이 일날지 어예 아노? 그래서 내가 몇 날 생각 끝에 정한 게따. 읍이 이만만 하믄, 혹 또 뭔 일이 터져 모도 눈까리가 휘딱 뒤배인다(뒤집어진다) 캐도 사람을 마구다지로 죽이지는 못할 거라꼬……."

그 말을 듣자 정인도 돌내골에서 경찰에 넘겨지던 그 밤이 무슨 악몽처럼 떠올랐다. 하지만 곧 어린 네 아이들을 데리고 그 낯선 도시에서 살아갈 길이 아득했다.

"먹고사는 거는 우예고예?"

"그것도 생각했디라. 집하고 섬께논 팔자. 집은 뒷실(後谷) 양반이 전부터 눈독을 들이던 거이(것이니) 값만 헐케 매기믄 살께고, 섬께논은 아무리 가물이 들어도 물걱정 없는 거이, 아직 한머리에 싸움 중이라 캐도 살 사람이 있을 께따. 그래 가지고 여디(여기다) 쪼매는 점방이라도 내믄 우리 식구 입에 풀칠이사 못할라?"

거기까지 듣고 보니 반드시 안 될 일도 아니었다. 더군다나 돌내골에 그대로 신다고 해도 어렵기는 마찬가지였다. 일손이 없고 농비(農費)까지 없는 농사라 그런지 그 전 해 논 열 마지기에서 나온 것이 겨우 나락 열 섬도 채우지 못했던 것이다. 지난번 면회 때 차입해 준 것이 벌건 송기떡[松肌—]이었던 걸로 보아 벌써 양식이 떨어지지 않았다면 다행이라 여겨졌다.

그런데 도회에 집이 있는 죄수들을 보니 반드시 모두가 어려운 것 같지만도 않았다. 휴전얘기가 오가면서부터 조금씩 시장이 활기를 찾고, 어떤 사람은 전쟁경기라 하여 오히려 평시보다 더 재미를 보기도 하는 모양이었다. 경험 없기로는 농사나 마찬가지기는 하지만, 그래도 장사 쪽이 좀 더 수월할 것 같은 느낌이 들었다.

정인이 더 이상 반대 않는 것을 승낙으로 알고 돌아간 시어머니는 스무 날도 안 돼 다시 면회를 왔다. 몹시 화가 난 얼굴이었다.

"뒷실양반, 고 엔간(인간)이 어예 고래 못됐노? 집을 내놨다 지는 돈 없다꼬 자빠지믄서, 남만 살라 카믄 칼 품고 덤비는 게라. 언놈이든동 우리 큰집 살라 카믄 배때지에 칼 들어간다고 베라싸미(별러 가며)……. 말이사 지손(支孫)돼 가지고 큰집 남한테 넘어가는 거 못 봐 글타 카지마는 그 속 내 다 안다. 이놈저놈 다 쫓아 뿌고 지가 사도 아주 헐값에 살 심뽀라……."

그리고 남은 면회시간 내내 뒷실양반 흉만 보고 돌아갔다. 가장 가까운 지하(支下)라는 점에서 그럴 법도 하지만, 정인도 왠지 시어머니의 의심이 옳은 것 같았다.

시어머니는 다시 닷새도 안 돼 면회를 왔다. 뒷실양반 욕은 여전해도 표정은 지난번과 달리 상의조였다.

"뒷실양반이 어제 사람을 중간에 여가지고 내한테 뭐라 칸지 아나? 정 돈이 급하믄 지 돈 10만 환 씨라 카드라. 조건은 그 집을 지한테 잽히는 겐데, 언제든 이자 쳐서 갚아 주믄 집은 비와 준다는 게라. 또 동영이가 돌아오면 두말없이 내놓겠다 카기도 하고…… 말이사 참말로 큰집 생각는 거 같지마는 그게 10만 환으로 그 집 조먹겠다는 심뽀 아이고 뭐로? 우리가 언제 무신 돈으로 요새같이 비싼 이자 쳐서 그 집을 찾으며, 삼팔선보다 더한 휴전선이 곧 들어설 거라는 데 동영이는 어예 오노?

글타꼬 인제는 달리 말썽시러븐 그 집 살라 카는 사람도 없고 — 참말로 어예믄 좋을동 몰따. 니 생각은 어떠노?"

그 얘기를 들으니 정인도 갑자기 치솟는 열기 못지않게 암담한 기분이 들었다. 목재와 기와 값만 해도 20만 환 된다는 50칸 기와집에 대지만도 6백 평이었다. 아무리 한쪽에서는 싸움중인 때라지만 그 집을 10만 환에 사겠다는 것은 해도 너무한 짓이었다. 그러나 돌내골을 떠나 살기 위해서는 반드시 그 집을 팔아야 된다는 이편의 사정에다 한집안이라는 것을 최대로 활용한 저쪽의 명분을 생각하니 무턱대고 반대할 수만도 없었다.

"섬께논은 우예 됐습니꺼?"

정인은 간신히 분기를 누르고 그쪽부터 물어보았다. 시어머니의 표정이 조금 밝아졌다.

"그거는 대강 지 값 받을 꺼 같다. 마지기당 3만 환 쳐서 다섯 마지기를 15만 환까지 주겠는 임자가 나섰다. 누가 쫌더 받아준다 캐서 미라(미뤄)났다마는 그만해도 괜찮은 값이라."

그런 시어머니의 말에 정인은 맥이 빠졌다. 이왕 일이 그렇게 되었다면 터무니없는 헐값이라도 집까지 함께 팔아 목돈을 만드는 게 옳은 일로 여겨졌다. 찔끔찔끔 팔아 그때그때 써버림으로써 허망하게 땅만 날리는 일은 전쟁 전에도 몇 번 겪은 정인이었다. 그러나 위로 5대가 살아왔을 뿐만 아니라 시어머니 자신도 거의 한평생을 산 집이라 정인은 함부로 입을 열 수가 없었다.

"하기사 — 생각하믄 그 집에서 청춘에 과부되고, 인제는 하나 아들마저 잃어뿐 택(셈)이따마는…… 그래고, 논임자가 나섰으이 파는 김에 집도 몰치(몰아) 팔아 다문 얼매라도 보냈으믄 좋을따마는…… 영 어예믄 좋을동 모를따. 참 내……."

말없는 정인을 보고 대강 뜻을 짐작하겠다는 듯 시어머니는 그렇게 말끝을 흐리며 돌아갔다.

그다음은 출소를 보름쯤 앞둔 때였다. 먹음직한 시루떡과 햇과일을 싸들고 여느 때보다 늦게 찾아온 시어머니가 허탈하면서도 한편으로는 시원한 듯한 목소리로 말했다.

"마 모도 팔아 뿌랬다. 뒷실양반 욕만 할 일도 아이라. 우리라꼬 돈 벌어 그 집 찾지 못하리란 법도 없고, 또 동영이도 꼭 안 돌아온다꼬사 어예 짤라 말하겠노? 받을 값 쫌 못 받기는 해도, 그만 단서를 남가 났으이, 생판 타성(他姓)한테 판 거보다는 조상한테 덜 미안시럽다."

"잘했심더."

시어머니의 표정을 보고 듣기 전부터 대강 일을 짐작하고 있던 정인도 까닭 모를 후련함을 느끼며 그렇게 대답했다. 그러나 시어머니가 한 다음 말이 불안했다.

"그런데 오늘 오다가 동희(東熙)를 만났디라. 무심코 얘기를 했디 마침 지가 똑 좋은 집 하나 봐논 게 있다 안 카나? 역 앞인데 집은 쫌 헐어도 점방 하나에 방 셋이 딸랬으이, 점방도 보고 하숙도 치믄 어예 입은 살겠제. 값도 20만 환이라 카이 우리하고 안 맞나? 그래, 그 집 보고 오니라꼬 좀 늦었다."

동희란 사람은 돌내골의 먼 집안으로 오래전부터 A읍으로 나와 장사를 하고 있었다. 시어머니는 그가 세상물정을 잘 안다고 믿는 모양이지만, 정인은 왠지 장사꾼으로는 지나치게 해맑쑥한 그의 인상이 마음에 들지 않았다. 거기다가 전에 누구에게선가 그가 장사꾼이라기보다는 사기꾼에 가까운 거간이라는 말을 들은 게 있어 얼른 시어머니에게 물었다.

"그라믄 우야기로 했습니꺼?"

"동희 보고 계약하라 캤다. 집이 너무 헐해 임자 맘이 변할까 봐 겁난다 카길래 미리 중도금까지 넘과 좄제."

"아이, 그럼 임자는 만내 보지도 않고예?"

"그거사 동희 지가 알아서 다 할라 캤다."

"그 사람한테는 뭘 받았습니꺼? 하다 못해 영수증이라도……."

"친척 간에 영수증은 무슨 영수증고? 더구나 그 자리에 한들(大坪)댁까지 있었는데……."

시어머니는 그렇게 말해 놓고 끝내 못 미더워하는 정인을 오히려 나무랐다.

"지가 베레기(벼룩) 간을 내먹지 설마 내 돈이사 어엘라? 속모르고 사람 너무 의심하는 법이 아이따."

그러나 정인이 나와 보니 시어머니와 아이들은 집은커녕 움막도 하나 없이 시외가 쪽 친척집에 얹혀 지내고 있었다.

"세상에 못 믿을 게 사람이제. 동희 그놈이 그랠 줄 어예 알았노? 잔금까지 졌는 데도 집문서를 안 넘과 주길래 알아봤다. 집은 뭔 집이라? 중간에서 들어먹어 뿌랬는 게라. 분해 찾아갔디 돈 5만 환하고 이 차용증서따. 금방 나올 줄 알고 딴 데 투자했다가 지도 당했다 안카나? 살아가민서 갚겠다고 매달랬는데 때려죽이나, 어예겠노?"

시어머니는 그 사이 10만 원 남짓으로 줄어든 돈을 내놓으며 그렇게 말했다. 정인은 눈앞이 캄캄했다. 어린 사남매와 늙은 시어머니 모시고 거리에 나앉게 될지도 모른다는 불안이 그토록 클 줄은 몰랐다. 이판사판이라는 심경으로 동희를 찾아갔으나 소용없는 일이었다. 일부는 돌려주고 일부는 단순채무로 돌려놓아 캥길 게 없게 된 그는 완전히 배짱이었다.

그래서 별수 없이 있는 돈으로 장만한 것이 그 국밥집이었다. 구(舊)시장이 터가 좁고 읍 한쪽에 치우쳐 따로 연 신시장 한모퉁이에선 판자점포 하나를 보증금 5만 환에 빌려 방을 넣은 것이었다.

"고려가 망하이 왕씨(王氏) 아래 번창하던 호족(豪族)들은 모두 장사치로 돌아섰제. 개성상인이 유명해진 것은 그 뒤라. 예나 지금이나 나라에 죄진 눔이 숨어 지내기에 젤 좋은 거는 장바닥이따. 너무 기죽을 거 없다. 아들 학교도 치아 뿌라. 훈이도 엿판 들고 나서고 영희도 껌통 들려 내보내라. 만약 그 세상이 돼 동영이가 돌아온다 카믄 여다서 배운 거는 아무 소용이 없을 께고, 안 온다 캐도 저한테는 역적이나 같은 빨갱이 자식을 옳게 써줄 리 없으이 배워도 소용없기는 맹 한가지라. 마음이나 편케 살자."

그래도 고난에 강한 것은 역시 시어머니였다. 국밥집을 열기로

작정한 날 자신의 영락이 너무도 처참해 새삼 눈물짓는 정인에게
시어머니가 꿋꿋한 목소리로 위로했다. 여덟 달 전의 일이었다.

3

　"…… 이 같은 노동가치설(勞動價値設)은 방만한 초기 자본주의 사회의 자의적(恣意的)인 가치결정에 노동 및 시간이라는 객관적인 척도를 도입했다는 것만으로 중대한 의미를 가집니다. 이따금 기다림[待忍]으로 표현되기도 하는 자본은 물론 개인의 창의력이나 근검 절약 그리고 심지어는 행운이며 신의(神意)까지도 자기들이 누리는 부당한 이익을 변명하는 방편으로 이용해 온 부르주아들의 주장은 그러한 척도의 도입으로 그 바탕의 대부분을 잃게 되었다 해도 지나친 말은 아닐 것이다. 거기다가 ── 비록 비판적으로 수용되긴 하였지만 ── 맑스·엥겔스에게 그 학설이 수용됨과 아울러 잉여가치가 발견됨으로써 불평등한 분배에 이의를 제기하는 이념적 무기로 세계사의 표면에 떠오르게 되면 그의 중요성은 더욱 커집니다. 그 출신은 전형적인 부르주아였고, 생애 또한 경제학적인 업적을 빼면 전형적인 부르주아의 삶을 살았으나, 맑시즘의 이론적 토대 중에 중요한 것 하나를 제공했다는 점만으로도 그는 기억되어 마땅한 사람입니다……."

창밖으로 보이는 어디에도 아직 봄의 기운은 비치지 않았지만 남향의 그 강의실은 나른할 만큼 따뜻한 햇볕이 비쳐들고 있었다. 땅이 제대로 녹지 않고 철도 일러 강의만으로 보낸 지도 두 주일째였다. 말이 3월이지 동영이 살아온 남쪽에 비하면 한 달 가까운 절후의 차이가 있는 것 같았다. '리카도'에 관한 원래의 강의안은 거기서 끝나 있었다. 고전주의 경제학에 배정된 시간이 그리 많지 않은 데다, 그 경제사(經濟史) 강좌 또한 통론의 범위를 크게 넘지 않은 것이었기 때문이었다.

그런데 눈부시게 밝고 따뜻한 햇볕 탓일까, 아니면 창밖으로 보이는 수목들과 조경(造景)의 비슷함 때문일까, 동영은 문득 강의안을 덮으면서 졸업 뒤에는 다시 들러 보지 못한 동경(東京)의 모교를 떠올렸다. 거기에도 지금 자신이 강의하고 있는 강의실처럼 남향으로 앉은 강의실이 있어 봄날에는 이따금씩 가벼운 졸음에 떨어지곤 하던 기억이 났다.

그러자 이번에는 마쓰모도(松本) 교수가 문득 동영의 눈앞에 나타났다. 가와까미 하지메(河上肇=맑스 경제학을 소개 보급)로부터 시작되는 맑스 경제학파에 속하던 사람으로, 사노마나부(佐野學) 나베야마 사다찌(鍋山貞親=둘 다 일본 공산당 최고 간부로 1933년에 전향, 천황제를 옹호함)의 전향 이래 스스로를 경제사가(經濟史家)로만 한정하고 그 외 일체의 강의를 거부하던 괴짜였다. 하지만 그의 맑스 경도(傾

倒)는 그런 형식적인 전향 뒤에도 거의 공공연하여, 때로는 중일전쟁 직전의 소화(昭和) 군국주의시대에 어떻게 그런 인물이 대학 강단에 설 수 있는지 의심스러울 정도였다.

그러다 보니 마쓰모도 교수는 동영을 비롯한 조선유학생들에게 특히 인기가 있었다. 자신이 내심으로 지지하고 있는 학문적인 입장 때문일 테지만, 그는 누구보다도 식민지 유학생들에게 동정적이었다. 그때는 아직 맑스주의와는 거리가 있었으나 동영도 몇 번이고 꼭 필요하지도 않은 강의를 신청했을 정도였다.

동영이 특히 그에게 매혹된 것은 학자다운 공정함이었다. 맑스 경제학에 대한 마음속의 그 큰 사랑과 믿음에도 불구하고, 그는 비판과 난점 또한 숨기거나 피하지 않았다. 어떻게 보면 군부의 눈길을 의식한 방패막으로도 볼 수 있겠지만, 동영에게는 왠지 그것마저도 가슴속의 이상을 향한 사랑과 믿음의 우회적인 표현 같았다.

동영이 강의안에도 없는 내용을 그들 고전주의 경제학자들 뒤에 덧붙이게 된 것은 순전히 그 마쓰모도 교수의 환상 때문이었다. 순간적인 방심과 함께 목소리까지도 마쓰모도 교수를 의식하며 동영은 덧붙였다.

"하지만 이러한 노동가치설은 내외로 몇 가지 난점을 가지고 있습니다.

하나는 이 학설을 포함한 객관적 가치론 일반에 공통된 것으로서 19세기 후반에 나타난 주관적 가치론 쪽의 주장입니다. 스스로 가치론에 있어서의 혁명이라고 자부할 만큼 한계효용학파(限界效用學派)의 이론은 위협적입니다. 특히 그들에 의한 한계효용의 발견은

245

잉여가치의 발견에 못지않은 경제학적 사건이라 말할 수도 있겠습니다. 리카도의 차액지대설(差額地代說)을 제외하면, 노동가치설을 주장한 이들 고전파 경제학자들에게서는 그 같은 한계효용을 인식한 흔적을 전혀 찾아볼 수 없기 때문입니다. 다만 우리에게 위로가 되는 것은, 멩거처럼 개성에 기초한 심리적 의의를 중시하건, 제번즈처럼 평균적 시민의 쾌락이나 고통의 계산에서 출발하건, 결국 주관적 가치와 수요(需要)의 측면만으로는 상품의 가치를 온전히 결정지을 수 없으리란 것입니다. 얼핏 보아서는 개인의 비경제적 주관에 의한 가치결정도 그 심리의 근저에는 반드시 생산과 관련된 객관적 가치에 대한 가늠이 있기 때문입니다.

이 학설의 또 다른 난점은 내부에서 오는 것입니다. 바로 상품의 가치를 결정하는 노동의 정의와 그 노동의 양을 재는 단위로서의 시간입니다. 이 학설이 주장되던 시대처럼 농업과 수공업이 지배적이었던 시대에는 그들이 사용했던 몇 개의 기초적인 정의만으로도 별문제가 없었습니다. 그러나 노동의 분화가 심해지고 기계의 개입 정도가 극대화된 현대에 이르면 인간의 행위 가운데서 어디까지를 노동으로 보는가는 매우 중요한 의미를 지닙니다. 정의에 따라서는 노동가치설이야말로 가장 주관적인 가치 학설이 될 수도 있고, 잉여가치의 발생도 부인할 수 있습니다.

그다음 노동의 양을 재는 단위로서의 시간입니다. 평균적인 조건 아래서라는 단서가 있기는 하지만, 시간이 노동의 양을 재는 단위로서 정확할 수 있는 것은 같은 종류의 노동만 있을 때에나 가능합니다. 그러나 현실적으로 노동은 그 난이도, 힘의 소모량과 소모형태, 일회성과 반복성 따위 시간만으로는 측정단위를 삼을 수가 없습니다. 결국 다른 어떤 척도에 의해 노동의 크기를 시간으로 환원시켜야 할 것인데 그것을 무엇으로 하느냐가 문제되는 것입니다. 즉 ─."

동영이 아련한 옛 기억을 되살리며 거기까지 말했을 때였다. 갑자기 카랑카랑한 목소리가 동영의 말허리를 잘랐다.

"질문 있습니다."

무심코 그 목소리의 임자를 보던 동영은 당혹스럽고도 거의 본능적인 경계심을 느꼈다. 그 전 학기에 3학년에 복학한 최(崔) 뭐라는 좀 나이 든 학생이었다. 전쟁이 터지자 맨 먼저 의용군에 자원했으나 워낙 시력이 나빠 전선에는 가지 못하고 주로 의용군 초모에 선동업무를 담당하다가 돌아왔는데, 불과 한 학기 사이에 대학 민청을 손아귀에 넣을 만큼 이론에 밝고 달변이었다. 거기다가 어떤 연줄인지 도당(道黨)에도 입김이 닿아 교수들도 그를 은근히 두려워할 정도였다.

"좋소, 질문하시오."

그의 번득이는 안경알 뒤에서 까닭 모를 싸늘한 적의를 느끼며 동영이 자신도 모르게 떨리는 목소리로 대답했다. 그가 꼿꼿이 몸을 일으켜 세우더니 완연히 공격적인 말투로 입을 열었다.

"세 가지로 나누어 묻겠습니다. 첫째, 교수동지께서는 부르주아 경제학의 대표격인 한계효용학파의 주장을 대단한 것으로 내세우셨는데 제가 알기에 그들의 그 같은 주장은 소외나 외화(外化)를 조장하는 자본주의적 시장경제 아래서만 성립할 수 있는 일시적 현상을 기초로 한 주관적이고도 자의적인 가격이론으로, 사회주의 경제학자들로부터 이미 일축된 것입니다. 그런데 새삼 교수동지께서 그 주장을 노동가치설의 난점으로 지적하시는 까닭은 무엇입니까?"

사실 동영은 그가 일어날 때부터 자신이 지나치게 감상에 빠졌다는 걸 느끼고, 적당한 선에서 양보하고 얼버무릴 작정이었다. 그러나 다름아닌 제자로부터 추궁하는 투의 질문을 받자 슬며시 오기가 났다.

"바로 그 시장경제 때문입니다. 우리의 이상은 시장경제의 소멸에 있으나 현실은 낙관적이지 못합니다. 레닌의 신경제정책을 보더라도 그 점은 쉽게 짐작될 수 있으리라 여겨집니다."

"신경제정책은 이보(二步) 전진을 위한 일보 후퇴일 뿐입니다. 역시 일시적 현상이지, 이론의 근거로는 삼을 수 없습니다. 어쨌든 좋습니다. 다음 질문으로 넘어가겠습니다.

둘째, 우리에게는 이미 '자기실현의 수단이며, 주체의 객관화이며, 인간과 자연이 함께 참여하는 가치생성의 과정'이라는 노동의 정의가 있습니다. 그런데 교수동지께서는 그런 명백한 노동의 정의를 새삼 애매하게 만들고, 잉여가치의 존재까지도 위협할 수 있는 것으로 말씀하셨습니다. 어떻게 그런 일이 생길 수 있습니까?"

"노동에 대한 그런 사변적이고 추상적인 정의는 구체적인 상품의 가치를 결정하는 데 무력할 뿐만 아니라, 스미스나 리카도의 정의와는 다릅니다. 하지만 그 정의로도 잉여가치가 부인될 수 없는 것은 아닙니다. 예를 들면, 자본가가 자본을 축적하고 투자를 결정하는 것은, 그 나름으로는 '자기실현이며 주체의 객관화'가 될 수 있으니 노동에 해당됩니다. 그렇다면 잉여가치는 노동자에 의해 생산된 것이 아니라 처음부터 자본가의 축적행위나 결정행위라는 노동에 지급될 임금이라 볼 수도 있지 않겠습니까?"

그러자 최는 매서운 눈으로 동영을 쏘아보며 무어라 반박하려다 말고 다시 물었다.

"셋째, 교수동지께서는 노동량의 측정단위로서 시간의 불합리성을 말하시면서 노동 호상간의 차이를 그 이유로 들었습니다. 하지만 그 차이는 사악한 노동의 분화와 일쑤 불평등한 분배의 구실로 악용되는 그 우열(優劣)의 존재를 전제로 한 것입니다. 화가(畵家)가 따로 있는 것이 아니라 다만 다른 일도 하는 가운데 그림도 그리는 사람이 있을 뿐인 공산사회가 되면 결국 노동량의 측정단위로 남는 것은 시간밖에 더 있겠습니까?"

이미 추궁을 넘어 범죄의 심증을 굳힌 수사관이 유도심문이라도 하는 것 같은 투였다. 동영 또한 막연한 경제가 아니라 명백하고도 임박한 위험으로 그의 말을 받아들였다. 이쯤에서 멈춰야 한다 — 동영은 그렇게 자기를 타일렀다. 그러나 동영의 입에서 튀어나온 말은 그런 마음속의 자제를 따르지 못했다.

"이상과 현실은 구분되어야 하며, 가정(假定)은 논리의 전제가 될 수 없습니다. 더군다나 그 같은 공산사회는 노동가치설을 창안한 이들의 고려에는 아직 없었습니다. 그러나 이 자리는 강단이며, 또한 나는 질문을 받은 교원으로서 대답을 회피하지는 않겠습니다. ⟨아무도 독점적인 활동영역을 갖지 않으며, 각자는 자신이 원하는 어느 분야에서라도 자신을 훈련시킬 수 있고, 사회가 전반적으

249

로 생산을 규제하여 내가 오늘은 이것을 내일은 다른 것을 할 수 있게 하고, 아침에 사냥 가고 오후에 고기잡이하며, 해 질 녘에 가축을 돌보고 저녁식사 뒤엔 비판에 몰두할 수 있게 되어, 나는 사냥꾼이나 어부나 목자나 또는 평론가 같은 전문인이 되지 않고도 내가 원하는 대로 할 수 있게 된다〉 — 물론 이 같은 감동적인 사회는 우리의 이상이지만 그 도래는 회의적입니다.

그런 사회의 실현은 그 구성원이 모두 전능인(全能人)이 되거나 원시적인 자급자족의 촌락경제로 이 사회를 되돌리는 경우뿐입니다. 그러나 축적된 지식과 기술은 너무 많고 다양하며, 필요로 하는 생산 또한 마찬가지여서 이제 전능인의 출현은 불가능해졌습니다. 그렇다고 저 원시의 이상으로 돌아가기에도 우리는 너무 멀리 와 있습니다. 결국 시간이 유일하게 노동량의 측정단위가 될 수 있는 사회가 올 전망은 희박합니다. 그 같은 이상은 한 비유로 보다 나은 것을 추구하기 위한 우리의 노력과 의지를 북돋우려는 것일 뿐입니다……."

동영이 자신도 알 수 없는 이상한 열기에 휘몰려 거기까지 말했을 때였다. 갑자기 최가 책상을 치며 분연히 소리쳤다.

"그만두시오! 교수동지의 말은 하나같이 부르주아의 궤변들에 물들어 있소. 아니, 우리의 사상과 이념에 정면으로 도전하는 반동적 강의요. 더 들을 수 없소!"

그러더니 학생들을 돌아보며 선동했다.

"동무들, 뭐 하고 있소? 이건 강의가 아니오. 악질적인 회의론의 전파며, 보고되어야 할 해당행위(害黨行爲)외다. 이따위 수업은 거부

돼야 하오."

그러자 몇 군데서 옳소, 옳소 하더니 나중에는 교실 전체가 들썩거렸다. 동영은 퍼뜩 정신이 들었다. 집단이 주는 위압감과 함께 자신의 엉뚱한 오기가 갑작스레 후회되었다. 얼버무림이나 적당한 양보로는 가라앉을 분위기가 아니었다.

하지만 군중심리의 통제에 관한 일이라면 동영도 노련할 대로 노련했다. 위축과 후회도 잠깐, 그는 곧 맹렬한 역습으로 나갔다.

"야!"

강의실이 떠나갈 듯한 고함으로 먼저 학생들의 얼을 뺀 뒤, 이어 거칠게 퍼부었다.

"이것들이 사람을 어떻게 보는 거야? 여기 선 나, 너희들이 뱃속에 있을 때부터 이 길로 들어서서 이십 년이 넘도록 싸워왔어. 처자와 노모까지 죽이고 혼자 여기까지 쫓겨 온 것만 해도 피눈물나는데, 뭐 반동? 부르주아? 찢어진 아가리라고 말이라면 다야?"

떠들다 보니 정말로 분노가 솟구쳤다. 이 년이나 억눌러온 것이라 한 번 발산이 시작되자 자신도 걷잡을 수 없었다. 아무리 그런 사회에서 교육을 받았지만 나이는 역시 나이였다. 최를 뺀 나머지 학생들은 금세 기가 죽어 머뭇머뭇했다. 그걸 본 동영이 한층 기세를 올렸다.

"의심해 보지 않은 놈이 어떻게 확실하게 믿어? 비판해 보지 않은 놈이 어떻게 비판에 견뎌? 그런 놈들이 무슨 큰 이념의 수호자라도 되는 듯 설쳐대는 거야? 이건 명백히 집단 수업거부야. 도대체 뭐야? 대학에 다니도록 해준 당의 특전이 싫단 말인가? 공장이나 농장으로 돌아가 생산영웅이라도 되겠다는 거야?"

　동영의 말 속에 숨은 위협은 거의 신기할 만큼 위력이 있었다. 교실은 곧 숙연한 분위기로 돌아가고, 동영의 기세에 질린 학생들은 완연히 겁먹은 기색으로 동영의 눈치만 살폈다. 동영은 거기다가 스스로도 넘어갈 만큼 감동적인 목소리로 덧붙였다.

　"믿기 위하여 의심한다. 옹호하기 위하여 비판한다. 사랑하기 위하여 미워한다 — 그리하여 그 의심과 비판과 미움을 극복한 자만이 진정한 이념의 사람, 위대한 사회주의 건설자(북괴의 교육이념)로 자라 갈 수 있을 것이다. 이곳은 대학이다. 우매한 인민을 동원할 때나 쓰는 어설픈 선동기술을 가르치는 곳이 아니다!"

　그러나 최만은 굴복하지 않았다. 교실 안이 완전히 두려움 섞인 침묵으로 채워진 뒤에도 여전히 꼿꼿이 서서 동영을 살피던 그는 동영의 말이 채 끝나기도 전에 책을 챙겨들고 강의실을 나가버렸다.

　"교수동지의 말은 남조선 출신의 간층(間層=지식층)이 보여주는 자기과시의 특성 가운데 하나일뿐입니다. 하지만 자명한 것에 대한 의심은 낭비이며, 불필요한 비판은 위대한 사회주의의 전진에 방해만 됩니다. 나는 이런 강의의 수강은 거부하겠습니다."

　쌀쌀하면서도 빈정댐 섞인 그의 말이었다.

　남은 시간은 자신의 모든 지식과 논리를 동원하여 스스로 제기한 노동가치설의 난점들을 없었던 것으로 만드는 데 성공했지만, 동영은 아무래도 그 일이 마음에 걸렸다. 동영이 최의 번뜩이는 눈매에서 본 것은 이미 스승의 학문적 태도에 대한 제자의 반발이 아니라 감시자의 적의였다. 대학 민청 자격으로 대학당위원회의 강의 검열에 문제를 제기할 수도 있고, 소문대로 다른 연줄을 통해 정치적인 불리(不利)를 입힐 수도 있었다.

동영은 그 학기에만 해도 셋이나 부적격 판정 또는 당성 결여 따위의 애매한 이유로 강단에서 사라진 동료들을 떠올리며, 문득 으스스한 기분이 들었다. 함흥에 있는 고급중학교(고등학교)로 밀려난 이는 차라리 다행이라 할 만큼 생산분야로 돌려진 다른 둘의 뒷소문은 비참했다. 자신은 유적(流謫)이나 다름없이 느껴왔던 그 일 년 반의 음울한 평온이 새삼 소중하게 느껴질 정도였다.

동영이 견딜 수 없는 불쾌감과 자기혐오에 떨어져 대학 구내를 이리저리 거닐게 된 것은 그 어쭙잖은 평온마저 잃어버릴지 모른다는 불안에 오후 내내 시달린 다음이었다. 내가 도대체 무엇을 했기에? 학문적인 입장에서 그 학설의 난점을 지적했을 뿐이고, 또 당의 교육이념에 맞게 옹호로서 그 강의를 끝맺지 않았는가? 그런데 그 서툰 밀정(密偵) 같은 녀석 때문에 이토록 겁을 먹고 혼란되다니 — 불쾌감은 그런 기분에서 시작되었다. 그리고 곧 그 불쾌감은 그렇도록 초라해진 자신에게 대한 혐오로 번지며, 걷잡을 수 없이 화가 났다. 나중에 특히 그의 화를 돋군 것은 자신이 그토록 화를 내는 이유 가운데 그 젊은 녀석의 맹목에 가까운 열정과 확신을 부러워하는 마음이 들어 있다는 점이었다.

해가 뉘엿할 때까지 구내를 쏘다녀도 마음이 가라앉지 않자 동영은 습관처럼 술 생각이 났다. 술이 귀하기는 해도 돈만 있으면 역 부근의 마을에서 구할 수는 있었다. 그래서 천천히 언덕길을 내려

253

가는데 갑자기 등 뒤에서 부르는 소리가 들렸다.

"이 교수님, 이 교수님 —."

동영이 돌아보니, 전에 수사(修士)들의 거처였다는 건물 곁에서 농화학(農化學) 강좌를 맡고 있는 현석진(玄錫眞)이란 교원이 손을 흔들며 걸어나오고 있었다. 직급은 아직 교수도 못 되는 상급 교원에 지나지 않고, 나이도 서른을 갓 넘겼을 정도로밖에는 안 보였지만, 그 학교로 보면 사리원농대 시절부터의 고참교수였다.

동영은 그를 보자 전부터 해온 대로 짐짓 표정을 굳게 했다. 동영이 그를 경계하는 것은 그가 자신과 이질의 적대적 유형의 사람이기 때문이 아니라 오히려 너무도 동질이며 우호적 유형의 인간이기 때문이었다. 자신의 삶이 실패하고 있다는 느낌이 들 때, 사람들이 일쑤 적의와 경계를 느끼게 되는 것은 성공하고 있는 이질의 유형뿐만은 아니다. 자신과 동질의 인간이기 때문에 그 앞에도 놓여 있는 실패의 예감이 그를 경계하게 만들 수도 있다. 자신과 똑같은 실패를 그에게서 거듭 보게 되리라는 불안 또는 그의 실패가 자신의 실패와 얽히게 되어 둘 다 비참해질지도 모른다는 불안 탓인데, 그를 보는 동영의 눈이 바로 그랬다.

얼핏 보면 동영의 그 같은 느낌은 좀 엉뚱한 데가 있었다. 현은 이북출신이며, 가난한 소작농에서 도회의 임금노동자로 전환한 아버지를 가졌고, 마지막 학위는 김일성대학에서 받았으며, 전공은 이과(理科)였다. 그런데도 동무란 호칭과 모임을 싫어하고 술과 사적인 분위기를 좋아하는 것이며, 약간의 지적인 허영과 또 그만큼의 냉소적인 기질, 그리고 뿌리를 캐낼 수 없는 귀족취향 같은 것은 동영으로 하여금 단번에 그가 자신과 비슷한 종류의 인간이란 걸 느끼게 만들었다.

현도 어쩐지 처음부터 동영에게 접근하려고 애를 썼다. 기회 있을 때마다 말을 걸고, 때로는 숙소로 찾아오기까지 했다. 동영의 침울한 얼굴에서 무엇을 읽었는지 어떤 때는 중앙당의 권력핵심을 거침없이 비난하여 동영을 섬뜩하게 만들기도 했다. 그러나 동영이 워낙 받아들여 주지 않자 그 무렵은 좀 뜨음했는데, 갑자기 나타난 것이었다.

"반시간 전부터 이 교수님이 산책하는 걸 내다보고 있었습니다. 무슨 언짢은 일이라도 있으십니까?"

현이 그 특유의 사적 분위기를 풍기며 물었다. 낮의 일 때문인지 그날따라 경계심이 일지 않았다.

"네, 좀……."

"지금 어디로 가십니까? 숙소로 가시는 것 같지는 않은데……."

"실은 저 아래 내려가 술이나 마실까 하고……."

동영은 함께 가려면 가자는 기분으로 그렇게 말했다. 현이 짐작대로 반색을 했다.

"아, 그거라면 제게 맡기십시오. 한군데 보아둔 곳이 있습니다."

그 바람에 둘은 아직 저물기도 전부터 역 뒤편의 허름한 개인식당에 술상을 놓고 마주앉았다. 그러나 동영은 막상 마주앉고 보니 공연히 번거롭게만 되었다는 기분이 들었다. 자폐증상이라 해도 좋을 만큼 오랫동안 홀로만의 생활에 익숙해 온 동영에게는 그 얼마간의 동석에 요구되는 잔 신경씀도 성가시게 느껴졌다.

그런데 화제를 뜻밖의 방향으로 풀어간 것은 현이었다.

"하나 물어봐도 좋겠습니까?"

몇 순배 돌기도 전에 그렇게 물어왔을 때만 해도 동영은 그가 낮의 일을 어디서 전해 듣고 그걸 물으려는 줄 알았다. 그래서 말없이 고개를 끄덕였는데 물음은 그게 아니었다.

"안명례(安明禮)를 어떻게 아십니까?"

"안명례?"

동영이 뜻밖이라는 기분으로 그렇게 되물었다. 그가 더욱 은근하게 말했다.

"그러지 마십시오. 언젠가 원산에서 함께 계신 걸 보았습니다. 안나타샤 말입니다."

그제서야 동영은 퍼뜩 안귀례(安貴禮)라는 이름을 떠올리며 놀란 눈으로 현을 보았다. 현은 빙긋이 웃고 있었다. 악의는 전혀 보이지 않았다. 안명례가 안나타샤의 본이름이라면 ─ 그런 생각을 떠올리자 동영은 문득 갑작스런 목마름과도 같은 궁금증에 사로잡혔다. 그러나 아직 현의 의도를 알 수 없어 애써 태연한 얼굴로 대답했다.

"전에 ─ 함께 일한 적이 있습니다."

"교수님은 이남출신인데 어떻게 그 여자와……?"

"함께 서울지구에서 해방정책에 참여했소."

거기서 동영은 아직도 미심쩍게 자신을 보고 있는 그의 눈길을 무시한 채 말머리를 돌렸다.

"그런데 현 교수는 어떻게 그 여자를 아시오? 더군다나 본이름까지……."

"그거야 —."

갑자기 현의 얼굴이 묘하게 일그러졌다. 호오(好惡)의 감정을 얼른 분간할 수 없는 그 표정을 보며 동영은 긴장으로 자신도 모르게 들고 있던 술잔을 놓았다.

"그녀가 아무리 소련서 자란 조선인 2세 시늉을 해도 내게는 소학교 동급생인 안명례일 뿐입니다. 다른 사람은 몰라도 나는 알아볼 수 있어요."

"한 마을에서 자랐소?"

"그것도 한 집 건너서였죠."

"그럼 오송리?"

"거길 교수님께서 어떻게 아십니까?"

이번에는 현이 펄쩍 놀랐다.

"옛날에 한번 가본 적이 있소."

"아하 — 바로 그때의 낯익음 때문이었던가. 교수님이 이상하게 가깝게 생각되던 게……. 그게 정확히 언제쯤입니까?"

"소화(昭和)로 치면 11년이나 12년쯤 될 거요."

"그럼 아닌데 — 우리집은 소화 9년에 제가 소학교를 졸업하자마자 평양으로 떠났으니까요."

"그런데 어떻게 그녀를 알아볼 수 있소? 벌써 이십 년이나 지난 일인데……."

"이십 년의 세월도 왼쪽 귀 밑에 있는 점 둘은 못 없앴더군요. 함께 무우를 깎아 먹다가 그녀의 손등에 생긴 낫자욱도 저는 확인했습니다. 거기다가 이미 성년의 모습이 자리 잡기 시작한 열여섯 때도 한번 몰래 그녀를 훔쳐본 적이 있습니다."

추억이 시작되면서 현의 목소리가 조금씩 떨리기 시작했다. 동영의 가슴도 뛰기 시작했다. 그토록 알고 싶어 했던 안나타샤의 과거를 어쩌면 그에게서 듣게 될는지도 모른다는 기대에 낮의 불쾌한 일도 깨끗이 잊은 채였다.

"그럼 그 여자의 지난날을 잘 아실 것 같소만 —."

마침내 동영이 더 참지 못하고 궁금한 부분으로 화제를 돌렸다.

"전부는 아닙니다. 그러나 열일곱 때까지는 알지요."

"그걸 좀 들려주실 수 없소?"

그러자 갑자기 현이 정색을 하고 되물었다.

"솔직히 말해 주십시오. 명례와 어떤 사이십니까? 그녀가 말해 주지 않았다면 무엇 때문에 알려고 하십니까?"

"실은 그녀에게 적지 않은 도움을 받았소. 그런데 나는 그 까닭을 알 수 없소. 그래서 그 오송리와 어떤 연관이 있는가 하고……."

동영은 좀 솔직해질 필요가 있다고 생각하고, 우선 십칠팔 년 전의 일만 기억나는 대로 얘기해 주었다. 그러나 오송리 얘기가 나오자 그때부터 현은 급작스레 취해 오는 모양이었다. 끝부분은 제대로 듣지도 않고 마치 첫사랑을 고백하는 소년처럼 상기된 얼굴로 더듬더듬 털어놓기 시작했다.

"그 마을 사람들은 독한 년이라 그러지만, 그리고 교수님께서도 어떻게 생각하실지 모르지만 — 명례는 제겐 잊을 수 없는 여잡니다.

오송벌 아시죠? 그 삼백 마지기 들에서 이백 마지기는 이웃 신천

(信川)의 백 부자집 논이었고, 그 여자 아버지는 현지 마름[舍音]이 었습니다. 제 선친은 그 아래 작인(作人)으로 우리 두 집은 특히 친했지요. 그 바람에 소학교 때부터 명례는 내 색시라고 한반 아이들로부터 놀림도 많이 받았지만, 우리 둘도 꽤나 친했던 것 같습니다.

그런데 소학교 5학년 때 명례네 아버지가 큰 병을 얻었습니다. 요새보니 늑막염이나 폐병 같은 게 아닌가 싶은데, 어쨌든 일을 못하게 되자 한 해를 참지 않고 백 부자네는 마름을 갈아버리더군요. 새로운 마름은 좋지 못한 사람에다 전(前)마름과 친하게 지낸 제 아버지를 밉게 보았던지 부치던 논밭을 떼고, 멀리 있고 소출도 없는 땅으로 바꿔 버렸습니다. 거기에 울컥한 아버지는 새 마름과 한바탕 싸우고 평양으로 나가게 된 겁니다. 소작인에서 도회의 하층민으로 편입된 셈입니다.

부모님들은 낯선 도시에서 맨주먹으로 살아가실 걱정이 더 컸겠지만 제게는 무엇보다도 명례와 헤어지는 게 눈물겨웠습니다. 좀 쌀쌀맞고 기회 있을 때마다 나를 곯려주는 편이긴 해도 그녀 역시 우리가 떠나는 걸 섭섭해하는 눈치였습니다.

그날은 아직도 기억에 선명합니다……. 짐이랄 것도 없는 보통이들을 올망졸망 나누어 지고 그 마을을 떠나는 우리를 명례네는 식구대로 동구밖까지 배웅해 주었습니다. 명례는 까만 광목치마와 회색 인조저고리를 입고 다소곳이 부모들 틈에 끼어 서 있었습니다. 어른들의 눈길 때문에 아무 말 못하고 지나가기는 해도 그때 나는 마음속으로 맹세했습니다. 이 다음에 크면 그 아이를 색시로 삼으리라고……."

그러더니 현은 잠시 애기를 그치고 동영의 눈치를 살폈다. 취한 가운데도 문득 자신의 감상적인 애기가 쑥스러운 모양이었다.

"재미있소. 계속해 봐요."

동영이 진심으로 말했다. 좀 느닷없고 유치한 데마저 있지만 이상하게도 가슴이 저려오는 애기였다. 현이 잠시 머뭇거리더니 술 한 잔을 털어넣고는 애기를 계속했다.

"평양에 자리 잡으면서 제 인생은 달라져갔습니다. 심할 때는 구걸과 다름없는 생활이고, 괜찮댔자 아버지는 인력거를 끌고 어머니는 목판장사를 하는 정도였지만, 두 분은 기를 쓰고 나를 가르치려 드셨습니다. 덕분에 나는 중학을 마치고 고보까지 가게 되었지요.

숭실(崇實)고보에 들어가던 그해 저는 오송리로 가보았습니다. 고향이 그립다기보다는 명례를 보고 싶었기 때문입니다. 그해는 아버지가 방직공장에 나가게 되고 어머니도 목판장사가 자리 잡혀 제법 여유가 있던 해였습니다.

저는 은근히 고보생이 된 나를 명례에게 자랑하고 싶었습니다. 그런데 오송리에 가보니 — 이미 명례는 물론 명례의 가족 하나 남지 않고 소문만 무성했습니다. 소문은 이랬습니다.

그 전해 명례는, 신천 백 부자만큼은 안 돼도, 인근에서는 천석꾼 부럽잖은 알부자로 소문난 집에 소실(小室)로 들어갔습니다. 그녀를 소실로 맞은 것은 그때 이미 환갑을 지난 늙은이였습니다. 땅보다는 고리대금으로 더 재미를 보던 그 늙은이는 그녀 아버지의 병구완을 위해 빌려 간 빚 독촉을 갔다가 그녀를 보고 넋이 빠져, 빚탕감뿐만 아니라 돈 백 원까지 얹어 그녀를 사가듯 데려간 것입니다.

하지만 더욱 놀라운 것은 그녀였습니다. 눈물 한 방울 흘리지 않고 육순 늙은이의 첩으로 간 그녀는 어떻게 그 늙은 호색한을 흘렸는지 이듬해 봄 늙은 본처가 죽자 그대로 안방을 차고 앉았습니다. 뿐만이 아닙니다. 그 사이 몸을 회복한 그녀의 아버지에게도 한 밑천 주어 가족을 데리고 간도(間島)로 옮겨가 살게 했지요.

　제가 간 것은 바로 그 무렵이었습니다. 명례가 그렇게 되었다는 말을 듣자 저는 생전 처음 느끼는 묘한 분노와 쓰라림을 맛보았습니다. 그 사이 그녀는 내 꿈속에서 자란 이미 한 여인이 되어 있었던 것입니다. 나는 무슨 구체적인 생각도 없이 그녀가 안방을 차지하고 산다는 그 늙은 고리대금업자의 집을 찾아갔습니다.

　삼십 리 길을 단숨에 달려가 고래등 같은 그 집 앞에 이른 뒤에야 나는 비로소 막연한 기분이 들었습니다. 그녀를 만날 방도도, 만나 할 말도 전혀 생각나지 않았습니다.

　그래서 갑작스레 낭패한 기분으로 그 부근을 서성거리는데 갑자기 대문이 열리며 그녀가 나타났습니다. 사십도 넘어 뵈는 안방마님 차림으로, 부리는 계집아이를 야단치며 제 곁을 지나가는 것이었습니다. 그러나 한눈에 그녀를 알아본 나에 비해 그녀는 나를 알아보지 못한 것 같았습니다. 그게 비련으로 끝난 내 첫사랑의 마지막 장면입니다…….

　하지만 그녀에 대한 소문은 더 있습니다. 몇 해 뒤에 내가 다시 오송리로 갔을 때, 그녀는 이미 그 늙은 남편으로부터 천이백 원이란 거액을 훔쳐 어디론가 달아나 버린 지 오래였습니다. 하루 만에 신고를 받은 경찰은 그녀의 세간에서 나온 몇 권의 불온서적 때문에 더욱 눈에 불을 켜고 그녀를 추적했으나 만주로 갔으리란 추측 뿐 끝내 검거하지 못했다는 것입니다. 날짜를 맞추어 보니 대략 내가 그녀를 훔쳐본 날로부터 두 달 뒤, 그녀 나이 열일곱이던 해 6월 이었습니다.

그녀가 소련으로 가게 된 경위는 알려진 것도 없고 앞으로도 알려지지도 않겠지만 짐작은 할 수 있습니다. 그녀의 소련말이 유창하고 정확하다는 게 사실이라면 만주에서는 오래 머물지 않았을 것입니다. 그리고 그 소만국경을 넘기 위해서는 돈이든 몸이든 아끼지 않았겠지요.

43인 그루빤가 뭔가 하는 사람들과 친분이 두터운 것도 추측은 가능합니다. 그 무렵은 그들도 근거지를 소련으로 옮길 때였다는 것과, 적어도 그들이 신임받고 있던 하바로프스크 군사령부(소위 동북항일련군을 조정하던 소련 극동군) 정도의 추천이 필요한 모스크바 공산대학에 그녀가 입학할 수 있었던 것으로 보아, 그녀 역시 그 무렵부터 그들과 친분이 시작된 게 아닌가 싶습니다……."

거기까지 말한 뒤 한동안 그는 목마른 사람처럼 술잔을 거푸 비웠다. 동영은 그의 감상적인 회상 뒤에 숨은 안나타샤의 어둡고 처절한 과거를 머릿속에서 맞추느라 잠시 그런 그를 버려두었다.

자신의 기억과 연결지어 안나타샤의 과거를 일관된 줄거리로 재구성한 동영이 다시 현을 보았을 때 그는 완연히 취해 있었다. 멍하니 빈 잔을 바라보다가 문득 동영의 눈길을 느낀 듯 꼬부라들기 시작하는 혀로 다시 말을 걸었다.

"명례의 얘기를 하다보니 점점 술맛이 나는군요. 이 교수님, 왜 그런지 아십니까?"

"아직도 사랑하기 때문이오?"

동영이 별 질투의 감정없이 물었다. 그 말에 그가 한동안 키득거리더니 대답했다.

"이 교수님, 제가 좀 응석을 떨었다고 해서 뭐 아직도 열일곱 살의 고보 일년생인 줄 아십니까? 그게 아닙니다. 그 여자를 보면 이상하게 망가져버린 내 꿈이 생각난다 말입니다. 그러면 우울하고 — 우울보다 더 좋은 술안주가 있습니까?"

그러더니 다시 불쑥 물었다.

"이 교수님 또 하나 꼭 물을 게 있습니다. 진실을 대답해 주시겠습니까?"

"그러지요."

동영은 별생각 없이 승낙했다. 현은 취한 사람 같지 않게 살피는 눈으로 동영의 얼굴을 똑바로 쳐다보며 물었다.

"이 교수님의 출신을 알고부터 궁금하던 것인데 — 정말로 부르주아란 계급이 그렇게 죄 많고 부담스러운 짐입니까? 때가 오기도 전에 스스로 벗어던지고 자기를 절멸시키려고 벼르는 적들 앞에 달려가 무릎 꿇을 만큼……."

"그게 무슨 뜻이오?"

"제 꿈이 무엇이었는지 아십니까? 부르주아였습니다. 어렸을 때는 백 부자처럼 되고 싶었습니다. 삼시 세끼 고기반찬을 배불리 먹고 비단옷에 싸여 지내다가, 가을이면 서사(書士)를 앞세우고 들에 나와 굽실거리는 작인들과 짝갈림한 곡식이나 실어가고…… 중학교 때도 마찬가지였습니다. 백 부자나 미쓰이(三井)나 미쓰비시(三菱) 같은 대재벌로 엄청나졌을 뿐. 고보대학 — 뭐 달라진 줄 아십니까? 좀 고상해지고 우아해지고 또 현실적이 되었다뿐이지 역시 내가 꿈꾼 것은 부르주아적인 안락이었습니다. 그 기대로 나는 참혹하다고밖에는 달리 표현할 길이 없는 학업을 지탱해 왔습니다. 부모님의 교육열이라 하지만 식민치하의 단순노동계급의 수입이 어떤 것이겠습니까? 굶지 않았다는 것은 여섯 식구에 하루 대두박 한 되가 돌아왔다는 것이고, 학비를 댔다면 일 년 열두 달에 용케벌이가 좋았던 몇 달의 월사금을 주었다는 것이며 학용품이라면 열 과목에 한 권 정도의 공책과 붓대롱에 끼운 몽당연필이 전부였습니다. 그나마도 아버지가 돌아가신 뒤의 대학은 그야말로 악전고투란 말 그대로였습니다. 부유하게 자라신 이 교수님은 아마도 상상조차 못하실 것입니다……."

"그래서 대학의 상급교원까지 되지 않았소?"

그러나 현은 그런 동영의 말에는 아랑곳없이 자기 얘기를 계속했다.

"해방되던 해인 대학 졸업 때까지만 해도 내 꿈은 동척의 하이칼라 기사(技士)가 되는 것이었습니다. 그러나 해방이 되자 모든 것은 하루아침에 달라지고 말았습니다. 내 꿈이 이루어질 세상 자체가 사라져버린 것이죠. 아무리 노력을 해도 사회의 평균치 이상의 재산을 축적하는 것은 죄악시되고, 또 축적한다 해도 명례 같은 아름다운 첩을 사거나 금강산 기슭에 별장을 짓고 거문고 뜯는 기생을 불러 술을 즐길 수는 없게 되었습니다.

당황 끝에 연구원으로 학교에 그대로 머물렀죠. 다행히 출신성분이 좋고, 드러난 친일경력도 없어 이 년 뒤에 나는 우선적으로 고향 부근인 사리원 농대의 교원자리를 얻었습니다. 하지만 그것은 고상하고 품위 있는 풍요를 의미하는 부르주아 세상의 교수는 아니었습니다. 16년의 정말 피나는 학업 끝에 얻은 조교원(助敎員)의 월급이 어땠는지 아십니까? 평양 큰 공장의 숙련공 월급보다도 적은 것이었습니다. 농민들의 평균 월수입을 넘지 못했죠. 결국 나는 풍요와 안락에 관한 한 16년을 바쳐 도망치려고 했던 그 자리로 되돌려지고 만 것입니다. 지금처럼 먹고 입고 자는 정도는 내가 소작농의 자식으로 오송리에 그대로 머물렀어도 누릴 수 있을 거라는 얘깁니다."

"설령 자신이 그 수혜자(受惠者)일지라도 그릇된 체제에 연연하는 것은 참다운 지성일 수가 없소. 지금 우리가 싸우고 있는 반동의 본질이 그와 크게 다르지 않을 것이오."

비록 술에 취했고, 극단한 감정의 과정에 빠져 있다고는 하지만 너무도 어이없는 현의 부르주아적 속물근성에 새삼 경계심이 인 동영이 굳은 얼굴로 말했다. 갑자기 그가 자기를 떠보고 있는지도 모른다는 생각이 든 탓이었다. 그러나 아무래도 그런 것 같지는 않았다. 현은 불그레한 얼굴에 숨김없는 조소를 떠올리며 더욱 거침없이 말했다.

"그것이 여럿 앞에서 멋을 부리는 것이나 자기보호와도 관련된 학생들 앞에서의 강의라면 나도 그런 대의(大義)쯤은 말합니다. 아니, 그보다 더 철저하게 이 같은 사회개혁의 정당성과 필연성을 주장할 수도 있고 또 해오기도 했습니다. 하지만 이 자리가 이 교수님과의 사적인 술자리이고, 허심탄회하게 마음을 털어놓기로 한다면 — 솔직히 나는 억울합니다. 노름판에서 잃기만 하다가 막 따려는데 경찰이 나타나 노름판이 끝나버린 경우의 재수 없는 노름꾼과 같은 기분이에요. 경찰이 나타난 것 자체는 분명 정의이지만 그 노름꾼이 억울한 건 억울한 겁니다."

"물론 평등이란 지상(至上)의 원리지만, 공화국도 개인적인 재능이나 노력의 차이를 전혀 무시하지는 않소. 부르주아적 성공을 위해 노력한 만큼 사회주의 건설에 헌신한다면 공화국도 반드시 거기에 합당한 보답이 있을 것이오."

"물론 나도 국가와 권력이 존속하는 한 어떤 형태로든 특전 또한 남아 있으리라 믿습니다. 하지만 부르주아적 성공과 이 공화국의 특전수혜자 계층에 끼이는 것은 길이 달라요. 내가 터득한 기술이나 연마한 능력은 이 사회의 성공법과는 다른 것이었단 말입니다. 지금 시작한댔자 이미 늦어요. 나는 언제까지나 평등이 강요되는 계층에만 머물러 있게 결정된 거나 다름없습니다……."

아직도 경계를 풀지 못해 충고조의 말을 던지는 동영에게 현은 그렇게 자조(自嘲)했다. 그러더니 갑작스런 악의까지 내비치며 물었다.

"다시 제 질문으로 돌아가겠습니다. 혹 이 교수님께서는 너무 일찍 포기하거나 지나치게 겁을 먹고 싸움도 없이 항복해 버리신 거 아닙니까? 그리하여 너무 쉽게 모든 걸 넘겨 줘 버리신게 아닙니까? 내가 그토록 오랫동안 이를 갈고 참으로 얻으려 했던 부르주아적 안락과 풍요를 말입니다."

"이상하는 바를 위한 노력의 착수나 옳다고 믿는 바에 대한 헌신에 너무 이르거나 지나치게 쉬운 법은 없소."

"아니면 너무 사태를 낙관하신 거 아닙니까? 중세의 영주가 상업자본가로 변신하여 여전히 위세를 유지하며 살아남고, 상업자본가는 산업자본가로 변신해 그 시대의 혜택을 독점하며 살아남았듯 교수님도 그 재빠른 변신을 통해 프롤레타리아 독재의 권력 핵심에 편입될 수 있으리라 믿으신 것 아닙니까?"

"현 교수 취했소. 나와 가까워지려 한 것이 겨우 이런 모욕을 주기 위해서였소?"

동영이 아픈 데를 건드린 사람처럼 갑자기 성난 얼굴로 현을 나무랐다. 그래도 현은 어떤 집요한 사냥개처럼 한번 물고 늘어진 곳을 놓지 않았다. 오히려 완전히 저항을 끝내주려고 물고 늘어진 채 대가리를 흔들어 대듯 빠안히 동영을 쳐다보며 물었다.

"만약 말입니다, 지금이 철저한 공산주의자로서의 전력이 불리가 되지 않으며 일본의 명문대학 졸업이 높은 사회적 지위를 보장하는 부르주아사회이고, 가족과 물려받은 재산 역시 고스란히 보존된 상태라도 다시 이 길을 걷겠습니까? 제가 보기에는 명백한 상실과 좌절의 길을, 허세나 아집이 아니라 진정한 신념의 길로 다시 걸으실 용의가 있으십니까?"

이건 참을 수 없다 — 동영은 깊이 상처받은 짐승처럼 부르르 몸을 떨며 일어섰다.

"이 썩어빠진 자식, 닥쳐! 이 더러운 반동……."

그렇게 소리치고 나니 더욱 격렬하게 그를 공격해야 할 이유가 하나 더 떠올랐다. 이런 종류의 실패가 명백하고도 임박한 인간과 위험천만한 교류는 이것으로 끝나야 한다. 어떤 수를 쓰더라도 이 자의 초라한 실패에 얽혀들어서는 안 된다. 상처를 공격당한 아픔에 못지않은 절박감에서 동영은 냅다 술상을 걷어찼다. 그리고 뜻 아니한 배반에 망연해진 사람처럼 몽롱한 눈으로 자신을 올려다보는 현에게 거리에까지 들릴 만큼 크게 소리쳤다.

"너 같은 자식이 사회주의 일꾼을 기르는 대학의 교원이라니, 인민공화국의 수치야. 대학당위원회에 보고하겠어!"

그리고는 문을 박차고 방을 나왔다. 신을 신으면서 흘긋 보니 현은 머리를 싸쥔 채 벽에 기대 소리내어 흐느끼고 있었다. 한 번도 귀족이었던 적이 없으면서도 세상의 천민적인 평등에 절망한 별난 귀족주의자였다.

독신교원의 숙소로 가는 길은 어둡고 조용했다. 그럭저럭 제법 마신 술이지만 동영은 별로 취하지 않았다. 꼭지가 덜 떨어진 감상주의자의 술주정이건, 어설픈 귀족주의자의 쓸데없는 호기심이건, 그만큼 현이 던진 질문의 충격은 컸다.

과연 모든 것이 옛날처럼 된다 해도 나는 다시 이 길을 걸을 것인가. 천석지기 지주의 외아들이며 남들이 부러워하는 동경유학생으로 그리고 그것들이 약속하는 갖가지 혜택으로 되돌아가도 이 이념을 위해 한 번 더 그 모든 것을 팽개칠 수 있을 것인가 — 동영은 술집을 나오면서부터 줄곧 그 물음을 되씹었다. 대답이 생각나지 않아서가 아니라, 자신의 내부에서 피 흘리고 있는 자존심 때문에 선뜻 대답할 수 없어서였다. 설령 자기 자신을 속이는 한이 있더라도 그 마지막 선만은 지키고 싶었다.

그런데 확실히 그날은 특별한 날이었다. 숙소로 돌아오니 캄캄해야 할 자기 방의 창이 환했다. 자신은 저 문 뒤에 들어간 적이 없으니, 누군가 다른 사람이 와서 불을 켜놓고 기다리고 있음에 틀림없었다.

누굴까를 추측해 보지도 않고 동영은 그게 안나타샤일 것이라고 단정했다. 한번도 그런 일은 없었지만 자기가 없는 데도 불까지 켜놓고 기다릴 사람은 그녀밖에 없다고 생각됐다. 그러자 동영은 금세 괴로운 물음에서 벗어나 걸음을 빨리했다. 참으로 알맞은 때에 와주었구나……

하지만 그것은 동영만의 엉뚱한 단정이었다. 방문을 열자 까닭 모르게 놀라며 동영을 맞은 것은 뜻밖에도 박영창 선생이었다.

"아, 선생님께서 여길 웬일이십니까? 오신 지 오래……"

동영이 놀라 그렇게 묻다가 가까워 오는 박영창의 얼굴을 보고 말끝을 흐렸다. 그 일 년 반 사이에 너무도 많이 변한 얼굴이었다. 검고 거칠어 단단해 보이던 피부는 이상하게 바래진 듯 회색빛에 시들시들했고, 크고 그윽하다가도 이따금씩 빛을 쏘아내듯 번쩍이던 두 눈은 깊고 음울하게 가라앉은 채였다. 쉴새없는 열변으로 언제나 젖어 있던 두툼한 입술도 바싹 메마른 채 몇 군데나 가늘게 갈라터져 있었다.

"얼마 전에……왔네."

그렇게 목소리마저 시들고 기가 죽은 듯했다. 동영은 그와 마지막으로 만난 밤의 어색한 기억도 잊고 멍청하게 물었다.

"그런데 선생님 — 어찌 된 겁니까?"

"뭘 말인가?"

박영창이 애써 희미한 웃음을 지으며 반문했다. 동영은 자기가 인사조차 변변히 안했다는 것도 잊고 궁금한 것부터 더듬더듬 말했다.

"몹시 건강이…… 어디, 편찮으십니까?"

"아니, 괜찮네. 좀 피로할 뿐이야."

오히려 먼저 침착을 되찾아가는 것은 박영창 쪽이었다. 그는 그렇게 대답해 놓고 제법 여유 있는 웃음과 함께 나무라듯 덧붙였다.

"그런데, 자네야말로 무슨 일이 있었나? 통 인사가 없군. 앉으란 말도 없고……."

"아, 네, 이리로 오십시오."

그제서야 동영은 겨우 정신을 차리고 그를 아랫목으로 안내했다. 하지만 그의 때아닌 방문이 주는 두려움과도 같은 궁극함은 쉽게 그를 놓아주지 않았다.

"참으로 뜻밖이라…… 그간 안녕하셨습니까?"

그렇게 형식적인 인사를 갖추기 무섭게 동영이 다시 물었다.

"아직도 평양에 계십니까?"

"해주(海州)로 옮겼네. 이제 한 반년쯤 되나?"

"그럼 문화선전성에 아니 계셨습니까?"

"연락부 소속이지. 대남 유격대 제17지대 정치부지대장일세."

"역시 그러셨군요."

그 유격대의 규모는 알 수 없지만 이미 오십을 바라보는 그에게 별로 잘 맞을 것 같지는 않은 역할이라 여겨졌다. 그게 이상하게 몰락의 분위기를 풍기는 변모의 이유일까를 생각하며 잠시 물음을 멈춘 사이에 이번에는 박영창이 물어왔다.

"자네는 할 만한가?"

"네, 그럭저럭……."

"아직도 부교수인가?"

"그렇습니다."

"그 여자는 더러 만나나?"

"요즈음은 만나지 않습니다."

동영은 이상한 굴욕감과 함께 순간적으로 거짓말을 해버렸다. 그런데 그 대답에 문득 박영창의 얼굴에 가벼운 실망의 그늘이 스쳐갔다.

"정말인가? 마지막으로 만난 건 언제였나?"

한참 뒤에 그가 다시 무언가를 기대하는 눈길로 동영을 보며 물었다.

"그해 평양에서 보고 마지막입니다."

내친 김이라 동영은 그렇게 잡아뗐다. 그가 그렇게 찾아온 게 그녀와 무슨 관련이 있는 것 같아 궁금함이 일었으나 다시 쓸데없는 일에 말려들기 싫어 그대로 뻗대버린 것이었다.

"그런가? 음……."

영창도 동영이 두 번씩이나 잡아떼자 더 붙잡고 늘어지지는 않았으나 적이 입맛이 쓴 듯 그렇게 말을 맺었다. 확실히 그가 찾아온 것은 안나타샤 때문인 것 같았다.

"선생님, 그 여자에게 무슨 일이……."

무언가 골똘한 생각에 빠져 잠시 말을 잊고 있는 영창에게 동영이 참지 못하고 물었다. 박영창은 물음을 받고도 한참이나 혼자만의 생각에 잠겨 있다가 갑자기 당황하며 부인했다.

"아닐세. 그거 좀…… 그런데 어쩌면 자네에게는 잘된 일인지 모르지."

"그건 또 무슨 뜻입니까?"

"그 여자도 끝나가는 것 같으니까."

"네에?"

"그 여자의 사상적 동반잔가 뭔가 하는 친구에게 새 여자가 생긴 모양이더군. 그 여자보다 훨씬 젊고 예쁜……."

그 말에 동영은 갑작스런 부끄러움을 느꼈다. 창녀의 기둥서방 노릇을 하다 서로 점잖게 지내는 사이인 사람들에게 들킨 기분이 그러리라는 생각이 들었다. 그래서 얼른 화제를 바꾼다는 게 결과로는 가장 중요한 걸 물은 셈이 되었다.

"평양의 다른 분들은 다 무사하십니까?"

동영이 불쑥 그렇게 물었을 때였다. 영창의 얼굴에 빈정거리는 기색이 언뜻 스치는가 싶더니 한숨처럼 대답했다.

"그래도 아직 그들을 잊지는 않았군. 사실은…… 무사하지 못한 것 같네."

"아니, 무사하지 못하다니요?"

"틀림없어. 사흘 동안이나 찾아 돌아다녔지만 하나도 제자리에 없었네."

"좀 더 자세히 말씀해 주십시오. 누가 왜 없어졌단 말씀입니까?"

"옛 동지들. 이유는 아마도 자네가 일찍이 두려워서 도망쳐버린 그것일 거야……."

그 말에 동영까지 가슴이 섬뜩했다. 걱정되긴 해도 설마 하던 일이 실제로 벌어진 모양이었다. 하지만 너무 이르고 갑작스러웠다.

"믿기지 않습니다. 제가 소심해서 그런 추측은 했지만 그것은 사실 또 하나의 남북전쟁(6·25)입니다. 아직 38선 부근에 전선에 형성되어 있는 상태여서 그들이 그런 어리석은 짓을 할 리 없습니다……."

동영은 자기 생각을 솔직히 털어놓았다. 그러자 박영창이 다시 신음 같은 한숨과 함께 천천히 입을 열었다.

"그렇다면 들어보게…… 어차피 알려질 거니까. 처음 한동안 우리 사업은 볼 만했지. 우리는 연락부를 중심으로 남조선을 타도하면 그대로 정권이라도 인수할 수 있을 만큼 정비된 조직을 갖추어 갔네. 무력도 상당했어. 자네는 유격대라면 남로당시절의 야산대 정도나 생각하겠지만 그게 아닐세. 이를테면 제10지대만 해도 병력이 4천에 가깝고 중화기(重火器)까지 있는 규모라네. 우리 17지대도 아직은 훈련막사조차 갖추지 못했지만 규모는 연대를 목표로 하고 있었지.

그런데 말일세 ― 지난 가을부터 이상한 느낌이 들기 시작했어. 자네도 경험이 있겠지만 거 왜 갑자기 사방이 쥐죽은 듯 고요하게 느껴지며 누군가 숨어서 끊임없이 나를 엿보고 있는 듯한 느낌…….

하지만 우리도 아직은 달리 그들로부터 공격받을 만한 일을 한게 없어 모두 기분 나빠하면서도 버텨나갔지. 그런데 갈수록 그런느낌이 강해지는 거야. 아니, 증거는 없지만 확실히 그들은 나와 동지들을 감시하고 조사했음에 틀림이 없어. 숙소고 일터고 서랍 속의 먼지 한 알까지 헤아려 놓고 매일매일 점검하는 눈치였어. 거기다가 지난 연초부터는 우리 유격대에 대한 지원조차 중단되더군. 남조선출신의 전사를 현역에서 차출해 주겠다던 약속도 까닭 없이 미뤄지고 겨울이 오기 전에 지어주기로 한 훈련막사도 지어주지 않아우리 이백여 명 대원들은 천막에서 겨울을 났네. 연락부를 중심으로 한 지휘계통에도 차단과 개입이 생겨 지난달에는 늦어진 병참보급조차 어디다 책임을 따져야 할지 모를 정도였네.

그러던 차에 느닷없이 당생활총화(黨生活總和)인가 뭔가 하는 사업이 벌어졌네…….”

“당생활총화?”

동영은 처음 듣는 말이라 자신도 모르게 영창의 말을 반복했다.그 무렵 사상검토사업이라는 게 중앙당에서 결정되어 당원들의 당성 검토가 이루어질 것이란 말은 있었지만, 그것도 아직 그 학교에서는 착수되지 않았던 것이다. 영창이 잠깐 그런 동영을 살피다가얘기를 계속했다.

“지난주 초에 중앙당에서 지도원 둘이 내려왔네. 당의 이익을 위해서는 자기를 희생해야 한다는 새로운 당성규정에 따라 당생활총화를 이룩해야 한다며 교양사업을 시작했는데 — 놀라지 말게. 거기서 박헌영, 이승엽 두 동지를 미제의 고용간첩이며 반역자라고 매도하지 않겠나? 아니, 차라리 그걸 위해 그들 지도원들이 내려온 것 같은 인상이었어.

얼떨떨하게 며칠을 지낸 뒤 그들을 보내고 나니 이제는 막연한 직감이 아니라 구체적인 불안이 일기 시작하더군. 그 두 동지가 그렇다면 우리는 무엇이란 말인가. 그래서 얼마 전에 중화(中和)로 주둔지를 옮긴 홍현기부대(내금강유격대)를 견학한다는 핑계로 평양으로 나왔네. 그 두 분 동지도 뵙고, 다른 동지들도 만나 대책을 세우려는 생각에서였지. 바로 사흘 전이었네.

그런데 — 아무도 없었어……. 박헌영 동지는 무슨 사업을 위해 지방으로 가셨다는데 연락이 닿지 않고, 이승엽 동지도 벌써 3월 초순부터 어디 가셨는지 볼 수 없다는 거였네. 조일명(趙一明), 배철(裵哲), 윤순달(尹淳達), 이원조(李源朝) — 조금이라도 나보다 당중앙에 가까이 있던 동지들도 한결같이 만날 길이 없었지. 그중 몇몇은 짐작대로 소환되었거나 신문을 받는 중이라지만 그것도 이유들은 한결같이 내가 불안해하는 방향과는 멀었네.

그때 자네가 생각났지. 그날 밤 자네가 한 말이 문득 떠오르면서 — 자네의 부인에도 불구하고, 무언가 그녀로부터 들은 말이 있어 한 말일지도 모른다는 생각이 든 걸세. 그렇다면 이 일도 알고 있는지 모른다 — 나는 그런 기대로 원산행 기차를 탔네. 사흘간이나 불안 속에 평양을 쏘다닌 뒤인 오늘 오후의 일이네.

하지만 자네 얘기를 듣고 보니 그것도 틀린 일 같군. 아무리 그녀라 해도 이 년 전에 이 일까지 알지는 못했을 테니까. 차라리 돌아가 달리 알아보는 게 좋겠네."

박영창은 처음보다 훨씬 침착하고 여유 있는 어조로 그렇게 말을 맺더니 벗어둔 외투를 접어들었다. 그대로 일어서서 나가려는 자세였다.

"아니, 선생님, 이 밤중에 어딜 가시려고?"

동영이 그런 그의 옷자락을 잡을 듯 손을 내저으며 급하게 물었다. 이미 오래전에 떠나온 사람이라고는 하지만, 그리고 그를 그 방에 재우는 것이 어떤 불리로 돌아올지는 모르지만, 그대로 보낼 수는 없는 일이었다. 오랜 스승이요, 옛 동지를, 그것도 어려움에 빠져 있는 그를 밤중에 되돌려보낸다면 스스로를 용서할 수 없을 것 같은 동영의 자존심이었다. 그러나 박영창은 그대로 몸을 일으키며 조용히 말했다.

"기차가 있으면 평양으로 돌아가려네. 없더라도 ── 원산쯤에 나가 잘 작정이네."

"아닙니다. 여기서 주무시고 가십시오. 홀로 쓰는 방입니다."

그러자 그가 가만히 동영을 쳐다보더니 한층 가라앉은 목소리로 말했다.

"그때 냉정하게 떠나가는 걸 보고 이젠 변했는가 싶더니, 자넨 아직 감상주의를 벗어던지지 못했군. 이왕에 현명하게 도망쳐 나온 위험인데 쓸데없는 감상으로 다시 뛰어들 필요는 없네. 만일을 생각해 아무에게도 내 신분을 밝히지 않았으니 이대로 떠나면 나는 여기 오지 않은 것과 같게 돼."

"관계없습니다. 설령 어떤 곤란이 생기더라도 이대로 보내고 싶지는 않습니다. 더구나 아직은 아무것도 확실하지는 않잖습니까?"

동영이 조금도 감정을 과장하는 기분 없이 그의 옷깃을 잡으며 다시 말렸다. 박영창은 그런 동영의 손을 가만히 떼어놓으며 말했다.

"고맙네. 하지만 이대로 나를 보내주게. 틀림없이 내 짐작대로일 걸세. 이 떠남을 자네에 대한 내 마지막 애정으로 알고 방해하지 말게."

"그렇다면 무엇 때문에 굳이 그곳으로 가십니까?"

"나를 기다리는 게 무엇이건 나는 동지들에게로 돌아가야 해. 현재로는 그것만이 내가 할 수 있는 유일한 길일세."

"차라리 숨으시지요. 아니면 멀리 가버리시거나……."

동영이 걷잡을 수 없는 기분으로 말했다. 그 말에 박영창이 씁쓸하게 웃었다.

"자네는 기껏 나보고 초라한 도망자가 되라는 건가? 또 이토록 철저하게 조직된 사회에서 도망친들 어디로 도망치고 숨은들 어디에 숨는단 말인가?"

"그렇지만 가만히 앉아서 당할 수는 없지 않습니까?"

"걱정 말게. 아무리 가혹한 법도 내심(內心)의 기도(企圖)는 처벌하지 못하는 법일세. 저들이 꾸미는 짓이 무엇인지는 모르나 우리가 원체 한 게 없으니 해본들 얼마나 하겠나? 기껏해야 정치적인 거세겠지."

"정치는 이성적인 법이 아닙니다. 특히 권력을 둘러싼 투쟁은 무엇보다도 비이성적인 폭력입니다."

"그렇더라도 할 수 없지. 내 도망으로 동지들의 혐의를 더 크게 만들 수는 없는 일이네. 정정당당히 부딪쳐 보겠어. 설령 최악의 사태가 기다린다 해도 — 초라한 도망자보다는 비열한 동지들에게 처형당하는 쪽을 택하겠네."

그러면서 문께로 가는 박영창의 태도는 꿋꿋하고도 엄숙했다. 동영도 그제서야 붙들어도 소용없다는 걸 알았다. 박영창은 문 앞에서 다시 한번 발을 멈추고 동영을 돌아보았다. 그때껏 동영이 그에게서 느꼈던 그 어떤 눈길보다 다정하고 그윽했다.

"그래도 자네를 돌이킬 수 없는 곳까지는 끌고 가지 않은 것이 위로가 되네. 잘 있게. 부디 자중자애하게."

동영은 갑작스럽고도 망연한 감동에 젖어 몸을 움직이기는커녕 입을 열어 대답조차 할 수 없었다. 그러다가 문이 닫힘과 함께 박영창의 모습이 사라지자 그쪽을 향해 소학생처럼 꾸벅 절을 하며 소리쳤다.

"안녕히 가십시오, 선생님!"

그가 가는 곳이 어디든 끝까지 따라가 보고 싶다는 충동이 불쑥인 것은 그의 발자국소리마저 사라진 지 한참 뒤였다.

4

　〈역시 사가(史家)들은 인정 않고 있지만, 원시의 혈연 평면사회에서 국가와 계급이 있는 고대사회로 이행하는 과도기에 영웅시대를 두는 것은 온당한 일로 보인다. 그러한 이행이 발전이건 개악(改惡)이건 그 두 사회에서 볼 수 있는 인간관계의 변화는 그 뒤 인간이 겪은 그 어떤 혁명보다도 근본적이고 철저한 변혁이기 때문이며, 또 새로 생긴 국가와 계급의 이익을 손에 넣은 쪽이건 종전의 자유와 주체성을 상실하고 예속과 굴종 속으로 굴러떨어진 쪽이건 그 과도기가 인간에게 요구한 노력과 투쟁은 비상했을 것이기 때문이다.

　그런 뜻에서 보면 지금 이 땅은 그 역으로서의 영웅시대이다. 왜냐하면 우리가 이상하는 바는 이제 또 한 번의 뒤집기이기 때문이다. 우리는 이 사회에서 계급을 통일함으로써 사실상 계급의 소멸을 실현하려고 하며 국가와 권력을 강화하는 과도기를 예정하고 있기는 하나 마침내는 그 국가와 권력의 소멸을 꿈꾸고 있다.

그렇다면 이 시대의 영웅은 누구인가. 누가 그런 이상적 가치를 실현한 사람 또는 그 가치를 대표할 만한 진정한 영웅일 수 있겠는가.

나는 불길하게 예감한다. 이 전쟁은 우리의 힘만으로 시작한 것이 아님에 우리의 힘만으로는 끝낼 수 없을 것임을. 어떤 세계사의 변동이 이 땅을 외세로부터의 진공상태로 만들지 않는 한 우리의 선택은 거의 무력할 것임을. 그리하여 혁명이건 반동이건 그 어느 쪽도 승리하지 못한 채 다만 우리 스스로를 소모시키고 고뇌케 하는 대치가 오래오래 계속될 것임을.

그럴 경우 이 땅에는 영웅이 있을 수 없다. 비극성과 일회성 외에 영웅의 또 다른 중요한 특성인 완결성과 자주성 때문이다. 크고 작은 전투에서 생겨난 수많은 전쟁영웅들, 자기가 옳다고 믿는 정치적 신조를 선전하고 실천하는 데 목숨조차 아끼지 않던 그 이념의 영웅들로부터 심지어는 증산의 뒷받침으로 이 시대의 물질적 요구에 응하려 했던 생산영웅들이나 종교적 환상으로 이 시대의 정신적 요구를 채우려 했던 신앙의 영웅들에 이르기까지 그 어떤 이유로 영웅의 소리를 듣게 되었건, 그리고 남과 북 그 어느 편에 서서 행동했건 이 땅의 아무것도 주체적으로 완결되지 못했다는 점에서 그 칭호는 과장된 비유 이상 아무런 뜻도 없을 것이다.

영웅이 없는 영웅시대 — 이 무슨 아이러니인가. 하지만 그보다 더 견디기 힘든 것은 끝내 살아남은 자들에 의해 이 시대가 왜곡되고 영웅이 날조되는 일이다. 그들 도덕감이나 이상 따위와는 무관한 음모가들이며, 폭력만이 가장 확실하고 효과적인 정치의 수단이라고 믿는 야심가들에게 이미 권력이 집중되고 있는 것처럼 언젠가는 영광도 집중될 것이다. 그때 그들이 겉으로는 동지였지만 사실 자기들에게는 가장 힘겨운 적이었던 그 이상주의자들의 몫으로는 무엇을 남겨줄 것인가. 실패하여 오히려 더 영웅적이 된 그 순진한 혁명열(革命熱)을 위해 어떤 이름을 마련해 줄 것인가……〉

반드시 박영창 탓만은 아닐지 몰라도 그가 마지막으로 다녀간 무렵 동영은 수첩에다 어떤 종말의 예감까지 느껴지는 글귀를 남기고 있었다.

하지만 3월이 다 가도록 아무리 열심히 신문을 읽고 라디오에 귀를 기울여도 박영창이 말한 그 같은 사태의 조짐은 보이지 않았다. 자신에게도 어떤 여파가 미칠지 모른다는 생각으로 은근히 준비하고 기다렸으나 그 또한 마찬가지였다. 너무도 조용하여 오히려 박영창의 불안이야말로 그의 신경과민에서 온 것이 아닐까 의심될 정도였다.

다만 사상검토사업이라는 것이 그 대학에도 밀어닥쳐 몇 번이고 동영을 비판대에 세움으로써 그의 우울을 가중시켰을 뿐이었다. 조심스럽게 처신해 오기는 했지만 털어서 먼지 안 나오는 게 없다는 말이 있듯 한번 과녁이 되자 구석구석에서 비판이 쏟아졌다. 특히 지난번 강의와 관련되어 그의 사상이 사과처럼 겉만 붉고 속은 희다는 공격을 받았을 때는 마음속의 각오와는 달리 오싹한 기분까지 느꼈다.

현석진은 결국 견뎌내지 못했다. 그 어설픈 부르주아 지망자는 공화국의 천민적인 평등에 대해 동영 말고도 여럿에게 불평을 털어놓은 모양이었다. 그것들이 모두 자신의 사상적인 건전성을 과시하기 위한 공격으로 그에게 되돌아가 그는 결국 다른 셋과 함께 강단에서 밀려 내려와 근신하며 새로운 임명을 대기해야 하는 신세가 되고 말았다. 동영이 진작부터 예감한 것이었으나 그 같은 그의 운명도 동영의 우울을 보탰다.

그런데 4월 들고 얼마 안 돼 안나타샤가 갑자기 나타나 동영의 분위기를 한꺼번에 바꾸어놓고 말았다.

"이제는 성급하실 거 없어요."

연락을 받고 달려간 원산시내의 깨끗한 일본식 다다미방에서 술까지 준비해 놓고 기다리던 그녀가 습관처럼 서두르는 동영을 가만히 밀치며 말했다.

"우리 먼저 가벼운 축하부터 해요. 앞으로 당신은 무슨 비밀스런 접선하듯 나를 만나러 오지 않아도 돼요. 자기 집처럼 열쇠를 따고 들어올 수 있을 거예요."

소련제 고급술과 가짓수는 많지 않아도 잘 장만된 안주가 차려진 술상에서 상보를 벗겨내며 그녀가 다시 그렇게 말할 때에야 동영도 겨우 그녀에게 생긴 변화를 느끼고 물었다.

"무슨 일이 있었소? 어떻게 된 거요?"

"도(道) 사회안전국의 반탐부(反探部)를 맡아왔어요. 특별한 일이 없는 한 이곳에 몇 년은 있게 될 거예요. 당신도 기쁘지 않으세요?"

그렇게 묻는 안나타샤는 그대로 사랑에 빠진 평범한 젊은 여자였다. 권력의 그늘에서 몸에 밴 뻣뻣한 태도나 성적인 도발을 암시하는 지어낸 듯한 새침함은 보이지 않고 티없이 환한 얼굴로 동영을 쳐다보고 있었다. 전에도 이따금씩 그런 모습을 보인 때가 있었지만 그날처럼 처음부터 그렇게 나온 적은 없었다.

그러나 동영의 마음을 사로잡고 있는 것은 엉뚱하게도 박영창이 한 말이었다. 그녀도 끝나간다던 그 말이 떠오르면서 동영은 문득 그녀가 전보다 훨씬 늙고 시든 것처럼 느껴졌다.

"그런 게 아니라……."

동영이 별로 밝지 못한 얼굴로 그렇게 우물거리자 그녀가 갑자기 긴장된 눈길로 동영을 살폈다. 그러나 곧 목소리를 바꾸지 않고 동영의 말을 받았다.

"이제 그와는 끝났어요. 서로 이성으로는 다시 찾지 않기로 한 거예요. 동지애만은 변치 않은 채……."

"그래서 자기가 있는 곳과는 반대편 바닷가로 허름한 자리 하나 주어 쫓아보냈군."

동영은 비꼬는 듯한 어조로 말했다. 그가 그녀와 무관해졌다는 말을 듣고서야 비로소 희미하게 번지는 질투의 감정이 그렇게 표현된 것이었다.

"아니, 그게 무슨 말이에요?"

"소련군 정치사령부에까지 입김이 닿던 때나 군사위원회의 요원이었던 때와 지금의 당신을 비교해 보시오."

"그래도 이곳은 공화국 제일의 항구이며 동해함대사령부가 있는 곳이에요. 그 반탐책임은 중앙부서에 못지않은 중요성을 가졌단 말이에요."

"내게까지 그럴 건 없소. 나는 당신의 그 대단한 '동지'에게 당신보다 더 젊고 예쁜 새 여자가 생겼다는 말을 들었소."

동영은 그 말까지 해놓고서야 문득 낭패감에 빠졌다. 갑작스레 샘솟는 연민을 통해 그녀에 대한 자신의 애정이 뜻밖으로 크고 깊음을 깨달음과 아울러 그 앞뒤없는 가학심리(加虐心理)의 바닥에서 어떤 비열함을 느낀 때문이었다. 우위가 확보될수록 져서 쫓겨가는 적에게 더 가혹한 공격을 퍼붓는다는 무슨 잔인한 짐승 같은 비열함이었다. 하지만 비열함까지 느낄 필요는 없었다. 차고 매서운 눈길이 되어 동영을 쏘아보던 것도 잠시, 안명례는 이내 어이없다는 듯 피식 웃었다.

"당신도 귀가 있어 무얼 듣긴 들은 모양이군요. 하지만 그 여자를 붙여준 게 누군지 아세요?"

그렇게 묻는 그녀는 조금도 몰리고 있는 기색이 없었다.

"……?"

"바로 나예요. 직책상 아무런 관련도 없고 그대로 두면 서로 모르고 지냈을 뻔한 두 사람을 내가 어거지로 이어준 거예요. 공연히 그가 있는 곳에 그녀를 함께 데려가기도 하고, 둘만 남겨둔 채 나는 핑계를 만들어 빠져나오기도 하고…… 이제 알겠어요?"

그녀의 말에 숨은 뜻을 짐작하자 동영은 은근히 기뻤다. 거기다가 더는 그녀에게 공격적일 필요가 없다는 구실이 생겨 반가운 동영은 그쯤에서 적당히 그 화제를 얼버무리고 싶었다.

"알겠소. 하긴 그게 무슨 상관이겠소? 어쨌든 당신은 이렇게 왔고 ─ 나는 그게 기쁘오."

그러나 이번에는 안명례가 그런 동영을 쉽게 놓아주지 않았다.

"당신을 다시 만난 후의 이 년 동안 내가 가장 힘들인 공작이었어요."

"됐소. 그 얘기는 그만합시다. 내가 쓸데없는 말을 꺼낸 것 같소."

"아니에요, 더 들으셔야 해요. 실은 나도 자신이 정말로 비참하게 되어 온전히 당신에게만 의지하게 되는 걸 상상한 적은 있어요. 감미로운 상상이죠. 정말이지 한 여자가 몸과 마음 모두를 한 남자에게 의지할 수 있다면 그건 분명 행복일 거예요.

그렇지만 당신은 내가 마음놓고 기대기에는 너무 허약했고, 그는 함부로 떨쳐버리기에는 너무 완강했어요. 그게 내가 이 년에 걸쳐 이 궁색한 공작을 꾸미게 된 까닭임을 이제 아시겠어요?"

"됐다니까……."

"나는 당신이 그 일을 빈정거려선 안 된다는 걸 알려주고 싶을 뿐이에요."

그녀는 거기까지 말해 다시 동영을 아득한 무력감 속으로 밀어넣은 뒤에야 원래의 태도로 돌아갔다. 그녀 특유의 색감으로 동영을 이끌고 압도하는가 하면 문득 전혀 다른 모습으로 감동을 주곤 하는 식이었다.

동영도 더는 쓸데없는 말로 모처럼의 호젓하고 사적인 분위기를 헝클어놓고 싶지 않았다. 정말 아무 일 없었던 사람처럼, 그리고 사랑에 열중한 세상의 젊은 여자처럼 이런저런 얘기들을 재잘거리는 안명례와 잔을 나누며, 박영창 선생이 다녀간 일을 말하는 것조차 다음 날로 미룰 정도였다. 다만 그런 가운데도 이따끔씩 동영의 신경을 거스르는 게 있다면, 술병이 다르고 술잔이 다른 데도 일제 때

285

의 권번기(券番妓)만큼이나 익숙하고 맵시 있는 그녀의 술 따르는 솜씨 정도였을까.

그런데 어찌 된 셈인지 그날 밤 안명례는 동영이 바란 것보다 쉽게 자신을 드러냈다. 술 한 병을 채 마시기도 전에 발그레한 얼굴이 되어 이따금씩 동영을 그윽이 바라보곤 하던 그녀가 이윽고 동영의 가슴에 가만히 얼굴을 묻어오며 한숨 섞어 말했다.

"생각하면…… 너무 먼 길을 돌았군요. 그때 출발해서 ─ 그 수려하던 나로드니끄를 이렇게 찾아오는 데 꼭 17년이 걸렸어요."

"나는 만주나 모스크바에는 가본 적이 없소."

동영은 반드시 반박이나 빈정거림의 의도 없이 그렇게 대답했다. 그녀는 동영의 말에 개의치 않고 진지한 독백처럼 계속했다.

"그래도 나는 그때 당신을 향해서 출발했던 거예요. 그 길로 무턱대고 가면 언젠가는 당신을 만나게 되리라 믿고 있었어요."

"당신에게 그런 미련스러움이 있었다니 믿어지지 않소."

"물론 나중에는 한 환상이 되었지만 모스크바시절까지도 당신이 어느 음울한 거리 모퉁이에서 불쑥 나타날 것 같아 종종걸음을 치곤 했지요."

그녀는 마치 동영이 자신의 과거를 알고 있는 듯 말했다. 동영은 그녀의 돌연한 감상이 도무지 실감나지 않았으나 그렇다고 반드시 싫은 기분은 아니었다. 가만히 듣고 있는데 그녀가 다시 꿈꾸듯 말했다.

"그런데 정말 이상하죠? 막상 당신을 만나던 날은 전혀 아무런 느낌도 없었어요. 그저 그 무렵으로는 드물게 낭패스런 일을 당했다 싶어 방향을 가늠하고 있는데 당신의 자동차 소리가 들렸어요……."

"생각보다는 내가 행복한 사내였던 것 같소. 보잘것없는 나의 환상이 당신 같은 여자의 젊은 날을 사로잡고 있었다니 — 그래, 다시 만나 어땠소? 내 모습이 한심스럽지 않았소? 더구나 나는 당신을 기억조차 못하고……."

"생각보다는 나았어요. 나는 당신이 다시 부르주아의 풍요와 안락으로 되돌아가 숨어버린 줄 알았거든요."

"그런 뜻이 아니라 — 내 처지가 한심스럽지 않았나 말이오? 소모용 정치군관으로 죽을 데를 찾아가는 내 꼴이……."

"하지만 당신 같은 출신의 사람으로 훨씬 참담하게 몰락한 이도 있죠. 거기다가 그때 나는 이미 서른이나 되는, 세상일을 알 만큼 아는 여자 아니었어요?"

"나도 그때 이미 참담한 몰락을 시작하고 있었던 거요."

"하기야 그 그림자는 비쳤죠. 어쩌면 그 때문에 더욱 당신 곁을 맴돌게 되었는지 모르지만……."

"더 정확히 말하면 보호의식이 발동한 거겠지."

거기서 동영은 다시 빈정거리듯 대답했다. 그와 함께 오래 억눌러온 자존심이 희미하게나마 움틀했지만 분위기를 어색하게 할 만큼 동영을 괴롭히지는 않았다.

물론 동영은 무슨 소설에 나오는 얘기 같은 그녀의 순정을 그대로 믿은 것은 아니었다. 그녀가 반드시 거짓말을 한다고는 단정할 수 없을지 몰라도, 잘해야 그것은 그녀의 마음 한구석에 강한 인상으로 남겨졌다가 이따금씩 떠오르곤 하던 소녀시절의 추억이 동영과 다시 만난 뒤의 치정과 어우러져 17년에 걸친 순애(純愛)의 기억으로 재구성된 것에 지나지 않았다.

동영이 오히려 그녀에게서 진실을 느낀 것은 밤이 깊어 감정의 기복이 훨씬 심해진 뒤였다. 불쾌하지 않은 만큼 감동될 것도 없어 덤덤히 술잔을 받고 있는 그에게 끊임없는 순애의 기억들을 늘어놓던 그녀가 돌연 자조하듯 뇌까렸다.

"좋아요. 믿지 않아도 돼요. 부르주아적인 귀공자의 눈으로 보면 내 삶의 방식은 매음이나 다름없겠죠. 사실 나는 많은 남자를 거쳤어요. 몸은 내가 언제나 그들과 동등하게 거래할 수 있게 해주는 유일하고도 확실한 밑천이었죠. 그것이면 나는 원하던 걸 모두 얻을 수 있었어요. 천 이백 원(圓)의 유학자금도, 30년대 말의 살벌한 소만(蘇滿)국경을 넘을 통행증도, 제일로군(第一路軍=동북항일련군 제1로군) 고문(顧問) 데이노로프의 공산대학 입학 추천서. 그뿐인 줄 아세요? 아직은 모스크바 공산대학의 젊은 교수이던 뒷날의 벨라노프스키 대좌를 만난 것이며, 43인조 특무공작대의 한 사람으로 소련군과 함께 돌아오게 된 것도 — 모두 몸으로 산 거예요. 어쩌면 공식기록에 있는 투쟁경력도, 당내의 서열도……."

이미 현석진의 얘기를 통해 구성해 보았던 것과 크게 어긋나지 않는 그녀의 지난 삶이었다. 그러나 그게 실망스럽거나 혐오감을 일으키기보다는 말 못할 애처로움으로 가슴에 닿아오는 바람에 동영은 더 들을 수가 없었다.

"그만하시오. 너무 자비(自卑)하지 말아요. 그것은 식민지의 딸이 영광스런 혁명의 전위(前衛)로 자라가는 외롭고 고난에 찬 여정이었소.”

동영은 진심으로 그녀를 위로하며 가만히 품안으로 끌어들였다. 이번에는 그녀가 그런 동영을 거부하며 얘기를 계속했다.

“그렇지만 — 당신은 아니었어요. 전에도 말했듯이 당신만은 아무런 대가를 바라지 않고 내가 몸을 맡긴 사람이에요.”

그녀는 한동안 넋두리처럼 그런 말을 늘어놓다가 뿌리치듯 동영의 품을 벗어나더니 마당으로 달려나갔다. 정신없이 게우고 비틀거리며 돌아오는 그녀의 파리한 얼굴에서 동영은 비로소 오송리에서 만난 그 가련한 소녀가 드디어 자기에게 이르렀다는 느낌이었다. 그리고 그녀가 앞서 늘어놓은 터무니없이 긴 순애의 추억도 믿어주고 싶다는 생각이 들었다.

— 그날 밤 동영은, 역시 만난 뒤 처음으로, 그녀의 육체를 탐함이 없이 그녀의 방에서 밤을 보냈다.

안명례가 원하는 대로 그 밤 이후 동영은 하루 걸러 한 번꼴은 그녀의 사택에서 밤을 보냈다. 처음 그녀가 이제는 떳떳하게 매일 자기를 찾아도 된다고 말했을 때 동영은 그것이 자포자기와 같은 심경에서 나온 말이 아닌가 은근히 걱정이 되었다. 전날 밤 그녀가 너무도 거침없이 그토록 두껍게 자신을 둘러싸고 있던 베일들을 젖혀버릴 때도 진한 허탈감 같은 것이 느껴지기는 했으나 그것은 술과 밤이라는 과장적 요소에다 정이야 있건 없건 몇 년간을 몸을 섞으며 지낸 남자와 권력핵심으로부터 갑자기 멀리 떨어져 오게 된

데서 느끼게 된 허전함 때문에 그녀의 감정이 평온을 잃은 것이라 여겼다. 그런데 날이 새고 세수까지 한 다음에도 그런 말을 하니 잘 이해가 되지 않았다. 그녀 정도의 신분이라면 정식결혼도 하지 않은 남자와의 추문은 분명 여러 가지로 위험한 일이었다.

하지만 쓸데없는 걱정이었다. 첫날밤 이후 그녀는 다시 냉정한 여성간부로 되돌아가 자신이 맡은 일에 몰두했다. 잠자리에서 그것도 이따금씩 외에는 이게 바로 그날 밤의 그 여자인가 싶을 정도로 그녀의 태도는 이전으로 되돌아간 것이었다.

그 바람에 세 번째로 만난 밤에야 겨우 동영은 박영창이 다녀간 일을 그녀에게 말할 수 있었다.

"그 사람이 다녀갔다구요?"

동영이 미처 그 얘기를 마치기도 전에 그녀가 긴장된 얼굴로 물었다.

"그래요, 도대체 어떻게 된 일이오?"

"좋지 않군요……."

그녀가 그렇게 말하더니 갑자기 짜증 섞인 목소리로 말했다.

"도대체 대학 교원에게 그 일을 물어서 뭘 듣겠다고……."

"그 일이라니? 그럼, 정말 선생님이 염려하시는 그런 일이 일어나고 있단 말이오?"

"벌써 한 달 전부터예요. 그들의 심상찮은 거동이 보고되기 시작한 것은 작년 여름부터고……."

"그렇다면 그들 모두가 체포됐단 말이오?"

"저도 확실한 건 모르지만 아마 그럴 거예요. 2월 하순에 정치국과 보위국 사람들이 무언가 중요한 결정을 하느라 자주 모였으니까. 전에 들은 말도 있고."

"박 선생은 어떻게 되는 거요?"

"나도 그걸 모르겠어요. 그 정도의 인물이라면 이미 체포된 걸로 알았는데……."

그러더니 고개를 갸웃거리며 혼잣말로 중얼거렸다.

"선(線)이 좀 높아졌는가?"

"체포된 사람은 어떻게 되는 거요?"

"그건 조사와 심문이 끝나봐야 알죠."

"물론 그들이 아직 당의 헤게모니에 연연해하는 건 나도 알 만하오. 때로는 엉뚱하고 위험한 몽상도 할 거요. 하지만 총화사업인가 뭔가에서 주장하는 것처럼 미제의 고용간첩이며 반역자란 부분은 아무래도 이해할 수가 없소."

"그럼 우리가 그들의 죄를 날조했다는 뜻인가요?"

"반드시 그렇다고 볼 수는 없겠지만."

"걱정 마세요. 그럴 바에야 벌써 재작년이나 작년쯤 일을 벌였을 거예요. 대남사업에 대한 그들의 역량은 그때 이미 한계를 드러냈으니까. 이번에는 반드시 — 증거와 증인에 의한 공정한 재판에 따라 도태될 거예요."

"그럼, 이게 그때 이미 계획되어 있었던 거요? 나보고 정치부서를 떠나 학교로 가라고 권하던 그때 말이오."

"계획 같은 건 나는 몰라요. 다만 그쪽 사람들과 십 년 가까이 알고 지내면서 발달된 후각과 예감 같은 거라면 모를까. 그러나 꼭 그런 특별한 이유가 아니라도 충분히 이런 일은 예상할 수 있지 않겠어요?"

"도대체 어떻게 그런 일이 예상될 수 있소?"

"이를테면 볼셰비키당사(黨史) 같은 것 ― 스탈린과 트로츠키가 끝까지 공존할 수 있었나요? 특히 총구(銃口)의 뒷받침 없는 이데올로기가 권력투쟁에서 이긴 적이 있어요?"

"그래도 트로츠키는 한때 수백만의 민병(民兵)을 지휘했소."

"그거야 남로당도 한때 수십만을 폭동에 동원할 수 있었지요. 그렇지만 둘 다 과도기의 얘기죠. 그러나 지금은 국가와 군대를 가진 공화국이에요. 멘셰비키 아래의 러시아나 미군정 아래의 남조선이 아니란 말예요."

"러시아의 시월혁명은 혁명이 아니라 혁명의 장송(葬送)이라던 말이 이제야 실감이 나는군."

"그건 말예요, 유럽의 다른 지식인들에게는 몽상에 가깝던 것이 러시아의 지식인에게는 실제적인 행동강령이 되어버린 걸 보고 느낀 놀라움과 당황의 표현이지 이번 경우에는 합당한 비유가 못 돼요."

안명례는 그렇게 잘라 말하고 잠시 입을 다물었다. 동영은 그런 그녀를 새삼스런 놀라움으로 바라보았다. 모스크바 공산대학이라는 것의 정체를 대강 알고 있는 동영에게는 그녀의 정신이란 몇 개의 피상적인 이론과 공식화된 구호로만 치장된 저열한 권력의지에 지나지 않아 보였다. 그런데 이론파로 알려져 온 자신조차 이상의 빛에 가리워 보지 못했던 정치역학의 일면을 그녀는 냉철하게 꿰뚫어 보고 있었다. 권력의 핵심 언저리에서 체험으로만 기른 감각 이상의 어떤 지적인 자기연마의 흔적이었다.

"정말로 그 사람이 달리 한 말은 없었어요?"

이윽고 그녀가 근심스레 물었다. 아무래도 박영창이 찾아온 게 마음에 걸리는 모양이었다.

"없었소."

"그 사람 믿을 만한 사람이에요?"

"그건 무슨 뜻이오?"

"심문에 못 이겨 이 사람 저 사람 마구 끌어들이지는 않겠는가 말이에요?"

"그런 걱정은 안해도 될 것이오. 국내파의 한 특징으로 그분도 고문에는 강한 편이오. 나는 이십 년을 그와 함께 일했지만 한 번도 그가 고문에 못 이겨 동지를 파는 건 보지 못했소."

동영은 자신 있게 말했다. 사실 박영창은 동영이 알기만도 일경(日警), 남한경찰 합쳐 열 번을 넘게 체포되었고, 그 가운데 세 번은 동영과 함께였으나, 한 번도 그 때문에 다른 사람이 피해를 입은 적은 없었다.

"그렇다면 우선은 안심이군요."

"뿐만 아니라 박 선생님은 자기의 이름과 신분도 밝히지 않았소."

그리고 동영은 붙드는 것도 마다하고 군이 밤길을 떠나갔던 얘기를 해주었다. 듣는 그녀의 얼굴이 조금 밝아지는 듯했지만 그래도 아주 마음이 놓이지는 않는 모양이었다.

"퍽 감동적인 사람이군요. 하지만 아무래도 당신을 찾아오지 않은 것만은 못해요. 내일 그 사람 일을 좀 알아봐야겠어요.”

그렇게 말을 맺고 함께 잠자리에 들었으나 전처럼 쉽게 몸이 더
워오지는 않았다.

안명례의 불안에 감염이라도 된 것인지 그날 밤 동영은 갑작스
레 이는 불길한 상상으로 잠을 설치고 말았다. 가까스로 얻어낸 박
영창에 대한 낙관적인 추측은 물론 그 자신까지도 안전하지 못하
리라는 예감까지 들었다.

날이 새고 학교로 돌아간 뒤에도 마찬가지였다. 애써 다른 쪽으
로 정신을 돌려도 마음이 가벼워지기는커녕 오히려 더 큰 불안에
사로잡히기 일쑤였다. 단순히 박영창의 안위에 대한 걱정만은 아닌,
자기에게 직접 닥칠 위해(危害)에 대한, 피부로 느껴지는 공포로서
의 불안이었다. 거의 엉뚱하다고 해도 좋을 만큼 죽음의 공포까지
도 아무런 논리적인 전개 없이 섬뜩섬뜩 가슴에 닿아오는 것이었다.

그러다 보니 어떻게 지났는지 모르게 하루가 가고, 뉘엿한 햇살
을 보며 동영은 또다시 자신에게 누를 길 없는 화가 치솟았다. 도대
체 사람이 이렇게 왜소해질 수 있는가. 무자비한 일제의 탄압 아래
서도 두려움 없이 활동해 온 내가, 스스로 선택한 이 이념의 조국
에서 무엇 때문에 이렇게 자주 겁에 질리고 불안에 떠는가. 이제 더
바칠 게 없을 만큼 다 바쳐버린 상태에서 무엇을 더 빼앗길까 봐 걱
정하고 있는가. 더구나 지금부터 그것에다 내가 바친 모든 것이 되
돌려져서 진정한 삶을 구현하게 되어야 할 목숨까지 불안으로 지
켜가야 하는가 ─ 그렇게 생각이 진전되자 동영은 더 견딜 수가 없
었다. 궁금함 때문이 아니라, 그대로 두면 터져버릴 것 같은 가슴

속의 울분을 삭이기 위해서라도 안명례를 만나지 않을 수 없었다.

꼭 가리라는 말을 한 적도 없지만, 전에 없이 일찍 돌아온 안명례는 외출복차림으로 동영을 기다리고 있었다. 그녀답지 않게 근심의 기색이 완연한 얼굴이었다.

"이상해요, 도무지 전화로는 아무것도 알 수가 없어요. 내가 생각하고 있는 것 이상으로 발전한 것 같아요. 직접 평양에 가봐야겠어요."

"까짓것, 아무려면 어떻소? 그렇게 수선 떨 건 없소."

그녀의 말에 기세가 좀 숙지긴 해도 여전히 부글거리는 속을 눌러 참으며 동영이 무뚝뚝하게 말했다. 그러나 그녀는 무겁게 고개를 저었다.

"그렇지 않아요. 지금 일을 벌이고 있는 사람들은 내가 잘 알아요. 당신네들 남쪽 사람들이 상상할 수 있는 이들이 아니에요."

"그렇더라도 그건 박영창 선생의 일이오. 나와는 무관하며 더구나 당신이 나서서 알아보고 자시고 할 일은 아니란 말이오. 그들은 스스로 지켜야 할 의무가 있단 말이오."

동영이 한층 격하게 소리쳤다. 그녀가 힐끗 그런 동영을 쳐다보더니 무얼 느꼈는지 갑자기 부드러워진 목소리로 말했다.

"나도 그게 박영창 그 사람만의 일이라면 이렇게 나서지 않을 거예요. 당신의 일이라 ─ 이렇게 안달을 부리고 있는 거예요."

"아니, 나의 일이라니? 나는 오히려 회상하기 부끄러울 만큼 그를 냉정하게 보냈소. 나는 그들과 이미 이 년 가까이나 연락을 끊고 지냈소. 그런데 그게 나와 무슨 상관이오?"

"어쨌든 제 느낌이에요. 무언가 묘하게 신경을 건드려오는 게 있어요."

그러더니 한층 상냥한 목소리로 어린애 달래듯 동영을 달랬다.

"불쾌하시더라도 제게 맡겨 주세요. 이런 일은 아마도 제 느낌이 더 정확할 거예요. 아시겠어요?"

그 어떤 위협보다도 한층 효과적으로 동영의 격한 감정을 억누르는 묘한 상냥함이었다.

5

"훈(薰)에마, 훈에마."

아침 설거지를 하고 있는데 시어머니가 헐떡이는 목소리로 불렀다. 놀란 정인은 씻던 그릇도 개숫물통에 던져둔 채 방으로 달려갔다.

"거 앉거라."

정인이 문을 열고 들어서기 바쁘게 어떻게 용을 썼는지 혼자 힘으로 벽에 비스듬히 기대앉아 있던 시어머니가 웃목을 가리키며 말했다. 그 무렵의 그녀 건강으로는 어려운 일이라 심상찮게 생각한 정인이 가리킨 곳에 자리잡고 앉으며 조심스레 물었다.

"어머님, 무슨 일이십니꺼?"

"암만 캐도 니가 못 미더워 못 죽을따. 내가 살아야 될따. 가서 위토(位土)든동 선산(先山)이든동 모조리 팔아 온나. 언(어언) 병원에 가든동 뭔 약을 먹든동 우선 내부터 일나고 봐야 될따."

돈드는 게 무서워 아파도 신음 한번 크게 내지 않던 시어머니였다. 혹시라도 정인이 무리를 할까 봐 미음 한 그릇 자반 한 토막도 살림살이 헤프다는 꾸중을 한 뒤에야 수저를 대던 시어머니가 그렇게 말하니 정인은 우선 걱정부터 되었다. 병심(病心)이라고 해도 너무도 갑작스런 변화였다.

하지만 한편으로는 은근히 반갑기도 한 변화였다. 하루 종일 진땀을 흘려가면서도 속으로만 고통과 싸우다가 이따금씩 한숨을 내뱉거나 애써 구해 온 탕재(湯材)조차 그대로 마시면 또 돈들여 사 올까 겁난다면서 굳이 마시려 들지 않을 때가 정인에게는 훨씬 괴로웠기 때문이었다.

정인이 보기에 시어머니의 그 같은 행동은 자식들의 어려운 살림살이에 짐이 되지 않으려는 것 외에 상심(傷心)도 있었다. 휴전(休戰) 말이 돌기 시작하면서 드러나게 입맛을 잃은 시어머니는 그 말이 건성으로 오가는 것이 아니라 양쪽이 모두 필요해 진지하게 진행되고 있다는 말을 듣고부터 몸져 눕기 시작한 것이었다. 그런데 이제 애써 일어나려 드는 것은 바로 그 상심에서 벗어났다는 뜻이기도 했다.

"글치만 크기만 하고 아무 짝에도 쓸모없는 산이나 아직 들어가 농사도 짓지 못하는 골짝논을 누가 살라 카겠습니꺼?"

정인은 걱정 반 반가움 반으로 그렇게 되물었다. 시어머니는 그것도 이미 생각해 본 모양이었다.

"안 글타. 노리(노루)골 큰산은 솔(소나무)이 좋으이 산판이 될 께따. 요새는 후생사업이라 카미 민간으로 나와 일하는 군인차가 많아 산판이 다시 인다 카드라. 뿌사진 집이야, 모자래는 땔꺼리(땔감)야, 얼매나 필요한 게 나무로? 장작으로 내다 팔아도 수백 도락꾸(트럭)는 나올께이께는 더터보믄(찾아보면) 그 산 살라꼬 나서는 사람이 있을 께라.

큰뫼골 위토도 글타. 하마 산빨갱이는 근방에는 말캉 없어졌다 카드라. 그래믄 그 논이 골테기(골짜기)에 있다 캐도 물 걱정 없는 옥답이따. 어떤 때는 섬께논보다 수(수확)가 많았니라. 맹(역시) 헐값에 내놓는다 카믄 임자가 있을 께따."

그렇게 말해 놓고는 힘겨운 듯 휘유하며 한숨을 내쉬었다. 그때 정인이 말했다.

"그래도 그거 어느 것도 잘 팔아야 십만 환 넘기 어려울 낍니더. 그보다는 차라리 동희 씨 돈을 받는 기 어떻습니꺼? 쩰꼼쩰꼼 받고도 아직 남은 기 10만 환 넘십니더. 그것만 받으면 병원에 입원을 해도 한참을 할낍니더."

"동희 고 베라먹을 놈아가? 아나, 여이따, 하마 목궁게(목구멍에) 생킨 돈 내놓을따. 그거는 그래 쩰꼼쩰꼼하다가 없어질 돈이라. 기러기 한 백 년이라꼬, 그거 기다리다가 내 영장(송장)부터 먼첨 안 칠라?"

시어머니는 갑자기 심화가 솟구치는지 한층 심하게 헐떡이며 목소리를 높였다.

"그 사람이 그카믄 우리도 모질게 나가입시더. 먼저 지가 디기 한번 나대 보지예. 그라고 안 되믄 거 왜 어머님 친정 쪽에 상이군인 하나 안 있습니꺼? 한패 델꼬가 가지고 식접을 시키지예(혼을 내주지요)."

정인 또한 감정에 차 그렇게 대답했다. 몇 번인가 돈을 받으러 갔다가 돈은 받지도 못하고 속만 상해 돌아와 생긴 감정이었다. 정인이 보기에는 돈이 없어서 못 주는 것이 아니라 있으면서도 사람을 얕봐 안 주는 것 같았다. 어떤 때는 지폐를 한줌 쥐고 세다가 들켜도 거지 동냥 주듯 몇 푼 갚은 뒤 나머지는 남의 돈이라며 천연덕스레 전대에 집어넣는 것이었다.

"글치만 멀어도 일가라. 일가끼리 돈 가지고 어예 그러겠노? 그래고 상이군인이 어데 남의 돈 받아주는 게라? 고놈아가 괘씸타 캐도 우리가 할 짓은 아이따. 거기다 — 동희 고놈아가 왜정 때도 백순사(경찰정보원)란 말이 있었디라. 세상 변했다꼬 지 버릇 개 주겠나? 여다서도 친구라는 게 모도 순사고 형사라 카드라. 그란데 앙심먹고 우리 해꼬지 할라꼬 달라들믄 그 감당은 어예 하노? 인제이 칸다마는 내가 택없이 지를 믿은 것도 그쪽으로 우리를 잘봐 준다 카는 데 넘어간 게라."

시어머니가 애써 심화를 가라앉히며 격해 있는 정인을 달래듯 말했다. 그러나 시어머니의 말을 듣자 정인은 더욱 어이가 없었다.

"참, 어머님도…… 그 사람이 서장입니꺼? 장군입니꺼? 지까짓 게 봐주이 뭘 봐주고 해꼬지한다이 뭘 해꼬지한단 말입니꺼? 우리사 맞을 매 맞고 살 징역 다 살았심더."

"그래도 아이따. 이번 난리통에 애매한 사람 많이 죽었으믄 그게 누가 죽인겐동 아나? 바로 고로매이(그런) 종자들이라. 총이사 순

사총도 빌리고 군인총도 빌렸겠지마는 생사람 잡아놓는 거는 바로
고 독한 입끝이라."

하지만 그 몇 년 어려움을 겪는 동안에 정인의 성격도 거세어진
데가 있는 모양이었다. 들을수록 화가 난다는 듯 발딱 몸을 일으
키며 말했다.

"구데기 무서워 장 못 담겠심더. 글타 카믄 참말로 우예튼동 그
돈 받아야지예. 지가 한 번 더 갔다 오겠심더. 땅 파는 거는 이 돈
못 받으믄 그때 생각해 보입시더."

동희의 가게로 달려가니 동희는 없었다. 무슨 물품을 정해 놓고
파는 가게가 아니라 고추든 건어물이든 숯이든 그때그때 이익이 남
을 만하면 떼어 와 파는 가게였는데 동희는 좀 늙수그레한 홀아비
하나와 동업을 하고 있었다.

"아까 보이 조 아래 대포집에 있는 것 같디더."

별로 이익 남을 만한 물건이 없었던지 텅 비어 있는 가게 바닥
을 혼자 쓸고 있던 동희의 동업자가 몽당빗자루로 역 앞의 선술집
골목을 가리켰다. 성난 김에 달려온 길이라 정인은 서슴없이 그리
로 찾아갔다.

"허, 아지매가 여기까지 웬일이꺼?"

해장국을 퍼먹고 있던 동희가 반들반들한 얼굴로 정인을 보며
농 섞인 투로 말을 건넸다. 정인이 야멸차게 대답했다.

"내가 아지뱀 보러 왔으믄 뭣 땜에 왔겠습니꺼?"

"글쎄라 ─ 아지메가 뭣 땜에 왔을꼬? 어쨌든 아침이나 먹고 봅

시더."

동희는 그렇게 말하고 천천히 해장국을 퍼넣더니 곁에 있는 막걸리 사발까지 들이킨 뒤에야 정인을 쳐다보았다.

"그래, 어쩐 일이꺼?"

"어쩐 일이고 뭐고, 오늘 돈 내놓으소. 어머님이 돌아가시게 됐심더."

정인이 여전히 날선 목소리로 앞뒤 안 보고 용건을 바로 밝혔다. 선술집 주인에다 손님까지 몇 있는 자리라 전 같으면 그렇게까지 나오지는 않았을 정인이었다. 그러나 동희는 그런 일에 별로 신경을 쓰지 않았다. 방금 마신 술기운이라도 오른 듯 반지르한 얼굴에 엷은 홍조까지 떠올리며 뱅글거렸다.

"영감아지메가 다 죽어간다이 왜요? 그래고 그게 내 돈하고는 또 뭔 상관이꺼?"

"그 돈을 받아야 입원을 시키든지 약을 써보든지 할 거 아입니꺼? 딴소리 말고 오늘은 돈 내놓이소."

"허, 참 그 돈 얘기는 내가 전에 하마 안하디꺼? 이 보한(보이얀) 봄에 일, 이만 환도 아이고 어예 한목 내놓니꺼? 가을에 오소. 가을에."

"사람이 염치가 있어야제. 가을이라이 그게 무슨 소립니꺼? 더구나 다른 데 쓰는 것도 아이고 어른 병구완에 쓸라 카는데……."

거기서 정인은 자신도 모르게 약간 언성을 높였다. 그러나 동희는 여전히 탄하려 들지 않았다.

"사람마다 살다 보믄 빚은 쪼매씩 지기 마련이고, 빚이라는 거는

302

또 있으믄 갚고 없으믄 못 갚는 기지 그래 언성 돋울 꺼는 또 뭐 있니껴? 그래고 영감아지메 편찮으시믄 편찮은 기지 내 돈은 왜 거다 꺼붙이니껴? 어디 내 돈 받아 나을라꼬 영감아지메가 병났다 카니껴?"

"입은 삐뚤랑 해도 말은 바로 하라 캅디더. 대답해 보이소. 그기 어디 빚입니껴?"

정인이 한층 목소리를 높였다. 그러자 동희는 오히려 답답하다는 듯 가슴까지 치며 약을 올렸다.

"허 참 이 아지메 보소. 그럼, 가지고 있는 차용증서는 뭐이껴? 차용증서 써주고 쓴 돈이 빚 아이고 뭐이껴?"

그 말에 정인은 더 참지 못했다. 이미 집을 나올 때 다잡아먹은 마음이라 겁나는 것도 체면 차릴 것도 없었다.

"뭐라꼬? 차용증서라꼬예? 세상에 뭔 차용증서가 남의 집 사달라 카는 돈 중간에 닦아쓰고 먹살잡힐 임시되이 써주는 차용증서가 있는교? 다리를 피도(펴도) 자리를 보고 피라꼬, 세상에 어느 돈 들어먹을 께 없어 우리 돈을 들어먹는교? 문딩이 콧구멍에 마늘을 빼먹어도 분수가 있제……."

정인이 그렇게 퍼부어대자 동희도 약간 난처한 모양이었다. 탁자에 앉아 있던 몇몇 손님이 돌아보는 걸 보자 저도 질 수 없다는 듯 언성을 높였다.

"아이, 그럼 차용증서가 어떤 게 차용증서이껴? 어예다 돈을 썼더라도 차용증서 써주믄 됐지 거다 뭘 더 어예란 말이껴? 그래고 들어먹다이? 내가 언제 그 돈 안 갚는다 카디껴? 할 말 안할 말 따로 있지 여럿이 듣는데, 그건 또 뭔 소리껴?"

제법 눈까지 부라리며 우쭐우쭐 달려들었다. 그러나 장터에서 익힌 것은 아니지만 남자와 싸우는 데는 그런대로 뱃심을 기른 정인이었다. 제깐 것이 아무리 막돼 먹어도 수틀리면 젖가슴에도 발길질을 해대던 취조관만큼이야 되랴 싶어 오히려 한결 사나운 기세로 동희를 몰아붙였다.

"아이, 이 사람들이 아침부터 남의 장삿집에 와서 왜 이 난리고? 찌지든동 뽁든동 싸울라 카믄 나가서 싸우소."

보다 못한 선술집 주인 노파가 역정을 냈다. 그런데 그 순간이었다. 동희의 얼굴에 야릇한 간지(奸智)의 표정이 스치더니 이내 목소리가 부드러워졌다.

"맞니더. 아지메, 여서 이럴 게 아이라 집으로 가시더. 아지메하고 내가 여럿이 보는데 떠들어봤자 서로 우사(웃음거리)만 되이더."

그리고는 앞장서 그 선술집을 나섰다. 정인은 그 같은 그의 표변이 까닭없이 께름칙했으나 이미 내친 김이었다. 거기다가 동희의 아내 또한 무던한 사람이어서 늘상 남편의 경우 없는 짓을 민망하게 여겨오던 터라 정인에게 힘이 되어줄 것도 같았다.

그런데 역전에서 멀지 않은 동희의 집에 들어서니 이상하게도 조용했다. 위로 뛰어다니는 남매야 놀러 나갔다 쳐도 만삭에 가까운 동희의 아내나 문간방에 세든 선생댁은 집안에 있어야 옳았다.

"드가시더. 여까지 와놓고 그냥 갈라이꺼?"

이상한 예감으로 다시 멈칫하는 정인에게 약이라도 올리는 듯 그렇게 이죽거리는 동희는 그대로 집안으로 들어가 안방문을 열어

젖혔다. 안방에는 아무도 없었다. 그러나 열린 대문 밖은 바로 큰길이고, 또 문간방에도 여자의 고무신이 두 켤레나 놓여 있어, 정인은 아직 께름한 기분이 남은 대로 동희를 따라 들어갔다.

하지만 지나친 방심이었다. 정인이 방안에 들어서자마자 벽에 기대서서 정인을 기다리던 동희가 정인을 안쪽으로 밀어붙이며 문을 막아섰다.

"아이, 이게 무슨 짓입니꺼?"

문을 막아선 채 손을 뒤로 돌려 문고리를 잠그는 동희를 보고 정인이 놀라 소리쳤다. 등뒤에 눈이라도 있는 듯 한번 돌아보지 않고도 단단하게 문고리를 잠근 동희가 천연덕스레 대답했다.

"자, 인제 조용히 얘기해 보시더. 따질 게 있거든 따져보소."

그러나 이미 다급해진 정인의 귀에 그 말이 들어올 리 없었다. 자기가 왜 그곳에 왔는지도 까맣게 잊은 채 갑작스런 공포에 질려 덜덜거렸다.

"그래지 말고 문이나 열어주이소. 다 귀찮으이 나는 마 갈랍니더."

"뭐라꼬? 글케 잡아먹을 듯 나대니(설치더니) 그냥 가다께? 돈을 받아가야 할 꺼 아이가?"

정인이 사정조가 되는 것에 비례해 동희는 위압적이 되었다. 제법 거친 목소리에다 말까지 낮추었다. 그리고 보니 평소에 간들간들해 뵈던 몸매나 해말쑥한 얼굴도 갑자기 건장하고 험상궂은 치한으로 변해 있었다.

"그럼, 빨리 돈 내놓이소."

드디어 사태를 짐작한 정인이 냉정하려고 애쓰며 그 말꼬리를 잡고 늘어져 보았다. 동희는 피식 웃었다. 그러나 정인에게는 이 세상의 그 어떤 웃음보다 더 흉측스럽게 느껴지는 웃음이었다.

"돈? 그래, 주지. 글치만 먼저 줄 께 있다."

동희는 그렇게 말하고 허름한 양복 윗도리의 단추를 풀었다. 그리고 이상하게 충혈된 눈으로 정인을 살피며 덧붙였다.

"보자, 인제 동영이 간 지도 한 3년이 되나아 ― 그라믄 니도 요새 돈보다 훨씬 더 생각나는 게 있겠제?"

"아지뱀, 이게 뭔 짓입니꺼? 새댁이(동희처)도 곧 올 낀데……."

동희의 말뜻을 알아차린 정인이 급한 김에 우선 그의 아내를 끌어대 위협해 보았다. 그 말에 동희가 다시 피식 웃었다.

"그거사 내가 걱정할 끼고 ― 해산할라꼬 어제 아래 친정 간 사람이 어예 하마 오겠노? 그레고 하나 더 말해 주지마는 문간방에 있는 선생댁이도 믿지 마래이, 아까 보이 촌에 쌀 가질로 간다 카미 나가드라."

생각하면, 그 선술집에서 아침을 먹는다고 할 때부터 그의 아내가 집에 없다는 걸 알았어야 했다. 하지만 정인은 그런 후회조차 할 틈이 없었다.

"어예튼 문 여이소. 아이믄 소릴 지를랍니더. 사, 사람……."

벌떡 몸을 일으켜 문 쪽으로 돌진하며 소리를 질렀다. 대문간을 지나는 사람들에게 의지하려 한 것이지만, 그보다는 동희가 빨랐다. 미리 예측이나 한 듯 다가오는 정인을 꽉 끌어안으며 입을 막아 버린 것이었다.

"글쎄 이러는 기 아리라 카이. 백지로(쓸데없이) 몸 상하지 말고 내 말 들으란 말이따. 나도 물건은 쓸 만하다꼬 소문이 있니라. 역전거리 작부들이라도 그 맛 한번 보믄 떨어질라 안캐 애먹는다. 거다가 밥쟁이가 친정 간 지도 대엿새 되이, 양기도 쓸 만큼은 올랐을 끼다.”

이어 정인을 방바닥에 쓰러뜨린 그가 귓가에 뜨거운 입김을 뿜어대며 그렇게 중얼거렸다. 정인이 어떻게든 빠져나와 보려고 애썼지만 버둥거릴수록 더욱 완강하게 내려누르는 힘이었다.

“인제 휴전이 되믄 동영이도 파이따(소용없다). 그래고 빨갱이짓하다가 그래 된 신랑 기다려 보이 뭐 하노? 이것도 한 세상 살다 만난 때이 재미나 실컷 보는 게라…….”

동희가 야릇한 몸짓으로 두 다리 사이를 비비고 들며 계속하여 뜨거운 열기를 정인의 귓가에 뿜어댔다. 숨이 막히는 가운데서도 비릿하나 싱싱한 남자의 냄새가 정인의 코에 들어왔다. 아득히 잊고 있었던 추억 같은 냄새였다. 순간 정인은 온몸에서 힘이 쭉 빠졌다. 그걸 느꼈는지 동희가 이번에는 제법 자신까지 얻은 목소리로 달랬다.

“죽으믄 썩을 몸 아끼믄 뭐 하노? 그래지 말고 내 말 들으래이. 내 말만 들으믄 까짓 돈만 갚겠나? 맨날 허름한 꼬라지로 장바닥을 도이 날 어예 볼지 모르지만, 여기저기 깔아놓은 돈만 모두 거다도 아무도 날 깔보지 못할 끼라. 내 참한 점방 하나 채려 주꾸마. 일이사 바른 말이지 그 국밥집 그거 어디 니가 할 장사라?”

동희는 정인이 잠시 가만히 있는 것을 저항이 끝난 걸로 여기는 것 같았다. 지나친 방심이었다. 그 순간도 정인은 온몸의 힘을 한군

데로 모으고 있었다. 동희에게서 풍기는 남성의 냄새가 짙어질수록 강렬하게 되살아나는 동영의 환상에 힘입은 것이었다.

"어이쿠!"

드디어 정인을 죄고 있던 한 팔을 풀어 자신의 바지춤을 내리려던 동희가 비명과 함께 정인의 몸에서 굴러떨어졌다. 두 눈을 감싸쥐고 짐승처럼 신음을 시작하는 그의 왼손가락 사이로는 어느새 붉은 피가 흘러내리고 있었다.

정인이 힘을 모으고 있던 것은 오른손이었다. 옛날 동영의 부탁으로 한동안 지하활동의 행동대원 노릇을 할 때 배운 손쉬운 호신술을 응용하려 함이었다. 둘째손가락과 가운데손가락으로 상대의 두 눈을 찔러버리는 방법이었다.

동희가 왼팔을 풀어 바지춤으로 가져가는 바람에 오른팔이 자유로워진 정인은 온몸의 힘을 그 손가락 둘에 모아 동희의 두 눈을 찔렀다. 워낙 가까운 거리인데다 잠깐 딴 데 신경을 쓰고 있던 동희가 피해 내지 못했다. 특히 정인의 가운데 손가락은 다급한 가운데도 불쾌한 느낌이 전해 올 만큼 깊이 동희의 왼눈을 찔렀다.

두 눈을 감싸쥐고 방바닥을 딩구는 동희를 남겨두고 방을 뛰쳐나온 정인이 겨우 정신을 수습한 것은 자기 집이 저만치 시장골목에 들어서서였다. 그제서야 정인은 풀어진 옷고름을 여미고 헝클어진 머리칼을 매만졌다. 하지만 마음은 피투성이가 된 두 눈을 감싸쥔 동희가 금세 뒤쫓아 오는 것 같아 여전히 걷잡을 수 없었다.

"어예 됐노? 무슨 일이 있었나?"

한동안 옷매무새 못지않게 마음을 가라앉혀 들어간다고 들어갔으나 시어머니는 한눈에 심상치 않은 느낌이 든 모양이었다.

"싸웠더나? 옷깃이 터진 걸 보이 깔쥐뜯꼬(서로 잡아뜯고) 싸운 모양이구나."

그 일을 어떻게 알려야 할지 몰라 미처 대답을 못하는 정인에게 시어머니가 다시 물었다. 차마 사실대로 말하지 못해 망설이던 정인은 오히려 시어머니의 그 같은 물음에서 적당한 답을 찾아냈다. 눈이 얼마나 심하게 다쳤는지 몰라도 동희 또한 제가 한 짓을 드러내 놓고 떠들지 못하리란 계산에서 그 대답은 더욱 무난하게 여겨졌다.

"예, 그놈아는 인간도 아이라예."

"엉? 아무리 그렇기로 그놈이 니한테 손을 대?"

"걱정 마시이소. 지가 바로 그눔의 눈까리를 빼놓고 왔습니더."

"눈까리를 빼다이? 그게 무슨 말이로?"

시어머니가 놀란 눈으로 물었다.

"몇 마디 하기도 전에 그놈아가 지 멱살을 안 잡십니꺼? 그래 가지고 옛날에 그 사람들하고 운동할 때 배운 대로 눈을 콱 찔러 뿌렸습니더."

얘기를 하다 보니 새삼 분해진 정인이 조심 없이 대답했다. 그 천한 것이 감히 ― 뒤늦게야 그런 분함이 일었기 때문이었다. 그러나 시어머니는 문득 걱정이 되는 모양이었다.

"얼마나 다쳤는동은 몰따(모르겠다)마는 괜찮을라?"

"저쪽이 여자한테 먼저 달라들었으이 봉사(장님) 안 된 담에사 내한테 큰소리칠 것도 없을 낍니더."

정인이 그렇게 둘러대고 있는데 엿판과 껌통을 들고 역전거리에
나갔던 훈이와 영희가 나란히 들어왔다. 정인은 영희를 보자 갑자
기 자신의 할 일이 떠올랐다.

"영희야, 인제부터 며칠은 장사 나가지 말고 집 쫌 봐라."

"왜요? 어무이는 어디 가고?"

"내 돌내골 쫌 가야겠다. 국밥장사는 할 필요 없고, 할매만 잘 보
살펴 드려라."

그제서야 시어머니가 끼어들었다.

"돌내골에는 갑자기 왜?"

"선산이든동 위토든동 팔아야 안 되겠습니껴? 인자 동희 돈은
참말로 틀렸습니더."

"글치만 우예 이리 두세없이……."

"실은 예 ― 동희가 아매(아마) 쫌 많이 다쳤을 낍니더. 당장이라
도 쫓아오믄 이웃 남사(웃음거리)만 되고…… 그래서 돌내골에 가 땅
도 팔고 급한 물머리도 피할라 캅니더. 지 엔간(인간)이 아무리 못되
도 편찮은 어른한테야 어예겠습니껴?"

그리고는 작은 보퉁이 하나를 꾸려 집을 나왔다. 눈치 채이지 않
으려고 애썼지만 어딘가 허둥대는 구석이 있었던지 시어머니도 더
묻지 않고 정인을 재촉해 내보냈다.

있다 말다 하는 버스이긴 해도 돌내골 부근으로 가는 버스정류
장에 이르니 한결 마음이 놓였다. 마침 돌내골을 이십 리쯤 비켜서
가는 버스 한 대가 있어 정인은 기다리지 않고 바로 차에 올랐다.
장날이 아닌데다 농사철이 시작돼 그런지 평소 터져나가던 버스가

그날은 좌석까지 있었다.

그런데 창가에 자리 잡은 정인이 무심코 밖을 내다볼 때였다. 한 미친 여자가 대여섯 명의 짓궂은 동네 조무래기들을 딸린 채 넋빠진 듯 한길을 지나가고 있었다. 그녀의 품에는 때묻은 베개 하나가 소중하게 안겨 있었다. 얼굴을 보니 때묻고 햇볕에 그을어 있었으나 아직 서른도 안 된 것 같았다.

정인에게 있어 마지막 일 년의 복역생활은 그대로 깊고 긴 잠이었고, 어쩌다가 남은 그곳의 기억은 그대로 기억하고 싶지 않은 어수선한 꿈이었다. 그러나 그 미친 여자를 보자, 문득 떠오르는 사람이 하나 있었다. 잊고 싶었던 그 어수선한 꿈속에서 만났던 한 여수(女囚)로, 정인이 빠져 있는 상태로 보면 참으로 이해 안 되는 연상작용이었다.

선고를 받은 정인이 처음 감방을 배정받고 들어갔을 때 한영숙(韓英淑)이란 그 여수는 이미 열 달째 형을 살고 있었다. 야위고 창백한 얼굴이었지만 누가 봐도 예쁘다고 할 만한 스물두엇 가량의 처녀였는데 죄목은 역시 부역(附逆)이었다.

어디나 수다스런 사람은 있게 마련인데가, 은근한 동료의식으로 정인이 귀담아듣게 된 얘기를 맞춰보면 그녀의 집안이나 내력은 원래 그런 죄목과는 멀었다. 아버지는 사변 전에 면장을 지냈고 오빠는 방금도 국군 영관(領官)으로 있는 우익 집안의 딸로, 그녀 자신도 사범학교까지 마친 초등학교 교원이었기 때문이었다.

그녀의 불행이 시작된 것은 전세(戰勢)를 낙관하다 피난을 못 떠난 채 북쪽 군대를 맞게 된 데서부터였다. 저편의 강요보다는 반동으로 점찍힌 집안을 지키기 위해서라도 그녀는 발벗고 나서서 그들과 협력하지 않을 수 없었다. 하지만 뒤가 나빴다. 그 지역 여맹 간부로 일하던 그녀는 자의인지 타의인지 알 수 없게 그 지역에 잠시 주둔했던 적군 대대장의 여자가 되었고, 나중에는 당증까지 있는 당원이 되어버린 것이었다.

그녀가 국군선발대에 붙들려 경찰에 넘겨진 것은 6·25가 난 그해 9월 말이었다. 강원도의 어느 산속에서 낙오병과 당일꾼, 무슨 서원(署員)과 동맹(同盟)간부 하는 자들이 뒤섞인 일단의 월북기도 자들과 함께였다. 그것도 빳빳한 새 당증까지 지닌 열성분자의 하나로.

다행히 처음에는 국군의 고급장교인 오라버니 덕분에 풀려나왔으나 문제는 집에 돌아온 뒤가 더 컸다. 유독 피해가 심한 그 마을 우익세력들이 한꺼번에 들고 일어난 까닭이었다. 이번에는 멀리 북진해 있는 오라버니도 힘이 되지 못해 그녀는 결국 다시 구속되기에 이르렀다. 그러다가 오라버니가 되밀려 내려오고 집안은 집안대로 돈을 아끼지 않아 일은 다시 그녀에게 유리하도록 꾸며졌다. 모든 죄과는 적의 강요에 의해 이루어진 것으로 되고 그녀는 다만 피해자일 뿐이라는 식이었다. 다시 말해 그녀는 위협 때문에 마지못해 협조했고, 괴뢰군 군관에게 능욕당했으며, 결국은 북으로 끌려가다 간신히 구원받았다는 것이었다.

한동안은 그녀도 그런 가족들의 노력에 동조하는 것 같았다. 심문 과정을 거치는 동안 줄곧 가족들이 일러준 대로 진술하고 주장했다. 그런데 미리 무죄판결이나 기소유예가 정해져 있는 그 공판정에서 이변이 일어났다. 밀리고 미는 와중에서 이쪽저쪽에게 당한 사나운 욕이 그때에야 광증(狂症)으로 도진 것인지, 그날 시종 벙어리처럼 말이 없던 그녀가 언도 직전의 마지막 진술에서 갑자기 모든 걸 뒤엎어버렸기 때문이었다.

말짱한 얼굴로, 자기는 그 사상이 옳다고 믿었기에 협조로 나아갔다고 말했으며, 그 인민군 중좌(中佐)도 진심으로 사랑했다고 밝혔다. 그리고 마지막에는 느닷없이 인민공화국만세까지 외쳐 모두를 놀라게 하고, 몇 번의 연기(公判延期)를 거쳐, 끝내는 3년을 언도받은 것이었다.

그 같은 경위를 함께 공판정에 섰던 여수 하나가 수다스레 여럿에게 들려주는 동안도 감방 한구석에 앉아 표정 없이 듣고 있는 한영숙을 보고 정인도 그녀가 온전한 정신이 아닌 것은 진작부터 느꼈다. 역시 들은 말이지만 그녀는 그곳에서 복역한 열 달 동안 단 한마디도 말을 하지 않았다는 것이었다. 그러나 그 일밖에는 달리 이상이 나타나지 않아 그대로 남은 형기를 채우는 중이었다.

그 한영숙이 마침내 발작한 것은 정인이 수감된 지 한 달쯤 지났을 무렵이었다. 보름이 가까운지 창살로 환히 비치는 달빛이 싫어 초저녁부터 모포를 뒤집어쓰고 누운 정인에게 그녀가 무릎걸음으로 다가왔다. 언제나 정한 자리에 석상처럼 앉아 있는 그녀였기에 그 같은 접근부터가 이미 예삿일이 아니었다.

"아주머니, 그 사람 알아요?"

그렇게 말하며 옆구리를 찌르는 것이 그녀라는 걸 알자 정인은 문득 섬뜩한 느낌이 들었다. 감방 저쪽 구석에 몰려 무언가 바깥에 서의 일을 두런두런 주고받던 다른 죄수들도 기이하다는 눈길로 일제히 그녀를 쳐다보았다. 그러나 그녀는 아랑곳없이 다시 정인에 게 물어왔다.

"우리 김철 중좌를 아시느냐니까요? 제가 얘기해 드릴까요?"

"⋯⋯?"

"아마 그날이 음력으로 유월 열여드레쯤 되었을 거예요. 달이 환하고 달무리도 고왔어요. 먼 논의 개구리 소리도 들리고⋯⋯.

나는 불꺼진 마루에 앉아 백마를 타고 오는 왕자님을 기다렸지요. 아니 어쩌면 『비계덩어리』(모파상의 단편)에 나오는 창녀처럼 통과할 수 없는 검문소에 선 마차에서 멋진 프러시아 장교를 기다렸는지도 몰라요.

그런데 그가 왔어요. 달빛 아래 말을 타고 긴 가죽장화를 번쩍이며⋯⋯ 나를 맞으러, 아니, 무언가 조사할 게 있다고. 우리는 마을에서 조금 떨어진 빈 제실(齊室)로 갔어요. 그는 나를 사랑한다고 했어요. 아니, 반동인 우리 가족을 보호해 주겠다고 했어요.

나는 그에게 몸을 맡겼죠. 황홀했어요. 아니 그는 나를 빼앗았어요. 고통스러웠어요⋯⋯."

그녀의 말은 묘한 이중구조를 가지고 있었지만 너무 정연하고 잔잔해서 그때까지만 해도 크게 이상스럽지는 않았다. 그러나 그다음부터 목소리가 조금씩 흔들리기 시작했다.

"그는 일주일 뒤에 낙동강을 건너 남으로 내려갔어요. 나는 그와 헤어지는 게 슬퍼서 울었죠. 아니, 그냥 보내는 게 분해서 울었죠. 『테스』에 그런 말이 나오잖아요? 여자는 남자를 용서할 수 있어도 남자는 여자를 용서할 수 없다고 — 순결에 관해 한 말예요. 그러니 이제 그 아닌 어떤 남자가 나를 용서하겠어요?

그래서 다음 날부터 그분을 따라갈 준비를 했죠. 정식으로 입당 원서도 내고, 간호군관이 아니면 그냥 여전사(女戰士)가 되어서라도 그분 곁으로 가려고 했어요. 그러는데 먼저 총퇴각이 시작되더군요. 할 수 없이 북으로 출발했죠. 그분이 정말로 내가 꿈에서 그리던 백마의 왕자든 다만 호색한 프러시아 장교에 지나지 않든 나는 반드시 그 곁에 가야 했어요. 그리고 행복한 아내가 되든 잔인한 복수의 악귀가 되든 둘 중에 하나는 됐어야 했어요.

그런데 우리는 그만 인제(麟蹄) 부근에서 국군선발대에 붙들리고 말았어요. 내일이면 낙동강에서 패주한 부대 하나를 따라잡을 수 있었는데…… 틀림없이 그분의 부대였을 텐데…….”

그러더니 벌떡 일어나며 소리쳤다. 거기서부터는 정인조차 누구인지 모르는 것 같았다.

“나를 보내주세요! 정말이에요. 나를 보내 그를 찾게 해주세요…… 나는 아직 그를 사랑해야 할지 미워해야 할지조차 결정짓지 못했단 말이에요. 그를 사랑한다고 말한 것은 순전히 자존심 때문이에요. 아니 그만이 수없이 더럽혀진 나를 씻어줄 수 있기 때문이에요. 나를 사상 같은 것으로 윽박지르지 마세요. 정말이에요. 나는 그런 건 상관없어요. 그냥 나를 보내주세요. 제발 그를 만날 수 있게 해주세요. 순결하고 사랑스런 아내가 되든 복수의 악귀가 되든 그가 있는 곳으로만 가게 해주세요 —.”

그다음은 완전히 광태였다. 갑자기 옷을 찢어발기는가 하면 쇠창살 쪽으로 기어오르다가 출입구에 몸째 부딪쳐 가기도 했다. 여럿이 달려들어 진정시키려 해보았지만 어림없는 일이었다. 연약한 몸 어디에서 그 같은 힘이 솟는지 열 명이 넘는 수인들을 상대로 반시간이 넘도록 버티다가 당직 간수까지 합세해서 손발이 묶인 뒤에야 잠잠해졌다.

다음 날 다시 치매(癡呆) 상태로 돌아가 병동으로 옮기는 그녀를 보고 정인은 그동안의 모진 다짐에도 불구하고 하마터면 울 뻔하였다. 비록 군데군데 외국 소설책에 나오는 낯선 인물들이 끼어 있기는 하지만 정인만은 그녀의 넋두리 한마디 한마디를 다 이해할 수 있을 것 같았다.

남편과 그 동지들이 아무리 그럴듯한 이름을 붙이고 아름답게 꾸며도 그녀의 다감하고 순결한 영혼과 육체를 갈가리 찢어 논 것은 바로 그 비정한 전쟁이었다. 어느 쪽에 서 있건 그녀의 가해자들은 다만 그 전쟁의 무력한 하수인일 따름이었다. 그리고 마침내는 — 그녀의 짓밟힌 청춘에 비하면 자신의 고난은 오히려 지나치게 가볍다는 생각이, 한 위로로서가 아니라 부끄러움으로 정인을 사로잡곤 했었다.

회상이 거기까지 이른 뒤에야 정인은 문득 그것이 허둥지둥 피해 가는 자신에게 엉뚱스러운 줄 알았다. 그 거리에만도 미쳐서 떠도는 여자가 대여섯은 되고, 어쩌면 자신이 본 여자 또한 전에 이미 본 적이 있는지도 몰랐다. 그런데 그 미친 여자가 난데없이 까맣게 잊고 있었던 지난날의 동료 죄수 하나를 그처럼 세밀하게 기억나게 한 게 스스로 생각하기에도 이상했다.

그러다가 정인이 어렴풋하게나마 그 까닭을 깨달은 것은 차가 이미 읍내를 벗어나 산비탈로 접어들 무렵이었다. 비록 주관적인 때가 많았다 해도 정인이 그때껏 싸워온 것은 항상 생명 또는 생존에 대한 위협이었다. 그녀의 가슴속으로 움츠러든 도덕관에서는 아직 왜병(倭兵)에게 손목을 잡혔다고 해서 그 손목을 스스로 자른 열녀가 고귀한 것으로 살아 있었지만, 그동안 한 번도 그 같은 정절에 대한 위협이 절실한 것으로 느껴진 적은 없었다. 그런데 이제 생명에 대한 위협이 사라지자 그 위협이 한 새로운 고통의 형태로 다가온 것이었다.

정인이 한영숙을 떠올리게 된 것은 아마도 그녀가 어떤 공산군 장교에게 유린된 불행이 아니라, 그 뒤에 그녀가 이쪽저쪽으로부터 겪었다고 추측되는 육체적 수모 때문이었다. 한창때에는 동등한 인격으로조차 여기기를 꺼렸던 시골의 장꾼들이나 막돼먹은 장돌뱅이에게까지 놀림을 받는 처지가 되고 보니 그런 한영숙의 불행이 반드시 자신과 멀다고만 생각할 수는 없었던 것이다.

'당신은 어디 있어요? 어째서 이런 내 비참을 보고만 있는 거예요? 설마 이것까지도 당신의 그 무슨 사관(史觀)에 예정되어 있었던 것은 아니겠지요?'

거기서 정인은 헤어진 뒤 거의 처음으로 구체적인 원망의 말을 동영에게 띄워 보냈다.

그 사이 낡은 트럭을 개조해 만든 버스는 병든 말처럼 헐떡이며 가파른 고개길을 넘고 있었다.

6

약속시간이 지난 지 반 시간이 가깝도록 안명례는 나타나지 않았다. 지금 차로 출발하니까 반 시간쯤이면 돼요. 5시쯤 본관 앞으로 나와 계세요. — 그리고 끊기는 전화에 동영은 까닭을 물을 틈도 없이 서둘러 하던 일을 마치고 교수실을 나섰다.

그래도 약간 위로가 되는 것은 그녀의 목소리가 전날보다 훨씬 맑고 생기차다는 것일까.

무료한 시간을 죽이기 위해 별뜻없이 주위를 둘러보는데 이제 막 짙어오는 미루나무 위로 우중충한 석조건물의 한 모퉁이가 눈에 들어왔다. 전에 수도원의 종탑과 십자가가 서 있던 부분인데, 조잡하게 뜯어내고 게양대를 만들어 둔 곳이었다. 벌써 2년이 가깝도록 무심히 보아넘긴 그곳이 그날따라 무슨 의도적인 상징처럼 강한 인상으로 동영의 후줄근한 의식을 자극했다.

함부로 부수다 아랫부분에까지 번진 균열이나 덮개를 하면서 고르지 못하게 흘러나와 굳은 시멘트덩이가 하나같이 무슨 끔찍한 흉터 또는 아직도 피를 쏟고 있는 상처 같았다. 어쩌면 직격탄을 맞아 무너지고 뚫린 곳보다 더 처절한 싸움의 흔적일는지도 모를 일이었다. 휴전이 가깝다는 풍문이 사실인지 이제는 폭격도 거기까지는 미치지 않아 높이 매단 인공기(人共旗)와 적기(敵旗)는 거대한 괴수(怪獸) 시체를 밟고 선 신화 속의 용사 같았다.

습관적인 사유(思惟) 속에서는 새로울 만큼 낯선 존재였지만, 그제서야 동영은 신이란 것이 어떤 악의롭고도 교묘한 관념덩어리가 아니라 인격과도 흡사한 한 실체 같은 느낌이 들었다. 인간을 학대하고 착취하는 가해자로서가 아니라, 아늑하고 고요한 신화의 바다에서 인간의 주술에 걸려 땅 위로 끌어올려진 뒤 몇천 년 그들을 위해 혹사당하다가 이제 버림받아 죽어가는 피해자로서였다.

〈종교가 자연력이나 우리들의 원망(願望) 따위 추상적인 것들의 인격화 작업이었다면, 이제 우리가 새로이 찾아냈다고 주장하는 이 이데올로기는 인격화된 그것들을 추상적으로 환원시킨 것이 아닐까. 은총과 섭리라는 인격화된 절대존재의 해결방식에 실망한 나머지 과학과 합리의 법칙에 따른 개별논리에 의지해 보려고 하는 인간의 노력이 아닐까…….〉

동영은 그 무렵 들어 더욱 자주 대하게 되는 자신의 수첩을 떠올리며 그렇게 생각을 몰아가다가 문득 쓴웃음을 지었다. 지금 안명례를 기다리는 자신의 처지가 그런 사적인 수첩에 채울 구절들을 머릿속에서 다듬고 있을 만큼 한가롭지도 편안하지도 못했기

때문이었다. 오히려 자신의 내면을 기록에 남기는 데 한층 열심이
된 자신이 어떤 종말을 준비하고 있는 듯 여겨져 까닭 없이 불안하
기까지 했다.

거기서 동영은 그런 불안을 떨어버리려는 듯이나 두어 번 세차
게 머리를 흔든 뒤 다시 시계를 보았다. 다시 십 분이나 지났건만 안
명례는 아직도 나타나지 않았다.

박영창이 다녀갔다는 말을 듣고 평양으로 갔던 안명례는 다음
날 저녁 늦게서야 돌아왔다. 다행히도 그녀의 얼굴은 떠날 때보다
훨씬 밝았다.

"한시름 놓았어요. 역시 기우였던 모양이에요."

"일이 어떻게 됐기에?"

그녀가 너무 환하게 웃는 데 오히려 의심이 간 동영이 물었다. 어
딘가 일부러 태평스러움을 과장하고 있는 듯한 낌새가 느껴진 까
닭이었다.

"박영창 그 사람 아직 무사해요. 며칠 전 자기 지대(支隊)로 귀대
했대요. 아마 지금쯤은 대남 침투훈련에 열심이겠죠."

"그럼, 그분이 걱정하던 일은?"

"그 사람 바로 위의 선까지만으로 매듭지어질 모양이에요. 그 사
람은 어떻게 가담해 보려 해도 아무런 힘이 없었으니까요."

그녀는 되도록이면 대수롭지 않게 그 일을 넘겨버리려는 듯 가
볍게 대답했다. 그리고 아직 개운치 못해 고개를 기웃거리는 동영
을 갑작스레 발개진 얼굴로 바라보며 덧붙였다.

320

"걱정했어요. 당신이 얽혀드는 것 못지않게 우리의 관계가 이렇게 애매하고 불편하게 끝없이 계속되게 될까 봐…… 그런데 잘됐어요. 어쩌면 우리의 결혼도 좀 빨라질지 모르겠어요. 이대로 간다면 다음달쯤 정식으로 허가를 신청해도 될 것 같아요. 틀림없이 동지들의 축복 속에 허락을 받을 수 있을 거예요."

박영창이 무사하다는 말에 긴가민가해 있던 동영에게는 엉뚱하게 들릴 만큼 느닷없는 그녀의 말이었다.

"결혼?"

"그래요. 제가 마음속으로는 얼마나 다급하게 기다렸는지 아세요?"

그러는 그녀에게 정말로 결혼을 앞둔 처녀와 같은 수줍음이 떠올랐다. 거기서 느낀 어떤 고혹(蠱惑) 때문인지 동영 또한 이상하리만치 어색하거나 불쾌한 느낌은 일지 않았다. 그저 좀 허탈한 기분이 드는 것과 아울러 어린 사남매를 데리고 아득히 사라지는 정인의 환영이 잠시 눈앞을 스쳤을 뿐 오히려 당연하게 들리기까지 했다.

한 번 입 밖에 말을 낸 뒤라 그런지 안명례는 그 뒤 지나치리만치 결혼을 서둘렀다. 다음번 동영이 찾아갔을 때 그녀는 자기가 살고 있는 집의 수리를 하고 있다가 말했다.

"집수리가 끝나는 대로 독신교원 숙사를 나오세요. 이리로 옮겨 함께 지내도록 해요. 요즘은 여기서도 거기까지 통근이 가능하잖아요?"

"그렇지만 남의 눈도 있지 않소?"

설령 그것이 범법은 아니라 해도 사회에서 그리 환영받는 결합은 못된다고 여긴 동영이 그렇게 물었다. 그러나 그녀는 별로 개의하지 않았다.

"기정사실로 만들어 두고 싶은 거예요. 우리 결혼이 뜻밖의 방해를 받지 않도록 하는 하나의 방편이기도 하구요."

이미 앞뒤를 다 재어 얻은 그녀의 결정인 모양이었다. 한편으로는 쑥스럽고 한편으로는 씁쓰름한 데도 있었으나 동영은 별 반대없이 그녀의 뜻을 따랐다. 어쩌면 반대를 안했다기보다는 반대할 기력이 없었다는 편이 옳은 말일지도 모르는 일이었다.

그녀는 생각보다 사랑스런 여자였다. 그녀와 함께 생활한 지 며칠도 안 돼 동영은 조금씩 그녀를 이해할 수 있게 되었다. 특히 우연히 만나면서부터 줄곧 보여온 그녀의 거의 일방적이고도 무조건적인 애정은 그녀의 지난 삶과 깊은 연관을 가진 것 같았다. 동영이 추측한 바로는, 그때껏 그녀가 경험한 애정은 모두가 육체적으로는 그녀가 일방적이고도 무조건적으로 주고 정신적으로는 그 반대로 받아온 기묘한 형태였다. 그 불균형에서 자라난 어떤 보상심리가 소녀시절의 환상이었던 동영을 만나자 또 다른 기묘한 형태의 애정을 낳은 것임에 틀림없었다.

동영은 문득 동척시절 임숙경과 어울릴 때 가까이서 볼 기회를 가졌던 기생들의 생활에서 이따금씩 느껴지던 이상심리(異狀心理)를 떠올렸다. 진작부터 짐작한 대로 화대(花代)를 매개로 이루어지는 기생들의 외형적인 사랑은 대개 안명례가 경험한 것과 비슷한 형태였다. 그리고 그 보상으로 그녀들은 실로 터무니없는 그 사회의 실패자나 영락자를 기둥서방으로 얻고 모든 걸 다 바쳐 거의 파멸에 이를 때까지 사랑하는 것이었다.

그 같은 유사성에도 불구하고 동영은 그녀의 사랑이 불쾌하거나 거북스럽지 않았다. 무기력해지고 자존심이 무디어진 탓도 있지만, 그보다는 이따금씩 반짝이는 그녀의 이성적(理性的)인 매력과 종종 동영을 감탄시키는 차갑게 단련된 실천력 같은 것들이 그 불쾌감과 거북스러움을 상쇄해 주기 때문이었다. 열흘도 안 돼 동영은 자신이 진심으로 그녀를 사랑하게 된 게 아닐까 의심하게 될 정도로 그녀에게 빠져들어 갔다.

언제나 불결함과 성적 부패의 칙칙한 연상으로만 이해되던 그녀의 과거도 더는 동영에게 혐오를 주지 못했다. 늙은 고리대금업자의 어린 첩이 된 것부터가 그녀의 적극적인 도발에 의한 것이라는 고백을 듣게 되었을 때도 동영은 추악하게 느껴지기보다 놀라웠고 치타이허(七臺河)부근에서 홀린 관동군(關東軍) 헌병장교로부터 소만(蘇滿) 접경지대까지의 통행증을 얻어내기까지의 여섯 달은 가슴 뭉클한 감동까지 주는 데가 있었다.

"가라. 내게도 너만한 딸이 있다. 너 하나를 넘겨 보낸다 해서 세계를 대적하는 우리 관동군에 무슨 큰 해가 되겠는가."

그녀가 어떤 애처로운 노력을 했는지 그 노련한 수사전문가는 그녀의 목적을 다 알아낸 뒤에도 그렇게 말하며 보내준 것이었다. 얼어붙은 우수리강 기슭에서 역시 소련땅으로 패주해 가는 이른바 동북항일연군의 한인부대에게 구원을 받을 때까지 겨우 열 여덟의 소녀가 벌인 죽음과의 사투는 차라리 눈물겨웠으며, 하바로프스크에서 모스크바까지, 그리고 모스크바에서 다시 평양까지의 긴 여정도 그녀의 불꽃 같은 생명력과 때로 섬뜩하게까지 느껴지는 권력의지의 안쓰러운 점철에 지나지 않았다. 어쩌면 동영이 정인에게 별 죄스런 마음 없이 그녀와의 결합을 받아들일 수 있었던 것은 3년이란 세월의 힘보다도 함께 살게 되면서 더욱 눈부신 빛을 뿜는 그녀의 온갖 매력 때문일는지도 모르는 일이었다.

　의심 없이 그녀에게도 행복한 나날이었다. 근무처에서만 돌아오면 그녀는 사람마저 달라지는 것 같았다. 좁은 뜰을 일구어 채소씨앗을 넣기도 하고, 어떤 때는 신분을 감추고 부두로 나가 암거래와 다름없는 방법으로 동영이 좋아하는 횟감을 비싸게 구해 오기도 했다.

　"이제 생각해 보니, 흑빵과 찬물만으로 한 계절을 버티곤 하던 모스크바시절에도 이런 앞날을 꿈꾼 적이 있는 것 같아요. 나는 이제야 참담했던 지난 십여 년의 보상을 받은 기분이에요.

　이홍광(李紅光＝李江光이라고도 하며 30년대 초 여자로 알려진 항일 유격대장. 이른바 동북항일연군 총지휘부의 참모장까지 지내다가 1936년 대토벌 때 제1군 제1師長으로 전사했다고 한다)을 기억하세요? 당신은 자수리치와 로자 룩셈부르크의 전기를 주셨지만, 제 마음을 가장 흔들었던 것은 그녀가 동흥읍(東興邑)을 습격했을 때의 「조선일보」 속보였어요. 저는 지금도 그중의 몇 구절을 기억해요. 〈…… 이홍광은 금년에 겨우 18세가 되는 조선인 소녀로서 일찍 간도에 출생하여 가지고 어려서부터 공산군에 가담하여, 작년 봄 이래 부하 6백여 명을 거느리는 두목으로 공산군 부대에서는 이사령(李司슈)이라면 모르는 이 없으리만치 유명한 미인 두목이다.

그가 조선 내를 습격할 계책은 벌써부터 하고 있어 작년 가을에는 남장(男裝)을 하고 동흥읍 내 동흥교 건설공사의 인부로 노동을 하며…… 동흥읍의 지리정세와 경비상태의 조사는 물론 시내에 사는 부자의 재산까지 조사하여……〉 — 정말로 그녀는 빈곤과 비참에 찌든 아무런 희망 없는 소작인의 딸이 열렬히 꿈꾸어 볼 수 있는 한 이상의 여인상이었어요. 자수리치와 룩셈부르크는, 특히 그녀들의 매섭던 이론은 그때만 해도 제게는 애매하고 또 먼 것이었으니까요. 그 이홍광에게만 갈 수 있다면 몇 달쯤은 내 몸을 늙은 호색한에게 맡길 수 있다는 생각은 열여섯의 소녀로서는 너무 끔찍했던 것일까요? 눈과 얼음뿐인 우수리 상류의 황무지를 이틀간이나 더운 물 한 방울 마시지 못하고 헤매면서도 그 몽롱한 꿈속에서 내가 보고 있던 것은 높은 백마 위에 앉은 여장군의 모습이었다면요. 하지만 — 또한 이제 와서 생각해 보니 그때도 그 백마 곁에 한 수려한 청년혁명가가 말머리를 나란히 하고 있었던 것 같아요."

그녀는 이따금씩 동영이 까닭 없이 부끄러움을 느낄 만큼 진지한 얼굴로 그렇게 털어놓곤 했다.

"그 꿈이 한 무력하고 지쳐 빠진 속인으로 끝장을 보았으니 당신도 무던히 불행하군."

그때마다 동영은 그렇게 빈정거렸지만 결코 듣기에 싫은 말은 아니었다. 그가 한때 비판을 위해 조사했던 카톨릭 순교사(殉敎史)에는 이상한 여순교자가 하나 있었다. 그녀는 기독도 천주도 전혀 모르는 산골처녀였으나 천주교 박해가 시작되자 홀로 십자가 하나를 깎아 들고 관아를 찾아가 '나도 천주꾼이오' 하고 자백을 했다. 그리고 알몸으로 잡범들이 가둬진 옥에 던져져 하룻밤 수모를 당한 뒤 다음 날 다른 교인들과 함께 천주를 부르며 처형을 당했던 것이다. 만약 정말로 신이 있다면 그녀의 그 같은 피학적인 열정을 외면할 수 있을 것인가. 그녀를 더럽혀졌다 하고, 그 죽음을 순교가 아니었다 할 수 있을 것인가. ― 적절한 비유가 되는지 몰라도 동영이 그럴 때 안명례에서 느끼곤 하던 것은 바로 그 기묘한 여순교자였다.

하지만 언제부터인가 ― 어쩌면 동영과 함께 살게 되면서부터 안명례는 어떤 불안에 쫓기는 듯했다. 냉정한 그녀에게는 어울리지 않을 만큼 과장된 애정이나 행복감의 표현이 그러했고, 끊임없이 평양 쪽의 동정을 살피고 있는 듯한 기색이 그러했다.

그러다가 며칠 전 그 불안은 서두름의 형태로 나타났다.

"이제는 결혼허가를 신청해야겠어요."

그날따라 일찍 돌아와 기다리던 그녀가 동영이 돌아오자마자 들뜬 목소리로 그렇게 말했다.

"서너 달 이런 식으로 지내다 추인(追認)의 형식으로 처리하려고 하지 않았소?"

너무도 갑작스런 그녀의 말이라 동영이 의아해 물었다. 아직 함께 지낸 지 한 달도 안 된 때여서 동영으로서는 그녀의 서두름이 얼른 이해되지 않았다. 그러나 그녀는 여전히 들뜬 목소리였다.

"어제 그와 그 여자의 결혼이 공식으로 발표됐대요. 이젠 더 꺼릴 게 없어요."

그러더니 이틀 뒤 동영에게 말도 없이 평양으로 갔다가 다음 날

늦게야 돌아온 것이었다.

돌아온 그녀는 전에 없이 풀이 죽고 상심해 있었다.

"다 틀렸어요. 그 사람들은 오랜 동지인 나까지 속였어요. 일은 축소된 게 아니라 더 확대되었어요. 이제 선(線) 같은 건 없어요."

"그게 무슨 말이오?"

그녀의 절망적인 어조에 동영이 까닭 없이 가슴이 철렁해 급히 물었다.

"평양에 갔더랬어요. 그 사람들에게 당신과의 결혼을 승인받으려고……."

"그런데, 왜, 그들이 허락하지 않았소?"

"그 정도가 아니에요. 당신도 그들이 쳐놓은 그물 안에 있었다는 걸 이제야 알았어요. 나는 박영창인가 뭔가 하는 그 사람 정도의 선에서 끝난 줄 알았는데……."

"그건 또 무슨 소리요? 선생님은 무사하다고 하지 않았소?"

동영이 더욱 놀라 물었다. 그러자 그녀는 미안해하는 기색도 없이 대답했다.

"그 사람은 그때 평양으로 돌아가자마자 체포되었어요. 당신이 쓸데없이 우울해하실까 봐 거짓말을 했을 뿐이에요."

"그럴 수가 있소?"

동영이 은근한 분노를 느끼며 그녀를 쏘아보았다. 그러나 그녀는 더욱 격하게 소리쳤다.

"지금 그런 걸 따질 때가 아니란 말예요. 어떻게 당신이 이 숙청을 면하는가부터 궁리하세요."

"그럼, 선생님이 내게 다녀간 걸 그들에게 말했단 말이오?"

"그렇지는 않아요. 오히려 박영창이란 사람이나 그쪽 패들이 너무 입을 열지 않는 게 탈이죠. 그 사람들보다 아래선까지 내려가 밑에서부터 일을 꾸밀 수밖에 없게 된 거예요."

"그렇다면 조무래기들을 족쳐 그들의 엉터리 자백을 근거로 사건을 날조할 작정이군."

자신도 모르게 동영의 목소리도 높아졌다. 공포가 느껴지지 않는 것은 아직도 그런 일이 실제로 꾸며지고 있다는 게 실감나지 않은 까닭이었다.

"날조건 뭐건 그런 걸 따질 때가 아니라니까요!"

안명례가 답답한 듯 그렇게 말하더니 발딱 몸을 일으켰다.

"당신도 어린애가 아니니 이런 경우 면할 궁리나 해보세요. 나도 혼자 좀 생각해야겠어요."

그리고는 이부자리를 가지고 다른 방으로 건너가 버렸다.

그날 밤 동영은 밤새도록 잠 못 이루며 그 일을 생각해 보았으나 점점 확실해지는 것은 공포뿐 아무런 방도가 떠오르지 않았다. 아직 그 자신에게 직접으로 닿아오는 조짐조차 느껴지지 않는 상태에서, 어디서 어떻게 날아올지 모르는 그물을 무슨 재주로 피한단 말인가. 오히려 시간이 지날수록 자라가는 것은 체념과도 흡사한 오기와 뱃심뿐이었다. 그래서 이튿날은 안명례의 집으로도 돌아가지 않고, 비어 있는 독신교원 숙사에서 술로 밤을 지새운 뒤 출근했던 것인데 그녀로부터 오후 늦게 만나자는 전화가 온 것이었다.

안명례가 학교에 도착한 것은 6시가 다 되어갈 무렵이었다. 이틀 전보다 훨씬 밝고 자신에 찬 얼굴이었다.

미리 지시라도 해둔 것인지 차는 시내의 집으로 돌아가지 않고 해변 쪽으로 빠졌다. 저만치 명사십리가 보이고서야 동영은 안귀례가 관리하는 휴양소 쪽으로 가고 있음을 알 수 있었다. 특별한 분위기가 필요한 얘깃거리가 있는 모양이었다. 그러나 동영은 차에서 내리자마자 말했다.

"집안은 싫소. 무슨 얘기인지 모르지만 속이 몹시 답답해."

"좋아요. 그럼, 바닷가를 걷죠."

안명례가 순순히 동영의 말에 따랐다. 둘은 한동안 말없이 걸었다. 유난히 노을이 짙은 황혼이었다. 그러나 동영에게는 그것까지 불길하게 느껴져 모래사장만 보며 발걸음을 뗐다.

이윽고 안명례가 차분하면서도 정이 밴 목소리로 입을 열었다.

"지금 내가 하는 말에 화를 내서는 안 됩니다. 당신을 위해 밤새워 생각하고 이는 동지들의 내락(內諾)까지 받은 일이에요. 당신이 면할 길이 있어요."

"그게 어떤 길이오?"

이미 공포보다는 오기와 뱃심에서 나온 분노에 차 있던 동영이었으나, 그녀의 어조가 너무도 진지해 갑작스런 긴장을 느끼며 물었다. 그녀가 잠깐 머뭇거리더니 곧 단호하게 말했다.

"당신이 먼저 우리 국(局)에 박영창 그 사람을 고발하는 겁니다."

"그를 고발하라니?"

"그가 박헌영, 이승엽의 지령을 받아 반혁명폭동으로 공화국 전복을 꾀했다는 것과 ─ 당신을 포섭하기 위해 찾아왔더라는 내용이에요."

"포섭이라니? 도대체 나 같은 교원을 포섭해서 무얼 한다는 거요?"

"학생동원이죠. 대남유격대가 움직이면 당신은 학생들을 선동하여 거기에 호응하는 거예요."

"무서운 모략이군. 당신이 생각해 낸 거요?"

"반반이에요. 오늘부터 또 한차례의 검거선풍이 일 거예요. 우리 관할에 있는 사람들의 명단을 가지고 평양에서 직접 사람이 왔더군요. 정치국에도 발언권이 있는 사람이에요. 그와 토의한 결과 이런 조건으로 일단 당신의 소환은 유예시켰어요."

"나를 설득하는 건 당신이 책임졌겠군."

"그래요. 나는 어떻게든 당신을 이 끔찍한 모략극의 희생이 되는 걸 막고 싶었어요."

"훌륭한 각본이오. 내가 그렇게 하면 당신들은 내 증언만으로도 남로당 계열을 깨끗이 제거할 수 있겠군."

"어쩔 수 없는 과정이에요. 이승만 일파는 벌써 몇 년 전에 임정(臨政)계열을 완전히 제거해 버렸어요."

이념도 혁명도 무섭게 썩어간다…… 이들에 비하면 박영창이 말한 남로당 쪽의 구상과 야심은 얼마나 순진한 것인가 ─ 동영은 퍼뜩 그런 생각을 하며 정색을 지었다.

"그래, 내가 그런 추악한 역할을 떠맡을 것 같소?"

"맡으셔야 해요. 다른 길은 없어요. 거기다가 당신 옛 동지들의 운명은 이미 결정되어 있어요. 당신이 승낙하든 안하든 그들의 운명이 달라지지는 않는단 말이에요."

"시끄러워!"

동영은 자신도 모르게 소리쳤다. 저만치 길가에다 차를 대놓고 있던 운전수가 놀라 차창 밖으로 얼굴을 내밀 정도로 큰소리였다. 그러나 안명례는 눈도 깜박 않고 계속했다.

"또 나는 알아요. 영웅주의란 종종 치열한 권력의지의 변형에 지나지 않는다는 것을. 당신은 그 상실을 애써 태연한 척하지만 실은 상처받고 피흘리는 자존심의 억지에 지나지 않는다는 걸. 그리하여 ─ 언젠가 그 권력의지가 다시 깨어나면 당신은 반드시 당신이 떨어져 있는 처지를 몸부림치며 괴로워할 것이라는 걸…….

하지만 이번 일만 수락하면 회복의 기회는 얼마든지 있어요. 나와 결혼하고 내각간부학교(內閣幹部學校)의 재교육을 거쳐 ─."

"닥치지 못해? 이 순……."

거기서 동영은 더 참지 못하고 세차게 안명례의 뺨을 후렸다. 한쪽으로 홱 젖혀졌던 그녀의 고개가 그대로 푹 수그러졌다. 그 저항 없는 태도가 앞뒤없이 치솟는 동영의 노기를 약간 진정시켰다. 다시 얼굴을 들어 동영을 바라보는 그녀의 두 눈에는 뜻밖에도 흥건히 눈물이 괴어 있었다.

그녀의 눈물을 보자 비로소 동영은 갑작스런 공포에 사로잡혔다. 이 여자로부터 빨리 도망치지 않으면 자신은 정말로 벗어날 길 없는 나락으로, 다시는 인격조차 회복될 수 없는 어떤 수렁으로 떨어지고 말 것 같았다. 그 바람에 동영은 한층 높게 소리쳤다.

"나도 너를 잘못 보았지만, 너도 나를 잘못 보았어. 더 이상 너와 얼굴을 마주하고 싶지 않아. 마음대로 해!"

그리고는 돌아서서 황급히 걸었다. 몇 발도 걷기 전에 그녀의 물기 젖은 목소리가 낮으나 또렷하게 동영의 귓전을 울렸다.

"될 수 있는 대로 많은 시간을 벌어 놓겠어요. 하지만 — 너무 늦기 전에 돌아오셔야 해요. 기다리겠어요……."

7

이 세상 작별한 친구들
저 천당 올라가 만날 때
인생의 괴롬이 끝나고
이별의 눈물이 없겠네

며칠 후 며칠 후 요단강 건너가 만나리
며칠 후 며칠 후 요단강 건너가 만나리⋯⋯

A읍에서 따라간 목사와 교인들 대여섯에다 돌내골교회의 옛 교
우들을 합쳐 스무 명이 넘는 사람들의 합창이 되니 걸릴 것 없는
산중턱이라 해도 제법 노랫소리가 컸다. 그들 중에는 고인(故人)에
대한 추모의 정으로 흐느끼는 이도 있어 한층 그 노래가 사람들의

마음을 찌르는 모양이었다. 은연중에 교회의식에 대한 반감으로 뚱해 있던 집안사람들도 말없이 수건으로 눈물을 찍어내리고 있었다.

그러나 정인은 웬지 눈물이 나지 않았다. 사흘째나 내리 흐리던 눈물이 장지에 오자 갑자기 말라버린 것 같았다. 안 나오던 눈물도 저절로 솟는다는 하관 때에도 마찬가지였다.

"…… 우리 몸은 흙에서 온 것이니 흙으로 돌립니다. 자비로우신 아버지시여, 생전에 고단했던 딸의 영혼을 거두시어 평안함 속에 길이 쉬게 하여 주옵소서……"

그 같은 목사의 기도 소리도 흘려들으면서 정인이 멍하니 떠올리고 있는 것은 아직도 도무지 실감이 나지 않는 시어머니의 마지막 일주일이었다.

시어머니의 예상과는 달리 돌내골의 산과 논은 쉬이 팔리지 않았다. 아무리 휴전이 오늘내일 한다고 해도 전시(戰時)는 전시였다. 공비가 실제로 있건 없건 민간인이 하는 산판은 국도에서 50리나 떨어진 산속까지는 들어가려 하지 않았고, 위토가 있는 골짜기의 부락도 아직 소개(疏開)된 상태였다.

며칠 뒤 인편으로 동희가 왼눈이 심하게 다치기는 했지만 실명은 면했다는 말을 듣고 A읍의 일을 한시름 놓은 정인은 마음놓고 그 산과 땅을 파는 일에만 전념했다.

그러나 워낙 임자가 나서지 않아, 둘을 합쳐서 겨우 10만 환을 채우고 떠맡기듯 해서야 팔 수가 있었다. 돌내골에 내려간 지 꼬박 열흘을 보낸 뒤였다.

정인은 돈을 받기 바쁘게 종종걸음치듯 A읍으로 돌아왔지만 이미 때는 늦어 있었다.

"이제는 수술도 때가 늦었습니다. 벌써 종양이 위장을 좍 덮었어요. 진통제나 계속 써 고통이나 덜어주는 것밖에는 달리 수가 없습니다."

그 같은 의사의 말을 듣자 정인은 온몸에서 맥이 쭉 빠지는 듯했다. 진작 서둘러 수술이라도 한번 해보지 못한 게 뼈저리게 후회되면서 문득 시어머니마저 가고 홀로 남게 된다는 게 섬뜩한 공포로 실감되었다. 이제 기대할 곳은 한의원뿐이었다.

그러나 그때부터 시어머니는 이미 혼수상태에 들어가고 있었다. 끓여 온 탕재도 소용없고, 훈이가 삼백 리나 되는 친정곳으로 가 어렵사리 구해 온 대나무기름도 끝내 한 모금 넘기지 못했다.

마지막 일주일 동안 시어머니가 제대로 의식을 회복한 것은 꼭 두 번이었다.

"아이고 동영아, 니를 못 보고 죽으믄 이 한을 어예 풀로? 의사가 뭐라 카는동간에 참말로 죽을 병이 든 거는 이 가슴이라. 내 죽거등 이 가슴 한번 열어 보래이. 지(제) 색이 아일 께따. 삼십 년을 그걸 보고 살아온 하나 아들, 그게 죽은동 산동도 모르고 눈 감으이 그 한이 바다맨치로 시퍼럴 께따."

그나마도 한번은 그런 넋두리로 시작해 훈이를 껴안고 울다가 혼절하는 것으로 끝나 유언이라 할 만한 것은 죽기 전날 밤에 의식을 회복했을 때뿐이었다. 갑자기 숨넘어가는 목소리로 정인을 불러들이더니 뭉친 걸 토해 내듯 한 끝에 이어 할 말을 모조리 쏟아놓았다.

"내 죽거등 위패도 따담지(다듬지) 말그라. 제사도 싫다. 동영이가 어디 살아 맨밥이라도 떠놓으믄 모를까 너어가 채린 젯상이 어예 귀신이 됐다 칸들 내 목에 넘어가겠노? 조상들 신주(神主)도 다 조매(早埋)해 뿌라. 문중에서 뭐라 카그덩 매혼(埋魂)이 아이고, 장주(藏柱=神柱를 임시로 묻음)라 캐라. 동영이가 오믄 다시 파가지고 모신다카는데사 어른분네 아이라 우(又) 어른분네라도 말 못할 께다. 조상 귀신이 노여워하는 거사 겁 안 내도 된다. 인제 내가 안 가나? 아무리 조상이라 캐도 내 새끼 해꼬지한다 카믄 가만 안 놔뚤란다. 내사 천길 지옥에 떨어지디라도 사람귀신은 내가 모두 당하꾸마.

니는 하나님이나 잘 섬기그라. 예수 믿는 거 꼭 잊지 마래이. 지금 세상 보이 그 귀신이 제일로 힘있는 것 같다. 그 많은 양놈들 면면이 잘봐주이 내 새끼들이라꼬 왜 안 봐 줄로? 조상귀신은 내한테 맽기고 니는 참말로 예수한테 복받는 사람 돼야 한데이. 아이들도 모도 예배당에 데리가는 거 잊지 말고……."

숨 한번 헐떡거리지 않고 단숨에 그렇게 말한 뒤로는 그뿐이었다. 곧 혼수상태로 되돌아가더니 미처 그다음 날을 넘기지 못하고 숨을 거둔 것이었다. 아마도 그 말을 하기 위해 마지막 기력을 다 쏟은 것 같았다.

정인은 그런 시어머니의 유언에 충실했다. 친척들보다 교회에 먼저 시어머니의 죽음을 알렸고, 장례절차도 당연히 교회의식을 따르기로 한 것이었다. 장지가 문중마을에서 가까운 선산발처라 집안사람들 보기에 좀 면구스러울 법도 하지만 정인은 조금도 꺼리

지 않았다. 상여조차도 마을 사람들이 아니라 교인들이 매도록 할
정도였다.

"아이고, 아이고……."

갑작스런 곡소리에 정인이 돌아보니 낡은 가마를 맨 집안 청년
들 뒤로 자리보존이나 하고 있을 줄 알았던 집안의 어른분네 서넛
이 지팡이를 짚거나 손주들의 부축을 받은 채 산비탈을 올라오면
서 곡을 하고 있었다. 그제서야 정인은 시어머니의 하관이 끝나는
대로 장주를 하기로 한 게 생각났다.

가마 속에 든 것은 위로 12대의 신주였다. 궁색한 도회 살림에
모시고 다닐 수가 없어 옛집 감실(龕室) 한모퉁이에 맡겨두고 갔던
걸 이제 모셔온 것이었다. 정인이 잊고 있었지만 시어머니의 유택과
반대편 비탈에는 이미 12대의 신주를 묻을 열두 개의 작은 구덩이
가 패어져 있었다.

그런데 어떻게 치렀는지 훈이를 앞세운 제례가 끝나고 신주를 묻
기 시작할 무렵 기어이 작은 소동이 벌어지고 말았다. 어른분네들
이 신주를 받은 집안 청년들을 가로막고 나선 것이었다.

"안 된다. 사파(私派)라 캐도 종가는 종가따. 지손(支孫) 돼가주고
종가 궐사(闕祀)사 어예 보노? 문중에 제일가는 집이 조매가 웬 말
고? 묻을라꺼덩 차라리 우리를 묻어라. 큰집이 파망(破亡)하는 걸
눈 버언히 뜨고 구경만 한 죄가 있으이."

"너르실(廣谷)할뱀요, 이건 어머님 유언입니다. 당신 위패도 따듬
지 말라 카시며 시키신 깁니더. 비키시소. 어머님 제사를 못 모실 바

337

에야 지가 어느 분 제사를 모시겠습니꺼? 지는 인제 마 교회나 나갈 랍니더. 다행히 훈이 아부지가 돌아와 다시 파내 모신다 카믄 모르겠습니더마는 지는 제사 못 모시게 됐습니더. 훈이가 커서 어른이 되믄 그거는 또 그때 가아가 알아서 할 일이고예……."

정인은 냉담하게 잘라 말했다. 해방 전 고향에 있을 때만 해도 똑바로 얼굴을 바라보기조차 두렵던 어른분네였다. 전란으로 문회(門會)나 어른분네의 권위가 떨어진 탓도 있지만 그보다는 정인에게 이런 것 저런 것을 따질 만한 마음의 여유가 없는 탓이었다. 아직도 무슨 강한 최면처럼 시어머니의 유언에만 사로잡혀 사소한 것이라도 감히 어길 수가 없었다.

그래도 어른분네들은 단념하지 않았다. 이미 그런 종류의 굴욕에 길들여져 있으면서도, 떼쓰는 아이처럼 애원 반 위협 반으로 신위를 부둥켜안았다. 그러다가 정인이 거의 위협을 한다는 느낌없이 한 막말을 듣고서야 통곡을 하며 물러섰다.

"이거는 그래도 제물(祭物)을 갖추고 묻는 깁니더. 예(禮)에 있는 기고, 나중에 훈이 아부지가 와 다시 모시믄, 그냥 궐사하고는 다릅니더. 글치만 정 이러실라 카믄 여다 그양 신주 매삘고 갈랍니더. 그 꼴 나도 좋겠습니꺼? 조상 신주가 산비알에 구불어댕겨도 좋겠습니꺼?"

그때 정인은 정말로 어른분네들이 굳이 가로막으면 그대로 팽개치고 뒤돌아설 것 같은 기분이었다.

정인이 그토록 시어머니의 유언에 철저하게 만드는 것은 무엇보다도 고독과 무력감이었다. 이미 지난날의 감상과는 먼 것으로, 생존 그 자체와 관련된 그 처절한 고독과 무력감은 가망없다는 걸 알면서도 정인을 그 어느 때보다 더 절실한 감정으로 시어머니에게 매달리게 했다.

훈이가 벌써 열다섯에 전쟁이 강요한 조숙(早熟)으로 제법 남자 꼴이 나고, 막내 옥경이도 어느새 네 살이 되어 잔골몰은 끝났다고 할 수 있었으나 정인에게는 하나같이 지고 가기 힘겨운 짐일 뿐이었다. 생계도 그랬다. 출소 뒤로 사실상 그들 여섯 식구의 생계를 이끌어온 것은 정인 자신이었으나, 시어머니가 숨을 거두자 갑자기 막막하게만 느껴졌다.

거기다가 더욱 견디기 어려운 것은 마음으로 의지할 곳이 없다는 점이었다. 비록 마지막 여섯 달은 자리에 누워서 지내다시피 했지만, 그래도 시어머니의 존재는 정인에게 크나큰 의지였고, 든든한 성(城)이었다. 외형이야 어떠하건 언제나 보호를 입고 위로를 받는 것은 자기 쪽이라는 게 정인의 느낌이었던 것이다.

하기야 불안이면서 기대이기도 한 교회가 있기는 했다. 반드시 시어머니의 유언이 아니라도 언제부터인가 정인에게는 그곳이 운명적인 피난처처럼 여겨지고 있었다. 생각하면 그녀와 교회의 인연도 벌써 5년째로 접어들고 있었다. 전쟁 전 신분위장을 위해 드나들 때로부터 보도구금 때와 피난길에서의 기묘한 인연, 그리고 다시 고향에 돌아온 뒤며 복역 때와 그 뒤에 이르기까지 그들은 줄곧 정인의 주위를 맴돌고 있는 듯한 느낌을 주었다.

그 단속적(斷續的)이긴 하나 예사롭지 않은 교회와의 만남은 종종 정인에게 희미한 구원의 가능성으로 비쳤다. 그러나 동시에 그것은 마침내 자신을 능욕하고야 말 것 같은 음흉스런 치한을 대할 때와 같은 느낌도 주었다. 따라서 그 두 가지 모순된 감정에서 교회에 대한 희망과 유혹을 느끼면 느낄수록 치욕감과 혐오도 커지는 것이었다. 때로 정인은 진심으로 십자가 앞에 무릎을 꿇고 싶은 충동을 느끼다가도, 갑자기 자기 몸속으로 동영 이외의 다른 남자를 받아들이는 상상을 할 때와 똑같은 부끄러움과 분노를 느끼며 유혹에 가까운 그 충동을 뿌리치곤 했다……

따라서 그녀 자신도 겉으로는 교회를 나가고, 더구나 당장은 일문(一門)의 관습과 싸워가며 교회의식으로 시어머니의 장례를 치르고 있어도, 아직 정인의 내심을 지배하는 동기는 신앙이 아니었다. 그것은 다만 시어머니의 유언을 따르기 위함이었으며 ─ 다시 말하지만, 갑자기 그녀를 사로잡은 고독과 무력감이 가져온 감정의 과장에서일 뿐이었다.

그날 나머지 의식을 어떻게 치렀는지, 2백 리 가까운 길을 와준 A시의 목사와 교우들은 어떻게 돌려보냈는지, 그리고 찬송가와 기도에 밀려난 집안사람의 애도는 어떻게 응대했는지에 대해서는 아무런 기억 없이, 그저 무사히 할 일을 해냈다는 기분에서, 정인이 저녁 술을 놓기 바쁘게 혼곤한 잠속으로 떨어질 수 있었던 것도 그 때문이었을 것이다.

그믐밤 초저녁 같기도 하고 새벽 같기도 한 으스름 속이다. 정인은 발목까지 빠지는 모래펄을 허우적거리며 달려가고 있다. 저만치 시어머니의 희끗희끗한 뒷모습이 어둠 속으로 빨려드는 게 보인다.

저분을 붙들어야 한다. 이제 저 어른 놓치면 나는 정말로 혼자가 된다. 빨리 빨리…… 정인은 숨을 헐떡이며 힘을 다해 달린다. 그러나 발은 땅에 붙은 듯 언제나 제자리고 시어머니의 자태는 점점 멀어진다. 어머님, 어머님예…… 다급한 정인이 그렇게 소리쳤지만 무엇이 목을 죄는 듯 숨만 가쁘고 목소리는 나오지 않는다. 어떻게 하나, 어머님, 어머님예, 지만 혼자 매뻘고 가시믄 우옙니꺼, 예, 어머님…… 아아, 그런데 시어머니가 갑자기 멈춘다. 돌아선다. 팔을 벌리고 — 달려온다……. 네 이녀언, 왜 따라오노? 참말로 내하고 한번 가볼라나? 시어머니의 것이지만 이상하게 음산한 목소리다. 평소의 자애로운 목소리는 물론 성나 꾸중을 할 때조차 느껴보지 못한 악의와 위협이 배어 있다. 머리끝이 쭈뻣하고 식은땀이 솟는다. 저건 시어머니가 아니다, 악귀다. 정인은 문득 그런 생각이 들어 걸음을 멈춘다. 그 순간도 시어머니는 움킬 듯 다가든다. 검푸른 얼굴에는 두 눈만 불길하게 번뜩인다. 갑자기 얼굴과 손발이 자주색으로 변하고 살이 짓물러 떨어지기 시작한다. 이마 언저리부터 하얀 해골이 드러나고 이어 두 구멍만 빠끔한 코뼈, 앙다문 이, 뼈만 남은 두 손…… 이녀언, 가자. 그러큼 가고 싶거등 내캉 함 가보자아 — 아입니더. 안할랍니더. 정인은 황급하게 돌아서서 달아난다. 급한 것은 마음뿐 뛰어도 뛰어도 발자국이 떨어지지 않는다. 어느새 모래펄은 수렁으로 변하고 정인은 허리까지 빠져 허위적거린다. 이녀언 — 어딜 갈라 카노? 내캉 같이 가고 싶다며? 서그라, 보자아. 시어머니의 으르렁대는 목소리가 귀밑에서 들린다. 아아, 살려주세요. 사람 살려요. 누가 없어요? 그러다가 정인은 문득 두 손을 모은다. 하나님,

예수님, 저를 구해 주세요, 네? 하나님…… 그런데 기적이다. 정말로 기적이다. 갑자기 수렁이 끝나고 모래펄이 된다. 저만치 모래언덕에 하얀 십자가가 세워져 있다. 저기만 가면 잡귀신은 쫓아오지 못하리라. 저리로 가자. 정인은 정신없이 그리로 뛴다. 십자가가 점점 가까이 온다. 아아, 살았다. 이제 나는 살았다…….

정인은 눈을 떴다. 온몸이 진땀에 젖어 끈적거리고, 꿈속에서 용을 쓴 탓인지 손발에 힘이 하나도 없었다. 간신히 고개를 들어 사방을 살피니 호롱불이 켜진 방안이었다. 낯설지만 가로세로 누워 있는 것은 모두 아이들이었다.

그제서야 정인은 마음을 가다듬고 그곳이 어딘가를 생각해 보았다. 고향의 고가(古家) 사랑이었다.

"초상칠 때까지사 못 비오 줄라. 남의 집에 있다꼬 생각 말고 쓰게."

시어머니의 영구를 싣고 고향에 도착하자마자 큰 선심 쓰듯 그렇게 말하던 뒷실양반의 얼굴이 떠올랐다.

죽은 사람이 꼭 정을 떼고 간다더니 어머님도 이제 정을 떼시는 모양이구나 — 정인은 조금 전의 그 끔찍한 꿈을 떠올리며 그런 생각을 했다. 정말로 야속하게 느껴지거나 돌아가신 어른이 그리워지기보다는 몸부터 오싹하는 꿈이었다. 그 바람에 정인은 호롱불 그늘을 더듬어 성경과 찬송부터 찾았다. 십자가는 없지만 그것만으로도 금방 다시 나타날 것 같은 시어머니의 귀신을 쫓을 수 있을 것 같았다. 생전에 남다르던 고부간의 정으로 보면 실로 신비하리만치 효험이 있는 꿈이었다.

성경을 쥔 정인은 습관처럼 접혀 있는 곳 가운데 하나를 골라 폈다.

「사도행전(使徒行傳)」의 앞부분이었는데, 그 무렵 들어 정인이 자주 펼치는 곳이었다.

…… 사울이 여전히 주의 제자들을 살해할 기세를 보이며 대제사장들에게 가서 다메섹에 있는 여러 회당으로 보내는 공문을 청했습니다. 그것은 그 도(道)를 믿는 사람은 남자나 여자나 다 만나는 대로 잡아 예루살렘으로 끌어오라는 것이었습니다.

사울이 길을 떠나 다메섹 가까이 이르렀을 때 갑자기 하늘에서 환한 빛이 그에게 두루 비치었습니다. 그는 땅에 엎드러졌습니다. 그리고 "사울아, 사울아, 왜 나를 핍박하느냐?" 하는 소리를 들었습니다. 그래서 그가 "주님, 누구십니까?" 하고 물었습니다. 그러자 "나는 네가 핍박하는 예수다. 일어나 시내로 들어가라. 네가 할 일을 일러줄 사람이 있을 것이다." 하는 대답이 들려왔습니다. 사울과 동행하던 사람들은 소리는 들었으나 아무도 보이지 않아 말을 못하고 서 있었습니다. 사울이 땅에서 일어났습니다. 그런데 눈을 떴으나 시력을 잃었기 때문에 사람들이 그의 손을 이끌고 다메섹으로 갔습니다…….

정인에게는 왠지 그 구절에서 보이는 기적이 앞서의 네 복음에 나오는 그 어떤 기적보다 더 크고 신기하게 느껴졌다. 자신의 외아들이 참혹하게 죽는 것은 침묵으로 바라보면서도 그 외아들이 한 몇 마디 대단찮은 말에 대한 증거를 위해서는 종종 엄청난 일을 하는 네 복음의 다른 기적에 비해 그곳에서 바울의 눈을 멀게 한 일이 인간적인 논리로 보아 훨씬 더 있음직하고 여호와를 정직한 신으로 여기게 한 것이었다.

그리고 그 때문에 회개하게 된 바울도 앞서의 어떤 사도보다 인간적이고 믿음이 갔다. 물고기가 많은 곳을 잘 안다거나 거리의 소문 또는 몇 마디 말에 반해 예수를 따라나선 앞서의 열두 제자는 정인의 눈으로 보면 너무 단순한 사람들이었으며, 그 단순함에 포함된 경박은 오히려 유다 같은 배신자의 출현을 당연한 일로 짐작게 했다.

하지만 정인이 진정한 입교를 전후하여 특히 그 구절을 자주 읽게 된 내심의 까닭은 소박한 신앙의 초기형태로서 그녀 또한 바울처럼 그렇게 불리어지기를 은근히 바랐기 때문이었다. 바울이 성자 스테판을 돌로 쳐 죽인 무리와 한패이었듯 그녀 또한 기독교를 박해하는 사람들을 남편과 동료로 삼았었다는 데서 당연히 하느님의 특별한 부름을 받아야 한다고 생각했는지도 모를 일이었다.

그날도 뚜렷이 의식하고 있지는 않았으나 정인이 그 구절을 펴든 것은 전과 다름없는 그런 바람에서였다. 아니, 어차피 그리로 가도록 결정되어 있다는 점에서 그 같은 부름에 대한 바람은 더욱 간절하기까지 했다. 익숙하지는 않지만 기도로써 구해질 수 있는 것이라면 진심으로 무릎 꿇고 기도 드리고 싶을 정도였다.

그러나 아직도 진실된 희구와 믿음에 찬 기도는 정인의 것이 못되었다. 언뜻 그런 충동을 느끼기가 무섭게 오래된 강박관념과도

같은 반발이 일며, 지난날 들을 때는 오히려 애매했던 동영의 말이
생생하게 떠올랐다.

〈원래 종교는 사회의 다른 여러 고안과 마찬가지로 우리의 보다
나은 삶을 위한 오래고 정교한 궁리의 산물이오. 다시 말해, 우리
삶에 따르는 고통과 불안의 무게를 덜고 위로와 희망을 얻기 위해
우리가 지어낸 정의와 전지(全知)와 전능(全能)의 인격화일 뿐이오.

물론 역사의 어느 시기 또는 개인의 어떤 특별한 경우에 종교는
그 같은 원래의 기능에 충실했소. 그러나 마치 우리의 생계를 위
한 수단인 노동이 마침내는 우리를 착취하는 도구로 변해 버렸듯
종교 또한 그러한 뒤집기가 일어났소. 원래 인간을 위한 그 고안을
위해 거꾸로 인간이 희생과 봉사를 강요당하기 시작한 것이오. 따
라서 인간이 신을 믿으면 믿을수록 자신의 영역은 좁아지고, 마침
내는 가상에 불과한 신의(神意) 속에 자기자신을 완전히 잃어버리
게 되었소. 종교를 인간의 자기소외 형식의 하나라고 부르는 까닭
은 거기에 있소.

종교적인 자기소외에 빠진 인간은 보통 그 내부에서는 증명의 요
구나 문의조차 허용되지 않는 교리와 그 미혹을 더욱 깊게 하는 현
란한 언어의 기교에 빠져 주체성을 상실하고, 육체와 생명이 정당
히 누려야 할 삶까지 방기해 버리게 되오. 거기다가 종교는 그릇된
정치, 경제, 사회의 여러 제도와 야합하여 그 방면에서의 소외현상
을 조장하기까지 하오. 종종 열렬한 찬송은 혁명의 원동력으로 발
전할 가망 없는 피압박인민의 한숨이 되고 달콤한 설교는 현실에
대한 비판의식과 저항의지를 마비시키는 아편이 되는 것이오. 우리

가 종교를 부정하는 것은 실로 그 때문이오…….

맑스는 말했소. 인민의 환상적 행복을 뜻하는 종교를 철폐함은 그들의 참된 행복을 요구한다는 뜻이다! 그 같은 행복의 조건에 관한 환상을 포기할 것을 요구함은 그러한 환상을 필요하게 만드는 조건이 포기되도록 요구한다는 뜻이다!〉

그런데 그다음은 달랐다. 유혹과 불안의 시기마다 엄중한 경고의 효과로 떠오르곤 했던 남편 동영의 말이었으나 그날만은 그렇지가 못했다. 먼저 갑작스런 슬픔 속에 정인은 호소했다.

'이제 제게 참된 행복이란 바랄 수 없는 것이 되었습니다. 비록 환상적 행복일지라도 저는 그게 필요해요. 정말로 절실하게 필요하답니다……'

그리고 이어 가냘프나마 항변이 떠올랐다.

'세상 모두가 배움과 논리와 의지의 사람만일 수 있는 건 아니잖아요? 삶의 처음부터 끝까지, 아니 태어나기 전부터 죽은 뒤까지 스스로 모두 짐질 수 있는 강한 사람이 실은 얼마나 되겠어요?'

한번 시작되자 항변의 강도는 차츰 커졌다. 정인은 묘한 복수의 쾌감까지를 느끼며 다시 속으로 항변의 물음을 계속했다.

'당신은 언제나 종교를 얘기할 때 자기소외란 말을 쓰셨지요. 그 자기소외란 게 어떤 건지 잘은 모르지만 우리가 거기서 빠져나올 권리가 있다면 스스로 빠져들 권리도 있지 않을까요? 인간이 진정으로 주체성을 가진 그 무엇이라면 스스로 소외를 선택할 권리인들 왜 없겠어요?'

항변이 거기에 이르렀을 때였다. 갑자기 종류를 분간할 수 없는 굉음이 천지를 울렸다. 정인이 들은 그 어떤 폭격소리나 대포소리보다 더 크고 깊게 울리는 소리였다.

이상한 충격으로 멍해 있던 정인은 한참 뒤에야 그게 교회당의 새벽 종소리라는 걸 알았다. 감히 사도 바울의 눈을 멀게 한 그런 이적(異蹟)과 비교하려 든 적은 없지만, 골짜기를 하나 사이에 두고 서 있는 고향 교회의 작은 종소리가 어째서 그렇게 크게 들리게 됐는지는 정인 자신도 오랫동안 풀지 못한 수수께끼였다.

정인은 그 종소리가 바로 사도 바울을 눈멀게 한 빛처럼 하늘로부터 온 부름이라는 생각이 들었다. 눈앞에 밝고 환한 새 세계가 펼쳐지는 듯한 기분까지 느끼며 성경을 들고 일어났다.

'끝내 얻게 되는 것이 환상적인 행복이든 일시적인 몽혼약이든, 나는 홀로서는 도저히 다 짐질 수 없는 이 삶을 가지고 교회로 갑니다. 당신이 말한 대로 그곳에서 나를 잃게 되더라도 상관없어요. 나란 게 없으면 이 감당할 수 없는 삶을 짐져야 할 일도 없게 될 테니까요.'

어두운 대문께를 나서며 정인은 통고하듯 멀리 동영을 향해 그렇게 중얼거렸다.

하지만 A읍으로 돌아온 정인이 그 밤의 체험을 신앙고백의 형식으로 말해 주자 목사는 문득 복역 때 듣던 그 어투로 돌아가 충고했다.

"분명 하나님께서 역사(力事)하신 것이지만, 온전한 택함을 받았다고 자만하지는 마십시오. 거기에는 아직 논리가 있고 논리가 있으면 반논리가 있게 마련입니다. 저들이 말하는 바 소외에서 '자발

적'이란 말이 덧붙는 새로운 형태를 찾아내신 것이나 그 길이 논리
라면 저들을 극복하지는 못합니다. 그 자발적인 소외 또한 정치적
이나 경제적인 소외의 한 변형이라 한다면 구원을 향한 우리 본연
의 소망은 설 자리가 없을 것이기 때문입니다.

논리로 하나님께 이르는 길을 찾지 말고 소망을 기르십시오. 하
나님께서도 그 편을 훨씬 기뻐하실 것입니다……."

당시로 보면 드문 형태의 목사였지만, 정인으로 보아서는 우연히
만나도 가장 알맞은 인도자를 만난 셈이었다.

제 6 부

1

한 치 앞이 보이지 않을 만큼 어둠은 짙고 완강했다. 바닷가 바위에 부딪히는 거센 파도 소리 사이로 이따금 가까운 활엽수 잎새를 두들기는 빗소리가 새어 들어왔다. 그 바닷가에서 좀 떨어진 기슭의 바위 그늘에 동영은 몸이 타는 듯한 신열과 근원지를 알 수 없는 둔중한 고통에 몽롱해진 채 누워 있었다.

"선생님, 정말로 괜찮았시요?"

좀 늙수그레한 목소리와 함께 누군가가 거칠거칠한 손길로 동영의 이마를 짚으며 물었다. 몇 시간 전에 만난 둘 가운데 좀 나이 든 쪽인 것 같았다. 젊은 쪽은 바닷가로 나가 신호를 기다리거나 망을 보고 있는 모양이었다.

"견딜 만합니다."

꺼칠한 손의 촉감에 잠시 정신을 차린 동영이 간신히 힘을 모아 그렇게 대답했다. 그러나 중늙은이가 다시 혀를 차며 혼잣말로 중얼거리는 소리는 벌써 꿈결에 든 것처럼 아득했다.

"이런 몸으루다 — 어드렇게 거기까지 간다는 겐디 원……"

정신을 차려야지, 동영은 다시 희미해지는 의식 속에서 이를 악물며 중얼거렸다. 곧 배가 오고, 나는 이 실패의 땅을 떠난다……. 그러나 결의와는 달리 그는 곧 질긴 졸음과도 같은 혼미상태로 빠져들어 갔다.

수산사업소의 어선도난 보고가 있을 때까지 우리 쪽 요원의 추격은 없을 거예요. 하지만 경비함정에 들키면 그건 저도 어쩔 수 없어요. 조심하세요. 불쑥 안명례가 나타나 그렇게 말한다. 낯선 두 사내가 꾸벅 절을 하며 대답했다. 고맙시요. 고맙시요. 이 선생님은 우리가 반드시 무사하게 모시갔시요. 넉넉잡아 하루면 일본의 제일 좋은 병원에 눕히갔시요. 다시 안명례, 그렇지 않으면 당신들은 결코 영흥만(永興灣)도 빠져나갈 수 없을 거예요. 그리고 동영을 빠안히 바라본다. 자, 그럼 잘 가세요. 당신을 원망하진 않겠어요. 하지만 곧 잊으려고 애쓸 거예요. 그녀가 돌아선다. 독한 여자, 울지 않는구나. 나는 오히려 이렇게 눈시울이 뜨거워 오는데…….

그때 갑자기 한차례 거센 바람이 일었는지 바위 그늘로 날려 든 빗방울 몇 개가 이마에 튀기면서 동영은 문득 자기가 환각을 보고 있음을 깨달았다. 정신을 차려야지. 동영은 다시 그렇게 다짐하며 곁의 중늙은이에게 말했다.

"물, 물 좀 주시오."

그 말에 까닭 없이 화들짝 놀라며 일어난 중늙은이가 보퉁이를 쑤석거리더니 미군 물통 하나를 찾아내 마개를 열고 동영의 입에 대주었다. 신열 탓인지 동영은 달게 몇 모금 마셨다. 미지근한 물인데도 찬 기운이 뱃속에 골고루 번지는 듯한 느낌과 함께 조금 정신이 들었다.

"아직 소식이 없어요?"

동영은 문득 바닷가의 소식이 궁금해 물었다. 정신이 들면서 자기가 왜 그곳에 누워 있는지를 알게 된 까닭이었다.

"없시요. 물결이 높아 배를 끌어내는 데 힘이 드는 것 같시요. 갸말로 벌써 열두 시가 넘었다는데……."

중늙은이가 근심스런 말투로 그렇게 대답했다. 하기는 그 일이 쉬울 리 없었다. 수산사업소의 공동선착장에 묶인 배를, 그것도 총든 경비병이 눈을 번뜩이며 지키는 앞에서 빼낸다는 계획 자체가 불가능한 것일는지도 모를 일이었다. 오래 계획해 왔고, 늘 부리던 배라 어렵지 않다고 장담들은 했지만 동영은 갑자기 거기서 그대로 무슨 일을 당하는 게 아닌가 하는 불안이 일었다.

그 불안이 더욱 동영의 의식을 자극하여 동영은 그리로 옮겨진 뒤 처음으로 전체적이고도 뚜렷하게 자기가 떨어진 상황을 인식할 수 있었다. 한 달 전만 해도 상상조차 못했던 급전이었다.

바닷가. 까닭 없이 불길하게만 느껴지던 그 붉은 노을. 될 수 있는 대로 많은 시간을 벌어 놓겠어요. 너무 늦기 전에 돌아오셔야 해요. 기다리겠어요. 안명례의 눈에 홍건히 괴던 눈물. 그리고 독신교원 숙사에서 보낸, 자학의 광란과도 같던 며칠. 술과 불면의 몇 밤을 지새운 끝에 갑자기 학교를 떠날 때 이미 나는 희미한 신열과 통증을 느끼고 있었지. 그리고 나는 어디로 갔던가 — 정상보다 훨씬 빠르게 돌아가는 영사기로 한 토막의 활동사진을 보듯 거기까지 떠올린 동영은 갑자기 엄습하는 오한으로 떨며 입속으로 중얼거렸다. 그때 어디로 가 무엇을 했더라…….

하지만 오한과 함께 뼈 마디마디에서 음흉하게 되살아나는 통증 탓인지 그 뒤가 얼른 이어지지 않았다. 감은 두 눈 앞에 떠오르는 것은 끝없는 어둠을 배경으로 축제의 꽃불처럼 수없이 솟았다 흩어지는 희고 현란한 빛줄기들뿐이었다. 그러다가 갑자기 고장난 낡은 영사기를 잡고 쩔쩔매는 시골 극장의 기사처럼 한참을 애쓴 뒤에야 비로소 동영은 그 빛살들 사이로 하나씩 떠오르는 기억들과 만날 수 있었다.

그래, 나는 연변평야의 어떤 농촌으로 갔었다. 이상하게 여기는 그곳 인민위원회나 내무서에는 거짓말을 했지. 휴전과 함께 전국적으로 실시된 농업협동조합과 협동농장을 위한 기초작업이라고. 농대의 교수로서 농민의 의식구조와 농촌의 실태조사를 지시받았다고. 모두 잘도 속아주었다.

실은 내가 거기서 보고자 한 것은 반평생을 되뇌며 산 '인민'이었다. 내게 있어서 인민이란 언제나 농민대중이었고, 무산자의 개념 또한 도회의 임금노동자보다는 빈농 쪽이었으므로. 거기서 나는 손이 흰 지식인의 이상으로 떡칠된 그림이나 오래 누린 자로서의 반환 의무 또는 암기된 애정의 대상으로서가 아니라, 있는 그대로의 실상을 보고 싶었다. 좋게든 나쁘게든 자의든 타의든 그들의 삶에 영향을 미친 자로서의 자기평가에 근거를 삼기 위함이었다. 틀림없이

356

그때 나는 어떤 형식의 결말이 오든 먼저 내 삶을 정리해 두고자 하는 생각에 조급해 있었다.

그런데 — 내가 한 표본으로 삼았던 그곳에서 본 것은 무엇이었던가. 소외에서 벗어난 노동의 기쁨, 필요의 충족에서 오는 만족감, 완전한 자유와 평등의 성취가 가져온 인간존엄의 회복, 자아의 주체적 실현 — 나는 그런 이상의 모습을 보고 싶었지만 실제 본 것은 그렇지가 못했다. 이제 내가 하는 말을 패거리에서 버림받고 마침내는 그 비정한 동료들로부터 생존조차 위협받게 된 낙오자의 악담으로만 듣지 말라. 자유는 복종과 동의어였으며, 평등은 가난과 천박에서만 실현되어 있었다. 소유와 축적의 기쁨을 잃어버린 이기(利己)의 맥빠진 얼굴들, 여러 가지로 변명되고는 있지만 약속에 비해 너무도 초라하게 실현된 천년 왕국에 대한 감추어진 비웃음, 자본가와 지주들의 그토록 엄청나 보이던 부(富)의 행방에 대한 은근한 의심, 어떤 세상이 오든 결국 자신의 몫은 등뼈가 휘도록 일한 뒤에야 최저의 형태로 돌아올 뿐이라는 쓸쓸한 자각, 빈곤으로 남보다 더 고통받을 염려는 없어졌지만 또한 풍요로 남보다 더 행복해질 가망도 없어져 상대성을 상실한 만족감, 이런저런 구실로 끝없이 유예되기만 하는 인간존엄의 회복과 주체성의 실현 — 심판의 날과 천국이 가까웠다는 외침에 소스라쳐 달려나간 사람들을 이천 년이나 실망시키고 아직도 심판의 날과 천국은 기약 없는 기독교처럼 우리 또한 언어의 마술과 미래의 불확실성을 악용하여 인민을 우롱하고 있지 않다고 누가 장담할 것인가. 당분간은 미제국주의자의 침략 퇴치 또는 남반부 해방의 성전(聖戰)이란 만병통치의 처방

전으로 호도되겠지만, 마침내는 우리가 프롤레타리아혁명의 필연성과 공산낙원의 도래를 미끼로 인민을 현혹하여 폭리를 취한 거짓 예언자의 무리가 되지 않으리라 어떻게 단언하겠는가.

그래, 지금도 생생하게 떠오른다. 함께 모내기를 하던 늙은이는 말했다. 그럼, 이제 무상분배라던 이 땅을 다시 내놔야 하는 건가요? 다시 내놓는 게 아니라 공유의 협동농장이 되는 겁니다. 그럼, 나라가 땅의 주인이란 말이나 진배없지. 국가는 소유하지 않고 관리만 합니다. 모를 일이야, 한 뙈기라도 제 땅 제 붙여먹는 거만 할까…….

이번에는 좀 젊은 농부가 묻는다. 분배는 어떻게 됩니까? 우선은 일한 만큼이겠지요. 그러나 나중에는 누구든 필요한 만큼 가져다 쓸 수 있을 겁니다. 문제가 있겠구먼요. 일한 만큼 준다면 거기에 따라 빈부의 차이가 생기고 곧 그 차이는 무섭게 자라 가겠지요. 누구든 필요한 만큼 가져다 쓸 수 있게 되면 이번에는 열심히 일한 쪽이 맥빠질 것이고……. 더욱 지적인 회의 ─ 소유욕이란 도덕이나 윤리의 차원에서가 아니라 본능의 차원에서 이해되어야 할 그 무엇이 아닐까요.

하기야 우리의 고안과 주장 자체는 그럼에도 불구하고 아직 유효하다. 우리는 여러 세기 동안 무지(無知) 또는 고의적인 은폐의 어둠 속에 숨어 있던 악마를 양심과 이성의 심판대 위로 끌어냈으며, 과학과 합리의 이름 아래 그 악마를 퇴치할 주문도 완성했다. 또 그 주문의 영험함을 입증하기 위한 이 작은 시험실에서 이루어진 것도 어쩌면 농노가 소작인으로 승격한 것보다는 더 큰 민중의 신분

상승이 될 것이다.

그러나 그것만으로 이 땅을 적신 상잔의 유혈이 변명되지는 않는다. 이 유례없는 파괴로부터 온 허탈과 세계사에서도 드문 이산의 아픔도 — 내가 동지인 줄만 알았던 적들에게 너무 분노하고 있었고, 또 경우에 따라서는 위로가 될 수 있는 남쪽의 현실에 대해서도 전혀 모르는 채였지만, 적어도 그 마을에서의 내 결론은 그랬다.

그러다가 어떻게 됐더라? 그렇지, 엿새쟨가 이레째 되던 날 그들과 함께 모심기를 하던 논두렁에서 쓰러지고 말았지. 몸의 이상을 알면서도 알 수 없는 자학심리로 분별없이 마셔댄 술과 계속된 과로, 특히 그 마을에서의 일주일은 혹사라고밖에는 표현할 수 없을 만큼 스스로를 들볶았었다. 검은 안개 속과 같은 시간들. 깨어나니 어찌 된 셈인지 안명례의 방이었다…….

거기서 다시 살아나는 통증과 신열로 의식이 희미해져 가던 동영은 바닷가를 둘러보고 돌아온 젊은이와 곁에 있는 중늙은이의 걱정스런 대화에 퍼뜩 정신이 들었다.

"너무 늦시요. 무슨 일이 생긴 게 아일까요?"

"길키야 하갔니? 밤고기잡이 가는 배들 땜에 어드렇게 늦어지는 거 갔다."

"기래두…….."

"그쪽은 걱정 말라야. 내래 되레 여기 이 젊은 선생이 걱정이구만. 아무래도 견뎌낼 것 같디 않아야."

중늙은이는 아마도 동영이 다시 잠들거나 실신한 줄 아는 모양이었다.

"기거야 어떡하갔시요? 천명이디. 암튼 우리는 배에 함께 타고 일본에 내려다 주믄 그걸로 되지 않가시요?"

"길티 않아. 그 암고냉이 같은 에미나이 지금도 어디서 숨어 보는 것 같아 오싹하다야. 배를 타기 전에 무슨 일 있으믄 우릴 그냥 보내지 않을기야……"

그 말을 듣자 갑작스런 그리움으로 안명례의 모습이 동영의 눈앞에 아련히 떠올랐다. 이제 보니 너도 사랑했던 것 같구나. 우리 가엾은 시대의 누이야…… 동영은 다시 마지막 일주일의 기억을 토막토막 주워 모으기 시작했다.

"이제 깨셨군요. 당신은 이틀을 계속 혼수상태에 있었어요."

동영이 눈을 떴을 때 안명례가 희미한 미소로 반겼다.

"내가 여기 어떻게 돌아와 눕게 되었소?"

동영이 멍하니 물었다. 그녀가 나무람 섞인 말투로 대꾸했다.

"연락을 받았어요. 쓰러지기 전에는 이미 이상한 사람이 와 있다는 내무서의 보고를 받고 있었죠. 도대체 — 그 마을에는 왜 갔어요?"

그제야 동영도 조금씩 지난 일이 떠올랐다. 특히 그녀와 마지막으로 만났던 바닷가의 황혼이 떠오르자 동영의 얼굴은 자신도 모르게 굳어졌다.

"어떻게든 내 삶도 한 결말이 나겠지. 그 결말에 대비한 거요."

"그 대비란 게 겨우 서투른 거짓말로 농민 사이에 끼어들어 못짐이나 져나르는 것이었어요?"

"그들이 내가 반평생을 되뇌이며 산 '인민'이기 때문이오. 당신들은 웃겠지만……."

"좋아요. 어쨌든 다음에 얘기해요. 우선은 좀 쉬세요."

동영의 기분을 느꼈는지, 아니면 그의 병을 생각해서인지 안명례가 문득 그렇게 말허리를 잘랐다. 자기가 그곳에 무엇 때문에 갔는 가를 그녀에 대한 분노와 혐오까지 나타내며 설명하려고 힘을 모으던 동영이 다시 무너져내리듯 깊은 잠 속으로 빠져드는 순간이었다.

이튿날은 더욱 자주 의식이 돌아왔다. 원래 만주에만 있던 어떤 풍토병 같다는 뇌까림과 함께 오전에 의사가 한 번 다녀가고, 어떻게 된 셈인지 휴양소에 있어야 할 안귀례가 곁에서 몇 번인가 미음을 떠넣어 주었다. 그러나 동영은 전날보다 더 입 떼기가 힘들어 내쳐 잠만 잤다.

다음 날도 낮은 거의가 전날과 비슷했다. 의사가 다녀갈 무렵하여 나타난 안귀례가 하루 종일 동영을 보살폈다. 그런데 그날따라 안명례가 좀 늦어서 돌아왔다.

"좀 어때?"

지친 듯한 안명례의 물음에 귀례가 언제나처럼 주눅 든 목소리로 대답했다.

"어제와 같아요. 하루 종일 내쳐 잠만 잤어요."

그리고 대답 없이 동영을 살피는 언니에게 조심스레 물었다.

"왜 이리 늦었어요?"

"음, 아직도 간 큰 반동들이 있어서……."

안명례가 무슨 딴 생각을 하다가 무심코 대답했다. 평소에 공과 사를 매섭게 구별하는 그녀의 성품으로 보면 직책상의 일을 아우에게 말한다는 것은 좀 특별했다. 동영이 희미한 의식 속에서나마 그들 자매의 말에 귀 기울인 것도 그 때문이었을 것이다.

"간 큰 반동들이라니? 그게 무슨 말이에요?"

여전히 조심스럽기는 하나 안귀례가 동영이 묻고 싶은 걸 물어주었다. 안명례가 어처구니없다는 투로 대답했다.

"동해함대사령부와 수상보안대의 앞마당이나 다를 바 없는 이 영흥만에서 수산사업소의 배를 훔쳐내 일본으로 도망칠 궁리를 하는 작자들이 있는 모양이야."

그러다가 문득 자신이 지나치게 방심했다는 생각이 들었던지 엄하게 덧붙였다.

"아직은 흘려들은 소문 정도다. 너는 들은 척도 할 필요 없어."

하지만 그 말을 듣는 순간 동영의 흐릿한 의식을 섬광처럼 스쳐가는 생각이 있었다.

"그게 어떤 사람들이오?"

갑자기 어색해진 안귀례가 서둘러 돌아간 뒤 동영이 그 어느 때보다 맑아진 의식으로 물었다. 동생이 간 뒤 다시 무엇인가 골똘한 생각에 잠겼던 안명례가 흠칫하며 되물었다.

"누구 말예요?"

"배를 훔쳐 타고 일본으로 도망치려는 사람들 말이오."

"들으셨군요?"

안명례가 더욱 놀라며 동영을 빠안히 들여다보았다. 까닭 모르게 당황하는 듯한 표정이었다.

"그렇소. 왜, 엿들어서는 안 되는 일이오?"

"그렇지는 않지만…… 한데 갑자기 그건 왜 물으시죠?"

"글쎄 대답이나 해주시오."

"뭐, 친일 대선주(大船主) 출신이거나 그 비슷한 반동 부스러기들이겠죠."

마침내 그녀가 애써 대수롭지 않다는 투로 그렇게 대답했다. 그러나 동영의 목소리는 조금씩 흥분으로 떨리기 시작했다.

"그 제보 당신이 직접 받은 거요?"

"그래요, 저녁 무렵 국원들이 마침 모두 자리를 비워 제가 직접 받았어요."

"그럼 말이오, 당신이 그 제보를 좀 붙들고 있으시오."

"네?"

동영이 숨까지 헐떡이며 그렇게 말하자 안명례도 전에 없이 불안한 느낌이 드는 모양이었다. 한동안 아연한 눈길로 동영의 얼굴을 살폈다. 갑자기 동영의 목소리가 거동마저 자유롭지 못한 환자답지 않게 맑고 뚜렷해졌다.

"이제 겨우 방법을 생각해 냈소."

"무슨 말이에요?"

입으로는 그렇게 묻고 있어도 안명례의 표정에는 이미 불안을 넘어 고뇌의 그늘이 어렸다.

"나도 그 배를 타게 해주시오."

"뭐라구요?"

그녀가 움찔 놀라며 목소리를 높였다. 그러나 동영은 흔들림 없이 계속했다.

"나는 결코 옛 동지들을 팔아 별 애착도 없는 삶을 연장하지는 않을 것이오. 하지만 그렇다고 내 몸과 마음을 쓸데없는 고통에 던지고 싶지도 않소. 아니 솔직히 말하면, 내가 당신들의 제안을 거절한 대가로 치러야 할 고통이 두렵소. 다만 죽음으로 실패를 빨리 완결짓는 길밖에 없다고 생각했소⋯⋯."

"그런데 이제 밖으로 달아나는 새로운 길이 생겼단 말이죠? 하지만 그건 열에 둘셋도 가망이 없어요."

"상관없소. 설령 그게 실패하더라도 아직 한 길은 남아 있는 셈이니까."

"만약 배를 타면 남쪽으로라도 돌아가겠다는 거예요?"

"그럴 수는 없소! 그건 두 번 실패하는 것이오. 그 땅과 그 땅의 사람들은 이미 내겐 죽음보다 더 먼 땅과 사람들이오."

거기서 동영은 다시 흥분하여 소리쳤다. 통증과 열기가 몸 전체에서 한차례 진땀을 솟게 했다.

"그럼 일본으로 가서는 무얼 할 작정이에요?"

"우선은 이 실패의 땅과 쓰라린 기억에서 떠나는 것이오. 한 발짝 떨어진 곳에서 이 땅을 바라보며 이 땅과 나의 실패를 정리해 보고 싶소. 그리고 만약 힘이 남으면 지난 실패를 바탕으로 이 땅과 내 삶의 새로운 길을 찾아보겠소⋯⋯."

그러나 그때 이미 동영의 기력은 소모될 대로 소모된 뒤였다.

"그 새로운 길이란 ―."

간신히 남은 기력을 모아 거기까지 말한 동영은 안명례의 가벼운 비명소리를 어렴풋이 들으면서 깊이 혼수상태로 빠져들었다. 그러나 동영 자신은 아직도 계속해 얘기하고 있는 느낌이었다. 좌절의 세월을 보내는 동안 수첩에 이따금씩 흘려 쓰곤 했던 구절들이 큰 줄거리로만 이어진 듯한 대답이었다. 새로운 길이란 먼저 이념에 대한 우리 민족 특유의 과잉반응을 비판하고, 이어 중요한 것은 이념이 아니라 인간임을 일깨우는 것이오. 이념 그 자체는 그것이 아무리 아름답고 숭고하더라도 우리의 행복을 보장하지는 못하며 우리의 행복이 의지할 바는 다만 우리 자신의 정신적 발전과 고양뿐이오. 아직은 너무도 일반적인 이런 몇 개의 개념뿐이지만, 이 방향으로 깊이 천착해 가면 분명 우리의 실패를 만회할 수 있는 어떤 길이 있을 것도 같소…….

그다음 며칠은 지루한 설득과 설득의 반복이었다. 동영은 의식이 회복되고 안명례가 곁에 있기만 하면 어김없이 그 일을 졸라댔다. 처음에는 동영이 열에 들떠 하는 소리로 돌리려고 애쓰던 그녀도 시간이 갈수록 초조한 기색을 드러냈다. 그러다가 이윽고 그것이 움직일 수 없는 동영의 결심인 줄 알자 그녀도 더는 양보하지 않았다. 동영이 중환자라는 걸 개의함이 없이 눈물로 애소하기도 하고 소용없는 줄 알면서 위협으로 나오기도 했다.

"아아, 정말 이대로는 보낼 수가 없어! 어떻게든 내 곁에 잡아두고 싶어……."

어떤 때 그녀는 발갛게 취해 돌아와 느닷없이 동영을 쓸어안고 울며 그렇게 소리쳤다. 그리고 가슴을 파고들며 애절하게 빌었다.

"이제 제가 또 새로운 것을 찾아 헤매야겠어요? 이게 비록 환상의 껍질에 불과할지라도 나를 그 속에서 쉬게 해줘요. 더 이상 내 삶이 능욕당하지 않게 해주세요……."

어떤 날은 그 반대로 동영이 그때껏 본 그녀의 모습 가운데서도 가장 표독스런 모습으로 몰아대기도 했다.

"이 바보, 내가 이 일을 꾸민 것은 그들에게 죄를 덮어씌우기 위해서가 아니란 말이야! 바로 당신을 위해 어렵게 기회를 만든 거란 말이야…… 그들은 당신이 아니라도 이미 제거되게 되어 있어. 오늘이 있기 훨씬 전에 이미 결정되어 있었던 거야. 아니, 역사의 필연이야……."

그러다가 동영이 끝내 응답하지 않으면 더욱 앙칼지게 욕했다.

"나가! 이건 배신이야. 벌써 도태되었어야 할 부르주아 출신의 간층(間層)을 이만큼 보살펴주었더니 — 나가! 나가서 죽으란 말이야!"

하지만 그런 날도 끝은 어김없이 흐느낌이었다. 그런 그녀의 동기가 무엇이건 형태야 어떠하건 동영에 대한 사랑만은 확실히 지극한 데가 있었다. 그 며칠 동안에 그녀의 새로운 모습을 발견한 듯 느껴질 만큼 동영은 몇 번이고 가슴 서늘한 감동을 경험했다. 한번은, 아아, 그냥 여기서 이 여자와 함께…… 하는 기분까지 느꼈을 정도였다.

아니야, 그래도 역시 잘한 일이었어 — 몽롱한 회상이 거기까지 이르자 동영은 또다시 그런 유혹을 받고 있는 듯이나 강경하게 머리를 저었다. 어둠 속이긴 해도 그런 동영의 기척을 느꼈던지 중늙은이가 근심스레 물었다.

"젊은 선생, 어디메 불편한 데가 있시요?"

그러나 동영은 그 말에는 아무런 대꾸 없이 가물가물 사라지려는 기억에만 매달렸다. 마침내는 그녀에게도 어쩔 수 없는 날이 왔지…….

사흘 전이었다.

"어쩔 수 없군요. 배는 사흘 뒤 그믐밤에 떠요."

유난히 늦어 돌아온 안명례가 동영의 머리맡에 앉기 무섭게 착 가라앉은 목소리로 말했다. 그녀가 돌아오기 직전 한차례 열과 고통을 치른 뒤라 머리가 횅해 있던 동영은 얼른 그 말을 알아듣지 못했다. 그 때문에 멀거니 자신을 올려다보기만 하고 있는 동영에게 안명례는 여전히 변함없는 어조로 덧붙였다.

"생각보다 영흥만은 쉽게 빠져나갈 수 있는 것도 같군요. 같은 수산사업소에서 같은 배를 타는 넷이 야간어로를 가장해서 빠져나오는 거니까…… 우리만 가만 있다면 뭍에서만 안전할 뿐 아니라 제보를 받지 못한 수상보안대의 추적도 없을 거예요. 남는 것은 십 톤 남짓한 목선으로 동해를 건너는 일과 경비함정을 피하는 일 뿐인 셈이에요."

"고맙소."

그제야 동영이 그녀에게 감사했다. 그녀는 그 말을 무시한 채 계속했다.

"당신과 또 다른 두 사람은 사람 눈이 뜸한 하포(河浦) 부근에서 기다리다가 배에 오르기로 돼 있어요. 모레 아침 당신을 데리러 그들이 소달구지를 끌고 올 거예요."

"그런데 어떻게 갑자기……?"

"이제 내가 벌어 논 유예기간은 끝났어요. 드디어 당신에게 소환장이 떨어진 거예요. 당신이 심한 열병을 앓고 있다는 의사의 증언이 아니었다면 오늘 오후로 당신은 우리 소환에 응해야 했고 당신이 응했다면 그대로 체포되었을 거란 말이에요. 결국 당신에게 선택의 기회는 없어지고 말았어요. 남은 것은 저들의 각본대로 자백해 쓸데없는 고통을 줄이는 것뿐이에요. 그러니 — 어떡하겠어요?"

애써 침착을 가장하던 그녀가 거기서 갑자기 허물어지기 시작했다. 떨리는 목소리로 말을 맺더니 두 눈에 금세 물기가 어렸다. 가슴이 찌르르해진 동영이 손을 내밀어 그녀의 손을 더듬어 잡으며 역시 떨리는 목소리로 말했다.

"고맙소. 무어라 말해야 할지……."

그러다가 문득 그녀의 앞날을 떠올리며 조심스레 물었다.

"당신은…… 당신도 함께 갑시다. 아마 내가 없어지면 무사할 수 없을 것이오."

"그건 안 돼요. 내게는 이 땅이 어울리는 곳이에요. 뒷일은 걱정 마세요. 제보자가 말한 날짜보다 며칠 앞당겨 출발하게 했으니 내가 그 밀항기도자들과 만난 걸 모르는 이상 큰 탈이 없을 거예요. 또 당신에 대한 감시 소홀도 당신이 중환자라는 걸 구역담당 의사가 알고 있기 때문에 문제가 될 만큼 책임추궁을 당하는 일은 없을 거예요. 거기다가 제겐 평양의 그 유력한 동지들이 있잖아요?"

그녀가 애써 눈물을 감추며 동영을 안심시켰다. 아무래도 그것만으로 충분할 것 같지는 않았으나 동영에게는 이미 그걸 따질 만한 냉철함이 남아 있지 않았다. 잡은 손에 더욱 힘을 주며 감사만 거듭할 뿐이었다.

동영이 쉽게 믿어주자 안명례는 좀 전보다 진정된 목소리로 더욱 상세하게 그 계획의 나머지를 일러주었다. 그때까지 그녀가 보였던 태도에 비하면 이상하리만치 냉정하고 빈틈 없는 계획이었다. 그것이 자제라면 실로 놀랄 만한 자제였다. 하지만 그녀의 그 같은 자제도 그리 오래가지는 못했다. 계획을 다 일러주기 무섭게 그녀는 동영의 가슴에 엎드리며 괴로운 듯 울먹였다.

"진정으로 한 사람을 사랑한다는 일이 어렵다는 걸 알겠어요. 인민이니 무산자니 하는 것이나 민족, 조국 따위에 대한 사랑을 지어낸 것은 바로 그 어려움 때문이 아니었을까요? 하지만 저는 이제 수고는 적어도 소득 많은 그 사랑으로 돌아갑니다. 다시는 어리석은 감상주의로 내 삶에 불리를 불러들이지는 않을 거예요. 당신에게 오래 기억되고 싶은 욕심마저 포기할 것입니다. 그럼…… 잘 가세요. 어디를 가든 그 수려하던 나로드니끄의 꿈을 이루기를……."

그런데 다시 이상한 것은 동영을 보는 그녀의 눈길이었다. 흥건히 눈물권 두 눈에 비치는 것은 전과 달리 이상하게 섬뜩한 느낌을 주는 연민이었다. 그와 함께 동영은 문득 그 아침 다녀간 의사의 무거운 고개짓과 무언가 안귀례에게 일러주던 불길한 수근거림을 떠올렸다. 그날따라 안귀례가 저녁때까지 기다리지 않고 서둘러 돌아가던 일도. 그러나 동영은 무슨 고집처럼 그 모든 것이 자신의 죽음과 연관 있으리라는 생각은 들지 않았다. 다만 자신이 떠나려고 하는 것이 허망하고 어리석은 길일는지도 모른다는 두려움과 불안이 문득 일었을 뿐이었다…….

다시 얼마나 지났을까, 회상인지 꿈꾸고 있는지 분간 못할 상태로 누워 있는 동영의 귀에 바닷가에 나가 있던 젊은이의 들뜬 목소리가 들렸다.

"작은아버지, 무슨 소리가 들리지 않시요? 발동소리 말이야요."

중늙은이가 잠시 뒤에 대답했다.

"글쎄 들리는 것 같기두 허구……."

"신호를 보내야겠시요."

젊은이가 서둘러 바닷가로 달려나갔다. 잠시 뒤 정말로 동영의 귀에도 파도 소리에 섞인 발동소리가 들렸다.

"오는구만. 우선 짐부터 옮겨 놔야겠다."

중늙은이가 올망졸망한 몇 개의 보퉁이를 들고 일어서면서 중얼거렸다. 그 안에는 안명례가 챙겨준 동영의 작은 가방도 들어 있었다.

이윽고 배가 대인 모양이었다. 한동안 가까운 바닷가가 수런거리더니 몇 사람의 발자국 소리가 다가왔다.

"여기야. 부축해서는 안 될 끼니 업으라우."

어둠 속에서 중늙은이가 데리고 온 사람들에게 나직이 말했다. 그런데 그때였다. 갑자기 동영의 머릿속에서 한 목소리가 울려퍼졌다.

"도망치지 마라!"

처음에는 동영 자신도 그 자리에 누군가 다른 사람이 와서 소리친 줄 알았다. 그러나 아니었다. 중늙은이는 물론 그를 따라온 두 사람도 아무런 동요 없이 억센 팔로 동영을 안아 일으켜 업을 채비를 했다. 그제서야 동영은 그것이 자신의 내부에서 울려 나온 목소리라는 걸 깨달았다. 그 순간 동영의 사고는 짧고도 눈부신 일전(一戰)을 했다.

그렇다. 도망쳐서는 안 된다. 소환에 응해 나 자신은 물론 박영창 선생과 옛 동지들의 결백을 증언해야 한다. 아니, 그 이상 부패하는 혁명과 오욕받고 있는 이념을 위해 싸워야 한다. 그것이 한 비뚤어진 천재의 어두운 열정이 빚어낸 오류의 연쇄건, 눈앞에서 자식이 굶어죽는 꼴을 봐야 했던 한 박식가의 거대한 경제 콤플렉스가 산출해 낸 편면적인 역사해석과 파괴의 독기 서린 예측이건 내게 있어서는 반생을 지배해 온 이념이었다. 사람은 자기가 신뢰를 주었던 곳에서 그 끝을 보아야 한다. 설령 그것이 어리석음이 될지라도 철저하기만 하다면 최소한 뒷사람에게 되풀이되어서는 안 될 본보기로서라도 유용하다.

돌아가리라. 가서 싸우리라. 만약 패배한다면 패배한 그 땅에서 죽을 일이다…….

"나를 두고 가시오. 나는 당신들과 함께 가지 않겠소."

동영이 갑자기 그렇게 소리치며 자기를 들쳐업은 사내의 등을 세차게 떼밀었다. 힘을 다한 탓인지 사내의 손이 풀어지며 동영은 엉덩방아를 찧듯 도로 바위 그늘에 내려앉았다.

"안 가겠다니 아이, 그게 무슨 소리요?"

젊은 사내들 가운데 하나가 어이없다는 듯 물었다. 홀로 다급해진 동영이 기를 쓰듯 목소리를 높였다.

"생각이 달라졌소. 나는 여기 남겠소. 남아 — 할 일이 있소."

그러자 세 사람은 잠시 말이 없었다. 어쩔 줄 몰라 어둠 속이지만 서로 얼굴을 건너다보며 궁리하는 것 같았다.

"아이 되오. 우리는 당신을 데려가기로 약속을 했소."

이윽고 중늙은이가 그렇게 말하더니 곁의 사내에게 소리쳤다.

"업으라야."

다시 억센 팔이 동영을 안아 일으켰다. 동영은 버둥댔으나 이번에는 각오하고 처음부터 힘을 준 탓인지 그대로 동영을 널찍한 등에다 눌러 뉘었다. 또 다른 팔이 무쇠집게처럼 동영의 허벅지를 죄며 업었다.

"내버려 둬! 나는 가지 않겠단 말이야!"

동영은 그렇게 소리치며 혼신의 힘을 다해 버둥댔다. 동영의 마지막 안간힘이었다. 그게 그때껏 남아 있던 동영의 쇠잔한 기력을 한꺼번에 소모시킨 듯 버둥거림도 잠시, 이내 움직임을 멈춘 동영의 몸은 가는 경련과 함께 사내의 등 위에서 축 늘어져 버렸다. 생각하면 그만큼 버틴 것도 용한 일이었다. 번민과 고독으로 심신을 파먹힌 그 몇 년, 마지막 보름의 자학, 지나치게 손을 늦춰버린 그 자신으로는 정확한 이름조차 모르는 그 열병, 거기다가 그날 아침 소달구지에 실려온 팔십리 길과 비바람치는 바닷가에서의 몇 시간…….

하지만 아직 동영의 의식은 가물가물하면서도 흐릿하게나마 살아 있었다. 그런 동영의 귀에 바닷가에 동영을 내려논 사내의 목소리가 들렸다.

"넝감님, 아무래도 이상합네다. 숨결이 벨루 느껴지디 않고, 푸들푸들 떨고 있시요."

그 말에 중늙은이가 동영의 가슴을 헤치고 귀를 대보더니 가볍게 혀를 찼다.

"안 되갔어. 시체를 싣구 갈 순 없는 일이디."

그리고는 동영을 조그만 해송(海松) 아래로 옮겨 뉘게 한 뒤 모포한 장을 덮어주었다. 불완전한 의식에서나마 동영은 비로소 마음을 놓았다. 나는 결국 남았다. 도망치지 않았다……

그런 동영의 눈앞에 문득 고향의 산하가 떠오르고 어릴 적에 뛰놀던 고가가 보였다. 이어 그의 전생애가 그동안에 만났던 모든 사람들과 함께 짧은 순간에 눈앞을 스쳐갔다.

애야, 이제 이 어미는 갔으면 싶다. 노을진 낙끝에 소복을 하고선 어머니가 말했다. 어디로요? 네 아버지와 조상들이 계시는 곳으로. 이 괴로운 삶이 끝난 곳으로. 안 돼요, 어머니, 한 번만 더 살아봐요. 다시 고향 동구 밖이다. 바람이 불어온다. 누군가 가서 저 바람을 우리의 것으로 잠재워 맞아 오지 않으면 안 된다. 가거라. 돌아보고 돌아보는 중에 아득히 멀어져 가던 어머니.

이번에는 노령아재다. 놋쇠단추를 줄줄이 늘인 허풍스런 복장에 개털모자를 쓰고 말한다. 이미 우리들 계급의 몰락은 예정되어 있다. 우리는 적(敵)의 적(敵)으로 살아남아야 한다. 그가 쓸쓸히 사라진 곳에서 젊은 박영창의 날카로운 모습이 나타났다. 크로포트킨에 유의해라. 그는 이념의 아름다움이 어떤 것인가를 보여준다. 그러나 그 박영창은 곧 30대 중반의 약간은 닮고 찌든 모습으로 변한다. 중앙집권적 볼셰비키와의 결합만이 유일한 우리의 길이다. 우리는 잠시 이상화된 과거와 이상화된 미래 사이에 떠 있는 이 몽상의 섬을 떠난다. 이어 나타나는 몇몇 동지들과 첫 번째 좌절에 침통해진 그의 목소리. 혁명의 가장 중요한 원동력의 다수의 인민대중이 아니라 소수의 혁명엘리트라는 트카쵸프 이래의 원칙을 저들은 무시하고 있다. 구체제에서 탈주해 온 지식인을 받아들여 격려하지 않으면 되돌아간 그들은 가장 철저한 반동의 수호세력이 되고 말 것이다. 박헌영 동지가 말한 노력자층이란 아직 이 나라에서는 허구의 집단이다. 다시 임시지도부에서의 더욱 침울한 목소리. 문화선전성에서 일하고 있네. 저들이 승리에 취해 있는 동안은 이 정도의 대접이라도 감수해야겠지. 하지만 당의 이데올로기를 장악하고 있다는 것은 당을 장악하고 있다는 뜻이지. 아직도 당의 이데올로기는 엄연히 우리에게 장악되어 있네.

그러다가 이번은 평양에서 만났을 때의 환하기 그지없는 얼굴이다. 이제 곧 사회주의 혁명과 이 땅의 통일과업은 완수된다. 굴복과 양보도 더는 우리에게 강요되지 못할 것이다. 이어 서너 달 전의 마지막 모습이 떠오르더니 갑자기 박영창은 침묵 속에 쓸쓸하게 돌아선다. 동영은 다급해져 손을 허우적거리며 외친다. 잠깐만 기다려주십시오, 함께 가겠습니다. 동지로서 다시 한번 굳게 손을 잡는 겁니다.

하지만 박영창은 끝내 사라지고, 그를 대신해 또 다른 얼굴들이 전보다 훨씬 빠른 속도로 스쳐간다. 김철과 박영규, 윤상건과 강현석, 지훈이, 그리고 바쁜 듯 그 뒤를 따라가는 더 많은 낯익은 얼굴들. 기다려주게, 자네들도 내게 할 말이 있을 테지, 나도 할 말이 있네…….

그러다가 안명례가 차가운 미소로 지나간 걸 마지막으로 무슨 서늘한 빛처럼 움직이지 않는 것은 어머니와 아내와 아이들의 모습이었다. 아아, 참으로 오래 잊고 있었다. 그러나 그 잊음이야말로 눈물겹도록 쓰라리고 힘들었던 내 노력의 다른 이름이라는 걸 알면 당신들은 모두 용서하리, 용서하리. 동영은 그렇게 중얼거리며 다가가듯 하나씩 하나씩 마주했다. 어머니, 기다리십시오. 저는 돌아갑니다. 아직 바람은 사납습니다. 그러나 반드시 이 바람을 잠재워 돌아가겠습니다. 정인, 당신이 내 삶에 뛰어든 이래 당신의 세월은 그대로 괴롭고도 알지 못할 기다림의 연속이었을 거요. 아직도 더 기다려야겠지만 — 언젠가 그것은 확연한 모습으로 당신에게 나타날 거요. 내가 보여준 것은 그 어둡디어두운 새벽이었을 뿐이었소. 애들아, 아비는 도망치지 않았다. 이제 싸우러 가고, 이기면 자랑스레 너희들에게 돌아간다. 하지만 지더라도 — 영웅의 패배다. 비극만이 언제나 영웅의 것이고, 아비는 그 비극 속에 죽는다…… 동영은 자기가 하고 있는 말이 그 순간에 어울리는지 아닌지를 따져볼 겨를도 없이 중얼거리고 소리쳤다. 그의 머릿속에 저장되었던 말들은 오랜 주인의 통제보다는 거의 자기들 나름의 관습에 의해 끝없이 이어져가고 있었다.

얼마나 지났을까 — 동영에게는 무한한 세월이 흘러간 듯하지만, 실은 자기가 탈 뻔했던 배가 다급한 발동소리와 함께 어두운 바다로 사라진 지 채 십 분도 못 되었을 때였다. 갑자기 멀지 않은 곳에서 몇 줄기 탐조등이 번쩍이더니 총소리와 함께 확성기를 통한 남자의 거칠고 위협적인 목소리가 들려왔다.

"배를 세워! 발동을 꺼라. 너희들은 모두 포위돼 있다."

바닷가 바위기슭을 후리는 파도소리에도 불구하고 조금만 주의를 기울이면 알아들을 수 있을 만큼 뚜렷했다. 그러나 그때 이미 깊이 모를 잠속으로 빠져들고 있는 동영의 의식에는 끝내 와닿지 않았다. 그 불행한 탈출선은 미리 부근에 대기하고 있던 두 척의 작은 무장선에 의해 앞뒤를 차단당해 있으며 그중 한 척의 뱃머리에는 정규의 복장을 한 안명례가 서 있다는 것, 그리고 그녀의 볼에는 동영이 탈출선 안에 없음을 확인한 때부터 한줄기 눈물이 타내리고 있음을 동영이 알 리는 더욱 없었다.

2

동영의 노트

일찍이 우리에게 자명했던 것은 언제나 하나였다. 더러 유사한 주장이나 논리가 없었던 것은 아니었으나, 그 '하나'를 뺀 나머지는 언제나 심산유곡이나 몽롱한 사유 속에서 말씀만으로 자라고 있어, 우리들이 생존하고 투쟁하는 현장을 간섭하는 일은 드물었다.

그런데 20세기를 앞뒤로 하여 이 땅에는 갑작스런 진리의 폭발이 있었다. 한결같이 지구의 반대편에 사는 사람들이 여러 세기에 걸쳐 고안하고 개량한 것들로, 아시아적 전제국가의 폐허 위에서 늙고 쇠약한 진리에 매달려 동요하던 우리의 의식은 그 폭음과 위력에 여지없이 굴복당했다. 그리하여 경황없이 그 파편들 가운데 하나를 집어들고 저마다 소리 높이 외쳐댔다.

"여기에 새로운 진리가 있다. 이것만이 오직 하나의 길이다!"

그러나 그 누구도 그게 바로 우리의 새로운 고통과 시련임을 알지 못했다.

어찌하여 그런 기묘한 일이 우리에게 일어나게 되었던가.

먼저 우리가 그 까닭으로 지적할 수 있는 것은 우리 특유의 사고형태 또는 사유습관이다. 언제나 옳은 것은 하나뿐이고, 나머지는 모두 부인(否認)을 넘어 단죄(斷罪)를 당한다. 새로움은 도전과 같은 말로 이해되고 때에 따라서는 새롭다는 이유 하나만으로도 범죄를 구성한다.

이러한 사고형태 또는 사유습관의 원인을 밝혀내는 일은 쉽지 않다. 원래부터 전해 온 민족의 특성에 관련된 것도 있고, 역사나 사회학 쪽에 문의해야 할 부분도 있을 것이다. 그러나 아무래도 먼저 살펴봐야 할 것은 근세조선의 의식환경과 상부구조이다.

사학자들이야 어떻게 보든, 권신(權臣)에 의한 찬탈이라는 가장 떳떳하지 못한 방식의 왕조교체를 이룩한 조선이 정통성에 대한 뿌리깊은 콤플렉스를 안은 채 그 체제를 구축해 나갔으리라는 것을 짐작하기에는 어려움이 없다. 고려의 구신(舊臣)에 대한 태종(太宗)의 회유노력뿐만 아니라 4대가 지난 세종(世宗) 때에 이르러서도 왕이 손수 그 황당한 용비어천가(龍飛御天歌)를 짓고 있기 때문이다. 따라서 초기의 권력핵심이 가장 고심한 것은 그 정통성의 확보를 위한 명분론이었을 것인데, 그것이 한 특유한 의식환경을 이루게 되었다. 명분론이 정치권력의 주도 아래 놓이게 됨으로써 오는 사고의 획일화 경향이 바로 그것이다.

하기야 정치권력에 주도된 명분론에서도 겉보기에는 다양한 이론(異論)들이 나올 수도 있다. 그러나 그것들은 결국 예정되어 있는 그 '하나'의 결론을 위한 소도구들이거나 처음부터 부정하고 비난하기 위한 것이어서 사고의 획일화를 더욱 기를 뿐이다. 그리하여 그 영향은 나중 정통성 콤플렉스를 벗어난 뒤에까지도 조선의 지식층에게 미쳤다.

보는 눈에 따라서는 이 논의가 지나친 비약으로 비칠 테지만, 어느 정도의 근거는 조선의 그 숱한 당쟁과 역모(逆謀)에서도 쉽게 찾아볼 수 있다. 죽은 왕대비(王大妃)의 상복을 얼마나 오래 입어야 할 것이냐라든가, 왕의 첩을 정처(正妻)의 자리에 올릴 것인가 말 것인가 따위는 쟁점으로 되어도 왕조의 정통성이나 이씨의 왕위 계승권 자체에 대한 도전은 반란에서조차 그 예를 찾아볼 수 없다. 충(忠)이란 유학(儒學)의 오랜 가르침만으로는 모조리 해명될 수 없는 사고의 획일화이다. 다시 말해, 한번 그 '하나'로 결정된 것은 반역을 꿈꾸는 자들에게서조차 자명했던 것이다.

다음으로 살펴보고 싶은 것은 성리학(性理學)이 미친 영향이다. 물론 주자학(朱子學) 또는 성리학 그 자체는 하나의 학풍에 지나지 않았고, 그것을 이 땅에 도입한 것도 순수하게 학자적인 호기심이었다. 그러나 새로운 통치이념을 찾고 있던 조선이 거기서 한 답을 찾아내게 됨으로써 정통성 확보를 위한 명분론에서와 비슷한 현상이 일어났다. 정치권력의 비호를 받게 되면서 그것은 차츰 학문과 사상 쪽에서의 그 '하나'가 되었고, 이윽고는 근세조선의 상부구조 전체를 지배하는 그 '하나'로 군림하게 되어버렸다. 대륙에서는 육왕학(陸王學)에서 고증학(考證學)으로 학풍이 바뀌어 가는 동안에도 이 땅에서는 성리학이 5백 년이나 의연히 권위를 유지할 수 있었던 것은 틀림없이 거기서 어떤 이익을 보고 있는 왕권의 비호 때문이었다.

하기야 조선 초기에는 양명학(陽明學)이 들어오고, 후기에는 고증학의 영향을 받아 실학(實學)이 일었다. 그러나 그것들은 도가(道家)나 불가(佛家) 같은 이미 있었던 다른 원리 또는 주장과 마찬가지로 은자(隱者)의 담론이나 지식인의 몽롱한 사유를 크게 벗어나지는 못했다. 만약 그들이 그런 상태를 벗어나 성리학의 권위에 도전했더라면 틀림없이 이단으로 몰려 해를 입었을 것이고, 실제로도 몇몇 실학자는 다분히 박해의 혐의가 드는 불리를 겪기도 했다. 성리학의 논리체계나 결론의 도출 방식도 우리 특유의 사유습관을 형성하는 데 빼놓지 못할 작용을 했을 것이다. 성리학에 있어서의 가장 흔한 논리체계는 이원 대립적인 바탕에서 택일적으로 결론을 얻는 형태를 띠고 있다. 음과 양, 무와 유로부터 이(理)와 기(氣), 성(性)과 정(情), 선과 악, 지혜와 우둔, 현명과 불초(不肖)에 이르기까지 우주의 본질과 심성에 관한 것은 물론 인간도 군자가 아니면 소인이거나 공자가 아니면 도척(盜跖)이라는 식으로 구분되어 있었고, 그 하나의 선택은 언제나 나머지 다른 것의 부정을 의미했다. 선대의 유학에서는 하나의 덕목이었던 중용(中庸)과 조화(調和)도 성리학의 입장에서는 종종 거기에 의지하려는 사람들의 학문적인 미숙이나 판단력의 부족과 혼동되고 더욱 심하게는 기회주의로 오인받기까지 했다. 따라서 그 같은 논리체계와 결론의 도출방식에 5백 년이나 절어온 이 나라의 지성으로서는 사고의 경직성이나 획일화 경향이 오히려 자연스러울 수밖에 없었다.

하지만 우리의 현대사를 불행으로 얼룩지게 한 사유습관의 형성에 더욱 나쁜 영향을 준 것은 그렇게 결정된 그 '하나'마저도 끝내 유지되지 못한 일이 될 것이다. 일인(日人)들의 도래는 우리들 옛 권위의 계승이 아니라 전복과 부정이었다. 그들은 왕가와 통치제도를 뒤엎었을 뿐더러 지배원리까지도 냉소와 경멸로 부정해 버렸다. 다시 말해 오랜 기간 우리의 의식을 지배했던 그 '하나'가 하루 아침에 무너져버린 것이었다.

서세동점(西勢東漸)과 아울러 그 무너짐이 막연한 예감이 아니라 구체적인 조짐으로 나타나면서부터 동요하던 이 나라의 지성은 그같은 무너짐을 보자 광란과도 같은 불안과 혼미에 빠져들었다. 오직 '하나'였기에 거기에 대한 믿음과 의지는 다른 사회에서 유례를 찾기 힘들 만큼 컸고, 그 믿음과 의지가 컸기에 그 상실은 더욱 못 견디게 허전했을 것이다.

사람들은 허겁지겁 그 하나를 대신할 새로운 원리를 찾았다. 어서 빨리 빈자리를 채우고 싶었다. 그리하여 그 조급이 사상의 교류나 사고의 다양화로 그쳐야 할 서구사상의 유입을 그대로 '진리의 폭발'이 되게 하고 말았다. 갈급에 찬 사람들에게는 그 새로운 원리의 외침이 한 굉음처럼 들렸고, 그토록 대단할 것이 없는 매력도 태풍처럼 그들의 들떠 있는 지성을 휩쓸었다. 그 바람에 눈멀고 귀먼 사람들은 이것저것 가릴 것 없이 먼저 손에 닿는 것이면 아무거나 하나를 집어들고 소리쳤다.

"여기에 새로운 진리가 있다! 오직 이것만이 진리다!"

그리고 전에 5백 년 동안이나 해온 것처럼 자신이 새로 선택한 그 '하나'를 빼고는 모두 부정하고 단죄하기 시작했다.

그때 우리들의 시비를 더욱 불붙이고 서로 간의 마음과 원한을 더욱 깊게 한 것은 판관(判官)의 부재였다. 만약 조선왕조가 우리의 진정한 애도 속에 종언을 고했더라도, 그 비장한 저항과 극적인 최후가 감동으로 우리의 기억을 사로잡을 수만 있었더라도, 최소한 그들이 옹호했던 옛 원리는 한 은밀한 권위로 남아 판관의 역할을 수행할 수 있었을 것이다. 그러나 단 한 사람의 순국지사도 독립운동가도 내지 못하고 왕가는 해체되고, 옛 원리는 환멸로만 기억되었다. 하나뿐이었지만 그렇기에 더 강력할 수 있었던 옛 판관은 그렇게 죽고, 남은 것은 저마다의 새로운 판관뿐이게 되고 만 것이었다.

이성(理性)의 중재가 있고, 서로 간에 대화가 이루어질 수 있는 판관은 많을수록 좋다. 그러나 금세 광란과도 같은 불안과 혼미에서 빠져나온 판관, 그것도 언제나 옳은 것은 자기 하나뿐이라는 오랜 사유습관에 젖어 있는 판관이 많다는 것은 판관이 하나도 없다는 것과 같다. 판관도 없이 열 사람이 열 가지 주장을 하고 백 사람이 백 가지 길을 고집하게 되면, 남는 것은 다만 피투성이 싸움과 수단방법을 가리지 않는 승리의 추구뿐 ─ 이렇게 우리 현대사의 고뇌와 시련은 시작되었다.

그렇지만 앞서와 같은 설명만으로는 제기된 물음의 답으로 충분하지 못하다. 오히려 지금 이 땅이 빠져 있는 고뇌와 시련을 이해하는 데는 그런 추상적인 논의보다 지정학(地政學)과 연관된 고찰이 훨씬 설득력이 있을 것이다.

　기록에 남은 것만으로도 우리는 벌써 2천 수백 년 전부터 우리 주위에 우리보다 훨씬 강력한 민족과 우리가 그 그늘 아래 살고 있는 권위보다 더 우월한 권위가 있다는 걸 알고 있었다. 아직 해운(海運)이 발달하지 못하고, 어떤 문화의 영향권이 거리(距離)에만 묶여 있던 시대에 우리가 주로 관심을 두었던 것은 대륙 쪽이었다. 하지만 그렇다고 해양 쪽이 반드시 우리의 관심 밖에 있었던 것은 아니었다. 중세 이후를 휩쓴 모화사상(慕華思想)의 영향으로 우리 사서(史書)에서는 대수롭지 않게 취급되는 경향이 있기는 해도, 벌써 천삼백 년 전에 백제는 일본을 적어도 이 땅에 미칠 영향력으로는 당(唐)제국에 대적할 수 있는 동맹자의 하나로 선택하고 있다. 그리고 그러한 관심은 세계사의 중심이 서구로 옮겨간 근세 이후에는 더욱 높아져 19세기 말이 되면 대륙 쪽을 압도하게 되고 만다.

　어쨌든 그와 같이, 마음만 먹으면 언제든 크게 힘들이지 않고 자신의 겨레와 왕조의 운명에 커다란 영향을 미칠 수 있는 존재가 주위에 있다는 사실은 은연중에 이 땅의 정치지향적 지식층에게 대외의존의 성향을 길러주었다. 득의의 시절에는 이미 획득한 권력의 유지를 위해, 그리고 불우한 시절에는 권력변동의 중요한 변수로, 외세는 항상 그들의 염두를 떠나지 않았던 것이다.

　거기다가 더욱 그 같은 그들의 성향을 길러준 것은 멀리 고조선(古朝鮮)의 멸망 이래 거듭거듭 되풀이된 역사의 나쁜 선례였다. 무제(武帝) 치하에 있던 당시 한(漢)의 국력이나 사방으로 뻗어가던 기세로 보면 고조선을 멸망시키는 일이 반드시 불가능하지는 않았지만 적어도 고조선은 한의 직접적인 무력에 멸망당한 것은 아니었다. 한음(韓陰), 노인(路人), 왕겹(王唊) 등이 백성을 선동하여 주전파(主戰派)인 대신 성이(成已)를 죽이고 안에서 성문을 열어준 뒤에야 한군(漢軍)은 왕검성(王儉城)을 함락시킬 수 있었다. 그런데 문제는 그들 반역자의 운명이었다. 동족이 한(漢)의 압제에 신음하는 동안도 그들은 제후의 열에 올라 호의호식하다가 천수를 누리고 평안하게 죽기 때문이다. 역사에 기록된 첫 번째 매국노들이 남긴 선례로서는 너무도 우리에게 해로운 형태였다.

고구려도 당(唐)제국의 무력만으로 멸망당한 것은 아니었다. 연정토(淵淨土)의 이반과 남생(男生)의 향도(嚮導)를 기다린 뒤에야 그 강력했던 나라는 당군에게 짓밟히게 되는데, 이때에도 당의 우위대장군(右衛大將軍) 변국공(卞國公)이 된 남생을 비롯하여 반역자의 무리는 한결같이 그 반역의 대가로 일신의 영화를 누렸다. 물론 그들이 누린 영화에는 한인(韓人)들의 음험한 고의의 냄새가 풍기기는 하지만, 누구든 어려움에 빠지면 곧 반역 또는 외세의존의 유혹을 느끼게 만드는 역사의 나쁜 선례였다.

그 뒤로는 수없이 되풀이된 그 나쁜 선례는 근세조선의 황혼이 왔을 때도 마찬가지로 은밀한 유혹이 되었다. 왕조의 몰락이 구체적인 조짐으로 드러나면서부터 위기의식에 젖어든 이 땅의 지식층이 가장 먼저 의지하려 든 것은 어김없이 내부의 힘이 아닌 외세였다. 그리하여 아직도 대중화(大中華)의 환상에서 깨어나지 못한 자들은 수구파(守舊派)가 되었으며, 오랜 종주국의 무력에 실망한 자들은 개화파(開化派)가 되었다. 또 같은 개화파라도 러시아가 가장 강력하다고 믿는 쪽은 친로파(親露派)가 되었고, 일본이 더욱 강력하다고 믿는 자들은 친일파(親日派)가 되었다.

그러다가 이완용(李完用)을 비롯한 한 무리의 반역자에게 훈작(勳爵)과 재물을 보태주고 또 한 번의 나쁜 선례만 더한 채 조선이 망하자 이 땅의 대외의존 성향은 한층 복잡하고 세련된 형태로 나타났다. 사상 또는 이념이 바로 그것이었다.

이때 갖가지 사상과 이념들이 유난히 요란스럽게, 그리고 무슨 막을 길 없는 열병처럼 이 땅의 지성을 휩쓴 것은 일본이란 외세의 미숙 때문이었다. 우리에게 종주권을 행사한 중국의 역대 왕조에 대한 우리의 저항은 대개 영토가 점령당하는 것으로 끝나곤 했다. 그런데 일본의 경우 오히려 이 땅의 점령이 끝난 뒤에 더 거센 저항을 받았던 것이다.

일본이 역대의 중국왕조가 거두었던 만큼의 성공을 이 땅에서 거둘 수 없었던 이유는 대략 세 가지로 보인다. 첫째는 그들의 지배 형태가 직접적인 통치였다는 점이다. 극히 드문 예외를 빼면 중국의 왕조들은 언제나 간접지배의 형태를 취했고, 그나마도 대부분은 일정기간이 지나면 명목적인 지배를 그쳤다. 둘째는 동북아의 문화 중심이 대륙에 있었던 기나긴 세월의 기억과 감정이었다. 그때 일본을 야만시하던 기억과 은연중에 길러진 우월감은 현실적인 지배를 당하면서도 도저히 그 지배를 승복할 수 없게 만들었다. 셋째는 일본의 힘과 문화가 아직 우리를 완전히 압도할 만큼 성숙해 있지 못했다는 점이다. 중국 역대왕조의 태종이나 세조가 이 땅에 군대를 보낼 때는 대개 우리가 아는 한 달리 그에 맞설 만만한 적수가 없어진 뒤였고, 고유의 든든한 뿌리에서 자란 그 시대의 문화도 나름 대로 성숙해 있을 때였다. 그런데 일본은 밖으로 힘겨운 상대를 몇 이나 남겨놓고 있었으며, 안으로도 아직도 모방의 단계를 벗어나지 못한 서구화에 의지하고 있었다.

따라서 그들의 지배에 대한 우리의 감정은 기껏해야 남에게 임 시로 빈 칼에 턱없이 당하게 된 것 같은 억울함이나 갑자기 떼돈을 번 종놈에게 욕을 보는 상전의 치욕감이었다. 거기다가 무리한 대 외전쟁의 확대로 가중된 수탈과 압제는 견딜 수 없는 혐오와 원한 만 길러 — 항일 또는 광복의 대의는 이 민족이라면 누구도 거부할 수 없는 지상의 과제가 되어버렸다. 그렇게 되자 그걸 위한 효과적 인 수단 또는 방편으로 이 땅의 지식인들이 주목하게 된 것이 서구 에서 건너온 갖가지 사상이나 이념이었다. 그것들로 민중의 잠재력 을 끌어내고 조직하여 항일독립의 대과제를 수행하려 함이었지만, 그 뒤에는 그런 사상과 이념과 연결된 외세에 의존하려는 이 땅 특 유의 오래된 정신적 고질이 숨어 있었다. 거기다가 전면에 나선 대 의 — 항일독립 — 의 크고 무거움은 이념이나 사상이 가져다줄 수 도 있는 피해에 대한 최소한의 경계심마저 없애 버려 그 수용은 한 층 맹신의 양상을 띠게 되는 것이었다.

불행한 지정학적 위치와 역사에서 길러진 대외의존 성향의 더욱 불행한 변형이었다.

대규모의 민중운동을 지도해 본 경험이 별로 없는 지식인들이 변혁의 주도역할을 떠맡은 것도 오늘날의 불행에 원인이 되었다. 대체로 이 땅의 역사에서 지식인은 반드시 민중적인 지지기반을 필요로 하지 않았다. 유학이 말하는 민(民) 또는 백성의 개념에는 민중을 뜻하는 요소가 적지 않고, 지식인들도 언제나 그런 백성들을 염두에는 두고 있었으나, 현실적으로 그들의 번영은 물론 생사(生死)에 대해 직접적인 영향을 미치는 대개 절대군주와 그를 둘러싼 소수의 권력핵심이었기 때문이다.

왕조의 평균수명이 중국에 비해 월등히 긴 데다 특히 마지막의 두 왕조는 선양(禪讓)의 형식을 띠고 있어, 거의 천 년이나 민심의 이합집산에 따른 전란과 왕조교체를 경험하지 못한 전제국가의 지식인으로서는 당연한 일인지도 모를 일이었다.

하지만 그렇다고 이 땅의 민족이 천 년을 온전히 잠들어 있었던 것은 아니었다. 허약하고 찌든 것이기는 해도 역사의 굽이굽이에서 느낄 수 있는 것은 민중의 함성이며, 특히 조선에 이르면 홍경래(洪景來)의 반란과 몇몇 민란은 분명 대규모 민중운동의 외양을 보여주고 있다. 그러나 홍경래의 난에서 일차적이고 중요한 것은 아직도 그 사고방식이 봉건체제를 벗어나지 못한 소수의 소외당한 지식인이 조선에 대해 품은 불만과 사적인 야심이었고, 민란에 있어서는 지식인의 참여나 조직적인 지도의 흔적을 찾기 어려워 대규모의 민중운동이라기보다는 그저 한 돌발적인 사건에 가까웠다.

따라서 대규모의 민중운동 비슷한 형태로 볼 수 있는 것으로는 다만 동학운동(東學運動)뿐이지만, 그 또한 이 땅의 지식인들에게 뒷날에 유효한 민중지도의 경험을 충분히 제공하지는 못했다. 유례없는 대규모의 민중 동원에도 불구하고 초기에 그들을 움직인 중요한 힘이 종교적 광신이란 불합리한 열정이었다는 점에서 민중의식과는 거리가 있고, 뒷날 내건 볼 만한 구호도 민중적인 자각의 결정(結晶)이라기보다는 초기의 승리에 고양되어 급조된 의사의식(疑似意識)의 혐의가 짙기 때문이다.

거기다가 그 운동에는 분명 다수의 지식인이 이념을 제공하고는 있었으나 민중지도의 경험을 축적할 수 있을 만큼 주도적인 역할을 수행한 것 같지는 않고, 또 약간의 경험축적이 있었다 해도 다음 세대를 주도한 지식인들에게는 거의 전달되지 못했다. 그나마도 그들 두 세대 사이에 가로놓인 전통의 단절이 그 전달을 방해한 탓이었다.

이와 같이 민중지도의 경험이 없다는 것은 동시에 자체의 이념을 창안할 능력이나 조직의 기술을 키울 기회가 없었다는 뜻이 된다. 그런데도 서구의 번영을 모형삼아 되도록 짧은 기간 안에 수백 년에 걸친 그들의 변혁을 수행해야 했던 이 땅의 지식인들은 필연적으로 앞선 그들의 경험과 기술에 의지하지 않을 수 없었다.

다급하고도 절실한 필요에 쫓겨, 그러나 선별의 안목도 비교판단의 기준도 갖지 못한 채 이루어진 선택은 종종 광신적이고도 배타적이 된다. 사상이나 이념에 대한 지식도 새로 선택한 그것이 전부이고, 판단의 자[尺]도 역시 새로 얻은 그것에 의지한 것일 뿐인 상태에서, 비교검토와 종합이란 늦게 출발한 자의 이득은 기대할 수 없게 된 것이다. 그리하여 ─ 광신의 열정과 독선의 강변으로만 무장된 서로 다른 이념의 만남은 이 땅을 소란스런 심리적 폭력의 경쟁터로 만들었다가 마침내는 유혈의 대결로 끝장을 보고 말았다.

앞서와 연관을 가진 것이지만 민중과 유리된 지식인들에 의해 이념이 주도된 것도 이념간의 갈등을 격화시키는 원인이 된다. 이 땅의 이념을 주도한 지식인들은 출신이나 사고형태는 물론 이해관계에서조차 대다수 민중과 진정으로 공통되지 못하였다. 출신은 대개가 서양의 봉건귀족에 견줄 수 있는 양반이거나 대지주이며, 사고형태는 서구화되었거나 적어도 서구화를 지향하고 있었다. 이해 또한 겉보기에는 민중과 일치된 것일지라도, 내면적으로 주된 관심은 자기들 계층을 향한 것이거나, 기껏해야 우월한 입장에서 베푸는 동정과 연민의 변형이었다. 진정한 이념의 동지로 민중에게 다가가기에는 너무 멀리 떨어져 있었던 것이다.

따라서 그런 민중을 자기가 신봉하는 이념의 깃발 아래로 끌어들이는 데 언어와 논리는 거의 무력할 수밖에 없었다. 방법은 이 땅의 사상계를 자기들의 이념만으로 독점하고 주입식으로 민중을 위에서 교육하는 것뿐이었다. 이념이 합리적인 설득을 포기하면 남는 것은 폭력적인 파당(派黨)뿐이다. 그리고 그런 파당간의 만남은 피투성이 싸움뿐이다. 그 극단의 결과가 바로 이 전쟁일 수도 있는 것이다.

세계의 다른 곳에서도 몇몇 예가 보이지만, 이 땅의 이념갈등을 오늘날의 양상으로 이끈 또 하나의 원인으로 볼 수 있는 것은 한때 모든 이념이 바탕 삼았던 식민지 내셔널리즘의 유산이다. 고전적 내셔널리즘이 한결같이 반봉건의 성격을 띠고 있음에 반해 식민지 내셔널리즘의 성격은 반제국주의였다. 그런데 이 땅의 경우에는 그렇게 단순하지가 못했다. 우리가 흔히 친일파로 싸잡아 부르는, 일본 제국주의 앞잡이로서의 토착봉건세력이 내부에서 생겨났기 때문이었다. 거기서 우리의 식민지 내셔널리즘은 반봉건 반제국주의의 구호를 함께 내걸게 되었는데 그 실천방안이나 우선순위를 둘러싼 논의에는 처음부터 의견대립의 소지가 많았다.

그런데 그 대립을 이념간의 투쟁으로 몰고 간 것이 한 이데올로기로서의 내셔널리즘이 가진 결함이었다. 민족주의로 번역되든 국가주의로 번역되든, 내셔널리즘의 기반은 혈연이나 지연 같은 공동사회의 구성원리로서, 점차 이익사회를 위주로 편성되어 가는 현대사회에서는 그것만으로 모든 구성원을 효과적으로 설득할 수는 없었다.

거기서 필요해진 것이 다른 효과적인 동반이념이었다. 피와 땅 이상으로 사람들을 자극하고 분기시킬 또 다른 원리가 요구되었던 것이다. 그리고 이때 전혀 상반된 원리의 이념들이 내셔널리즘과 결합되거나 그것을 표방했다. 대개는 원래의 목적대로 내셔널리즘의 실천수단으로서였지만, 어떤 것은 거꾸로 내셔널리즘이 가진, 비조직적이고 감정적이긴 하나 넓고 끈끈한 지지기반을 이용하기 위해서였다.

그렇게 되고 보면 분열과 대립은 필연적인 귀착이었다. 갈수록 목소리를 높여가는 동반이념간의 반목으로 성숙하기도 전에 병들어버린 이 땅의 식민지 내셔널리즘은 공통의 적인 일제가 패퇴하기 무섭게 좌우로 갈라섰다. 구실은 아직 남은 반봉건이란 과제의 처리였다. 한쪽은 친일적이었던 토착의 봉건세력을 제거하는 데 지나치게 가혹하고 조급했던 데 비해 한쪽은 오히려 두둔하고 연연해한다는 의심을 살 만큼 미온적이었던 탓이었다. 어느 쪽이 옳고 그름을 가릴 기분조차 들지 않는, 너무도 어처구니없는 주객의 전도였다. 그러한 대립과 분열이야말로 남의 힘을 빌려 간신히 이룩한 애초의 대전제(大前提) — 항일독립 — 마저 무효화시킨다는 걸 까마득히 잊은.

실로 불행한 우리들 식민지 내셔널리즘의 결말이었다.

비록 그것이 주관적인 환상에 지나지 않을지라도 이 땅이 한 번도 세계문화의 중심이었던 적이 없다는 것 또한 외래이념에 대한 우리의 지나친 민감과 맹신에 가까운 그 수용의 열정에 한 설명이 될 수 있을 것이다. 역시 앞서의 지정학적인 고찰과 연관된 것이지만 예로부터 이 땅에서 가장 값지고 귀한 것은 항상 밖으로부터 들어온 것이었다. 그리고 그것은 학문이나 사상에서도 적용되어 이 땅에서 최고의 석학이나 가장 존경받는 사상가는 항상 외국의 것을 가장 먼저 그리고 정확하게 습득한 이들이었다.

따라서 외래의 것은 무조건 먼저 받아들이는 쪽이 엄청난 이익을 가져온다는 관념이 형성되어 그것은 앞서 말한 대외의존 성향과는 또 다른 종류의 미신으로 자라갔다. 종교적 측면의 해석이야 달리 있겠지만, 외래의 이념이나 사상에 대한 이 땅의 과잉반응을 보여주는 예로 적절하게 빌려 쓸 수 있는 것은 이 땅의 천주교사(天主教史)일 것이다. 먼저 신자와 교회에다 순교자와 교구까지 생긴 뒤에야, 제수이트(이그나티우스 로욜라가 창설한 군대식 조직의 선교단체) 군단(軍團)의 전초가 이 땅에 상륙하고 있다. 교리의 우월성이나 신의 은총 따위로만은 설명할 수 없는 별난 선교사로, 그 배경으로 빼낼 수 없는 것 중에 하나가 마니아(熱)라 해도 좋을 이 땅 사람들의 외래품 선호경향일 것이다.

하지만 그것만으로는 아직도 어떻게 하여 오늘날처럼 외래의 이념이 동족의 가슴에 박아 넣는 칼로 변했는가에 대한 설명은 되지 않는다. 비록 맹목의 의심이 있을지라도, 어떤 신념체계에 대한 믿음과 열정이 곧바로 다른 이념에 대한 치열하고 공격적인 증오가 된다는 증거는 없다.

이 땅에 얽힌 강대국의 이해관계와 그것을 위한 은밀한 부추김을 끌어내 와도 그 또한 이렇게 처절한 상잔과 서글픈 자해행위에 대한 설명으로는 충분하지 못하다. 강대국의 이해가 얽힌 나라는 우리 말고도 여럿 있지만, 아니 어떤 의미에서는 세계의 모든 나라가 강대국의 이해관계에 얽혀 있지만, 그들 모두가 다 우리처럼 동족상잔의 피를 흘리고 국토파괴란 자해행위를 하고 있는 것은 아니므로.

따라서 결국 그 설명은 다시 우리 내부에서 찾아내지 않으면 안 되는데, 이때 제쳐놓을 수 없는 것이 ― 정확한 표현이 되는지 모르지만 ― '언문(言文)의 무기화(武器化)' 전통이다. 언문의 무기화란 좀 더 이 논의와 가깝게 부르면 논리의 무기화 또는 이념의 무기화로 바꿀 수 있는 것인데 아마 그것은 수명이 길고 대개는 절대권위를 유지했던 이 땅의 왕조와 어떤 관련이 있는 듯하다.

조선을 예로 들면 그 정치사에서 특기할 만한 사실 중에 하나가 그렇게도 잦고 치열했던 정쟁(政爭)에도 불구하고 단 한 건의 암살도 없다는 것이다. 아니 스스로의 무력으로 정적을 제거하는 일은 개국 초기의 몇몇 사건을 빼면 거의 예가 없다.

하지만 그럼에도 불구하고, 정쟁이나 역모에 연루돼 죽은 사람의 수효는 비슷한 시기의 어떤 왕조에 비해도 뒤지지 않았다. 이때 그들이 죽은 것은 그것이 궤변이건 모함이건 사소한 죄과의 과장이건 또는 정당한 탄핵이건, 정적이 무기로 사용한 언문 또는 논리였다. 다시 말해서 이 땅의 지식인들은 조선만 해도 거의 5백 년에 가까운 세월을 언문이나 논리로만 적을 죽여왔던 것이다. 왕조의 칼은 이미 이루어진 살인을 확인하는 데나 쓰여진 것과 다름없었다.

거기다가 더욱 나쁜 것은 그 과정에서 아울러 익혀지게 마련인 공적인 동기의 사적인 전화(轉化) 내지 유용(流用)의 기술이다. 사실은 자신과 붕당(朋黨)의 사사로운 이익을 위하여 정적을 제거하는 것이면서도 무기로 쓰는 논리의 근거는 언제나 사직(社稷)과 억조창생이었다.

어쩌면 지금 이 땅에서 이루어지고 있는 것도 그 불행한 전통의 연장일지도 모른다. 사적으로 유용한 이념으로 이미 서로를 죽여놓고 그 시체 위로 소련제 탱크를 몰고 가거나 미군 비행기가 폭격을 하게 하는 것이 아니라고 누가 단언할 수 있겠는가.

이념의 선택이 곧 생존 그 자체의 선택을 의미하게 되어버린 도입의 과정도 이 땅의 극렬한 이념대립의 한 배경일 수 있다. 배움이라는 것이 곧 그 사회의 특혜였던 당시의 상황과 관련된 것이지만, 이 땅의 여러 이념들을 처음 도입하고 또 오래 장악한 계층은 거의

가 서구의 봉건귀족이나 부르주아에 해당하는 계급출신의 지식인이었다. 하지만 그들은 또한 자기들의 계급이 몰락하게 예정되어 있다는 것을 잘 알고, 또 그로 인해 불안에 들떠 있었다. 따라서 보수적인 성향의 사람들은 역사의 다음 단계로 예정된 자본주의를 택하고, 거기에 맞춰 이미 확보하고 있는 사회적 제이익들을 변혁시킴으로써 살아남으려 했고, 좀 급진적인 사람들은 역사의 한 단계를 비약함으로써 이윽고 올 변혁에 따른 불리를 입지 않고 또한 살아남으려 했다.

하지만 불안이란 종종 닥쳐올 위해가 불확정적일 때 더 심하게 과장되는 법이다. 사형대에 올라가 죽음의 불안으로 미치는 사형수는 없다. 거기다가 우리의 의지가 더 격렬한 모습을 띠는 것은 새로 얻으려 할 때보다 이미 얻은 것을 지키려 할 때이다. 그런데 그 지식인들이 불안해하던 위해는 유감스럽게도 불확정적이었고, 또 그들은 한결같이 지키려는 계급의 출신이었다. 만약 더 잃을 것은 없고 오직 얻을 기대만 가진 계층이 이 땅의 모든 이념을 도입하고 장악했더라면 이념이 곧 생존 그 자체로 과장되는 일은 없었을 것이고, 그 대립도 지금처럼 격렬하지는 않았을는지도 모른다.

하기야 나중에는 양쪽 다 사정이 변하기는 했다. 한쪽은 어쭙잖은 항일 투쟁의 경력과 해방군 정치사령부의 위세를 업은 무산계급 출신의 무장집단이 이데올로기까지 장악하게 되었고, 다른 한쪽은 강대국 극우세력의 비호를 받는 이류 독립운동가와 일단의 친일파가 야합하여 또한 이데올로기까지 장악하게 되기 때문이다. 좀 엄격하게 말한다면 양편 모두에게서 진정한 이데올로기는 종언을 고한 것이었다.

진정한 이데올로기가 종언을 고했다면 양쪽의 대립은 적어도 이데올로기의 이름을 써서는 안 된다. 그러나 이데올로기의 껍질은 의연히 염치없는 권력추구를 가려주는 깃발로 남았고, 오히려 또 다른 의미의 생존수단으로 양쪽 모두에 의해 과장되었다. 패배나 양보는 곧 생존의 포기란 더 절박한 형태로.

미루어 왔지만, 이 땅의 이념과잉에 원인된 것으로 동양적인 영웅주의도 빼놓을 수 없다. 대개 군사적인 성공을 곁들인 정치가와 일치하는 동양의 영웅은 한 왕조가 안정되어 있는 시기에는 꿈꾸는 것조차 금기였다. 제왕이 아니면 역적이 될 수밖에 없는 그 결말 때문이었다.

그런데 이제 그 왕조는 끝나고, 거역하면 거역할수록 좋은 외족 (外族)이 그것을 대신하게 되자 지어낸 이야기와 개국의 신화 속에서만 살아 있던 영웅은 거리에 쏟아져 흩어졌다. 오래 억압받았던 꿈은 갑작스런 기대와 열정으로 타오르고, 황당하고 조급한 추구로 사람들을 내몰았다.

그런 사람들의 눈에 손쉽게 거기에 이르는 길로 보인 것들 가운데 하나가 사상이나 이념을 통하는 길이었다. 홍수처럼 쏟아져 들어온 갖가지 사상들은 한결같이 자신에게 헌신할 영웅을 찾고 있었고, 약속되는 성취의 모습도 대개는 동양적인 영웅관에 비슷하게 맞았다. 그리하여 들뜬 사람들은 정신없이 달려가 혁명가가 되는가 하면 독립투사가 되었고, 사상가가 되는가 하면 애국지사도 되었다. 그것이 자기가 꿈꾸어 온 영웅의 딴 이름이라는 걸 여지없이 믿으면서 — 아무도 마음놓고 소리를 내어 웃을 수 없는 이 땅의 희극이었다.

오오, 이 아이러니와 비참과 희극, 이 아이러니와 비참과 희극
······ 단순이여, 참으로 거룩하여라.

3

〈자본제적(資本制的) 생산양식이 지배하는 사회의 부(富)는 한 개의 방대한 상품집성(商品集成)으로 나타나고, 개개의 상품은 그 성소형태(成素形態)로 나타난다. 그러므로 우리의 연구는 상품의 분석으로 시작된다.

상품은 우선 그 제속성이 어떠한 종류이든지 간에 인간의 욕망을 충족시키는 외적 대상이며 물건이다. 이 여러 욕망의 본성은 그것이 위(胃)에서 나오건 환상에서 나오건 사태를 변화시키지 않는다……(『자본론』의 첫 구절).〉

이렇게 차분한 학자의 목소리로 시작되고 태반이 도표 및 수식과 각주로 채워진 책이 8백 만의 육군을 거느린 대제국을 쓰러뜨리는 데 그토록 위력을 보였다는 것은 확실히 한 경이라 할 만하다. 〈오늘날 부르주아계급과 맞서고 있는 모든 계급들 가운데서 프롤레타리아계급만이 진정으로 혁명적이다. 다른 계급들은 대규모적인 공업의 발흥과 더불어 쇠퇴하고 몰락하지만, 프롤레타리아계급은 이 산업이 낳은 가장 특징적인 산물이다……(공산당선언의 한 구절).〉

그런데 아직 그런 대규모적인 공업의 발흥도 없고, 프롤레타리아도 인구의 1할이 채 되지 않는 나라에서 공산주의 혁명이 최초의 성공례(成功例)를 보인 것은 또 어떻게 된 일인가. 주로 영국을 비롯한 선진 서유럽의 자료들을 바탕으로 한 역사적 예측이 후진 러시아에 와서 맞아떨어진 것도.

물론 이 같은 물음은 조금도 새로운 것이 아니며 대답도 충분히 주어진 편이다. 마르크스 자신도 만년에는 러시아에서의 가능성을 인정했다든가, 흔히 생각하는 바와는 달리 러시아의 민중은 충분한 정치적 훈련을 경험했으며, 1917년 당시 소비조합만 해도 1천2백만의 회원을 가졌다든가, 러시아에는 옛날부터 내려온 농민공동체가 있었다든가, 도약이론 따위 — 러시아 혁명의 성공이 역사의 우연이 아니라 한 탁월한 혁명이론의 당연한 귀결이었다고 주장할 만한 이유들은 여럿 있다.

하지만 엄밀히 따져보면 그 같은 이유들은 결과에서 거꾸로 끄집어낸 듯한 의심을 버릴 길이 없다. 러시아가 아닌 다른 나라에서 혁명이 성공했더라도 그 나라의 역사와 사회를 뒤져보면 그 성공을 필연적으로 만들 이유들을 찾아내는 것은 그리 어렵지는 않으리라. 요컨대 역사에 있어서의 필연이란 예측에 따라 결과가 오는 것이 아니라 결과에 따라 소급된 예측으로 구성될 수도 있는 것이다.

그렇다면 그 사상이 이 아시아적 전제국가의 폐허 위에서 이만큼이라도 성공을 거둔 까닭은 어디에 있는가. 지속이 불확실하고 반쪽뿐인 정권은 차치하고라도, 지식인 계층에서의 어김없는 우세는 분명 성공이라 할 만하며, 비록 맹목의 경향은 있으나 인민대중의 호응도 그 의식수준에 비하면 놀랄 만한 것이었다. 무엇이 이 땅의 지식인들로 하여금 스스로의 출신을 부정하고 약속된 것이나 다름없는 혜택을 포기해 가면서까지 이 길에 뛰어들도록 하였으며, 어떤 구호가 프롤레타리아의 개념조차 분명치 못한 인민대중을 충동하여 그 뒤를 따르게 하였을까.

좋은 뜻으로든 나쁜 뜻으로든, 그리고 비록 결과에서 거꾸로 찾아낸 것에 불과할지라도, 유럽조차 음울하게 배회하던 그 유령이 이 땅에서 버젓이 횡행할 수 있게 된 까닭을 살펴보는 것은 흥미 있고도 유익한 일이다. 그것은 동시에 지금 이 땅이 앓고 있는 중병의 한쪽 병인(病因)을 살펴본다는 뜻도 포함되어 있으므로.

아이러니컬하게도 이 땅의 사회주의운동사에 가장 많은 것을 베푼 것은 아마도 일본 제국주의의 침략일 것이다.

먼저 그들은 자본주의를 그들의 사회체제로 삼음으로써 우리가 사회주의를 이념으로 택할 때의 망설임과 고민을 덜어주었다. 이민족인 침략자에 대한 민족적 적대감과 유산계급에 대한 계급적 적대감의 대상을 자신의 한 몸에 구현함으로써, 순전히 동족으로만 이루어진 유산계급을 향해 적대감을 길러야 할 때보다 마음 가볍게 그 이념을 받아들일 수 있었기 때문이다. 더군다나 일본 제국주의는 그 침략의 초기단계에서 미영(美英)과의 밀월관계를 가짐으로써 그들의 이념인 자유민주주의 신화에 대한 우리의 의혹을 일찍 부터 불러일으켰다.

다음 일본 제국주의는 그 침략을 통해 쉽게 프롤레타리아로 전환될 수 있는 절대빈곤층의 범위를 확대시킴으로써 이 땅의 사회주의운동이 의지할 기반을 넓혀주었다. 가장 극렬한 제국주의인 동시에 가장 추악한 자본주의의 형태를 취하고 있던 그들은 토지조사사업을 비롯한 각종 식민수탈과 무리한 대외전쟁의 수행을 위한 강압적 착취로 이 땅의 극빈대중을 합방 전의 몇 배로 불려놓았다. 극빈대중이 곧 혁명의 동력인 프롤레타리아일 수는 없지만 적어도 그들이 암묵의 동조자나 우호적 중립자로 기능하게 되리라는 것쯤은 짐작이 가고도 남는다. 간도(間島)를 비롯한 동북지방의 조선 이주민들 사이에서 특히 사회주의운동이 활발했던 것은 그 한 뚜렷한 예가 될 것이다. 비록 그리로 옮긴 뒤에는 다소간 살림이 나아졌을지라도 그들 대부분은 조국에서 배겨내기조차 힘들어 떠나온 극빈대중 출신이었고, 따라서 사회주의에 대한 깊은 이해 없이도 쉽게 동조적일 수가 있었다.

일본 제국주의의 침략과 함께 이 땅에 나타난 친일세력도 이 땅의 좌경화에 큰 보탬을 주었다. 그들 친일세력의 가장 성공적인 외양은 항상 부르주아라 싸잡아 공격하기 좋은 형태였다. 가난한 친일파, 또는 공산주의 친일파란 그들의 성격상 예를 찾기 어렵다. 거기다가 묘한 배신의 감정은 친일 부르주아에 대한 미움과 적개심을 일본 제국주의 그 자체의 부르주아에 대한 것보다 더 격렬한 것으로 만들어 사회주의를 퍼뜨리려는 자들은 부르주아의 악덕을 선전하는 데 별로 큰 힘을 들이지 않고도 그 계급을 부정하도록 인민대중을 유도할 수 있었다. 효과적이기야 나중에 이승만정권에 의한 대규모의 친일세력 영합이 있지만, 그것은 이미 널리 알려진 이 땅의 감정적 좌경원인일 뿐만 아니라, 하나의 후유증 같은 현상이어서 근원적인 배경을 살피려는 여기서는 잠시 접어두기로 한다.

마지막으로 일본 제국주의가 이 땅의 사회주의에 한 기여는 그들 내부의 사회주의자들에 의한 것이었다. 비록 프롤레타리아란 계급에 국한되기는 해도 그들의 사상에 깔린 세계주의적 성격은 이 땅의 사회주의 도입에 한몫을 거들게 했다. 비록 제국주의 침략자들이 원했던 바가 아니고, 사상도 반드시 일본만을 통해 도입된 것만은 아니지만 이 땅의 초기 사회주의가 일본의 사회주의자들에게 작든 크든 빚을 진 것만은 사실이며, 또 그것은 일본의 제국주의 침략으로 가능했다는 점에서, 마찬가지로 기여라고 생각할 수 있을 것이다.

토지에 대한 동양의 사상적 전통도 이 땅의 사회주의 수용에 한 중요한 보탬이 되었다. 거의 우리 자신의 사색이나 고안과 혼동될 만큼 우리에게 깊은 영향을 미친 중국의 정치사상에는 일찍부터 토지의 균분 또는 공유의 논의가 한 이상으로 포함되어 있었다. 토지를 가장 중요한 생산의 원천으로 여겨온 동양의 경제관으로 보면, 그것은 사유의 제한이나 분배의 균등으로 해석해도 크게 틀리지 않는 이상(理想)이었다. 이를테면 중국 고대의 정전법(井田法)은 아직 충분하지는 않으나 토지공유의 개념을 보이고, 허자(許子) 또한 그 가르침이 상세하게 전하지 않는 대로 사회주의의 동양적 모형을 암시하고 있다. 경자유전(耕者有田)이란 말도 단순히 각 왕조의 토지정책이 농민의 지지를 얻기 위해 내건 구호 이상으로 토지의 균분 또는 공유사상과 연관될 수 있으며, 근세의 다산(茶山)이 그토록 힘들여 고증하고 주창한 경세유표(經世遺表)의 전제(田制)도 마찬가지로 그런 사상에 바탕한 것이었다.

주로 시인들이나 초야(草野)에 묻혀 지내온 은사(隱士)들을 중심으로 표현되고 있지만 노동에 대한 예찬 또는 가치부여도 동양에서는 그리 낯선 것이 아니다. 주경야독(晝耕夜讀)이란 말은 실제로 그것이 실천되고 안 되고에 관계없이 선비의 한 떳떳한 모습으로 기림을 받았고, 맹자(孟子)를 통해 대략을 가늠할 수 없는 허자의 가르침에서도 '일하기 싫은 자 먹지도 말라'는 구호를 추출해 내는 것은 어렵지 않다. 동기야 좀 다르겠지만, 조선 왕실의 친경(親耕) 같은 것도 노동을 기리는 뜻이 들어 있다는 것만은 의심할 수 없다.

다시 말하면, 비록 그 진정한 창안동기는 조세(租稅) 수입의 증대나 왕권의 지지기반 확대일 수도 있고, 또 그것이 정치사나 사회사의 표면에 떠올라 현실적인 개혁을 주도한 일은 극히 드물다 하더라도, 사회주의의 몇 가지 기본적인 주장에는 이미 일찍부터 우리가 익숙해 있었던 셈이다. 그 같은 사상의 전통이 실제로 우리의 의식에 얼마만한 자극이 되었는지는 측정할 길이 없지만, 적어도 우리가 사회주의에 대해 처음에 느꼈을지도 모를 생소함을 많이 완화시켜 주었으리라는 것만은 부인하기 어렵다.

한 정치사상으로서 마르크시즘이 가진 정연한 논리체계와 뛰어난 조직력도 혼란과 조급에 빠져 있는 소인텔리에게 떨쳐버릴 수 없는 매력이 되었을 것이다.

마그나 카르타(大憲章), 권리장전(權利章典), 권리청원(權利請願) ― 이른바 자유민주주의 3대 기초문서는 합쳐서 얇은 팸플릿 한 권을 넘지 못하고 프랑스의 인권선언과 미국의 독립선언을 합쳐도 상태는 크게 나아지지 않는다. 나머지 자유민주주의의 기본 이론들은 부분적이고 산만한 느낌을 주는 해설이나 종종 일치보다는 논쟁으로 끝나는 주장들이고, 아니면 비전문적 저술가의 수상록 형태를 띠고 있다.

거기에 비해 마르크시즘은 단일한 논리체계에 명확하고 일치된 결론으로 끝나 있다. 부연하거나 해설하는 책들은 물론 계승 발전의 의미를 띤 책들도 대개는 전문가의 손에 의해 씌어졌고, 또 그들은 되도록이면 이미 선배들이 설정해 둔 방향과 범위를 크게 이탈하려 들지 않았다. 적어도 그 사상이 이 땅에 소개될 무렵까지는 우리에게 혼란을 일으킬 만큼의 수정이론이나 파생이론은 없었다.

그 같은 대비는 양쪽의 형성과정으로 보아 당연하다. 자유민주주의는 수세기에 걸쳐 수많은 이들이 개별적으로 행한 논구(論究)의 종합인 데 반하여, 마르크시즘은 불과 수십 년 동안에, 아마는 천재인 한 박학자(博學者)에 의해 종합적으로 구성된 논리체계의 개별적 해설(또는 적용)이란 양상을 띠고 있기 때문이다. 하기야 그 기원으로 따지자면 마르크시즘도 자유민주주의에 비해 그리 짧은 건 아니다. 한쪽이 희랍 도시국가의 민주정(民主政)에서 그 기원을 찾는다면 다른 한쪽도 플라톤이나 에세네[사해(死海) 부근에서 활동했던 유대교의 고대종파]파를 원용할 수 있다. 근대로 옮겨온다 하더라도, 한쪽이 마그나 카르타에서 어떤 기초원리를 찾는다면 한쪽은 궁색한 대로 유토피아 소설 몇 권은 끌어댈 수 있다.

그런데도 한쪽에는 몇 세기를 주고 한쪽에는 수십 년만 주는 것은, 한쪽은 최소한 마그나 카르타부터라는 어떤 전통과 계승을 인정하는 데 반해, 한쪽은 불과 반세기도 앞서지 않은 선배들조차 공상적이란 낙인을 찍어 그들과의 단절을 선언하고 있기 때문이다. 따라서 한쪽의 원리는 수많은 사람들의 창안을 종합한 것임에 비해, 다른 쪽은 한 사람에 의해 의도적으로 구성된 종합적 논리체계가 되어 다른 사람이 끼어들더라도 해설이나 부연에 그치고 만다. 거기다가 마르크스는 이미 자유민주주의의 장단점을 속속들이 음미하고 분석하여 자신의 논리체계를 구성한 까닭에 아무래도 그보다 더 정연할 수밖에 없었다.

하지만 받아들이는 입장에서 보면, 특히 받아들인 그것을 빨리 전파하여 되도록 많은 동조자와 지기기반을 확보해야 하는 쪽에서 보면, 금세 판가름할 수 없는 내용보다는 정연한 논리 쪽이 더 유리해 보인다. 사심 없이 순수한 이상으로 받아들이고자 하는 쪽도 선택이 논리 쪽에 기울어지기는 마찬가지다. 어지간히 침착하고 세련된 지성이 아니고서는 마르크시즘의 정연한 논리가 '늦게 말하는 자의 이익'에 힘입었다는 데에 성찰이 미칠 수 없고, 논리적인 것이 반드시 합리적이지는 않다는 데까지는 더욱 미칠 수 없으므로. 그런데 — 불행히도 이념의 선택에서 이 나라의 지성은 그리 침착하지도 세련되지도 못했다.

조직력의 문제도 역시 그 이념의 형성과정과 무관하지 않다. 마르크시즘은 처음부터 한 계급과 당의 이론적 무기 또는 전략의 성격을 띠고 있었다. 따라서 그 목적실현의 과정에서 필연적으로 조직의 이론과 기술이 겸하여 발달하게 되는데, 특히 백 년이 넘는 세월을 적대세력의 공격과 박해에 대항해 가는 동안에 그것들은 더욱 고급하고 치밀해졌다. 물론 이 땅에서는 몇 가지 이유로 마르크시즘의 조직도 그리 위력적이지 못했다. 민중적인 기반이나 조직이 없는 소부르주아 출신의 인텔리겐차가 중심이 된 초기의 사상운동은 터무니없는 주도권 다툼으로 소득 없이 허물어졌고, 제법 성숙했다 할 수 있는 1940년의 경성(京城) 콩그룹 사건조차 여전히 수공업적이고 정실(情實)에 의지한 비밀결사의 성격을 벗어나지 못한 채 막을 내렸다.

하지만 비교란 어차피 상대적이다. 분열과 반목이라면 자유(민주주의) 진영도 공산당에 뒤지지 않아, 초기의 독립운동사는 그대로 내분사(內分史)라 할 만했다. 거기다가 그들에게 더욱 불리한 것은 집단의 공통된 이름이 없어 후기에 이르면 자유민주주의를 표방한 활동이 거의 없는 것처럼 보이게 된 점이다. 임정(臨政)이 있었으나 그들은 자유민주주의란 말을 드러내 놓고 쓰기를 즐겨하지 않았고, 나머지는 모두 아무런 상호연관이 없는 사조직의 산발적인 활동이나 개인의 영웅적 행위로만 여겨졌을 뿐이었다.

거기에 비해 공산당의 활동은 비록 계보 내지 파벌 서로 간에는 단절되어 있더라도 대외적으로는 언제나 공산당이란 하나의 명칭을 사용하고 있었으며, 각 계보나 파벌은 또 형식적이나마 몇 단계

의 수직구조를 가진 대중적 조직을 지향하고 있었다. 따라서 내막
을 알 리 없는 사람들에게는 서로 무관하거나 때로는 적대하고 있
기까지 한 단체들이 산발적인 활동도 공산당의 계속적이고도 반복
적인 활동으로 비쳤으며, 그 조직도 한 노동자로부터 조선공산당과
코민테른 동양부(東洋部)를 거쳐 모스크바에 이르는 치밀하고 거대
한 어떤 것으로 상상되었다.

그 같은 외양에 충분한 정치경험도 깊은 통찰력도 갖추지 못한
얼치기 지식인들이나 항일의 대의에는 무턱대고 열광하는 민중이
감탄하고 매혹당했다 해서 이상할 것은 하나도 없다. 그리하여 그것
이 마르크시즘의 이념적 우월 때문이라고 착각한다 해도.

이 문제에 대해서는 지정학은 역시 한 가지 원인을 밝혀줄 수 있
다. 미국이나 영국은 한 도피처는 되어도 현실적인 항일투쟁을 할
수 있는 거점으로서의 망명지는 되지 못했다. 지구를 반 바퀴나 돌
아야 하는 거리뿐만 아니라 이 땅의 독립운동에 대한 그쪽의 인식
도 낮았기 때문이었다. 이에 비해 만주나 시베리아는 바로 육로로
이어져 있어 망명이 손쉬웠고, 거리도 마음만 먹으면 국내로의 반
공(反攻)이 가능했다. 거기다가 중국은 오랜 종주권에, 그리고 소련
은 제정러시아시절의 이권에 대한 연연함이 은연중에 남아 있어 이
땅의 독립운동에 대한 인식도 높은 편이었다.

따라서 현실적인 투쟁을 위해서 또는 망명이 손쉬운 탓에 많은
지사(志士)들이 만주나 시베리아를 선택했는데, 대개의 경우 그 선
택이 그들의 이념도 결정하고 말았다. 시베리아에는 코민테른의 동
양부가 있었으며, 만주도 1930년대에 들어가면 항일투쟁은 대개

중국 공산당의 주관 아래 놓이기 때문이다.

따라서 순수한 민족주의자일지라도 현실적인 투쟁을 위해서는 공산주의를 동반이념으로 선택하지 않을 수 없었으며 그렇게 한 그들은 또 도태되지 않으면 공산주의자로서만 남았다. 미국이나 영국에서는 공산주의자로서 독립운동을 할 수는 없었던 것처럼 ─ 그렇게 지정학은 당연히 자유진영으로 기울었을 사람을 한줌 집어 거꾸로 공산주의에 보태준 것이다.

앞의 경우에서 입장을 바꾸어 생각해 본 셈이 될 테지만, 볼셰비키에 의한 민족주의의 확대수용도 이 땅의 정신적인 적화(赤化)에는 한몫을 단단히 했다. 제1차 세계대전이 터지고 오래잖아 정통을 자처하는 볼셰비키 이론가들은 낭패감에 빠졌다. '만국(萬國)의 노동자여 단결하라!'는 구호가 무색하게 각국의 노동자와 공산당은 계급의 형제와 당을 잊은 채 자기들의 조국만을 위해 싸웠기 때문이었다.

그러다가 1919년 독일과 헝가리에서 다시 한번 참담한 패배를 맛본 볼셰비키는 문득 눈을 후진 아시아 제국으로 돌렸다. 그들이 거기서 본 것은 한창 거세게 일고 있는 민족주의의 자각이었다. 그리고 그것이 자기들의 혁명수출에 유리하다는 판단을 내리자마자 그 민족주의에 재빨리 자기들의 이념을 접목시켰다. 반드시는 아니지만, 이 땅에서 종종 민족주의의 뿌리에 엉뚱하게도 공산주의가 맺히게 된 원인은 그러했다. 당면한 제국주의 침략으로부터의 해방이란 환상 속에.

탈주한 지식인의 혼란과 성급도 이 문제를 푸는 데 다시 한 단서가 될 것이다. 탈주한 지식인이란 구체제의 혜택으로 지식층에 편입되었지만, 그 무능과 부패에 반발하거나 실망과 좌절로 이탈한 자들을 말하는데, 이들은 반드시 새로운 충성의 대상을 찾아 헤매게되어 있다. 이 땅에 있어서도 개화 이래의 지성사(知性史)는 그대로탈주와 모색의 여정이었다 해도 지나치지는 않을 것이다.

그때 불행히도 새로운 충성의 대상이 될 후보가 너무 많았다는얘기는 이미 했다. 우리가 빠졌던 혼란과 성급에 대해서도. 하지만엄밀히 따져보면 결국 후보는 둘뿐인 셈이었다.

하나는 소시민을 거쳐 부르주아로 변신함으로써 구체제 아래서와 같은 번성을 누리는 길이었고, 다른 하나는 역사의 한 단계를 생략하고 바로 프롤레타리아에 가담함으로써 변혁에 따르는 계급적불리를 면하는 길이었다. 낙관과 비관의 차이는 있어도 대개가 소부르주아 출신인 이 땅의 지식인들에게는 둘 다 비슷한 의미를 가진 선택이었다. 기껏 구별을 한다면 하나가 유지라는 소극적인 목적을 가진 것에 비해 다른 하나는 잔존이라는 더욱 소극적 목적을가졌다는 정도일까.

정상적인 선택이었다면 당연히 첫 번째가 우세하거나 적어도 반반은 되어야 한다. 그런데 혼란과 성급에 빠진 이 나라의 지성은 이상하게도 역사의 한 단계를 생략하는 쪽에 더 많은 표를 던졌다. 이미 사회가 자본주의 단계로 돌입했다고 믿었거나 러시아식의 도약이론에서가 아니라 왜소한 잔존의 열망에서였고, 소영웅주의의 허풍 뒤에 숨은 그들의 심리도 다만 불안일 뿐이었다.

하기야 이해하려고만 든다면 그들의 그 같은 선택을 이해할 수 없는 것은 아니다. 러시아가 보여준 성공례는 이 땅의 프롤레타리아혁명을 역사의 필연으로 단정짓게 했고, 몰락해야 할 자본주의의 역할은 일본 제국주의가 맡아서 대행해 주고 있는 듯 느껴질 수도 있었다. 거기다가 아직 다음 시대를 주도할 계급은 제대로 형성되지 않아서 자신들이 모든 것을 벗어던지고 뛰어들기만 하면 쉽게 그 계급에 편입될 수 있으리라 믿었으며, 때에 따라서는 그들의 지도자로 우뚝한 환상에 잠기기도 했으리라.

실로 어설픈 조선판 도약이론이었다.

이념과는 좀 거리가 있지만, 미·소 두 나라의 군정이 이 땅에서 연출한 막후정책도 좌우의 세력균형에 영향을 주었다. 하지와 로마넨코의 차이로부터, 양쪽 군사고문단의 구성에 이르기까지 모든 것은 거의 북쪽에만 유리하게 되어 있었다.

미군정청과 남쪽의 다음번 정권담당자가 될 인물 사이에는 반목이 잦았던 데 비해 로마넨코 사령부와 북쪽의 다음번 정권담당자 사이에서는 일사불란한 협조관계가 이루어지고 있었다. 또 미군의 고문단은 구성원 대부분이 지도와 오래된 책 몇 권으로 이 땅을 알고 온 사람들이었으나 소련군의 고문단은 코민테른이나 동북항일연군시절부터 이 땅과 연관을 맺어 온 사람들이 여럿 섞여 있었다. 거기다가 더욱 중요한 것은 43인조로 알려진 로마넨코 사령부의 조선인 특무요원이었다. 소련은 그렇게 정권을 담당할 집단까지 예비해 온 데 비해, 미국은 오히려 현지 사정조차 밝지 못한 진주군 사령관에게 적임자를 문의하고 있었다.

그 같은 미소 양쪽의 대비는 남북의 정권성립 및 그 뒤의 역량 집중에서 곧 드러났다. 한쪽은 치밀하게 구상된 대로의 정권수립과 소련군의 무력에 터잡은 안정을 배경으로 단 5년 동안에 놀랄 만한 전쟁수행의 역량을 비축한 데 비해 다른 한쪽은 곡예와 다름없는 정권수립과 끊임없는 반대세력의 도전으로 갈팡질팡 세월을 허비하고 있었을 뿐이었다. 어떤 의미에서는 미국의 극동정책조차 갈팡질팡했다고 볼 수 있는데, 결과는 이 전쟁 초기에 북쪽의 압도적 우세란 현상으로 나타났다. 그런데 짐작이기는 하지만, 그 이전에도 그런 양쪽의 대비가 어렴풋하게나마 인민대중에게 느껴져, 그것이 이념 자체의 우월에서 원인된 것으로 오인될 수 있었을 것이다. 결국 이 땅의 정신적 적화에 보탬이 되는 오인으로.

그래도 아직 남은 게 있다. 상대방의 실수가 이쪽에 이득을 준 경우로, 북쪽이 특히 이득을 본 것은 이승만을 둘러싼 집단의 서두름 내지 이승만 개인의 지나친 권력추구 경향에서였다. 대다수 인민대중의 열망과는 달리, 해방 직후의 정세로 보면 양쪽의 단정(單政)은 처음부터 예정된 것이나 다름없었다.

일본 본토 진공(進攻)에 따르는 인명피해를 두려워한 나머지 미국이 소련에 대해 치른 대가 치고 38선은 아무래도 수고에 비해 지나쳤다. 하지만 방금 참혹한 대전을 끝낸 세계 각국의 분위기나 국내의 여건으로 보아 미국이 전쟁을 각오하고라도 포츠담에서 한 그 약속을 일방적으로 파기할 처지는 결코 못 되었다. 거기다가 남북 양쪽이 모두 정통성이나 인민대중의 지지기반이 엷은 세력들이 정치무대 중앙에 나서고, 특히 북쪽은 전국적인 선거로는 도저히 가망 없는 젊은 야심가가 사실상의 주도권을 잡음으로써 단정과 분단은 더욱 필연적이 되었다.

그 경우 모든 면에서 훨씬 다급해지는 것은 젊은 쪽이게 마련이다. 실질적인 투쟁경력이야 어떠하건 나이 하나만으로도 지명도나 신뢰감에서는 물론 정통성에까지 열세에 몰리게 되어 있기 때문이었다. 그리고 실제에 있어서도 그 같은 북쪽의 서두름은 증거가 여럿 있다. 이미 해당 이듬해에 젊은 야심가는 자기의 세력권 내에 있는 북쪽 지역을 국가라고 부르고 있으며, 1947년에는 북조선인민위원회란 헌법적 정권기관까지 조직하고 있다. 다만 남은 것은 단정수립(單政樹立)의 의사를 대외로 선포하는 것뿐이었다고도 할 수 있는 상태였다.

그런데 이승만과 그의 추종세력은 그 무슨 조급과 단견에서였던지 젊은 쪽의 결정적인 실수를 느긋이 기다리지 못했다. 이미 분단을 필연적인 것으로 파악했음에 분명한 그의 세련된 국제정치 감각에도 불구하고, 이승만 또는 단정수립을 서둘러 1948년에는 총선거란 형태로 대외에 공포하기에 이르렀다. 북쪽의 젊은 야심가에게는 그의 음험한 기도를 버젓이 대외에 드러내기에 더할 나위 없는 기회를 만들어주고 이승만 자신은 뒷날까지 이어질 분단과 책임을 거꾸로 도맡아버린 셈이었다.

하지만 사람을 쉽게 현혹하는 것은 언제나 사물의 본질이 아니라 외양이다. 이승만과 그의 추종세력이 조급과 단견으로 빚어낸 그 같은 결과는 많은 민족주의 색채를 띤 사람들을 이탈시켰으며, 거의 확보하고 있던 남쪽의 정통성까지 흔들어 놓고 말았다. 이탈한 사람들은 따로이 중도파나 협상파에 가담하기도 했지만 일부는 다시 공산당에 보탬을 주었다. 북쪽에서 보면 가만히 앉아서 얻은 반사적 이익이었다.

거기다가 이범석(李範奭)의 제거와 세력의 소외를 거쳐 김구(金九)의 암살에 이르면, 북쪽 젊은 야심가의 반사적 이익은 더욱 불어났다. 안으로는 명분이나 정통성의 부담 없이 파렴치한 권력추구의 길을 걸을 수 있고 밖으로는 상대로부터 다시 한 무리의 이탈자를 받아들여 자신의 힘에 보탤 수 있었기 때문이다.

하기야 북쪽에서도 이탈자가 없었던 것은 아니었다. 그러나 남쪽에 비해 일찍 확립된 지배체제와 철저한 사상통제 및 대중의 조직화로 해방 직후의 혼란을 틈탄 대규모의 월남행렬을 빼면 거의 성공적으로 그 이탈을 방지할 수 있었다. 따라서 정권의 불안정과 체제의 성격상 대중조직이나 사상통제에 힘을 쏟을 수 없었던 남쪽은 반사적 이득의 흡수경쟁에서 언제나 북쪽에 뒤질 수밖에 없었다.

이 또한 반사적 이익에 지나지 않겠지만, 남쪽의 미지근한 토지개혁과 친일파의 등용도 틀림없이 이 땅의 공산주의자들에게는 보탬이 되었다. 권력핵심이 대부분 땅에 이익기반을 갖지 않은 계층의 출신인 북쪽은 진작부터 무상몰수 무상분배라는 과감한 형태의 토지개혁을 실시했다. 남의 것을 빼앗아 남을 주는 일이므로 손쉬웠던 덕도 보았지만, 어쨌든 해방 후 여덟 달도 안 돼 완료된 그 토지개혁은 토지강매 기타 지주들의 농간을 막으면서 대부분의 땅

412

없는 농민들을 자영농으로 올려 세웠다.

하지만 국내 보수세력(특히 지주계급)의 지지가 절대적으로 필요했고, 또 실제로도 입법, 행정 양쪽이 모두 보수세력에게 장악되어 있다시피 했던 남쪽은 그렇지가 못했다. 그들의 토지개혁에는 제 것을 떼어 남에게 나눠준다는 의미가 섞여 있었기 때문이었다. 따라서 해방 후 5년 가까이나 미뤄져 지주들에게 온갖 농간의 기회를 준 뒤에야 실시되게 되는데, 그나마도 유상몰수에 유상분배와 가까운 불완전한 형태였다.

비록 농민대중의 적극적인 반항행동은 없었으나, 남쪽은 결국 토지로 농민들의 환심을 사기는커녕 실망과 불평만 거두어들인 셈이었다. 그리고 그 실망과 불평은 적극적으로 발전해 좌경화했건 소극적으로 움츠러들어 냉담한 무관심층을 형성했건 북쪽에게는 반사적 이익으로 돌아갔다.

친일파의 처리문제는 먼저 그 배경부터 살펴볼 필요가 있다.

종전(終戰)과 더불어 일본과 직접적인 이해관계가 없게 된 소련을 후견인으로 둔 북쪽은 친일파의 숙청에 자유로웠다. 그러나 일본과의 관계를 점령에서 밀월로, 그리고 나아가서는 동북아의 동맹자로까지 이끌려 하는 미국을 후원자로 가진 남쪽은 처음부터 친일파에게 그리 가혹할 수가 없었다.

거기다가 사태를 더욱 남쪽에게 불리하게 만든 것은 정권을 장악하기에 충분한 국내의 지지기반을 갖지 못한 이승만의 개인적인 필요였다. 그는 유난히 밝은 국제정치 감각으로 미국의 입장을 읽고 있었을 뿐만 아니라 친일파가 축적하고 있는 무서운 힘도 진작부터 알아보았다. 그리하여 자신의 필요가 절실해지고, 불안해진 친일파 쪽에서도 접근해 오자 서슴없이 그들을 받아들였다. 세계적인 일본의 고등경찰에서 닦은 수사기술과 그것이 곧 생존일 수밖에 없는 그들의 철저한 반공을 내세워 먼저 경찰에 흡수하고, 이어 일제가 흘린 착취와 수탈의 부스러기로 살찐 그들의 경제력으로 자신의 부족을 메우게 했다.

결과는 성공적이어서 과연 그들의 영도력에서도 국내의 지지기반에서도 반드시 제일인자라고는 할 수 없었던 이승만이 정권을 잡는 데 한몫을 단단히 했다. 그러나 인민대중의 반일감정에 크게 거슬리게 되는 것만은 피할 수 없었고, 그것은 곧 북쪽으로 보면 노력 없는 수입이 되었다.

사족(蛇足) : 아직은 공산주의자로서, 그리고 무엇보다도 엄연히 당증을 가진 당원으로서, 이 같은 분석을 하고 있는 자신이 처량하면서도 부끄럽고, 또한 비열하게까지 느껴진다. 하지만 나는 이제 공산주의자나 당원이기에 앞서 인간이고자 한다. 인간 중에도 삼천만이란 피붙이를 가진 조선인이고자 한다.

나도 한때는 앞서의 장황한 이유에서 비롯된 우리 집단의 외형적인 우세가 우리 이념이 가진 우수성에서 온 것인 줄 알았다. 나의 길은 어김없이 영광되고 그 도달은 영원히 기림을 받을 승리인 걸로 믿었다. 그런데 — 이제서야 겨우 진실이 보인다. 예외 없이 모든 당파는 그것이 권력을 추구하는 한 절대주의의 한 변형에 지나지 않음을 깨달음과 함께 이념이란 빵을 달라는 데 공허한 말씀을

내준 종교에 절망한 사람들에게 돌을 주며 빵이라고 우기며 내주
는 종교의 대용품임을 깨달음과 함께. 그리고 무엇보다 돌이킬 수
없는 몰락의 예감과 함께.

4

지금 우리들의 가장 큰 미망(迷妄)과 현혹은 이 전쟁이 이데올로기의 전쟁이라고 믿는 것이다. 아니다. 아니다. 세 번 아니다……. 어떤 인간의 행위를 지배하는 의식형태를 이데올로기라 부르기 위해서는 대략 네 가지의 구성요소를 필요로 한다. 그 첫째는 그들의 존재에 근원적인 의미를 부여해 줄 수 있는 가치체계이며, 둘째는 자신과 자신을 둘러싼 제 조건에 대한 현실적 의식을 주는 분석체계이며, 셋째는 믿음과 바람[願望]에 의해 자기 내부의 힘을 의지적으로 활성화시켜 줄 신념체계이며, 마지막으로 구체적인 사회 쟁점에 대한 수단 또는 태도로서의 선택도식이다.

물론 우리가 선택한 이데올로기 그 자체는 그 같은 요소들을 다 갖추고 있다. 그러나 그것을 받아들이는 의식과 자세는 결코 이데올로기적이 아니었고, 그 결과인 이 전쟁도 이데올로기전(戰)은 못

된다.

　수용주체의 의식이 이데올로기적이 못 된다는 이유로 이데올로기에 대한 이 나라 지식인의 접근태도가 마음속의 원망에도 불구하고 너무 이데아적이거나 반대로 지나치게 그 원망에 휩쓸려 오히려 몰이데올로기적이 된 데 있다. 이데아적 접근이란 이데올로기를 순수하게 내면적 관념으로 이해하고 받아들이는 태도로서 뜻밖에도 이 나라 지식인의 많은 부분이 여기에 속한다. 물론 그들의 내면에서도 유지나 잔존 희망이 작용하고는 있었지만, 이데올로기를 자신의 계급이나 신분, 기타의 사회적 기반과 긴밀하게 관련시켜 그 이해를 반영시키는 것으로까지는 파악하지 못한 쪽이었다. 이따금씩 이 전쟁에서 때묻지 않은 열정과 신성한 단순이 반짝이는 것은 전혀 그런 사람들 덕택이다. 그러나 그들은 결코 이데올로기의 주도권을 잡을 수는 없었고, 잡는다 해도 이데올로기적일 수는 없었다.

　몰이데올로기적 접근이란 이데올로기의 이해와 선택이 타산과 유용이란 형태를 띠는 경우를 말한다. 그들도 틀림없이 자기가 선택한 이데올로기의 가치체계를 말했으나 자신의 존재에 뜻을 주기 위함은 아니었으며, 그 분석체계를 활용했으나 자신을 둘러싼 사회적 제 조건을 인식하기 위함은 아니었다. 그 신념체계를 앞세웠으나 믿음과 원망에 따라 자기 내부의 힘을 의지적으로 활성화시키기 위해서는 아니었고, 그 선택도식도 자기 자신을 권유하는 데는 쓰이지 않았다. 그들은 그러한 제 요소를 다만 도구와 기술로, 특히 부화적(附和的)이고 충동에 잘 휩쓸리는 인민대중의 지지를 남획할 논리의 그물로만 사용했을 뿐이었다. 그들의 의식에는 이데올로기 그 자체보다 더 높은 주인이 있었으니 그것은 이기(利己) — 지키기 위한 것이건, 얻기 위한 것이건, 또 욕망이건 허영이건 — 였다.

그런데 이 땅의 이데올로기는 대개 이데아적 이해와 수용에서 출발하여 몰이데올로기적 자기추구에 주도권을 내주는 형태로 진행되었다고 볼 수 있다. 따라서 그런 이데올로기 상호간의 충돌은 결코 이데올로기적일 수가 없었다.

그럼에도 불구하고, 어김없이 이 전쟁이 이데올로기간의 전쟁이라고 믿기어지는 것 또는 믿기를 강요받게 되는 것은 다만 그렇게 주장함으로써 이득을 얻게 되는 자들의 대중조작에 지나지 않는다. 그 이익이 사리를 위해 동족에게 지은, 시간이 씻어줄 수 없는 죄를 은폐하는 것이건 사감을 위해 동족에게 한 비열한 복수나 잔학행위를 미화하는 것이건.

이 전쟁에 대해 우리가 갖기 쉬운 또 하나의 미신은 이것이 우리들의 전쟁이라고 믿는 것이다. 현실적인 가해자와 피해자가 모두 우리들 자신이며, 지리적 공간이 이 땅이라는 점에서는 틀림없이 그렇게 말할 수 있다. 그러나 — 지금쯤은 많은 사람들에게 자각이 일고 있으리라 짐작되지만 — 그 둘을 빼면, 이 전쟁은 결코 우리들만의 전쟁일 수는 없다. 좀 더 가혹하게 말하면 우리들은 애초부터 불행한 대행자였을 뿐이다.

대륙과 해양의 세력이 충돌하는 반도란 위치는, 어느 한쪽의 발흥으로 세력권의 재편성이 요구되는 시기에는 언제나 전란의 위험을 안게 된다. 특히 그런 현상은 해상교통의 발달로 바다란 것이 대규모의 무력을 수송하는 데 그리 큰 장애가 되지 못하게 되면서 더 빈번해져, 우리는 이미 16세기에 이 전쟁의 한 원형을 볼 수 있다.

그때 동북아시아에서 대륙의 세력을 대표하는 것은 명(明)이었고, 해양세력을 대표해 새로이 발흥한 것은 일본이었다. 그것이 동양인의 주관에 불과하더라도 지난날 세계의 문화권이 중국을 중심으로 편성되어 있을 때, 일본은 그 중심에서 먼 탓에 후진에 머물러 몇몇 산발적인 예외로 빼면 동북아시아의 정치사에 별로 영향을 미치지 못했다. 그러나 세계사의 중심이 서구로 이행하자 이번에는 바다를 통해 거꾸로 그 중심에 가까워진 일본은 선진의 길을 찾았다. 그리고 거기서 힘을 기른 일본이 동북아시아의 재편성을 요구하고 나선 게 이른바 임진왜란이었다.

서글프게도 그 전쟁은 뒤로 갈수록 오늘날의 이 전쟁과 비슷한 양상을 보여준다. 한차례 밀고 밀리기를 한 뒤에 보면, 이 땅에서 벌어지고 또 가장 큰 고통과 피해를 입고 있는 것은 우리였으나, 전쟁은 어느새 우리의 것이 아니었다. 싸움의 주력도 우리가 아니었고, 휴전과 화평도 그들 둘 사이에서만 논의되었다.

거기다가 더욱 놀라운 것은 그때 이미 이 땅의 분단이 획책되고 있었던 점이다. 풍신수길(豊臣秀吉)은 화평의 조건으로 조선의 8도 가운데에서 4도의 할양을 요구하고 있는데, 만약 그대로 화의(和意)가 이루어졌다면 그 분단선이 오늘날의 38선과 크게 다르지 않았을 것이다. 바꾸어 말하면 38선의 원형이 19세기 말 서구 열강의 구상에서 나온 것이 아니라 3세기를 더 거슬러 올라가야 하며, 거기서 우리는 이 전쟁의 원형까지도 아울러 볼 수 있는 셈이 된다.

그리고 그 사정은 세월이 흘러도 크게 호전되지 못했다. 5년 전에는 중국을 위해 일본과 싸우고(태평양전쟁) 이제는 거꾸로 일본을 위해 중국과 싸우는 미국의 묘한 아이러니가 있기는 하지만, 지금이 전쟁에서 볼 수 있는 것 또한 대륙과 해양의 충돌임을 부인하기 어렵다. 따라서 이 전쟁은 이미 오래전부터 조짐을 보인 지정학적인 운명을 마침내 극복하지 못한 비탄과 치욕만이 우리의 것일 뿐 진정한 의미로서 우리의 것은 아니다.

앞서와는 달리, 이 전쟁의 중요한 원인 또는 성격이면서도, 전혀 의식되지 못하거나 의식되도 무시되는 게 하나 있다. 그것은 남과 북이 지역전쟁이라는 점이다. 이데올로기의 목소리가 너무 높고, 외세의 역할이 너무 커서 그렇게 된 것일 테지만, 어쨌든 그 같은 특성을 무시하고 이 전쟁을 이해하려는 데서 터무니없는 추상화나 왜곡이 일어나고 있는지도 모를 일이다. 대략 38선을 경계로 남과 북은 여러 가지 면에서 서로 대비된다. 역사로 보면 북이 고구려의 고토(故土)인 데 비해 남은 신라와 백제의 고토이고, 지형도 북은 산악과 고원이 대부분인 데 비해 남은 야산과 평야가 많다. 산업에서도 어느 정도의 대비는 인정된다. 남쪽이 농업과 경공업에 앞선 데 비해 북쪽은 임업, 광업, 중공업이 편중돼 있다.

그러나 무엇보다도 남과 북이 대비가 되는 것은 정치사의 측면이다. 묘청(妙靑)의 난 이래 이 땅의 정치권력은 사실상 영남(嶺南)과 기호(畿湖) 지방의 정영(精英)들에게 독점돼 왔고, 이성계도 출신을 굳이 전주(全州)로 밝혀 남쪽에서 지지기반을 구하고 있다. 이에 비해 흔히 서북인(西北人)으로 묶여서 불리는 북의 정영들은 극히 소수의 예외를 빼면 언제나 소외된 자의 울분 속에 권력의 조연만 담당했을 뿐이었다. 기질도 사뭇 달라 남쪽이 숭문(崇文)에 가깝다면 북쪽에는 상무(尙武)의 전통이 은연중에 살아 있었고, 또 처세에 있어서도 남에는 어딘가 해양적인 유연성이 있는 반면 북에는 대륙적인 직정(直情)이 자주 엿보인다.

그리고 그 같은 대비는 인민대중에게도 파급되어, 남쪽은 양민층의 과거열(科擧熱)처럼 성취의 희망에 바탕한 권력지향으로 나타나는 반면 북쪽은 종종 좌절과 소외감에서 비롯된 반역의지로 나타났다. 조선의 반란 가운데서 조직적 군사행동을 수반한 것으로는 오직 그뿐이라고 할 수 있는 두 번의 반란 — 이괄(李适)의 난과 홍경래(洪景來)의 난 — 이 모두 북쪽을 근거로 했다는 것은 우연이라고만 할 수는 없을 것이다.

그런데 만약 이 전쟁에서 양쪽이 떡칠하듯 바른 이데올로기의 분식(粉飾)을 벗겨내고 양대 세력의 충돌이라는 국제정치의 측면을 빼면 바로 그 같은 남북의 대비뿐이다.

우선 양쪽의 권력핵심은 한결같이 그 지역 출신으로 되어 있다. 남쪽 출신으로 월북한 사람도 있고 북쪽 출신으로 월남한 사람도 있으나, 그들은 어느 쪽에서도 권력핵심에 도달하지 못할 것이다. 남로당 요원의 중앙당 편입이나 월남한 우익의 장성 기용은 얼른 보아 권력핵심에 접근한 것 같지만, 어느 쪽도 끝내 중요한 정책결정의 자리까지는 이르지 못하게 되어 있다. 한마디로 남쪽은 어디까지나 남쪽출신의 정권이고, 북쪽은 또한 북쪽출신의 정권일 뿐이다.

지나친 비약이 될지는 몰라도, 양쪽이 의지하는 인민대중 역시 그 같은 남북의 대비와 무관한 것 같지는 않다. 북쪽은 광업이나 중공업 등 그 종사자의 프롤레타리아적 요소를 기르는 산업이 있었던 반면 남쪽에는 그런 요소를 약화 내지 차단할 산업들이 많았다. 남쪽 특히 서울이 오랫동안 이 땅의 정치·문화·경제의 중심이 되었던 까닭에, 자라난 교육·금융·교통 기타에 종사하는 화이트칼라층, 경공업이기에 가능한 중소기업가군과 그 간부층, 중소상인, 자작농 등이 제법 두꺼운 중산층을 이루어 원래 있던 대지주 및 상업자본가 세력과 함께 은연중에 북쪽과는 좀 다른 사회의 기반이 됐으리라 추측해 반드시 틀릴 일도 없기 때문이다.

어쩌면 한쪽은 대륙에 이어져 있고, 한쪽은 바다로 열려 있다는 지정학적인 원인보다 그 같은 대비가 북쪽에는 무산계급의 이익을 표방하는 정권이 그리고 남쪽에는 유산계급의 보호를 앞세운 정권이 들어서게 된 데 대한 보다 현실적인 설명이 되는지도 모른다. 또한 똑같은 이유에서, 만약 이 전쟁을 군이 우리의 것으로만 하고 싶다면, 남북전쟁으로밖에는 달리 말할 수 없다는 결론도 가능해질 수 있는 것이다.

동지들(아직도 내가 당신들을 이렇게 부름을 용서하라), 이렇게 나는 이념의 천상에서 빛나는 논리의 환상과 거룩한 말씀의 향내에 싸인 채, 피의 제전을 집전하고 있던 당신들 및 당신들의 적을 이기(利己)의 진흙탕에서 피투성이 싸움을 벌이고 있는 권력의 이리떼들로 몰아붙였다. 위대한 사상의 조국, 친애하는 형제당(兄弟黨)을 당신들의 적이 혈맹우방이라고 부르는 자들과 마찬가지로 신제국주의 또는 신식민주의의 한 형태로 암시했으며, 당신들은 그런 그들의 한 무력한 꼭두각시로 인상지어지도록 논리를 끌어갔다. 그리고 유일하게 당신들 몫으로 남겨준 이기마저도 지역감정까지 끌어대어 격하시킴으로써, 당신들의 성전(聖戰)을 갈 데 없이 왜소하고 볼품없는 내란으로 규정하려 들었으며 당신들과 당신들의 적을 한층 초라하고 비열한 야심가의 무리로 몰아가고 있다.

틀림없이 당신들은 분개하고 격렬한 증오에 빠질 것이며 자칫하면 지금까지의 적들과 손을 잡더라도 이 같은 종류의 논의를 말살하려 들지도 모르겠다. 하지만 불행히도 당신들의 주장을 인정해준다고 해서 사태가 당신들에게 반드시 유리할 것만 같지는 않다. 이 전쟁이 위대하고 정의로운 이념을 실현하기 위한 역사적 필연이라고 치자. 새로운 세계를 건설하기 위해, 낡고 불합리한 세계의 유지를 고집하는 반동들을 쓸어내기 위한 민족적 성전이라고 해도 좋다. 그래도 문제는 여전히 남는다. 바로 이념 그 자체, 당신들의 모든 주장에 바탕이 되는 그 이데올로기의 정당성이다.

먼저 살펴보고 싶은 것은 이념 일반이다. 당신들은 흔히 당신들의 이념을 위해서라면 스스로를 바칠 것을 자랑스레 맹세한다. 무엇이든 희생하고 양보함이 옳음을 반동들의 신앙보다 더 굳건하게 지닌다. 그러나 무엇을 위해 죽겠다는 것은 그 무엇을 가로막는 자를 죽일 수 있다는 뜻이다. 무엇을 위해 바치겠다는 것은 그 무엇을 가로막는 자로부터 뺏을 수 있다는 뜻이며, 양보하겠다는 말은 양보를 강요할 수도 있다는 뜻이다.

참으로 무시무시한 권능의 창출이다. 그렇지만 당신들의 주관적인 각오나 맹세는 그처럼 무시무시한 권능을 당신들에게 주지 못한다. 기댈 것은 오직 이념 그 자체뿐일 것이나 ― 세상에는 그런 대단한 권능을 줄 수 있는 이념이 있을 리 없다.

원래 이념 그 자체는 인간의 보다 나은 삶을 위한 고안에 지나지 않고, 따라서 그것은 다른 여러 고안들과 마찬가지로 인간을 위한 도구 또는 수단의 성격을 띤다. 그런데 그 이념을 위해 인간이 희생되거나 양보가 강요된다면 그 얼마나 어처구니없는 주객전도가 될 것인가, 목적이 수단을 위해 고통받고 학대당해야 한다면.

미래의 행복이 현재의 비참과 불행을 보상해 주리라는 약속을 하고 있지만 그것은 이미 종교가 수천 년에 걸쳐 써먹은 낡은 속임수이다. 당신들이 그토록 미워하고 부정해 온 법왕(法王)과 사제(司祭)들은 바로 그 속임수로 순교자를 만들고 마녀재판을 했으며 피비린내나는 종교전쟁도 일으켰다. 종교가 연출한 인간소외의 형태 중에도 가장 극단한 그 모든 것을.

보상의 확실함과 충분함을 내세운다 해도 나아질 게 없기는 마찬가지다. 죽은 자에게는 영원히 보상하지 못하며, 산 자에게도 충분할 수는 없다. 혁명의 이튿날 아침에 사람들은 언제나 허망한 기분에 젖어 깨닫곤 했다. 얻은 것은 말[言語]뿐이며 뒤엎은 것은 신조와 인물뿐이었다고.

거기다가 기억하라. 우리가 진화를 시작해 온 이래 죽은 동료의 고기를 뜯어먹거나 그대로 내버리지 않고 흙 속에 묻어주게 되는 데도 백만 년이란 긴 세월이 필요했다는 것을. 간음한다는 게 죄악이라는 것을 인류가 깨달은 지도 벌써 수천 년이 되었지만 아직도 간음은 남아 있다. 그런데 소유가 악습이란 걸 명확하게 깨달은 지는 이제 겨우 얼마나 되는가. 제도의 변경이 과연 얼마만한 세월을 절약할 수 있을 것인가.

철학은 세계를 해석하는 것인가, 예언하는 것인가, 변혁하는 것인가 ─ 이 같은 물음에 대해 아무리 들뜬 사유라 할지라도 둘 이상을 그 답으로 고르기는 어려울 것이다. 예언과 변혁은 얼른 보아 한 끈에 이어진 관념 같으면서도 실은 서로 어긋남을 알아볼 수 있기 때문이다.

물론 모든 혁명이론에는 예언적인 요소가 있다. 그러나 그것은 '예언적'일 뿐이지 예언 그 자체는 아니다. 진정한 예언은 그 어떤 도움도 필요로 하지 않고 이루어지게끔 되어 있는 확정성을 가지고 있다. 거기에 비해 혁명이론에 포함된 예언적 요소는 불확정적인 것으로, 오히려 그 때문에 혁명의 필요성이 도출되는 반 토막 예언이다.

그런데 마르크스는 예언자인 동시에 혁명가이고자 했다. 그의 추종자들에게 믿기어지고 있는 것처럼 그의 예언이 필연성을 띤 것이라면 혁명의 선동이나 고취에 대한 그의 주장은 아무런 쓸모가 없거나 터무니없는 조급을 드러내 줄 뿐이다. 마찬가지로, 만약 그가 권유하는 혁명이 그토록 우리에게 절실한 것이라면 이번에는 그가 애써 필연성을 증명해 보인 예언이 거짓이거나 한 방편일 뿐이다.

따라서 냉철한 이성이 그 상반된 논리의 결합에서 기대할 수 있는 것은 언제나 택일적이다. 즉 예언 부분에서 종교적인 위안을 얻거나 나머지 부분에서 과격하면서도 효과적인 혁명이론을 얻는 것뿐이다. 만약 둘을 한꺼번에 꺼안으려 한다면, 그것은 불합리한 종교의 초기단계에서 흔히 보는 조급한 열정과 맹신의 결합에서만 가능할 것이다.

그런데도 마르크스의 명석한 사변이 양쪽에 똑같은 무게를 주고 있는 것은 무엇 때문이었을까.

〈자부심을 가진 행동인들아, 잘 들어라. 너희들은 너희들에게 그 어쩔 수 없는 사명 맡겨준, 가장 은밀한 곳에 숨어 있는 사상가들의 무의식적인 도구 외에 아무것도 아니라는 것을. 로베스피에르는 장 자크 루소의 단순한 손에 불과했노라…….〉

어떻게 성악(性惡)의 나무에서 성선(性善)의 열매를 거두는 일이 가능하겠는가.

프롤레타리아혁명을 역사적인 필연으로 만드는 것은 부르주아 사회의 성악적인 요소들이다. 다시 말해 자발적이고도 능동적인 회개나 점진적인 개선의 여지가 전혀 없는, 극단한 탐욕과 부패와 잔혹 따위, 인간 본성의 가장 추악하고 부정적인 면만이 부르주아사회의 특성으로 되어 있다.

한편 이상적인 공산사회의 실현을 보장하는 것은 그 구성원인 프롤레타리아의 절대적 성선이다. 한 가지 예로, 자신의 기본적 필요를 제외한 나머지는 다른 사람에게, 그것도 경우에 따라서는 생산에 거의 공헌하지 못한 사람에게까지, 나누어 줄 수 있는 자비로

426

운 심성이 구성원 모두에게 공통되지 않는 한, '각자의 능력에 따른 분배에서 각자의 수요에 따른 분배로!'라는 구호는 아마도 그 실현이 무척 어렵거나 불가능할 것이다.

그런데 부르주아니 프롤레타리아니 하는 구분은 인간의 본성에 따른 구분이 아니다. 똑같은 본성을 지니고 태어났으나 환경, 개인적 능력, 사회제도, 행운 따위 여러 가지 원인에 따라 한쪽은 부르주아가 되고 한쪽은 프롤레타리아가 되었을 뿐이다. 즉 그들은 인간이란 점에서 서로 동일한 것처럼 본성에 있어서도 동일하다.

그렇다면 혁명은 무슨 마법의 용광로인가? 전날 밤까지도 성악적이었던 인간들을 혁명의 아침에 일제히 성전적으로 바꾸어놓을 기적이라도 일으킬 수 있단 말인가?

하기야 거기에 대한 답이 전혀 없는 것은 아니다. 먼저 가능한 것은 혁명을 통하여 부르주아적 요소를 절멸시킴으로써 사회를 성선의 원리에만 지배받게끔 할 수 있다는 대답이다. 얼른 들으면 그럴듯하지만, 따지고 보면 그 대답은 부르주아와 프롤레타리아의 구분이 인간 본성에 따른 구분이란 말과 크게 다르지 않다. 더구나 같은 인물이 부르주아에서 프롤레타리아로 굴러떨어지거나 프롤레타리아에서 부르주아로 올라서는 예가 드물지 않음을 상기하면 그 난점은 더욱 커진다.

다른 하나는 혁명의 교육적 효과를 통해 인간의 성악적 요소들을 제거할 수 있다는 대답이다. 하지만 비록 혁명을 통한다 해도 교육이 인간의 본성을 바꿀 수 있다는 데는 제법 많은 논의의 여지가 있다. 기독교의 교육이든 부르주아의 교육이든, 또 그 방법이 혁명적이든 아니든, 그것이 교육인 한 인간 본성의 성악적 요소를 부추기는 예는 찾아보기 힘들다.

분배 하나만을 보더라도, 기독교의 한 이상적인 시대라 할 수 있는 초기의 사도시대(使徒時代)는 분명 수요에 따른 분배를 강조하고 있었으며, 부르주아 교육에서도 철저하게만 이루어지면 수요에 따른 분배와 같은 결과가 될 수 있는 자선이나 구휼은 최상의 덕목 가운데 하나로 강조돼 왔다. 만약 그런 교육이 본성의 변화를 가져올 수 있었다면 프롤레타리아의 혁명은 새삼 필요하지 않았을 것이다.

이렇게 되고 보면 마지막으로 남을 수 있는 대답은 인간에게 성선을 강요할 수 있게끔 혁명이 고안하는 사회적 장치이다. 중요한 것은 교육이 아니라 그것을 실천하는 인간이란 점으로 보면 가장 온당한 답이 되지만, 그리고 마르크스가 사회주의 혁명의 한 필연적인 단계로 설정한 프롤레타리아 독재에도 그 뜻이 암시되어 있는 듯하지만, 문제는 여전히 남는다. 그때는 반드시 감시와 통제의 장치가 포함될 것인데 ― 누가 감시인을 감시할 것이랴. 누가 통제자를 통제할 것이랴.

성악설과 비관론에 의지해 해석한 현실세계에다 성선설과 낙관론만으로 구성한 미래사회를 접합시키려는 노력의 이 황당함.

〈야만인이 자기 욕구를 충족시키며 생존하고 번식하기 위해 자연과 더불어 싸워야 하듯이 문명인도 그래야 한다. 인간은 모든 형태의 사회 안에서, 생산의 모든 가능한 형태 안에서 그렇게 하는 것을 계속해야 한다.

이 필연의 왕국은 그 발전과 함께 팽창하며 인간의 요구 영역도 그렇다. 그리고 그에 따라 그 같은 요구를 충족시키는 생산적 힘들도 팽창한다.〉

〈생산자에 대한 생산의 지배가 없어질 때 인간은 처음으로 그 자신의 사회적 환경의 주인이 됨으로써 자연의 의식적이고 진정한 주인이 된다. 그때에 이르러서야 비로소 인간은 완전한 의식을 가지고 자신의 역사를 만든다.〉

〈인간의 관념, 견해, 개념, 즉 한마디로 말해 인간의 의식이 그의 물질적 생존조건, 사회관계, 사회생활의 변화에 따라 함께 변한다는 사실을 이해하는 데 그 무슨 깊은 예지가 필요하겠는가.

정신적 생산이 물질적 생산의 변화에 따라 그 성격을 달리한다는 사실 외에 그 무엇을 사상사(思想史)는 증명하고 있단 말인가.〉

그리하여 마침내 사적 유물론에 이르는 마르크스의 그 같은 진술들은 어쩌면 자신의 경제 콤플렉스의 고백이나 아닌지. 좀 더 가혹하게 말한다면 그의 방대한 저술 전체가 그대로 거대한 경제 콤플렉스의 체계화가 아닌지.

그것이 흔들림 없는 자신의 믿음이었건, 아니면 물질의 중요성을 강조한 비유였건 간에, 물질이 의식을 낳는다는 그 유명한 말에 대해 적어도 마르크스 자신만은 근거를 제공하지 못했다. 틀림없이 그의 의식 — 천재와 박학을 포함하여 — 은 당대의 최고 수준이었으나 그 의식을 산출한 그의 물질적 환경은 그리 이상적이지 못했기 때문이다. 두 자녀가 차례로 굶어가는 가혹한 물질적인 조건 속에서도 그는 고매한 탐구와 빛나는 이념의 창안에 몰두해 있었다. 만

429

약 정말로 물질이 의식을 지배한다면 그는 굶주리는 처자를 위해 서재를 빠져나갔어야 했다. 그 당시의 명성과 지식만 해도 그를 사로잡고 있던 어두운 열정만 아니었던들 처자를 위한 빵을 벌기에는 충분했었다.

바꾸어 말하면, 적어도 그 자신에 관한 한, 물질이 의식을 지배하거나 창출하기는커녕 그리 큰 영향조차 미치지 못했다. 그 혹독한 빈곤의 시절에 물질이 그의 의식에 준 영향은 기껏 '망명중 불면의 밤'이란 결코 프롤레타리아적이 못 되는 형태였다.

지도자는 민중 속에서 태어나고 그들의 지지에 의해 성장하지만, 권력을 추구하는 한 그 속성은 반드시 민중을 배반하게 되어 있다. 그가 한번 맛본 권력의 미각은 그를 부패나 탐욕과 잔혹 같은 권력의 치욕으로 이끌지언정 실천하기 어렵고 실천해도 자신에게는 별 이득이 없는 초기의 이상으로 돌려보내는 일은 드물기 때문이다.

그런데 이 철칙이 프롤레타리아 독재에서만은 예외적으로 통하지 않는다는 마르크스의 단언은 또 무슨 성선의 미망일까. 노동자의 국가는 무슨 하늘에라도 세워진 신성왕국이며, 그 구성원은 모두 불합리한 인간감정과 잡다한 세속의 욕구를 초탈한 성인들이라도 된단 말인가.

바쿠닌은 일찍이 지적했다. 프롤레타리아 독재에서 국민의 대표나 통치자는 물론 노동자계급이지만, 그들은 한번 그렇게 선출되기만 하면 그때부터 노동자이기를 그치고 말 것이라고. 그들은 국가의 높은 자리로부터 모든 노동자들의 평범한 세계를 내려다보기 시작하며, 대변하는 것도 민중이 아니라 자기자신에 불과하리라고.

그때 마르크스는 그렇게 세워진 노동자국가의 행정기능에 대한 바쿠닌의 무지를 지적함으로써 자신의 주장에 대한 옹호를 대신했다. 아마도 그는 프롤레타리아 독재국가의 행정기능에서 그 같은 '지도자의 이반(離反)'을 막는 특수장치를 기대했다기보다는, 통치기능이나 권력의 약화에 어떤 믿음을 가지고 있었음에 틀림없다. '관리만 남는 통치' 또는 '시들어갈 국가' 따위 사회주의의 최종 상태로 가기 위한 단계로서의 독재이므로.

하지만 이미 사회주의국가가 모습을 드러낸 지 수십 년이 지났으나 통치기능 또는 권력이 약화되었다는 증거는 찾아볼 길 없고, 한번 권력핵심에 편입되었던 노동자가 의식에서건 실제로건 다시 옛 동료에게 돌아간 예도 숙청의 한 형태로밖에는 찾아볼 길이 없다.

아마도 바쿠닌이 프롤레타리아 독재의 성격을 잘못 이해한 것이라기보다는 마르크스가 권력의 본질이나 인간의 본성을 잘못 이해한 것임에 틀림없다.

반(反)의 반(反)이 곧 정(正)일 수 없는 논리의 결함을 보완하기 위해 찾아낸 것이 합(合)이 아닐는지. 끝없는 부정의 순환에 지친 지성이 한 결과의 매듭을 설정하려고 한 게 변증법이 아닌지. 하지만 그렇다 할지라도 매듭이 하필이면 우리 세기에 와서 지어지게 된 까닭은 어디에 있는지. 만약 그 매듭이 영구적인 것이 아니고 무한히 반복된 변증법의 한 고리[環]에 지나지 않는다면 그 고리 하나를 서둘러 완성짓기 위해 이렇게 끔찍한 고통과 희생을 지불해야

431

할 필요는 무엇인지.

　이기적인 사람들이 '자유로운' 사회에 이른 뒤에 노동을 거부할 때 가해진다는 '도덕적 압력'의 정체는 무엇일까. 그들이 끝내 파렴치하게도 그 도덕적 압력마저 받아들이지 않을 때, 아나르코 콤뮨이 취할 수 있는 수단은 무엇일까 — 크로포트킨의 침몰은 그 같은 물음에서 시작된다. 하지만 그 물음은 마르크스의 '이상적인 사회주의 세계'에도 여전히 남아 있다.

　'통치는 끝나고 관리만 남으며', '국가는 폐지되는 것이 아니라 저절로 시들어 죽은' 뒤에도 이기적인 사람들이 있어, 노동을 거부하거나 사유를 부활시키려 든다면 사회가 그에게 취할 수 있는 수단은 무엇일까. 더 이상 독재할 프롤레타리아도 남아 있지 않고, 경찰도 군대도 사라진 뒤에.

　기독교의 해묵은 유심론(唯心論)과 근대이성론의 유심론적 경향, 그리고 대륙의 관념철학에 유럽의 지성이 지치고 싫증나 있지 않았던들 마르크스의 사적(史的) 유물론(唯物論)이 그토록 신선한 충격을 줄 수 있었을 것인가. 철없고 무분별한 초기 자본주의의 터무니없는 시행착오가 없었던들 프롤레타리아 독재가 그토록 대중의 귀를 솔깃하게 할 수 있었을까.

　마르크스의 난점들은 지금까지만 해도 충분히 지적되어왔고 앞으로도 그 적들에 의해 끊임없이 토의되고 지적될 것이다. 그리고 처음 그를 그토록 득의하게 했던 '뒤에 온 자의 이익'은 이제 '먼저 간 자의 불리'로 완전히 거덜날 때까지 되돌려주어야 할 것이다.

그러나 마르크스의 더 큰 비극은 오히려 그 내부에 있다. 이제 그가 되살아난다 해도 그가 살아갈 수 있는 곳은 여전히 자본주의 국가의 빈민굴일 뿐이다. 진정으로 그의 가르침에 감동하는 것도 사회주의 국가의 권력 엘리트가 아니라 자본주의 국가의 소외된 지식층이거나 야심적인 몽상가들 쪽일 것이다. 만약 그가 사회주의 국가에 태어난다면 틀림없이 자기 주장의 많은 부분을 철회하거나 수정해야 할 것이며, 끝내 그것을 거부한다면 그를 기다리는 것은 어이없게도 처형대뿐일 것이다. 죄목은 반혁명 또는 반마르크시즘.

하기야 마르크스 자신도 일찍부터 그런 비극의 예감을 가지고 있었던 것 같다. 그는 이미 백 년 전에 말했다.

"인민이라는 단어가 민주정체론자(民主政體論者)들에 의해 한낱 공허한 구호로 사용되고 있는 것과 같은 방식으로 이제 프롤레타리아라는 단어가 사용되고 있다."고.

그리고 만년에는 스스로 선언했다.

"나는 마르크시스트가 아니다!"라고.

5

아들에게.

성장에 그리 좋지 못했을 환경이나마 양육이 필요한 시기에 절
반밖에 곁에서 돌보아주지 못했고, 부조(父祖)로부터 물려받았기에
당연히 네 몫도 포함되어 있었던 기존의 혜택조차 아비의 잘못된
선택으로 잃어버리게 된 훈(勳)이에게, 또는 두 돌도 겨우 지난 걸
버리고 와서 아비란 어른들의 수근거림 속에만 사는 망령이거나,
기껏해야 정액 몇 방울의 의미로만 남게 될 철(哲)이에게. 아니 어쩌
면 이 같은 아비의 존재는 천형(天刑)과도 같은 삶에서의 불리가 되
고, 그리하여 이윽고 이 아비의 기억은 혐오와 분노의 형태로만 남
게 될 너희 둘 모두에게.

아비가 처음 이 위험천만하고 자칫하면 이것만으로도 바로 파
멸에 이르게 될 단상들을 체계나 순서 없이 수첩에 끼적이기 시작

434

한 것은 벌써 2년 전부터였다. 짐작하겠지만, 그때 이미 내 삶은 돌이킬 수 없는 실패의 길로 접어들고 있다는 자각과 아울러 어떤 비극적인 결말이 서서히 다가오고 있는 듯한 예감에 젖어들고 있던 것이다.

그러다가 서너 달 전부터 나는 그 단상들에게 어떤 체계와 순서를 주게 되었다. 아마는 앞서 말한 예감이 더욱 절박한 형태로 내게 어떤 조급을 일으킨 탓이었다. 나는 이 노트에서 내가 빠져들게 된 이 비극을 객관화함으로써 비록 그것이 정연하고 정확하지는 못하더라도 이 시대의 총체적인 모습을 개괄해 보려고 했으며, 또한 가능하다면 그 대안과 함께 자신의 합리화 또는 빠져 있는 모순에서의 탈주까지 모색하려 했다. 따라서 내가 먼저 힘들여 분석하고 비판하려 했던 것은 우리 근대사에서 어느 정도 보편된 이데올로기적 사회상황과 의식주체의 주관적 정황 및 수용태도, 그리고 내가 몸담게 된 이 체제의 이상과 거기에 대응된 현실이었다.

하지만 생각보다 빨리 날은 다 되었고, 나는 이미 막다른 골목에서 꼼짝없이 죄어드는 비극적인 결말과 마주하고 섰다. 이제 내게는 자기부인과도 다를 바 없는 그 절망적이고도 괴로운 노력마저 감상적이고 사치롭게 되어버린 셈이다.

새삼 이 노트의 앞부분을 들춰보면 내 원래의 구상에서 크게 두 부분이 부족하거나 빠졌음을 알 수 있다. 하나는 내가 몸담고 있는 이 체제의 이상적 측면인 마르크시즘에 대한 분석과 비판으로, 거기에 대해서는 몇 개의 추상적인 의문뿐 구체적이고도 체계적인 비판과 분석은 빠져 있다. 조금 있다 해도 그것은 다만 마르크스 한 사람에 대한 것뿐, 러시아에서 있은 레닌적 변용은 물론 지금 이 땅에서 완연한 조짐을 드러내고 있는 아시아적 왜곡에 대해서는 전혀 논의되지 않고 있는 것이다.

다른 하나는 이 체제의 현실적 측면에 대한 분석과 비판이다. 지난 8년 동안 이 땅에서 일어난 개혁과 변화를 통해 살필 수 있는 이념실천의 가능성과 그 아래 살고 있는 인민들의 의식 및 실상에 관해 나는 아직 그 허두조차 꺼내지 않았다.

사실 나에게는 둘 다 가장 절실하고 쓰라리면서도, 악의와 원한에 차 분석하고 비판해야 할 부분이지만 어떻게 보면 오히려 그 때문에 손을 늦추었다가 오늘에 이른지도 모르겠다. 설령 내게 충분한 시간이 주어진다 해도 아마 그 부분은 계속하여 미뤄졌으리라. 왜냐하면 거기에 대한 분석과 비판은 원래도 내 몫이 아니었거니와, 설령 내가 한다 하더라도 무용(無用)하거나 자칫 의심만 살 것이기 때문이다.

내 몫이 아니라는 것은 그 부분을 맡아야 할 사람들이 따로 있다는 뜻이다. 이 세기가 그대로 인류의 지성사에 마지막 세기이고 마르크스가 또한 그 마지막 봉우리가 아닐진대, 앞으로도 이 사상에 대한 대항 이데올로기와 대항 엘리트는 수없이 생겨날 것이고, 또 나처럼 주관적인 악의와 원한에 얽매이지 않은 그들의 분석과 비판은 그 때문에 오히려 철저하고도 정확할 것이다. 나는 내 실패의 본보기로 충분하며, 쓸데없이 내 사적인 악의와 원한까지 전해 그들의 냉정한 논의를 방해하고 싶지 않다.

설령 내가 절제와 극기로 사감을 억누른다 해도 역시 그 논의가 무용하리라는 것은 아직 내 마음속에 확고한 대안이 서 있지 않기 때문이다. 대안이 없는 비판은 통상 불평에 지나지 않는다. 하기야 손쉬운 대안은 우리의 오랜 대항 이데올로기인 이른바 자유민주주의가 있다. 그러나 그 사상의 옳고 그름에 앞서, 그것의 선택은 내게 대안이 아니라 변절을 뜻하고, 또 변절은 지금까지의 나를 포기한다는 뜻이다. 나는 차라리 십자가에 매달린 우도(右盜)의 천박한 슬기를 배우기보다는 좌도(左盜)의 당당한 어리석음을 택하겠다. 나를 지식인이라고 할 수 있다면 그 선택이야말로 나를 지식인답게 해 주는 자존심이 될 것이다. 또 내가 그 자존심을 포기한다 해도 결과는 크게 달라지지 않는다. 내가 할 수 있는 것은 다만 대안 없는 비판뿐이고, 이미 말했듯 그것은 기껏해야 개인적인 불평이나 더욱 청승맞은 험구밖에 될 수가 없다. 남에게 아무런 설득력이 없을 뿐만 아니라, 자칫하면 스스로만 비열하고 천박하게 만들 뿐이다.

거기다가 또 이 불완전한 노트를 편지의 형식으로 서둘러 결말 짓게 하는 것은 어떤 까닭에선지 이 글이 꼭 너희들에게 전해질 것 같은 예감이다. 아니 이것은 어쩌면 예감이 아니라 마지막에 이르러서야 어렴풋이나마 보이는 대안 또는 해결의 실마리를 너희들에게 전해 주고 싶은 이 아비의 희망인지도 모른다. 우리가 어질러 논 이 시대를 정리하고 해결해 나가야 할 너희들 세대에 대한, 면목 없으나 뼈아픈 속죄의 충고로서.

신이란 것이 낡은 권위를 의미하고 인간이란 것이 그에 대치될 새로운 권위를 의미한다면, 그리고 그 '신들의 시대'로부터 '인간들의 시대'로의 이행이 점진적이고 완만한 승계가 아니라 급속하고도 근본적인 변혁을 의미한다는 것이라면 그 두 시대 사이에 영웅시대를 설정한 비코의 시대 구분은 보편적인 역사단계의 하나로 승인되어도 좋을 것이다. 그때 영웅시대란 낡고 무너진 세계의 폐허 위에 새로운 세계를 건설하기 위해 초인적이라 할 만큼 비상한 인간의 노력이 필요한 시대를 말하며, 영웅이란 아직 남은 낡고 불합리한 것들의 파괴와 새로운 세계의 건설을 아울러 수행하는, 그 비상한 노력에 자기를 던지는 비상한 능력의 인간들을 말한다.

실제로 세계사는 자주 감동적인 시대와 감동적인 인물들을 보여준다. 어쩌면 영웅시대란 모든 변혁의 시기를 특징짓는 용어가 될 수도 있을 것이다.

그런 의미에서, 아시아적 전제국가의 폐허 위에 어제까지 압제와 수탈의 대상이었던 인민대중을 진정한 주역으로 하는 새로운 사회를 건설해야 하는 지금은 이 땅의 영웅시대라 할 수도 있을 것이다. 그걸 위해 비상한 노력이 요구된다는 점에서도 그러하고, 거기에다 자신을 던지는 비상한 인물들이 요구된다는 점에서도 그러하다…….

역시 사가(史家)들은 인정 않고 있지만 원시의 혈연 평면사회에서 국가와 계급이 있는 고대사회로 이행하는 과도기에 영웅시대를 두는 것 또한 온당한 일로 보인다. 그러한 이행이 궁극적으로 발전이건 개악(改惡)이건 그 두 사회에서 볼 수 있는 인간관계의 변화는 그 뒤 인간이 겪은 그 어떤 혁명에 못지않게 근본적이고 철저한 변혁이었을 것이기 때문이며 또 새로 생긴 국가와 계급의 이익을 손에 넣은 쪽이건 종전의 자유와 주체성을 상실하고 예속과 굴종 속으로 굴러떨어진 쪽이건 그 과도기가 인간에게 요구한 노력과 투쟁은 비상했을 것이기 때문이다.

그런 뜻에서 보면 지금 이 땅은 그 역으로서의 영웅시대라 할 수 있다. 왜냐하면 지금 남과 북 양쪽이 한결같이 이상하는 바는 그 같은 시대의 이행을 거꾸로 뒤집는 것이기 때문이다. 남쪽은 자유란 이름으로 계급에 딸린 특권의 폐지를 선언함으로써, 그리고 북쪽은 평등의 이름으로 계급을 통일하려 함으로써, 사실상 계급의 소멸을 시도하고 있다. 또 국가에 있어서도 북쪽은 국가와 권력의 강화가 예상되는 과도기를 두고 있기는 하나 마침내 그 소멸을 꿈꾸고 있으며, 남쪽도 국가 자체의 소멸을 예정하고 있지는 않으나 그들이 이상하는 대로라면 압제나 수탈로만 파악되는 국가의 고대적 의미는 소멸되는 것과 다름없기 때문이다.

그렇지만 아들이여,

아직도 이것만으로는 아비의 시대를 영웅시대였다고 단정 짓기에는 이르다. 방금 말한 것들은 시대의 요구 또는 상황이었을 뿐, 거기에 맞는 인간의 대응이 없는 한 영웅시대란 이름은 완전할 수가 없다. 다시 말해, 그 요구나 상황에 부응한 영웅의 출현을 기다려야 그 시대는 완성되는 것이다.

그렇다면 이 아비의 시대에 과연 그런 영웅들이 있었던 것일까?

통속적인 영웅주의는 테러리즘과 마찬가지로 정치적 낭만주의와 허무주의의 사생아로 이해된다. 그 낭만적 성향은 영웅이란 말 속에 원래부터 함축된 그리스적 비극성에 대한 도취에서 찾아볼

수 있다. 그들에게 있어서 안일한 성공의 영웅, 행복한 결말의 영웅
은 동화의 주인공일 수는 있어도 참다운 영웅은 못 된다. 저항할 수
없는 운명과 싸우다가 장엄하게 패배하고 죽는 것이 영웅의 참모습
이다…… 또 그러한 영웅주의가 허무주의와 연관을 맺는 것은 역
시 영웅이란 말 속에 포함된 일회성 때문이다. 영웅에게는 승리도
영광도 비극도 반복적일 수가 없다. 영웅은 어떤 시대 어떤 상황의
일회적 용도에 의한 인간 존재의 극대화다. 따라서 영웅은 존재의
이름이 아니고 행위의 이름이며, 그 완성은 언제나 순간이라는 것
이 그들이 가진 영웅의 개념이다.

만약 그런 영웅의 개념에 따른다면 아비가 산 이 시대는 틀림없
이 영웅시대라 할 수 있으리라. 골짜기와 들에서 죽은 수많은 무명
용사들로부터 동료들의 떠들썩한 추도 속에 사라진 숱한 혁명전사
와 반공투사에 이르기까지 그 비극성과 일회성을 만족시키며 존재
의 극대화를 보여준 사람들은 많기 때문이다.

하지만 영웅이란 그 같은 내용만으로는 부족하고 따라서 그 같
은 영웅개념은 통속적일 수밖에 없다. 진정한 영웅이란 그 비극성
과 일회성 외에도 최소한 세 개의 특성을 더 만족시켜야 한다. 윤리
성과 자주성과 완결성이다.

윤리성이란 그들이 몸 바친 대의가 보편적이며 정당함을 말한다.
행위의 외양이 아무리 통속적인 영웅의 모습을 하고 있더라도 그
동기가 윤리적이지 않다면 그는 참다운 영웅일 수 없다. 그런데 이
땅의 영웅들은 남과 북 어느 쪽에 섰더라도 결국 보편적이고 정당
한 대의는 될 수 없었다. 각기 강력한 부정이 존재했으므로.

440

자주성이란 동기와 행위에서 아울러 비아적인 것의 휘몰림을 당하지 않았음을 말한다. 여기서 비아적이란 반드시 타자로부터 물리적 강제나 거부할 수 없는 강요에만 한정되지 않는다. 외세에 대한 의존이나 일시적 부화(附和)는 물론 충동적인 열정, 몰염치한 이기(利己)도 진정한 영웅에게는 비아적이다. 따라서 아무리 앞서의 특성을 구비했더라도 이 자주성을 갖추지 못했다면 그는 기껏 통속적 영웅이거나 사이비다. 그런데 또한 우리의 영웅들은 이 특성에서도 별로 유리하지 못하다.

완결성이란 그들이 그 행위로 나아갈 때의 목표와 그 행위로 이룩된 결과의 일치를 말한다. 이를테면, 통일을 목적으로 했을 때는 그 통일이 이루어져야 하고, 혁명을 목적으로 했을 때는 그 혁명이 성공했어야만 그 행위는 영웅적이란 수식을 얻어낼 수 있다. 지나치게 결과론적이고, 또 때에 따라서는 과정 자체에도 가치를 부여할 수 없는 것은 아니다. 만일 이 완결성을 포기하게 되면 세상은 너무나도 많은 영웅으로 넘치게 된다. 그런데 적어도 지금 당장은 이 땅에서 아무것도 완결된 것은 없다.

따라서 위에서 말한 세 가지 특성을 엄격하게 적용하면 지금 이 아비의 시대는 영웅이 없는 영웅시대, 좀 더 가혹하게 말하면 기묘한 아이러니의 시대가 되고 만다. 죽음이 있었다면 그것은 살인이나 피살로만 불리어야 하며, 파괴는 광란이나 자해로만 불리어야 하고, 모든 행위는 무의미나 부화란 이름밖에 허용되지 않게 된다.

아들이여,

만약, 아비의 시대가 틀림없이 그러하다면 너희는 실망하고 분노할 것이다. 너희 어린 몸과 마음이 신산스럽게 헤쳐가야 할 삶의 구비마다 아비의 행적은 원망과 증오로만 되새겨지고, 아비의 시대를 어둡게 한 이 미망은 너희 날조차 치욕과 절망으로 어둡게 할 것이다. 하지만 불행히도 아비의 시대에 대한 그 결론은 적어도 지금으로서는 호전될 가망이 없다. 어느 한쪽만의 눈과 입을 빌린다는 지난 잘못의 반복 없이는 이 아이러니와 무의미에서 벗어날 길이 없다.

우리의 시대는 이미 우리의 손을 떠났다. 우리의 맹목과 광기가 불러들인 피 다른 전주(錢主)들은 지난 몇 년간 이 땅에 너무 많은 돈을 쏟아부었다. 살아 있건 죽건 우리의 시대는 그 빚만으로 끝내 자유로울 수 없다.

그렇지만 아들이여, 이제 다가올 너희들의 시대는 다르다. 너희 어리석음이 새로운 빚만 끌어들이지 않는다면 너희는 자유로운 이 땅의 주인이다. 새로운 피만 흘리지 않는다면 우리가 무용하게 흘린 피는 세월의 비바람에 씻겨간 뒤일 것이고, 새로운 미움만 기르지 않는다면 우리 시대의 낡은 원한은 무디어져 서로를 베지 못할 것이다.

뿐만 아니라 ── 그렇게 이 땅과 사람이 아울러 다시 하나가 되고, 믿고 사랑하는 바도 하나가 되어 너희가 이 땅의 진정한 주인으로 우뚝 설 때, 우리의 시대도 간절했던 그 원래의 의미로 부활될 수 있을 것이다. 우리의 행위는 무의미나 부화란 치욕의 껍질을 벗고, 모든 죽음과 파괴도 숭고한 희생으로 복권되며, 기묘한 아이러니의 세월은 빛나는 영웅시대로 되살아날 수도 있을 것이다. 비록

442

방법과 수단이 잘못되었어도, 지금 힘있어 죄많은 소수를 제외한 남과 북의 우리가 한결같이 가슴속에 꿈꾸었던 것은 그날이므로. 부정하고 극복해야 할 나쁜 본보기에 그쳤을지라도 너희들이 그날을 가꿀 수 있다면 거기에는 틀림없이 우리의 실패와 불행은 값진 참고가 되었을 것이므로.

그리고 그 기대 속에 이 자칫 지루하고 도달조차 의심스런 편지가 쓰어지고 있는 것이다. 설령 지금 이 아비를 기다리는 것이 죽음의 끝모를 어둠일지라도 그 빛나는 부활의 날을 위하여.

아들이여,

이렇듯 아비는 너희의 날을 행복하게 그리고 있지만, 사실 그것은 지금으로서는 미래에 속해 있다는 것 외에 그 도래를 낙관할 근거는 그리 많지 않다. 너희가 자라 이 땅의 주역이 된다고 해서 그대로 우리의 시대가 안았던 부담들이 없어진다는 보장은 없고, 우리 시대의 불행한 기억도 어쩌면 너희를 지금보다 더 심한 독선과 편견의 세대로 몰아갈지 모른다.

하지만 두려워할 것은 없다. 어떠한 문명도 내부의 붕괴 없이는 멸망한 적이 없듯이, 내부적 자각과 결속으로 헤쳐나가지 못할 역사의 어둠은 없다. 물론 아비의 시대도 그 원리를 알고 있었으나 불행히도 그 실천방안은 알지 못했다. 우리가 실천방안으로 알았던 것은 오히려 내부의 혼란과 대립을 길렀을 뿐이었고, 혹 비슷한 것을 알고 있어도 거기에는 아무도 귀 기울여 주지 않았다. 의식의 걸음마를 채 익히기도 전에 근대사의 여명을 단거리 선수처럼 빠져나가도록 강요받았던 설익은 지성에게는 당연한 결과였는지도 모를 일이었다. 그러나 너희는 다르다. 우리 세대가 고통과 번민의 몸부림 속에 압축해 겪은 서구의 수백 년을 너희는 간접경험으로 활용할 수 있기 때문이다.

어쩌면 지금 내가 너희에게 충고의 형식으로 남기려는 말도, 바로 그러한 우리 시대가 뼈아픈 경험의 한 결정일 것이다. 비록 이 마지막 며칠에 이르러서야 어렴풋하게 떠오르기 시작해 뚜렷한 길을 보여주지는 못할지 몰라도, 그 쓰라린 배경을 헤아린다면 너희는 결코 아비의 말에 소홀할 수 없으리라.

잘 들어라, 아들이여,

아비는 감히 너희에게 말하리니, 지금 이 땅에 필요한 것은 다만 지움이며, 부정(否定)이며 진정(鎭定)의 논리다. 생각하면 이 아비의 시대를 상잔의 피로 얼룩지게 한 것은 한 가지로 지나침의 병에서 왔다. 그것이 외세이건 이데올로기이건 우리는 우리가 택한 것을 지나치게 믿었고 지나치게 사랑했으며, 지나친 열정으로 전파하고자 했고, 지나친 미움으로 그 적들을 대했다. 아니 출발부터 우리는 그것들에 지나치게 민감했고, 지나치게 기대했으며, 그 결과로 그같이 지나친 반응이 나왔음에 틀림이 없다. 한마디로 한번도 우리의 불행은 의식이나 사상의 빈곤에서 온 적은 없다. 신념과 열정의 부족에서 온 적은 더욱.

그러므로 아들이여,

너희는 먼저 지워라. 부정해라. 진정시켜라. 그것이 어떠한 이념 어떠한 사상이건 언제까지고 교묘한 논리와 현란한 수식으로 민중을 현혹하도록 놓아두지 마라. 모든 이데올로기에 거역하고, 그 찬란한 약속 뒤에 감추어진 독이빨과 날카로운 발톱을 경계하여라. 그 대의가 아무리 휘황스럽더라도, 그걸 위해 죽겠다는 사람이 있으면 한껏 비웃고 경멸하여라. 하나의 이념, 하나의 사상에 대한 신념과 열정이 부질없음을 깨우쳐주고, 그 위험천만한 분기(奮起)를 야유하여라. 몸과 마음이 성한 사람 가운데서 단 한 사람이라도 반대자가 있거나 그로 인해 불이익을 받을 사람이 있다면 모든 이데올로기, 모든 사상은 지워지고 부인되어야 한다.

집단에 대해서도 마찬가지다. 너희는 너희를 자기 이름 아래 끌어들이려는 모든 집단에 반역하여라. 넓게는 인민이나 민중으로부터 좁게는 무산자와 중산층, 지지세력, 반대파 따위 그 어떤 이름으로도 너를 묶으려 드는 자들을 거부하여라. 특히 그 집단의 범위가 넓으면 넓을수록, 예상되는 잠재력이 크면 클수록 너희는 더욱 단호해야 한다. 아직 집단의식(이를테면 민중의식 같은 것)이 형성되지 않았는 데도 그 이익을 위해 헌신하겠다는 자가 있으면 그자를 경계하여라. 그자는 아첨하는 자이다. 의사의식(擬似意識)을 조작하고 퍼뜨리는 자는 의심하여라. 그자는 너희를 이용하려는 자이다. 조직하려는 자는 미워하여라. 그자는 너희에게서 뺏으려는 자이다. 동원하려 하는 자는 더욱 미워하여라. 그자는 이윽고 너희 위에 군림하려는 자이다. 우리 중에 단 한 사람이라도 빠진 집단을 조직하려 하고 더욱이 거기에다 어떤 우월을 인정케 하려는 자가 있다면 형법의 모든 죄목이 그자의 기소장에 기입돼야 한다.

아들이여,

하지만 지금쯤 너희들은 최초의 혼란에 빠져들 것이다. 그렇다면 그것은 이데올로기의 아나키, 집단의 아나키가 되지 않을 것인가고. 그것은 얼마나 낡고 비현실적인 옛 이념의 변형일 뿐인가고.

그렇다. 물론 모든 이념이나 사상을 부인하고 지워버린다면 남는 것은 이데올로기의 아나키 또는 공백상태이고, 또 그것은 아마도 잡다한 도그마의 충돌보다 우리에게 더 유해할 것이다. 하지만 염려하지 말아라. 우리가 아무리 거부하고 지우려 해도 우리의 존재처럼 끝내는 지우지 못할 것이 있다. 더구나 나는 지우는 수단으로 반대자의 존재를 미리 제시하고 있었다. 다시 말해 대항이념이 없는 것은 남겨두기로 하고 있는 것이다.

그리하여 그 마지막에 남는 것 중에 하나가 휴머니즘이다. 이념이라기에는 좀 애매하지만 어떠한 교묘한 논리로도 소박하게 말해 인간이 인간에게 잘해야 한다는 이 원리는 지우지 못할 것이다. 그 손쉬운 근거로 둘 수 있는 것이 현대의 요란한 여러 이데올로기가 한결같이 열 올려 주장하고 증명하려 드는 것은 자기들이 휴머니즘적이라는 점이다. 결국 우리가 이념이나 사상을 지운다고 해서 반드시 그 공백상태에까지 이를 수 있는 것은 아니다.

집단의 문제에 있어서도 우리가 지우고 부인하려 한다고 해서 우리가 마침내 상호 무관한 절대적 개인으로 돌아가지는 않는다. 아무리 지우고 지워도 지울 수 없는 것은 우리 몸을 도는 피이며, 아무리 거역하고 거부하려 해도 끝내 거기서부터 자유로울 수 없는 집단은 민족이다. 그리고 또한 그 집단은 우리 모두를 묶을 수 있는 유일한 집단인 것이다.

446

그러하되 아들이여,

아비는 여기서 너희의 두 번째 혼란 또는 실망을 짐작한다. 도대체 하나도 새로울 것 없고, 이데올로기로 쓰기에는 너무 추상적인 이 원리와 벌써 오래전부터 고급하고 세련된 사상가에게는 논외로 돌려지는 경향이 있는 이 집단으로 무얼 할 수 있겠는가고. 더구나 그 두 개의 원리 사이에 가로놓인 서로 상반되는 요소는 도대체 무슨 수로 조화시킬 것인가고.

솔직히 말하면, 그토록 기대를 가졌던 지움과 부정의 논리 뒤에서 볼 만한 것으로는 겨우 이 둘을 찾아냈을 때 아비도 처음에는 적이 실망했었다. 이 평범하고 근원적인 원리와 집단을 찾아내기 위해 늦도록 깨어 있던 몇 날 밤이 스스로 어리석은 느낌이 들 정도였다.

그러나 나는 지금 무슨 대단한 민족의 이념을 완성하고 있는 것이 아니라 그 최초의 출발점을 찾고 있다는 걸 깨닫자 실망은 곧 기쁨으로 변했다. 그것들이 한결같이 평범하고 근원적이기에 거기서 출발해 이루어질 우리 이상의 연역적 구성은 한층 자유로울 것이기 때문이다. 아마도 내게는 그만한 시간이 주어지지 않겠지만 거기에다 우리가 지워버린 이념이나 사상 중에서 가장 그 원리에 접근된 정수들만 부분적으로 받아들여 쌓아간다면 우리는 아무도 택일의 고통이나 분쟁에 시달림이 없이 완성된 이상을 껴안을 수 있을 줄 믿는다. 그리하여 오히려 나는 그 같은 완성의 몫을 너희에게 맡길 양으로 이 두서없는 글을 쓰게까지 되었던 것이다.

하기야 그래도 그 같은 작업의 끝이 지금 있는 이데올로기의 절충이나 혼합과 무엇이 다를까라는 의문은 남을 것이다. 물론 다르다. 상반된 이데올로기의 절충은 쌍방의 양보와 인내를 아울러 요구하며, 또 그것은 일방에 대한 타방(他方)의 완전한 굴복이나 승리보다 오히려 어렵기 때문이다. 그러나 너희의 방법은 너희 의식에서 그 단독으로는 이미 지워지고 부정되어 버려진 이데올로기를 해체하여 쓸 만한 부분만을 골라 쓰는 것이므로 그 같은 어려움은 남을 리 없다.

마지막으로 남겨지는 두 원리 — 휴머니즘과 민족주의 — 사이에 일견 존재하는 것으로 보이는 상반된 성격 또한 실제로는 존재하지 않음을 확인하는 데는 오랜 시간이 필요하지 않았다. 여기서 말한 민족주의가 왜소한 종족주의거나 쇼비니즘(狂信的 愛國主義) 또는 징고이즘(好戰的 民族主義)과의 혼동이 아닐진대 휴머니즘과 상반될 것은 조금도 없다. 종종 민족주의와 혼동을 일으키게 하는 두세 가지 변종은 진정하고도 영구한 이익을 자기 민족에게 남겨준 적이 없을 뿐만 아니라, 민족주의는 그 본질에 있어서도 원(原)휴머니즘적인 요소가 있기 때문이다. 다시 말해, 진정으로 민족을 사랑하는 사람은 보편적인 인간애를 가질 수 없다는 증거는 어디에도 찾을 수 없고, 오히려 가능한 것은 민족주의에서 아직은 땅과 피에 갇혀 있는 휴머니즘을 볼 수 있을 것이다.

거기다가 아비의 더욱 큰 자랑은, 비록 산만하고 느닷없기는 해도 아비가 쓴 방법과 그 방법에서 나온 원리가 한결같이 이 땅의 이데올로기 과잉현상을 치유하는 길일 뿐만 아니라 역사상 그 어느 때보다 절실한 반외세의 보루로도 기능할 수 있다는 점이다. 민족주의는 물론 휴머니즘도 아흔아홉 마리 양을 가진 이웃의 백 마리를 채우려는 탐욕에 우리가 가진 단 한 마리 양을 내주라고까지 명하고 있지는 않다.

그러므로 아들이여,

아직도 전대(前代)의 어설픈 이상주의가 곳곳에서 논의에 혼란을 주고 있는 대로, 아비는 이 대안을 감히 너희 시대의 출발점으로 암시한다. 이미 말했듯이 이것은 말하고 있는 아비에게조차 희미하고, 너희에게는 더욱 멀고 추상적으로 들리겠지만, 그래도 한 시대의 뼈아픈 체험의 결정임을 잊지 말아라. 다듬고 채워가다 보면 언젠가는 너희 밝은 날에 이르는 한 길이 나타날 것임을 믿는 바이다.

아비는 내일 아침이면 반평생을 되뇌이며 산 그 인민 속으로 돌아간다. 이는 그들을 통하여 스스로를 확인해 두려는 것이거니와 그 뒤에 나를 기다리는 것이 무엇인지는 아무도 모른다. 그러나 설령 그것이 죽음의 끝모를 어둠일지라도 두렵거나 노여웁지 않다. 그것은 당연히 물어야 할 실패의 값이며, 또 어떤 시대는 살아남아 고통과 치욕이 되는 수가 있으므로.

그럼 잘 있거라. 너희 자랑스럽고 영광된 시대로 우리와 우리의 시대 또한 저주와 단죄의 깜깜한 무덤으로부터 자랑과 빛 속으로 걸어나오는 날이 있기를 빌며.

1953년 6월 13일 새벽
아비 씀

6

9월도 하순이었지만 교회 안은 후덥지근했다. 흙담으로 쌓아올리고 전에 치던 지붕으로 덮은 수무 평 남짓의 실내에 백여 명이 꽉 들어찬 탓에다 좁을 수밖에 없는 네 개의 창문과 아직 전기가 없어 심지를 한껏 올린 여덟 개의 남포등도 방안에 열기를 더하는 것 같았다.

방금 설교를 마친 목사가 손수건으로 이마를 닦으며 찬송가를 펴들고 무어라고 말하더니 먼저 노래를 부르기 시작했다. 뒤이어 교인들의 합창이 시작됐다. 언제부터인가 환각에 빠진 사람처럼 멍하게 앉아 있던 정인도 기계적으로 찬송을 펴 목사가 지적한 면을 펴들고 더듬더듬 따라 읽듯 노래를 불렀다.

온유한 주의 얼굴을

450

우러러 바라보면서
이 세상 사는 동안에
주님의 길을 따르리……

　찬송이 3절로 접어들어 그 구절에 이르렀을 때에야 비로소 정인
은 곧 이어질 세례식을 떠올렸다. 그녀는 드디어 진정한 교인으로
세례를 받게 된 것이었다. 그러자 까닭 모를 전율과 함께 그녀는 퍼
뜩 정신이 돌아왔다.
　찬송은 한 절을 더하는 것으로 끝나고 뒤이어 미리 준비한 듯한
늙은 장로의 기도가 시작되었다. 역시 곧 있을 세례의 축복을 구하
는 내용이었다.
　그런데 그 기도가 끝났을 때였다. 무심코 고개를 든 정인은 나무
로 짠 단상 위의 의자에 앉아 그윽이 자신을 내려다보는 목사와 눈
이 마주쳤다. 아주 짧은 순간이었지만 그 눈에 담긴 근심과 연민이
무슨 서늘한 바람처럼 정인의 마음을 쓸어갔다. 그리고 그와 함께
지난 몇 달의 기묘한 세례 학습 과정이 눈앞을 스쳐갔다.

　교회에 나가면서도, 그리고 거기서 어느 정도 위로와 평안을 느
끼면서도, 마음속으로는 완강히 거부해 오던 세례를 정인이 받기
로 마음먹은 것은 지난 봄 시어머니가 세상을 떠난 직후였다. 그러
나 목사는 복역시절부터의 열성에도 불구하고, 그 부분에만은 이
상하게도 엄격했다.
　"믿음은 논리가 아닙니다. 소망이 되게 하십시오."

그렇게 알 듯 말 듯한 말로 시작된 그의 만류는 그 뒤로 갈수록 더 노골적이 되었다.

"세례는 거듭남입니다. 진실로 지금까지의 자신을 신앙으로 모두 죽일 수 있겠습니까?"

"세례는 또한 영혼의 낙인이지요. 하나님이 없다거나 세상은 다만 물질로만 이루어져 있다고 주장하는 사람들과는 이 땅에서는 물론 죽어서도 다른 세계에 있게 된다는 뜻입니다. 부군과는 정신적인 이혼이 될 뿐만 아니라 영원한 결별을 뜻합니다. 거기에 대한 각오도 되어 있습니까?"

정인이 세례학습반에 들어가겠다고 할 때마다 그는 그녀가 섬뜩해할 만한 말만 골라서 하는 것 같았다. 이런저런 이유로 당시는 기독교 인구가 폭발적으로 늘어날 때라 귀의나 개종이 그리 귀하게 느껴지지 않을 수는 있었다. 그러나 복역 때는 물론 출감 뒤 그의 천막교회를 드나든 일 년도 그토록 열심히 믿음을 권해 온 그였기에, 정작 세례를 원하는 순간에 이르러서야 그 같은 엄격성을 보이는 게 정인으로서는 얼른 이해되지 않았다. 때로는 그 엄격성이 그녀의 과거를 의식한 냉담이나 주저 같아 야속하고 서러운 마음까지 들 정도였다.

그 바람에 정인은 절로 교회에 발길이 뜸해졌으나 이번에는 한 주일만 빠져도 어김없이 몰려들던 교인들의 순방마저 없었다. 정인은 그들에게마저 버림받은 느낌이 들며 더욱 교회를 멀리했다. 대신 그때부터 포목 자투리를 싸들고 A시뿐만 아니라 인근 장까지 도는 본격적인 장삿길로 나서 바쁘고 고들픈 속에 모든 걸 잊으려 했다.

452

그런데 그렇게 채 한 달이 가지 않은 6월 말의 어느 날이었다. 너무나 처참하고 생생한 꿈에서 깨어난 정인은 자신도 모르게 교회로 달려가 엎드렸다. 아직 새벽기도 시간도 안 된 한밤중이었지만 죽음 그 자체보다 한층 숨막히는 공포에 그리로 쫓겨간 것이었다.

꿈은 첫 근친때 본 당사주(唐四柱) 비슷하게 시작되었다. 어딘가 깊고 음험한 골짜기를 사이에 두고 깎아지르듯 솟은 낭떠러지 양쪽에 자신과 동영이 서 있었다. 멀어서 그 표정까지 보이지는 않았으나 왠지 남편은 지치고 쓸쓸한 모습이었다. 정인은 그를 보자 원망이나 미움보다는 반가움과 까닭 모를 서러움으로 눈물을 쏟으면서 힘을 다해 그를 부르고 두 손을 휘저었다. 그러나 남편은 그 소리를 들었는지 못 들었는지 아득한 저쪽 낭떠러지 끝에서 하염없이 이쪽을 바라보고 있기만 했다. 몸에 걸친 대학생의 망토 비슷한 천과 멀리서도 금세 알아볼 수 있을 만큼 긴 머리칼만 바람에 음산하게 나부끼고 있었다. 그러다가 대답 없는 부름에 지친 정인이 두 손만 허우적거리고 있을 때 돌연 눈앞에서 놀라운 일이 벌어졌다. 한떼의 사람들이 온갖 끔찍한 무기를 다 들고 남편의 등뒤로 둥글게 죄어들고 있었다. 여보, 사람들이 몰려오고 있어요. 뒤를 돌아봐요. 적인지 동지인지 살피세요. 정인은 다시 힘을 다해 소리치기 시작했다. 이번에는 남편도 알아들은 것 같았다. 뒤를 돌아보지는 않았지만, 정인의 마음에는 분명 남편의 쓸쓸한 웃음이 와닿았다. 알고 있소. 알고 있소……. 그렇다면 왜 가만히 계세요. 정인이 다시 미친 듯이 소리쳤다. 그러나 정인의 그 말에 대답이나 하듯 어느새 남편의 등뒤로 미끄러져 간 그림자 하나가 쇠스랑 같은 무기로 어깨를 찍었다. 멀리서도 샘솟듯 하는 피가 보였으나 남편은 한 번 가볍게 움찔했을 뿐 여전히 뒤를 돌아보지 않았다. 왜 도망치거나 돌아서서 싸우지 않으세요, 왜⋯⋯. 오히려 정인이 분노와 고통에 떨며 또다시 목이 터져라 소리쳤다. 그제서야 남편은 가만히 고개를 저었다. 함께 살 때 한 번도 거기에는 저항해 보지 못한 조용하고도 묘하게 사람을 위압하는 그 특유의 고개짓이었다. 안 돼요. 이번은⋯⋯. 하지만 정인의 외침보다 남편을 상해하는 무기들이 빨랐다. 이번에는 도끼며 죽창 같은 무기가 서넛이나 동영을 찌르고 베고 찍었다. 그리고 이어 더 많은 무기들이 거기에 가세했다. 남편은 선혈을 뒤집어쓴 채 여전히 꼿꼿하게 서 있었으나, 그 무기들의 힘 탓인지 몸은 조금씩 벼랑 끝으로 밀려나고 있었다. 안 돼요! 안 돼! 정인이 필사적으로 몸을 뒤틀며 앞으로 달려나갔다. 몇 발 나가지 않아 깊이 모를 시커먼 골짜기가 발 아래 입을 벌리고 있었다. 골짜기 바닥에서 뭉게뭉게 피어오르는 안개가 이상한 전율로 그녀를 그 자리에 얼어붙게 했다. 거기서 걸음을 멈춘 정인은 다시 눈을 들어 남편 쪽을 바라보았다. 그 순간 만신창이의 남편은 낭떠러지 밖 허공으로 한 발을 내딛고 있었다. 아아아아아 — 길게 메아리치는 소름끼치는 비명과 함께 떨어져 내리기 시작한 남편의 몸은 이내 콩알만큼 작아지더니 골짜기의 불길한 안개 속으로 사라져버렸다. 남편은 죽었다. 아아, 남편은 죽었다⋯⋯ 그리하여 이번에는 한없는 슬픔과 절망 속에 정인은 다시 한번 자신도 뛰어내리려고 몸부림을 치다 수대로 깨어난 아이들이 울며 몸을 흔드는 바람에 꿈에서 깨났던 것이다.

깨어나 보니 온몸이 흠뻑 젖어 있었다. 그러나 그보다 더한 것은 아직도 덜덜거리는 아래윗니였다. 한기 때문이 아니라 너무도 두렵고 처참했던 꿈속의 광경 때문이었다. 간신히 아이들을 진정시키고 정인은 무슨 부적처럼 성경과 찬송을 꺼냈다. 한동안 건성으로 여기저기 뒤적였으나 떨림은 좀체 멎지 않았다. 할 수 없이 정인은 홀로는 별로 해본 적이 없는 기도를 해보았다. 소용없는 일이었다. 눈을 감자 이내 생생하게 떠오르는 꿈속의 처참한 광경 때문에 오히려 새로운 진땀이 솟았다.

그러자 정인은 실성한 사람처럼 일어나 주섬주섬 옷을 걸쳤다. 놀란 어린것이 다시 울상을 지었으나 말 한마디로 훈이에게 아이들을 맡긴 정인은 아직 날이 새지 않았다는 것도 잊고 교회로 달려갔다. 잔인한 사냥꾼의 추격을 받아 공포로 눈먼 한 마리의 작은 짐승과도 같았다.

그때 아직 천막이었던 교회 안에는 한껏 심지를 낮춘 남포등 하나만 걸려 있을 뿐 텅 비어 있었다. 그러나 정인에게는 그곳이 세상에서 제일 밝고 든든하며 우군(友軍)들로 가득한 성채처럼 느껴졌다. 뒷날까지도 정체 모를 그 격심한 공포와 마찬가지로 정상인으로는 실로 이해가 안 되는 안도감이었다.

정인은 흙바닥을 덮은 가마때기 위에 엎드려 방금 놓여난 그 공포의 기억에 몸서리치며 기도라 할 것도 없는 중얼거림을 반복하였다.

"주여, 구원하여 주옵소서. 주여, 저를 구하여 주옵소서."

그렇게 중얼거리는 동안에 차츰 마음이 가라앉고 편안해지더니 머릿속에 환한 빛이 스며드는 듯한 느낌과 함께 이상한 열기로 가슴이 훈훈해지기 시작했다. 이 넓고 쓸쓸한 세상에 그래도 이같이 달려와 숨을 곳이 있고 매달릴 존재가 있다는 사실이 새삼스런 기쁨과 감사를 일으켰다. 그러나 한편으로는 그 어느 때보다도 작고 외롭고 연약한 자신의 존재가 야릇하고 감미로운 슬픔을 자아냈다. 동영의 존재는 물론 그 끔찍한 꿈속에서 본 죽음이 사실이라 할지라도 그 순간만은 그녀의 가슴에서 아무런 의미를 갖지 못했다……

그날 정인은 전쟁 전 위장을 위해 나갔던 때로부터 5년, 그리고 동기야 어쨌건 계속적으로 나가게 된 돌내골 시절로부터는 2년을 넘긴 뒤 처음으로, 교회에서 눈물을 흘렸다. 구체적인 삶에서의 고통이나 슬픔과는 먼, 무어라 이름할 수 없는 감격의 눈물이었다.

그리고 그날 오후였다. 아직도 그 새벽의 감격에서 깨어나지 못해 가까운 면소재지의 장도 쉬고 성경만 뒤적이며 하루를 보내는데, 뜻밖에도 그 무렵 들어 발길이 없던 목사가 찾아왔다. 그의 기도는 그 어느 때보다 길고 정성스러웠다. 그러나 더욱 놀라운 것은 그 기도가 끝난 뒤 아직도 그 갑작스런 심방에 어쩔 줄 몰라하는 정인에게 한 말이었다.

"더욱 힘써 기구하십시오. 이미 주님께서는 조 여사님께 역사(役事)를 시작하셨습니다."

완연히 믿음의 식구를 대하는 것 같은 따뜻하고 부드러운 어조였다. 그제서야 정인은 그 새벽의 일을 떠올리고 얼굴을 붉혔다. 감격에 겨워 사람들이 오는지 가는지 모르고 흐느끼며 엎드려 있던 그녀가 다시 정신을 차린 것은 새벽기도를 위해 모인 사람들의 합창소리 때문이었다. 누구보다 일찍 교회에 나왔을 목사는 그동안을 줄곧 그녀를 관찰했으리라…….

그러다가 다시 한 달 뒤쯤 되는 어느 날, 예배를 끝내고 돌아가는 정인에게 그는 말하였다.

"시간 나는 대로 세례학습반에 나오십시오. 두달 뒤에는 세례가 있을 것입니다."

이미 그 같은 결말의 예상으로 수없이 괴로워하고 각오도 되풀이되어 정인에게는 오히려 담담했던 휴전발표가 있고 며칠 안 된 날이었는데 그때 그는 기약 없이 남과 북으로 헤어져 살게 된 수백만 이산가족을 위한 특별 예배에서 흘린 눈물로 두 눈이 벌겋게 충혈된 채였다.

정인의 학습문답은 9월 첫 주일에 있었다. 처음부터 통상의 교리문답이나 교회의 의식과는 거리가 있는 대면이었다.

"아직도 자기를 잃어버리기 위해 믿습니까? 이 괴로운 삶을 짊어져야 할 자기를 없애려고 주님께 가려 합니까?"

자리에 앉기 무섭게 목사가 물었다. 지금까지 그녀가 겪었던 그어떤 엄혹한 심문관보다 더 예리한 눈길이었다. 정인은 공연히 주눅이 들어 기어가는 목소리로 대답했다.

"그런 마음이 전혀 없는 것은 아닙니다만 ― 그보다는 믿고 싶어 믿습니다."

"왜 믿고 싶습니까?"

"하나님이 계시기 때문입니다."

"하나님이 계신 건 어떻게 알았습니까?"

"그분을 믿어 위로와 기쁨을 얻었기 때문입니다."

정인은 스스로도 어리석은 대답이라 느껴졌지만 생각나는 대로 정직하게 대답했다. 어떤 의미에서는 그만큼 세례라는 형식에 정인이 조급해 있지 않다는 것이기도 했다. 그러나 그다음 물음에서 정인은 그만 말이 막히고 말았다.

"그날 새벽 만약 이곳이 교회가 아니고, 섬기는 분도 여호와와 예수 그리스도가 아니었다면 어떻게 했겠습니까? 전부터 알고 있던 절이나 용한 무당의 집이었더라도 그 새벽처럼 의지하고 기구할 수 있었겠습니까?"

목사가 문득 그렇게 물어온 탓이었다. 물론 대답은 처음부터 당연했다. 그 새벽 그녀에게 중요했던 것은 어떤 든든한 피난처와 매달릴 존재였을 뿐, 그 존재의 이름은 아무런 의미도 가지고 있지 않았다. 자신이 전부터 알고 있던 절이나 무당의 집이었더라도 그녀는 틀림없이 그리로 달려왔을 것이다.

하지만 그동안 절로 밴 교리는 앞서와 달리 정인에게 그 대답을 망설이게 했다. 진실을 말한다면 그대로 엄청난 배리가 될 것 같기 때문이었다.

거기서 한동안 정인은 곤혹에 빠졌다. 하지만 이내 무슨 섬광처럼 떠오르는 깨달음 하나가 있었다. 아직 그분의 뜻이 이르지 않았다. 진실에 승복하고 — 그분의 이름이 내게 내려진 은총과 결합될 때까지 기다리자.

"아마도 틀림없이 그대로 엎드려 빌었을 것입니다."

이윽고 정인은 그렇게 대답했다. 이번에는 목사가 잠시 말이 없었다. 예상한 것처럼 실망한 기색은 보이지 않았으나, 정인은 왠지 죄스럽고 부끄러워 황급히 덧붙였다.

"아직 — 세례를 받을 때가 못된 것 같아요. 더 배우며 기다리겠습니다."

그러자 목사가 단호하게 고개를 저으며 천천히 입을 열었다.

"아니오. 조정인 교우께서는 이미 믿음이 소망이 되셨습니다. 축하드립니다."

그리고는 어리둥절해 있는 정인을 격려하듯 설교조로 말했다.

"믿기 위한 인간입니다. 지금 조정인 교우에게 있는 초월적인 어떤 존재에 대한 믿음과 소망만으로도 출발은 충분합니다. 이름과 교리를 위해서는 앞으로도 많은 날이 남았습니다. 반드시 훌륭한 그리스도인이 될 것입니다."

정인에게는 까닭 모를 허망감까지 느끼게 하는 문답의 맺음이었다.

하지만 정인은 아무래도 목사의 그 같은 해석이 이해되지 않았다. 그러자 그전에 그가 보였던 그 이상한 엄격함도 아울러 까닭을 알고 싶었다. 그날 정인이 유독 홀로 남아 다시 한번 그 목사와 대면하게 된 것은 아마도 그런 여러 자기 의문 때문이었을 것이다.

"주님은 믿는다는 것과 자기를 잃는다는 것은 전혀 다를 뿐만 아니라 교리에도 어긋나기 때문입니다. 믿는다는 것은 오히려 주 안에서 자기를 찾는 일입니다."

정인이 그 전의 까닭 모를 엄격함에 대한 의문과 아울러 낮에 그가 한 첫 번째 질문의 해설을 청했을 때 목사는 그렇게 대답했다. 그러나 정인은 아직도 다른 이유가 남은 것 같아 물었다.

"저는 그 밖에 또 다른 이유가 있는 것처럼 여겨졌습니다. 오직 그뿐입니까?"

"더 있습니다. 그것은 논리와 비슷한 외양을 띠고 있기 때문입니다. 특히 그들의……."

"그들이라면?"

"공산주의자들 말입니다. 이 봄 처음 조 여사께서 신앙을 고백해 오셨을 때의 동기는 그들의 용어로 바꾸면 '자발적 자기소외'쯤 될 것입니다. 이북에서 그들의 논리에 몰리던 한때 제 자신도 상당히 기대를 가졌던 용어였습니다. 하지만 그들의 반격을 받자 우리는 한층 심한 상처를 입었습니다."

거기서 목사의 목소리에 이상한 떨림이 섞여들었다. 북에서의 얘기를 하고 있구나 ― 그런 짐작이 가자 정인은 한층 호기심이 일었다.

"목사님께서도 이미 아시겠지만 저도 그들의 말이라면 좀 들은 게 있습니다. 좀 더 자세히 말씀해 주시면 알아들을 수 있을 것 같기도 합니다만……."

"사람이 사회적이나 경제적, 정치적 소외를 경험하지 않고 어떻게 그 같은 자발적 소외로 나아갈 것인가? 종교의 선택 그 자체는 자유일지 모르지만 만일 그 동기에 다른 분야에서의 소외가 작용한다면, 일견 자발적으로 보이는 종교적 자기소외야말로 가장 악질적으로 강요된 소외가 아니겠는가? ― 그것이 그들의 반격이었습니다."

그래 놓고 잠시 말을 멈춘 채 알아들으려 애쓰는 정인을 살피다가 내친 김이란 듯 계속했다.

"그런 반격을 받자 나는 비로소 그들의 논리를 빌려 내 신앙을 방어하려던 어리석음을 깨달았습니다. 그 반격이 옳고 그름을 따지기에 앞서 그들의 논리로 우리를 공격할 길을 열어준 때문입니다. 나는 놀라 원래의 교의(教義) 뒤로 숨으려 했지만 이미 늦어버린 뒤였습니다. 매일처럼 몰려드는 어쭙잖은 그들 이론가들과의 공개토론 끝에 나는 그쪽에서 가장 먼저 교회와 신자들을 함께 잃어버린 목사가 되어버렸습니다…… 그리고 또한 추방이나 다른 어떤 형태의 강제 없이 가장 먼저 자기의 교구에서 도망친 목사가 되어버렸던 것입니다."

무엇이 그를 건드렸는지 거기까지 얘기한 목사는 갑작스런 분노와 회한에서 비롯된 것임에 분명한 어떤 어두운 열정에 휩쓸리기 시작하는 것 같았다. 상대가 누구라는 것도 잊은 듯 마음 깊이 묻어두었던 쓰라린 기억들을 평소의 그답지 않은 격렬함으로 펼쳐가는 것이었다. 그 바람에 겨우 그의 말을 알아들을 듯 말 듯하던 정인은 이내 혼란과 암흑에 빠져들었다. 그러나 화제를 돌리기에는 그의 어조가 너무 강했다.

"왜 그런지 아십니까? 그것은 바로 간교하고 사악한 세속의 논리 때문이었습니다. 물론 우리에게도 논리는 있습니다. 그러나 그것은 거의가 성경에 근거하고 있어 성경의 권위가 부정된 세속의 논리에는 무력합니다. 더구나 악의로 우리의 논리를 속속들이 연구한 그들의 논리에는…… 특히 지금도 소름끼치는 것은 그곳에서 내가 길렀던 한 수재(秀才)의 기억입니다.

그는 원래가 한 빈농의 자식이었지만 워낙 머리가 비상해 어려서부터 이웃의 도움으로 학업을 계속해 나갈 수 있었지요. 그러나 함흥에서 고보를 마친 것을 마지막으로 더는 뒤를 봐줄 독지가가 없어 내가 거두어들였습니다. 목사관에서 한 일 년 성경공부를 시킨 뒤에 일본에 있는 신학대학으로 유학을 보낼 계획이었습니다. 그런데 그때가 소위 대동아전쟁 막바지라 이듬해도 그 이듬해도 계획대로 보낼 수가 없었습니다. 그 때문에 할 수 없이 목사관에서 한 해 더 성경공부를 시키는데 해방이 되었지요.

처음 소련군이 내려오고 공산주의자들의 세상이 되어도 나는 정세를 낙관했습니다. 당장은 노골적인 탄압이 없는데다 이런저런 포고문이니 강령이 종교의 자유를 거듭 내세우기 때문이었습니다. 그래서 장기적인 대책을 세운답시고 그에게 공산주의 이론을 연구하게 했는데 그게 잘못이었습니다. 처음에는 그도 목적에 충실했고, 한동안은 효과도 있는 것 같았습니다. 실은 '자발적 소외'란 말도 그가 우리를 옹호하기 위해 찾아낸 것이었습니다. 그러나 채 일 년도 안 돼 그는 나를 떠나갔고, 다시 석 달도 안 돼 가장 열렬한 공산주의자로 돌아왔습니다. 어쩌면 그토록 철저하게 신자들을 흩어버린 것도 그 신자들 앞의 떠들썩한 공개토론에서 처음부터 지게되어 있는 논쟁에 응한 내 자신의 실수보다 실제적 부목(副牧)으로서 얻게 된 우리 교회와 신자들에 관한 지식을 한껏 활용한 그의 사악한 논리였을 것입니다. 주민들을 선동해 나 혼자만 남게 된 교

462

회를 인민회관으로 접수한 것도, 그리고는 마침내 내게 영장 없는 추방을 당하게 한 것도……."

그러다가 마지막에 가서는 두 눈에 희미하게나마 불길까지 이는 것 같았다.

"내가 떠나오기 전날 나는 정말로 못 볼 광경을 보았습니다. 아니, 그 광경을 보고 나도 드디어 그곳을 떠날 결심을 했다는 편이 옳을 것입니다. 교회를 접수한 그는 마을청년들을 시켜 종탑에 붙어 있던 나무 십자가와 교회 안에 걸려 있던 성화(聖畫)며 십자가 장식을 모조리 떼어내게 했습니다. 그리고 내가 십 년이나 써온 설교단과 함께 교회마당에 끌어내 불을 질렀습니다. 그러나 내게는 그 널름거리는 불꽃이 그대로 간교하고 사악한 논리의 혀처럼 보였습니다…….

그날 밤 나는 아내와 두 아이를 데리고 몰래 그 마을을 빠져나왔습니다. 그러나 그때는 이미 삼팔선이 굳게 잠긴 뒤라 결국 내 한 몸만 겨우 남으로 빠져나올 수 있었을 뿐입니다……."

목사는 거기까지 얘기를 끌어가서야 비로소 격정에서 깨어난 모양이었다. 야릇한 감동으로 대꾸할 말을 잊고 있는 정인을 뜻없이 바라보더니 문득 무안한 얼굴로 일어나 천막 안을 오락가락하기 시작했다. 환심을 사고 싶은 소녀에게 고백하지 않아야 할 것까지 죄다 고백해 버린 소년 같은 데마저 있는 동작이었다. 그러다가 한참 뒤에야 간신히 침착을 회복해 당부하듯 말했다.

"지레짐작인지 모르지만, 조 여사께 아직도 그들 논리의 해독이 남아 있는 것 같아 근심했습니다. 그걸 깨우쳐 드린다는 게 그만……. 제 얘기 가운데 사적인 부분은 안 들은 걸로 해주십시오."

그러나 그때까지도 정인을 사로잡고 있던 것은 신앙적인 의문을 푼 후련함이 아니라 그 목사의 예사롭지 않은 과거에서 느끼는 인간적인 감동이었다.

"오늘 세례를 받으실 교우들은 앞으로 나와 주십시오."

사회를 맡은 젊은 집사의 카랑카랑한 목소리에 정인은 펄쩍 놀라듯 일어났다. 그녀와 함께 미리 앞줄에 앉아 있던 다른 일곱도 긴장한 표정으로 일어나 강단 앞에 나란히 섰다.

그런데 참으로 이상한 것은 그날 처음 예배가 시작될 때부터 정인이 빠져든 의식상태였다. 세례와 관계된 방금의 기억을 빼면, 회상이라기엔 너무 뒤죽박죽이고 몽환이라기엔 다른 감각들이 너무 멀쩡하며, 치매상태로 보기엔 너무 정연한, 기묘한 의식상태에 줄곧 빠져들곤 하는 것이었다. 아마도 세례라는 말 속에 강조되고 있는 거듭남[再生] 또는 새로남[新生]이란 뜻이 가지는 어떤 최면효과 때문인 것 같았다. 바꾸어 말하면, 거듭나기 위해 먼저 죽어야 하는 묵은 정신의, 최후를 예감한 갑작스런 타오름이 그런 형태로 나타나는지도 모를 일이었다.

그 세례식의 나머지도 그랬다. 기도를 해야 할 때면 눈을 감고, 떡을 떼어주면 입을 벌리고, 포도주를 부어주면 받아 마셨지만, 그동안도 그녀의 의식은 줄곧 스러져야 할 과거로 어지럽게 타오르고 있었다. 어린 소녀시절 앞날의 남편을 보기 위해 그믐날 밤 뒷간에서 거울을 보던 일, 집안의 제관들이 모두 모인 큰제사에 쓸 시루에

김이 오르지 않아 목매 죽은 어느 종부의 얘기와 함께 시루 앉히는 법을 배우던 처녀시절의 어느 하루, 편대(떡 괴는 틀)며 합 따위 나무 제기를 다듬느라 분주하던 신혼초의 시집이며, 기왓가루로 놋제기를 닦느라 마당 가득 멍석을 펴고 둘러 앉았던 아낙네들이 떠오르는가 하면, 잊고 있었던 수많은 제삿날들의 골몰이 새삼 기억나기도 했다. 사상에 관한 추억들도 잊혀져야 할 것인지 신통하리만치 선명하게 떠올랐다. 죽은 목(穆)이 오빠와의 대화, 집 주위를 배회하는 수상쩍은 사람들에게 느끼던 공포, 달갑지 않으면서도 언제나 웃음으로 맞아야 하던 남편의 그 많은 '동지'들, 그리고 삐라를 뿌리던 일, 지령문을 전하던 일, 집안에 돈이나 곡식이 좀 들어왔다 싶으면 뻔질나게 드나들며 퍼내 가던 그 '일꾼'들, 그 아낙들…….

하지만 아무래도 가장 많이 그리고 가슴 저린 추억으로 떠오르는 것은 동영과의 세월이었다. 첫날밤 별로 할 만한 얘깃거리가 없어 소 팔아 도망친 서(庶)삼촌 얘기를 하자 쿡쿡 웃던 동영의 모습으로부터 창경원의 밤 벚꽃놀이, 사각모에 망토를 늘어뜨린 남편의 모습이 자랑스럽다 못해 교정까지 끌고 갔던, 짧은 여학교시절의 어느 날이 떠오르고, 방학이 되어 동영만 오면 아침같이 사랑방에 놀러와 저물도록 늘어붙어 있던 집안 딸네며 남편의 무심한 추억 속에서 들은 어느 일본인 소녀에게 느꼈던 질투까지 생생하게 되살아났다. 동척시절, 남편이야 술에 취해 보냈건 말건 그녀 자신에게는 돌내골을 떠난 뒤로 가장 평온하고 아늑했던 그 3년이 꼼꼼하게 잘 쓴 일기장을 펼치듯 차례로 떠오르고, 뒤이어 서울시절의 추억들도 영욕과 희비를 가리지 않고 머릿속을 스쳐갔다. 그리고 그 어이없는 이별, 한번쯤 따라가려는 앙탈도 부려보지 못하고, 그것이 그대로 마지막이 되리라는 아무런 예감조차 없이…….

그런데 그동안도 밝게 열려 있던 다른 감각들의 도움을 받은 무의식이 외부의 상황에 맞게 정인의 의식을 통제한 것일까, 거기서 돌연 정인의 머릿속을 어지럽게 피고 지던 환영들이 사라지고, 대신 정수리로부터 한줄기 뜨거운 불꽃 같은 기운이 스며들었다. 이어 그 불꽃 같은 기운은 정인의 온몸을 태우듯 휩쓸며 모든 의식과 감각까지 막아버렸다. 잠시 무어라 형용할 수 없는 어둠과 고요가 정인 존재를 겹겹이 둘러쌌다. 그러다가 마치 멀리서 들려오는 우레 같은 목소리가 먼저 정인의 청각을 열었다.

"성부와 성자와 성신의 이름으로 세례를 주노라."

그날 밤 정인의 의식이 온전하게 회복된 것은 교인들의 떠들썩한 축하와 작은 선물꾸러미 하나를 받고 그 교회를 나선 뒤였다. 정인은 별이 총총한 밤하늘을 바라보고 걸으면서 새삼스레 자기에게 일어난 일이 무엇인가를 생각해 보았다. 이제 남편 동영과는 영원히 나란히 설 수 없게 된 영혼의 낙인을 받았다는 것이 문득 아득한 슬픔으로 떠올랐으나 그녀는 한숨 한번 짓지 않고 집으로 향했다.

세상에 그런 낙인은 없으며, 있다 해도 그것은 다만 인간적인 논리와 의식 안에서일 터이므로. 이제 자신이 첫발을 내디딘 세계는 그보다 훨씬 초월적인 원리에 지배되고, 그 안에서 용서받지 못할 것이라고는 아무것도 없는 어떤 신적인 영역임을 그녀는 믿고 있었으므로. 아니, 믿고자 소망하고 있으므로.

정인이 집에 돌아와서 펴본 교인들의 선물꾸러미 안에는 작은 성화(聖畫) 액자 하나가 들어 있었다. 겟세마네산에서 기도하는 예수의 모습이 그려진 것이었는데, 우연에서였는지 아니면 그 목사의 어떤 배려에서였는지 액자 유리에는 흰 페인트로 이런 글귀가 쓰여 있었다.

　"불합리하기에 믿노라. 더럽기에 추하기에 사랑하노라."

장날이면 포목전이 들어서는 시장 안의 가점포 안이었다. 예닐곱 살쯤 되는 쪼무래기들이 철 이른 불볕을 피해 그 안에 몰려 놀고 있었다. 개중에는 6·25행사로 일찍 집에 돌아온 국민학교 1학년짜리도 끼어 있었다.

"느그 철이 글마 뭔동 아나?"

난생 처음으로 6·25행사에 참가한 아이들의 감동 때문에 말도 안 되는 6·25 얘기로 열을 올리던 아이들 가운데 하나가 문득 비밀을 주고받는 말투로 나머지에게 말했다.

"철이 글마가 뭔데?"

아이들이 일제히 호기심에 찬 눈으로 되물었다. 처음 말을 꺼낸 아이가 약간 으쓱해하는 태도로 대답했다.

"글마 아나? 빨갱이 새끼데이."

가까운 파출소에 나가는 삼촌이 자기 관내의 요시찰인(要視察人)을 둘러보고 형님집에 들렀다가 어른들끼리 하는 얘기를 그 아이가 어쩌다 들은 모양이었다.

“뭐시라? 빨갱이?”

“빨갱이가 뭔데?”

　방금 괴뢰군 얘기는 몇몇 아이가 학교에서 들고 온 걸 중심으로 그럭저럭 떠들어댈 수 있었지만 빨갱이는 또 처음 듣는 말이라 아이들은 저마다 그렇게 물었다. 거기에 대해 자신 없기는 다른 아이들과 마찬가지였으나 그래도 모두 궁금해하는데 우쭐해진 처음의 아이가 생각나는 대로 설명했다.

“그거 괴뢰군보다 훨씬 나쁜 놈이데이. 사람 막 잡아묵고 ― 입에 피 철철 흘리가미……”

“그라믄 철이 글마도 커서 빨갱이 되나?”

　다시 아이들이 물었다. 더욱 자신 없었지만 이왕 잰 끝이라 처음의 아이는 또 아무렇게나 자신 있게 대답했다.

“아매 그럴 끼라. 그래, 글타 카드라.”

　그 말에 아이들은 모두 놀란 얼굴이 되었다. 대여섯밖에 안 된 어린 축 가운데는 낯빛까지 헬쑥해지는 아이도 있었다.

“그라믄 우리 글마하고 놀지 말자.”

“맞다. 글마가 커서 우리 잡아묵으믄 우야노?”

　곧 아이들의 의견은 그렇게 일치했다. 그런데 그로부터 오래잖아 문제의 아이가 나타났다. 먼저 와 있던 아이들을 조금 전에 서로 맞춰 논 말이 있어 그 아이에게 일제히 말했다.

"철이 일마, 니 여 오지 마라."

"절로 가라. 니 하고는 안 놀란다."

"와?"

"니 빨갱이 새끼라미?"

그 말에 어리둥절해 아이들을 바라보고 있던 나중 온 아이가 갑자기 성난 얼굴로 대들었다.

"뭐라꼬? 내가 와? 내 얼굴이 빨갛나? 코가 빨갛나? 눈이 빨갛나? 우예서 빨갱이 새끼고?"

"느그 아부지가 빨갱이니 니는 빨갱이 새끼 아이고 뭐꼬?"

아이들도 지지 않았다. 그 말에 나중에 온 아이는 더욱 터무니없다는 표정이었다. 한동안 아이들을 씩씩거리며 노려보다가 문득 할머니가 돌아가시기 전 자기를 무릎에 앉히고 하던 얘기 하나를 생각해 내 소리쳤다.

"우리 아부지? 우리 아부지는 일마들아, 영웅이따, 영웅. 그카는 느그들 아부지가 다 빨갱이라."

빨갱이란 말이 앞으로 그의 삶에 어떤 의미를 가질지는 전혀 모르는 채 나중에 온 아이는 그렇게 소리치고는 오히려 어깨까지 으쓱했다.

영웅시대 2

개정 신판 1쇄 인쇄 2024년 2월 22일
개정 신판 1쇄 발행 2024년 2월 29일

지은이 이문열

발행인 양원석
펴낸 곳 ㈜알에이치코리아
주소 서울시 금천구 가산디지털2로 53, 20층 (가산동, 한라시그마밸리)
편집문의 02-6443-8842   **도서문의** 02-6443-8800
홈페이지 http://rhk.co.kr
등록 2004년 1월 15일 제2-3726호

ISBN 978-89-255-7528-5   04810